A
Sentença

Outros trabalhos de Louise Erdrich

ROMANCES
Love Medicine
A Rainha da Beterraba
Tracks
The Bingo Palace
Histórias de Amor Ardente
The Antelope Wife
Antelope Woman
The Last Report on the Miracles at Little No Horse
The Master Butchers Singing Club
Four Souls
The Painted Drum
The Plague of Doves
Shadow Tag
A Casa Redonda
La Rose
Future Home of the Living God
The Night Watchman

CONTOS
The Red Convertible: New and Selected Stories

POESIA
Jacklight
Baptism of Desire
Original Fire

PARA CRIANÇAS
Gradmother's Pigeon
The Range Eternal

THE BIRCHBARK HOUSE SERIES:
The Birchbark House, The Game of Silence,
The Porcupine Year, Chickadee, Makoons

NÃO FICÇÃO
The Blue Jay's Dance
Books and Islands in Ojibwe Country

A Sentença

Louise Erdrich

Tradução de Celine Sales e Lívia Rodrigues

ALTA BOOKS
GRUPO EDITORIAL
Rio de Janeiro, 2024

A Sentença

Copyright © **2024** ALTA NOVEL
ALTA NOVEL é um selo da EDITORA ALTA BOOKS do Grupo Editorial Alta Books (Starlin Alta e Consultoria Ltda.)
Copyright © **2021** LOUISE ERDRICH
ISBN: 978-85-508-1797-2

Translated from original The Sentence. Copyright © 2021 by Louise Erdrich. ISBN 9780062671127. This translation is published and sold by permission of HarperCollins, the owner of all rights to publish and sell the same. PORTUGUESE language edition published by Starlin Alta Editora e Consultoria Ltda., Copyright © 2024 by Starlin Alta Editora e Consultoria Ltda.

Impresso no Brasil — 1ª Edição, 2024 — Edição revisada conforme o Acordo Ortográfico da Língua Portuguesa de 2009.

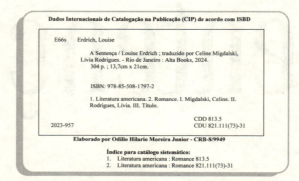

Todos os direitos estão reservados e protegidos por Lei. Nenhuma parte deste livro, sem autorização prévia por escrito da editora, poderá ser reproduzida ou transmitida. A violação dos Direitos Autorais é crime estabelecido na Lei nº 9.610/98 e com punição de acordo com o artigo 184 do Código Penal.

O conteúdo desta obra fora formulado exclusivamente pelo(s) autor(es).

Marcas Registradas: Todos os termos mencionados e reconhecidos como Marca Registrada e/ou Comercial são de responsabilidade de seus proprietários. A editora informa não estar associada a nenhum produto e/ou fornecedor apresentado no livro.

Material de apoio e erratas: Se parte integrante da obra e/ou por real necessidade, no site da editora o leitor encontrará os materiais de apoio (download), errata e/ou quaisquer outros conteúdos aplicáveis à obra. Acesse o site www.altabooks.com.br e procure pelo título do livro desejado para ter acesso ao conteúdo.

Suporte Técnico: A obra é comercializada na forma em que está, sem direito a suporte técnico ou orientação pessoal/exclusiva ao leitor.

A editora não se responsabiliza pela manutenção, atualização e idioma dos sites, programas, materiais complementares ou similares referidos pelos autores nesta obra.

Alta Novel é um selo do Grupo Editorial Alta Books

Produção Editorial: Grupo Editorial Alta Books
Diretor Editorial: Anderson Vieira
Vendas Governamentais: Cristiane Mutús
Gerência Comercial: Claudio Lima
Gerência Marketing: Andréa Guatiello

Coordenadora Editorial: Illysabelle Trajano
Produtora Editorial: Beatriz de Assis
Tradução: Celine Sales & Lívia Rodrigues
Copidesque: Sara Orofino
Revisão: Fernanda Lutfi & Vivian Sbravatti
Diagramação: Rita Motta
Capa: Paulo Gomes

Rua Viúva Cláudio, 291 – Bairro Industrial do Jacaré
CEP: 20.970-031 – Rio de Janeiro (RJ)
Tels.: (21) 3278-8069 / 3278-8419
www.altabooks.com.br – altabooks@altabooks.com.br
Ouvidoria: ouvidoria@altabooks.com.br

Para todos que já trabalharam na Birchbark Books,
para nossos clientes e para nossos fantasmas.

Desde o seu nascimento até a sua morte, toda palavra que você pronuncia é parte de uma única e longa sentença.
— Sun Yung Shin, *Unbearable Splendor*

O TEMPO
E O CASTIGO

Da Terra à Terra

ENQUANTO ESTAVA NA PRISÃO, eu recebi um dicionário. Haviam mandado para mim com um bilhete: *"Este é o livro que eu levaria para uma ilha deserta."* Minha professora mandara outros livros, mas, como se ela soubesse, esse mostrou ter valor infindável. A primeira palavra que eu procurei foi "sentença". Eu tinha recebido uma sentença impossível, de sessenta anos, da boca de um juiz que acreditava na vida após a morte. Então essa palavra, com seu ç escancarado, seus pequenos e agressivos és, seus *enes* duplos e sibilantes, essa lástima repetitiva em forma de palavra, feita de letras dissimuladas e apunhalantes que envolvem um *t* humano isolado, *essa* palavra estava em meus pensamentos a cada minuto de cada dia. Se o dicionário não tivesse chegado, essa palavra leve, mas que pesava tanto sobre mim, teria me esmagado, ou o que restara de mim após a bizarrice do que eu tinha feito.

EU ESTAVA numa idade perigosa quando cometi meu crime. Apesar de estar na casa dos trinta, eu ainda me agarrava às ocupações e aos hábitos mentais de uma adolescente. O ano era 2005, mas eu festejava como se estivesse em 1999, bebendo e me drogando como aos 17 anos — embora meu fígado insistisse em me dizer que mais de uma indignada década tinha se passado. Por muitas razões, eu ainda não sabia quem eu era. Agora que tenho uma ideia melhor, te digo uma coisa: eu sou uma mulher feia. Não aquele tipo de feia sobre a qual os rapazes fazem filmes ou escrevem, que repentinamente tem uma explosão didática de beleza ofuscante. Não sou adepta dos momentos pedagógicos. Nem sou bonita por dentro. Gosto de mentir, por exemplo, e sou boa em vender coisas inúteis aos outros, por preços que eles não podem pagar. Claro, agora que estou reabilitada, só vendo palavras. Coleções de palavras entre capas de papelão.

Livros contêm tudo que vale a pena saber, exceto o que realmente importa.

No DIA em que cometi meu crime, eu estava esparramada nos pés brancos e magros da minha paquera, Danae, tentando lidar com uma invasão interna de formigas. O telefone tocou e Danae atendeu. Ela escutou, ficou de pé num pulo e gritou. Apertou o telefone com as duas mãos e fechou a cara. Então arregalou os olhos, que ficaram marejados.

Ele morreu nos braços da Mara. Ah, meu Deus. Ela não sabe o que fazer com o corpo dele!

Danae atirou o telefone longe e se jogou de novo no sofá, uivando e batendo suas pernas e seus braços de aranha. Rastejei para debaixo da mesinha de centro.

— Tookie! Tookie! Cadê você?

Fui me arrastando até as almofadas rústicas de alce e tentei acalmar minha desvairada amada, embalando-a e segurando sua desalinhada cabeça loira contra o meu ombro. Danae era mais velha do que eu, mas era frágil como uma garota penugenta na puberdade. Quando ela se enroscou em mim, senti meu coração disparar e me tornei seu escudo contra o mundo. Ou talvez fortaleza represente melhor a ideia.

— Está tudo bem, você está segura — falei, em minha voz mais rouca. Quanto mais ela chorava, mais feliz eu me sentia. Estava satisfeita com suas fungadas carentes. — E não se esqueça, você é uma grande vencedora!

Dois dias antes, Danae tinha conseguido uma vitória inédita no cassino. Mas era muito cedo para conversar sobre o lindo futuro. Danae estava agarrando a garganta, tentando rasgar a traqueia, e batendo a cabeça contra a mesinha de centro. Tomada por uma força incomum, ela quebrou uma lâmpada e tentou se cortar com um pedaço de plástico. Mesmo tendo todas as razões para viver.

— Foda-se a vitória. Eu quero ele! Budgie! Ah, Budgie, minha alma! — Ela me empurrou para fora do sofá. — Ele devia estar comigo, não com ela. Eu, não ela!

Eu ouvira essa lenga-lenga durante o último mês. Danae e Budgie tinham planejado fugir juntos. Uma completa subversão da realidade. Ambos alegavam ter tropeçado em uma dimensão alternativa de desejo, mas então o velho mundo passou a perna neles. Um belo dia, Budgie ficou sóbrio e voltou para Mara, que não era uma pessoa tão ruim assim. Por exemplo, ela ficou limpa e permaneceu limpa. Era o que eu achava, pelo menos. Por agora era possível que o esforço de

Budgie para voltar a ser normal tenha falhado. Embora seja normal morrer.

Danae estava uivando.

— Não sabe o que fazer com o corpo dele! Como, como, como assim?

— Você está consumida pela perda.

Dei a ela um pano de prato para as lágrimas. Era o mesmo pano de prato com o qual eu tentara matar as formigas, mesmo sabendo que estava alucinando. Ela colocou o tecido no rosto, balançando-se para frente e para trás. Tentei não olhar para as formigas esmagadas que escorriam entre as mãos dela. Elas ainda estavam contraindo as perninhas e agitando as delicadas antenas. Uma ideia atingiu Danae, que estremeceu e congelou. Em seguida, ela girou o pescoço, seus grandes olhos cor-de-rosa brilhando na minha direção, e disse estas palavras inquietantes:

— Budgie e eu somos um. Um único corpo. Eu devia ficar com o corpo dele, Tookie. Quero Budgie, minha alma!

Deslizei até a geladeira e achei uma cerveja. Trouxe-a para ela, mas ela afastou meu braço para longe.

— É hora de ficar com a cabeça no lugar!

Tomei a cerveja de um gole só e disse que era hora de ficarmos chapadas.

— A gente já está chapada! Loucura é ela, que negou sexo pra ele por um ano, estar com o corpo divino de Budgie.

— Ele tinha um corpo comum, Danae. Não era um deus.

Ela não estava me ouvindo e as formigas eram das vermelhas. Eu estava deixando meus braços em carne viva de tanto coçar.

— Vamos entrar lá — declarou Danae. Os olhos dela estavam vermelhos como chamas. — Vamos entrar lá como os malditos Fuzileiros. Vamos trazer Budgie pra casa.

— Ele está em casa.

Ela bateu no peito.

— Eu, eu, eu sou a casa.

— Eu vou embora.

Fui rastejando até a porta. E daí veio a reviravolta.

— Espere. Tookie. E se você me ajudasse a pegar o Budgie? Trazer ele aqui? Pode ficar com o meu prêmio. É um ano de salário, tipo, pra uma professora, querida! Quem sabe uma diretora? São 26 mil.

Congelei no tapetinho pegajoso da entrada, pensando, de quatro.

Danae sentiu meu assombro. Dei marcha à ré, me virei e olhei para cima, para seus traços de algodão-doce de cabeça para baixo.

— Dou pra você de graça. Só me ajude, Tookie.

Eu já tinha visto muita coisa no rosto dela. Tinha visto a centelha brilhar, as rodas-gigantes de papel-alumínio, e mais. Os quatro ventos viajarem pelo mundo de grande trançado verde. As folhas espremidas formarem um tecido falso, obstruindo minha visão. Mas nunca tinha visto Danae me oferecer dinheiro. Nenhuma quantia de dinheiro. E esse valor podia arrumar minha vida. Era perturbador, tocante, e a coisa mais significativa que já acontecera entre nós.

— Ah, querida...

Coloquei os braços em volta dela e ela arfou como um filhotinho, abrindo a boca úmida e carnuda.

— Você é minha melhor amiga. Pode fazer isso por mim. Pode trazer o Budgie. Ela não te conhece, Mara nunca te viu. Além disso, você tem o caminhão frigorífico.

— Não tenho mais. Fui demitida da North Shore Foods.

— Não! — gritou ela. — Por quê?

— Porque às vezes eu vestia as frutas.

Eu colocava melões no sutiã quando entregava as compras, esse tipo de coisa. Pepinos dentro da calça. Será que isso era assim tão terrível? Meus pensamentos foram longe. Como sempre acontecia quando tinha um emprego, eu fazia uma cópia das chaves. Assim, quando era inevitavelmente mandada embora, eu devolvia só as chaves originais. Guardava as cópias em uma caixa de charutos, claramente identificadas com suas utilidades. Lembranças dos meus empregos. Era só uma mania, sem intenção de maldade.

— Danae, olha, acho que você precisaria ter uma ambulância, ou um carro funerário, ou algo desse tipo.

Ela bateu no meu braço, para cima e para baixo, em ritmo de súplica.

— Mas, Tookie! Escute. Com atenção. Escute! Com atenção!

Prestei atenção em outra coisa. As batidinhas eram gostosas. Finalmente, ela atraiu o meu olhar de volta e falou como se eu fosse uma criança irracional:

— Então, Tookie, querida! Mara e Budgie tiveram uma recaída juntos e ele morreu. Se usar um vestido bonito, ela vai deixar você colocar o corpo dele na traseira do caminhão.

— Danae, os caminhões têm ameixas e bacon pintados na lateral, ou bife e alface.

6   LOUISE ERDRICH

— Não deixe ela ver o caminhão! Você vai levantar ele e jogar pra dentro. Ele vai estar... — por um momento, Danae não conseguiu prosseguir, engasgando como um bebê — seguro no ambiente refrigerado. Daí o dinheiro...

— Sim.

Meu cérebro acelerou com a adrenalina que antecipava dinheiro, e meus pensamentos surgiam furiosamente. Eu conseguia sentir meus neurônios faiscarem. A voz de Danae ficou suave e sedutora.

— Você é grande. Pode levantar ele. Budgie é mais pra pequeno.

Eu disse que Budgie era minguado como um rato, mas ela não deu bola. Seus olhos brilhavam por entre as lágrimas, porque ela sabia que eu estava pronta para fazer o que ela queria. Naquele instante, meu emprego atual assumiu o controle. Leitora de contratos. Era o que eu fazia, na época. Uma assistente jurídica de meio período que lia contratos e definia os termos. Falei para Danae que queria o acordo por escrito. Nós duas assinaríamos.

Ela foi direto até a mesa e escreveu alguma coisa. E então fez algo melhor. Escreveu um cheque, zero atrás de zero, e o acenou para mim.

— Coloque o seu vestido. Se arrume. Vá buscar Budgie. E o cheque é seu.

Ela me levou até a North Shore. Caminhei até o depósito. Quinze minutos depois, eu estava saindo com um caminhão de entregas. Eu usava sapatos de salto, um vestido de festa preto dolorosamente justo e uma jaqueta verde. Meu cabelo tinha sido escovado para trás e borrifado com spray, e Danae tinha aplicado a maquiagem bem rápido. Era minha melhor aparência em anos. Eu carregava um caderno com uns documentos, que tiramos da pilha de trabalhos escolares da filha de Danae. Tinha uma caneta na bolsa.

O que Danae faria com Budgie, quando o tivesse? Essa pergunta ficou na minha cabeça durante o rápido percurso. Que raios ela ia fazer? Não havia resposta. As formigas brotaram por debaixo da minha pele.

⁂

BUDGIE E MARA viviam a oeste de Shageg, a cidade cassino, na fronteira entre Wisconsin e Minnesota. Moravam em uma casa pequena, cinza e decadente. Estacionei na rua, onde o caminhão não ficaria tão à vista. Um pitbull mestiço deitado, preso na coleira na lateral da casa, levantou a cabeça. Mas não latiu, o que gelou minha espinha. Já fui pega de surpresa pelos silenciosos antes. O que não foi o caso deste. Seus olhos sem cor se fecharam e eu apertei a campainha, que devia ter sido instalada em tempos melhores. De dentro soou um civilizado *din-dong*. Mara se atrapalhou com a porta, escancarando-a.

Encarei seus olhos vermelhos, inchados de tanto chorar, com simpatia.

— Sinto muito pela sua perda.

Estendemos as mãos e apertamos os dedos do jeito que as mulheres fazem: transmitindo emoção através das unhas malfeitas. Mara estava curiosamente encantadora para alguém que não sabia o que fazer com um corpo, e jogava para trás a cabeleira retrô estilo Joan Jett. No fim, ela tinha suas razões.

— Certo, eu pensei em chamar os bombeiros, mas não queria a sirene! Ele parece tão calmo e feliz. E não gosto de funerárias. Meu padrasto era agente funerário. Não quero que encham o Budgie de conservantes e que ele fique parecendo uma peça de museu de cera. Daí pensei em lançar pro universo... fazer algumas ligações...

— Porque você sabia que o universo ia atender. O natural é mesmo devolver à natureza.

Ela ficou de lado e eu entrei na casa. Mara piscou os inocentes olhos castanho-esverdeados para mim. Assenti, com sábia compaixão, e liguei o modo vendedor, no qual tudo o que sai da minha boca é fruto da intuição sobre o que o comprador realmente deseja. Em parte, meu rosto duro faz com que eu pareça digna de confiança. Em parte, faz com que eu seja ótima em tentar agradar às pessoas. Em especial, mirar nas necessidades profundas das pessoas é minha melhor habilidade. Peguei minhas deixas das perguntas que Mara fez.

— O que você quer dizer com devolver à natureza?

— Não usamos químicos. É tudo biodegradável.

— Usam o que, então?

— Um retorno à terra. Como pretende nossa psicoespiritualidade. Por isso o nosso nome: Da Terra à Terra. E árvores. Nós cercamos seus entes queridos de árvores. Pra que cresça um bosque. Nosso lema é: Das Sepulturas para os Bosques. Você pode ir até lá e meditar.

— Onde fica esse lugar?

— No tempo certo, vou levar você lá. Mas agora preciso auxiliar Budgie no começo da sua jornada. Pode me mostrar onde ele jaz?

A palavra "jaz" fez eu me encolher por dentro — exagerei na farsa? Porém Mara já estava me mostrando o caminho.

O QUARTO DOS FUNDOS da casa de Mara e Budgie estava cheio de mercadorias ainda embaladas — parece que eles tinham um problema que eu poderia ajudar a resolver —, mas deixei isso para depois. Budgie estava deitado em travesseiros manchados com a boca meio aberta, como se apertasse os olhos perplexos ante à pilha de recipientes plásticos em um dos cantos. Era como se a causa da morte tivesse sido uma leve confusão. Entreguei alguns documentos a Mara. Eram formulários de autorização para passeios escolares da filha de Danae, que peguei de cima do balcão. Mara leu os papéis com cuidado e eu tentei esconder meu pânico. Poucas pessoas liam formulários oficiais. Às vezes parecia que eu era a única, obviamente devido ao meu emprego atual. Por outro lado, às vezes algumas pessoas fingiam ler apenas com os olhos, e não com o cérebro. Mara estava fazendo isso. Ela se retraiu ao escrever o nome de Budgie no primeiro espaço em branco. Então assinou os formulários com um ar consternado de fatalidade, pressionando a caneta com força nas hastes do *M* no final.

Esse gesto sincero me tocou. Não sou sem coração. Fui até o caminhão e procurei atrás das caixas refrigeradas de laticínios, onde eu sabia que havia uma cobertura de lona. Levei para dentro e estiquei ao lado do corpo de Budgie, que ainda estava ligeiramente flexível. Ele vestia uma camiseta de manga comprida sob uma falsa camiseta vintage do Whitesnake. Rolei o corpo até a lona e consegui endireitar suas pernas e cruzar seus braços sobre o peito, como se ele fosse, digamos, um discípulo de Hórus. Fechei os olhos inquisidores dele, e eles permaneceram fechados. Enquanto estava fazendo isso tudo, pensava: *faça agora, sinta depois.* Mas encostar os dedos nas pálpebras dele me atingiu. Para sempre na ignorância. Eu precisava de alguma coisa para segurar o queixo dele, mas no caminhão só tinha corda elástica.

— Mara, você prefere que eu vá até o veículo e pegue cordas elásticas, ou você tem uma echarpe que possa dar pro Budgie, como um símbolo do seu amor na próxima vida? Sem estampa floral, se possível.

Ela me deu uma longa echarpe de seda azul, com estampa de estrelas.

— Budgie me deu de presente no nosso aniversário de casamento — disse ela, muito quieta.

A Sentença 9

Fiquei surpresa, porque até onde eu sabia Budgie era sovina. Talvez a echarpe tenha sido um presente do tipo *estou ferrado,* dado pelo esposo culpado que retorna à casa. Enfaixei a cabeça de Budgie com a echarpe para segurar a mandíbula fechada, e dei um passo para trás. Imaginei se não seria essa a minha vocação, pois, de repente, ele tinha uma aparência sábia e sobrenatural. É como se ele tivesse fingido ser um cretino em vida, mas na verdade fosse um sacerdote xamânico.

— Ele parece... onisciente — disse Mara, impressionada.

Nós entrelaçamos os dedos de novo, e tudo começou a ganhar um significado devastador. Eu quase desmoronei e larguei Budgie ali. Agora eu preferia ter largado, é claro. Mas minha sempre confiável faceta de vendedora tomou conta e manteve o ritmo das coisas.

— Tudo certo, Mara. Vou dar início à próxima fase da jornada de Budgie, e geralmente isso dá mais certo quando a pessoa enlutada toma uma xícara de chá e medita. Você não vai querer impedir que ele se vá.

Mara inclinou o corpo e beijou a testa do marido. Então se endireitou, respirou fundo e foi até a cozinha. Ouvi água correndo, talvez para encher uma chaleira, então rolei o corpo de Budgie da forma como um bombeiro faria para conseguir carregá-lo. Enquanto Mara estava fazendo o chá, saí com ele pela porta, passei pelo pitbull deprimido e depositei o corpo na traseira do caminhão. Tive que chutar os saltos longe e subir no veículo a fim de puxá-lo para dentro. A adrenalina ajudou, embora meu vestido tenha rasgado. Me ajeitei atrás do volante e o levei até Danae.

Ela estava esperando na varanda. Saí do caminhão. Ela veio correndo, mas, antes de entregar Budgie, balancei os dedos para ela. Danae pegou o cheque do bolso de trás da calça jeans e o desdobrou, mas disse que tinha que ver o corpo primeiro. Lambeu os lábios carnudos e sorriu. Como se eu estivesse entregando uma pedra.

Meu amor por Danae se desprendeu de mim como pele morta. Às vezes, uma pessoa te mostra alguma coisa. Ou tudo. Budgie tinha alcançado uma dignidade calma, enquanto Danae estava grotescamente ávida. Eu não podia juntar essas duas coisas. Fomos até a traseira do caminhão. Estendi a mão e removi a lona, mas evitei olhar tanto para Budgie quanto para Danae. Ela me deu o cheque e subiu para ficar ao lado dele. Eu me certifiquei de que o cheque estava corretamente assinado, então me afastei do caminhão, aliviada. Pelo que fiz na sequência, ficou claro que eu não sou uma ladra de corpos profissional, como alegaram depois. Eu fui embora. Joguei as chaves no banco do motorista do caminhão, e entrei no meu pequeno e velho Mazda. Saí de lá em dois tempos. Quer dizer, eu devia ter ajudado Danae a levar o corpo de Budgie para dentro da casa. Eu devia ter levado o caminhão de volta. Não, espera. Eu nem deveria ter pegado o corpo de Budgie, pra começo de conversa. Mas deixar o corpo no caminhão frigorífico foi o que realmente me prejudicou no final.

Isso e não olhar o sovaco dele. De qualquer forma...

Ainda era o meio da tarde, então fui direto ao banco depositar o cheque. Retirei o valor no saldo da minha conta antes da compensação: sessenta dólares. Com essas notas de vinte na bolsa, eu dirigi e tentei me distanciar, dizendo a mim mesma para respirar e não olhar para trás. Fui até o bar/churrascaria que costumava frequentar quando estava cheia de grana. Ficava a apenas alguns quilômetros seguindo pela rodovia, para dentro da mata. No Lucky Dog, pedi um uísque e um filé de costela caprichado, que veio com salada verde e batata assada recheada. Delicioso. Meus sentidos acordaram. A refeição e o dinheiro me curaram. O uísque matou as formigas. Eu era uma nova pessoa, uma cujo destino final não seria encarar uma pilha de potes de plástico. Uma pessoa cujo destino tinha sido forjado por circunstâncias incomuns. Refleti sobre a minha explosão de criatividade. O negócio que eu inventara no desespero, Da Terra à Terra, tinha chance de dar certo. As pessoas procuravam alternativas. Além disso, a morte não poderia ser afetada pela recessão, nem poderia ser terceirizada para outro país com facilidade. Eu sabia que existiriam leis, obstáculos e regulamentos, mas, com o adiantamento de Danae, eu poderia arrumar minha vida.

Enquanto planejava meu futuro promissor, ele se sentou no banco à minha frente. Minha nêmesis. Minha outra paquera.

— Pollux. Minha consciência Potawatomi.[1] Cadê o uniforme fofo da polícia tribal?

Pollux já tinha sido um lutador de box habilidoso. O nariz dele era amassado e a sobrancelha era falhada. Ele tinha um dente falso. Os nós dos dedos eram calombos desiguais.

---

[1] Os Potawatomi são uma etnia nativo-americana que atualmente reside no estado de Oklahoma. Seu nome significa "pessoas do lugar do fogo". [N. da T.]

— Não estou de serviço, mas estou aqui por uma razão. — Meu coração deu um pulo. Temia que Pollux estivesse aqui para oferecer um serviço especial. — Tookie. Você sabe o que vou dizer.

— Que a gente tem que parar de se encontrar assim?

— Eu sabia que era você quando vi o caminhão. Original.

— Mostra que eu sou inteligente.

— A aldeia não te mandou pra faculdade à toa.

— Mandou sim.

— Vamos fazer assim. Te pago outro uísque antes que a gente encare toda a dor de cabeça.

— Eu ia começar um negócio lindo, Pollux.

— E ainda pode. Em vinte anos, no máximo. Você fez um bom trabalho, na verdade. O foco estava nas suas amigas. Se ao menos elas não tivessem ficado histéricas e começado a falar de você.

(Danae, Danae! Outra ingratidão.)

— Sei que está brincando sobre os vinte anos. Pronto, já me assustou. Você falou com a Mara?

— Falei, e ela elogiou o seu serviço e a sua compaixão, mesmo depois que a gente contou que tinha sido coisa da Danae.

— É mesmo?

Fiquei satisfeita, apesar das circunstâncias. Mas ele não tinha admitido que estava exagerando para me intimidar.

— Pollux, dê um desconto pra sua velha amiga Tookie. E o que é essa história de vinte?

— Tenho ouvido algumas coisas. Você pode estar... quer dizer, com os seus antecedentes, nunca se sabe. Pode ser o dobro.

Agora eu estava tentando não hiperventilar. Ainda tinha uma coisa faltando. Um crime.

Por debaixo da cicatriz da sobrancelha, Pollux me encarou com aqueles tristes olhos escuros. Ele encarava o abalo nervoso do meu coração. Mas então percebi que ele estava em conflito.

— O que foi? Por que a porra dos vinte anos?

— Não é minha função descobrir se você sabia, ou não, o que Budgie levava.

— Levava? O que ele sempre levou, uma vida patética de mentiras. E você não respondeu à minha pergunta.

— Você conhece as regras. Mas ajudaria se você não depositasse aquele cheque.

— Não sou idiota. Claro que já depositei.

12 LOUISE ERDRICH

Ele não disse nada e ficamos mais um pouco sentados. A sobrancelha falhada baixou. Ele bebia o uísque e perscrutava meus olhos com tristeza. Dependendo da iluminação, eu até posso ser considerada marcante — no estilo motoqueira —, mas Pollux definitivamente deveria ser considerado feio, seja qual for a luz. Mas para um homem, um lutador, isso não é uma coisa negativa. Chamam de rústico. Ele desviou os olhos. Sabia que a encarada dele era muito boa para ser verdade.

— Agora me conta. Vinte anos?

— Você finalmente estragou tudo, Tookie.

— Era um cheque gordo. Pensei em caridade, sabe? Depois das despesas do negócio...

— Não tem a ver com o cheque, embora ele vá ser considerado. Mas, Tookie, furtar um corpo? E com o que ele levava? Isso é mais do que roubo qualificado. Fora o caminhão...

Quase me engasguei. Realmente me engasguei. Lágrimas chegaram a brotar. Eu sequer tinha considerado que o que estava fazendo era crime. Roubo qualificado soa bem, a não ser que você esteja olhando para o tempo da pena.

— Pollux, eu não estava roubando! Estava realocando um corpo. Fazendo um favor a uma amiga. Tá, e peguei um caminhão emprestado. O que você queria que eu fizesse quando ela gritou *"Budgie, minha alma"*?

— Tudo bem, Tookie. Mas você depositou o cheque. Além do mais, o caminhão era refrigerado. Vai que você fez isso pra armazenar partes do corpo.

Eu não conseguia falar.

Pollux pagou aquela bebida para mim.

— Você é único — falei, enfim. — E é um Potawatomi. Irmão de aldeia.

— E amigo. Nós certamente nos conhecemos há uma eternidade. Evoluímos juntos nas costas da tartaruga.[2] Ah, Tookie, minha eterna...

— Eterna o quê?

---

[2] Na tradição nativo-americana, as costas da tartaruga representam a criação da Ilha da Tartaruga, também conhecida como continente norte-americano. O casco da tartaruga é o símbolo do paraíso, enquanto a parte de baixo simboliza a terra. A tartaruga é um animal cuja magia une o céu e a terra. [N. da T.]

Ele não respondeu. Perguntei de novo.

— Vamos reduzir a pena — disse ele. — Vou testemunhar em seu favor. Talvez a gente consiga um acordo. Não acho que roubar um corpo seja um crime tão grave assim. E você não sabia...

— É isso aí. Por que é um crime? É só o Budgie.

— Eu sei. E a questão de remover partes...

— É uma babaquice. Ele nem estava fresco o suficiente pra vender.

Pollux me olhou com seriedade e disse para eu não repetir isso no tribunal.

— A reserva não vai se envolver — continuou. — A competência é federal. As pessoas de lá não conhecem seu senso de humor. Seu charme. Você vai ser só uma índia grandona com cara de brava, como eu. Embora...

Ele ia continuar, mas interrompi.

— Só que você se tornou um policial da reserva. Escolha inteligente.

— Você poderia ser qualquer coisa. Isso faz meu cérebro fritar. Faz meu coração — ele tocou delicadamente o peito — virar de cabeça pra baixo. Se torcer em um nó. É como se você nunca tivesse aprendido que são as nossas escolhas que fazem a gente chegar aonde está.

Era uma verdade incontestável, mas eu não conseguia responder. Minha cabeça tinha sido invadida por pensamentos.

Nós nos encaramos. Enrolei as mangas da minha jaqueta verde e deslizei os braços através da mesa. Foi quando ele tirou as algemas e me prendeu. Bem ali.

✻

Não sou muito de assistir à televisão, por isso, enquanto aguardava o julgamento na cadeia, usei minha ligação telefônica para pedir à Danae que me trouxesse alguns livros. O número estava desligado. Mais tarde liguei para Mara e foi a mesma coisa. Para minha surpresa, foi a minha professora da sétima série da escola da reserva que me socorreu. Sempre pensei que Jackie Kettle tinha sido boa comigo porque era muito jovem e era o primeiro ano dela como professora. Mas parece que ela continuou acompanhando seus alunos. Jackie descobriu que eu estava na cadeia, foi numa feira e comprou uma caixa de livros por um dólar. Eram principalmente de autoajuda, ou seja, cômicos. Mas tinham dois ou três que aparentemente faziam parte da leitura escolar obrigatória. Do ano passado. Eles me deixaram ficar com um velho exemplar do *Norton Anthology of English Literature,* e ele me ajudou a aguentar. Eu não recebia muitas visitas. Pollux veio uma vez, mas acho que começara a chorar, então foi isso. Danae tinha me arrebatado com a história dela, que transformou o que eu fiz em uma coisa especial e tal — ela não estava pensando direito. Eu a perdoei, mas não queria vê-la. De qualquer forma, a antologia fez o tempo passar, até que chegou a hora de falar com L. Ron Hubbard. Sim, nossa aldeia tinha um advogado de defesa que era cientologista. É isso que acontece com os guardiões da terra. Mas o nome dele não era de fato L. Ron Hubbard, nós só o chamávamos assim. O nome dele era Ted Johnson. Ted e eu nos encontrávamos sempre na mesma salinha deprimente. Ele era a pessoa mais sem graça que já existira, desajeitado em seus ternos folgados demais da Men's Wearhouse, gravatas largas da década de oitenta e uma semicareca de cabelo ondulado que crescia ao redor das orelhas, e ele teimava em colocar para trás. Ele tinha um rosto redondo monótono, com olhos verdes opacos e pupilas minúsculas, frias como brocas. Infelizmente, ele não estava escondendo nenhuma perspicácia sobrenatural.

— Tookie, estou surpreso.

— Você está surpreso, Ted? Eu é que estou. Quem fez disso um crime?

— É furto de cadáver!

— Não foi furto. Eu não fiquei com o corpo.

— Boa. Vou usar isso. Mas você aceitou um pagamento de mais de 25 mil dólares, o que tem previsto legal etc.

— Previsto? Você não quis dizer previsão?

— Sim, como eu disse.

Ted não se abalou. Eu estava encrencada.

— O corpo humano vale 97 centavos — contei. — Fervido e reduzido aos próprios minerais, e assim por diante.

— Boa. Vou usar isso. — Ele pausou. — Como você sabe?

— Meu professor de química do colégio. — Então me ocorreu o quanto o Sr. Hrunkl era tapado, e que, em alguns mercados clandestinos que vendiam partes de corpos, Budgie possivelmente valeria muito mais. Senti frio e continuei falando: — Escute, Ted. O dinheiro de Danae foi uma coincidência. Eu peguei pra guardar. Sou a melhor amiga dela e fiquei com medo de que ela fizesse alguma idiotice com ele, por causa do luto. Eu estava guardando o dinheiro pra ela. Assim que você me tirar daqui, vai voltar pra conta dela. E Danae com certeza vai desperdiçá-lo.

— Claro. Vou usar isso.

— Então qual é a estratégia?

Ted olhou para suas anotações.

— Você não ficou com o corpo, que fervido vale só 97 centavos.

— Melhor deixar de fora o "fervido". E provavelmente custa mais agora. Inflação.

— Ok. Você estava guardando o dinheiro de Danae, pra que ela não o gastasse enquanto estivesse boba por conta da tristeza.

— Louca de tristeza. E sou a melhor amiga dela. Escreva isso aí.

— Sim. Vamos ficar bem! Vou te soltar!

Ele aparentava estar precisando de uma soneca. Mas, antes de cochilar, sussurrou algo estranho:

— Você sabe o que estava grudado no corpo, certo?

— Acho que algum tipo de etiqueta. Tipo "falecido".

— Não, embaixo da camiseta.

— A camiseta do Whitesnake. Clássica. Fitas cassete velhas?

O rosto de Ted se enrugou, em um esforço para avaliar o que eu estava pensando. Ele olhou para os lados, como se estivesse paranoico, e depois balançou a cabeça.

— É muito arriscado falar. Você vai ser procurada pela Divisão Antidrogas da Polícia Federal, ou alguém desse tipo. Sei lá, quem sabe apenas a polícia local. Tem mais coisa aqui do que você sabe. Ou talvez *saiba*. Não tenho nada a ver com isso.

— Isso o quê?

Ele levantou e jogou, apressado, os papéis dentro da pasta de plástico.

— Isso o quê?

Eu levantei e gritei:

— Volte aqui, Ted! Isso o quê?

⚜

TED VOLTOU alguns dias depois, com mais sono ainda. Ele ficava esfregando os olhos e bocejando na minha cara.

— Então, Danae e Mara finalmente desistiram — falou.

— Estavam tomadas pela tristeza, cada uma de um jeito diferente.

— Não desistiram desse jeito. Quis dizer que começaram a falar.

— Que bom! Elas deviam mesmo conversar sobre a perda. Legal elas se apoiarem nesse momento.

— Estou começando a achar que você não sabia de nada mesmo.

16   LOUISE ERDRICH

— Que ele teve uma overdose? Eu sabia disso.
— É mais do que isso. Você foi interrogada.
— Sim, mas não participei disso.
— Tookie — falou o advogado, com gentileza —, você transportou um corpo humano com as axilas cheias de pedras de crack de Wisconsin até Minnesota. Ultrapassou fronteiras estaduais.
— Bom, olha só, os nativos não reconhecem as fronteiras estaduais. E por que diabos eu checaria o sovaco dele?
— Danae e Mara já falaram e fizeram um acordo. A questão é que elas juram que o transporte nas axilas foi ideia sua, e que o dinheiro que você aceitou foi a sua parte dos lucros futuros. Tookie, me desculpe.
— Como se eu fosse descontar um cheque de adiantamento de lucro de drogas! Eu pareço idiota, por acaso?
Ted não respondeu e eu fiquei irritada.
— Ah, Ted, por tudo que é mais sagrado, ninguém me escuta! Eu não sabia!
— Todos estão te escutando. É só que você está dizendo o que todo mundo diz. *Eu não sabia* é uma defesa meio batida.

⁂

HOUVE UM PERÍODO vazio, como as páginas em branco de um diário. Não sei dizer o que aconteceu. Até que fui arrastada para outro interrogatório. E foi nessa entrevista que surgiu a prova que me condenou. Minha ruína foi a fita adesiva. Desta vez, era um homem de olhar severo e bronzeamento artificial, e uma mulher sarada e de lábios finos.
— Suas amigas dizem que você é o cérebro por trás dessa ideia.
— Que ideia?
— Transportar crack colado num cadáver. Desonrando o pobre coitado. Você devia entregar o corpo na casa da sua amiguinha loira. Ela te pagaria pela entrega e te daria uma parte das vendas depois. Então, removeria a droga e chamaria a funerária pra pegar o cadáver de Budgie.
— Crack? Não tinha nenhuma droga. Eu peguei o corpo pra Danae. Ela era apaixonada por Budgie. O amor deles era abençoado, consagrado pelos deuses, e ela queria estar junto dele, sabe? Por que diabos, eu não sei.
— Tinha crack. E fita adesiva.

Fita adesiva. Como sou metida a besta, perguntei se era cinza. Meus interrogadores tinham o cinismo exausto e presunçoso de treinadores de futebol do colégio. Eles se entreolharam, impassíveis, e então ambos ergueram significativamente as sobrancelhas.

— O que foi? — questionei.

— Você perguntou sobre a fita adesiva.

Eu disse que não sabia como reagir à informação que eles tinham fornecido. E que, por isso, tinha feito uma pergunta irrelevante.

Eles afirmaram que a pergunta sobre a fita adesiva não era irreverente.

— Eu disse *irrelevante*.

— Como quiser. Consegue imaginar a razão?

— Talvez por que a fita não era cinza?

— De que cor era?

— Não tenho ideia.

— Tem certeza?

— Por que mais eu perguntaria?

— É uma coisa bem estranha de se perguntar.

— Não acho. Acho que é uma dúvida normal. Fazem fita adesiva de cores diferentes agora.

De novo, a erguida significativa das sobrancelhas.

— Cores diferentes — disse um deles. E, na sequência, a pergunta que me aterrorizou: — Se você tivesse que escolher uma, de que cor seria a fita?

— Não sei. — De repente, minha boca ficou muito seca. — Posso tomar um pouco de água?

— Claro, sem dúvida. É só você responder à pergunta primeiro.

Fiquei muito tempo naquela sala. E não me deram água nenhuma. Eu estava alucinando quando eles voltaram. Minha língua estava tão espessa que eu não conseguia fechar direito a boca. Tinha uma crosta marrom e fedida sobre os meus lábios. A mulher segurava um copo descartável. Ela serviu a água na minha frente e eu avancei.

— Você se lembrou da cor da fita?

Eu tivera tempo para planejar. E se eu escolhesse uma cor e acertasse? Eu deveria escolher todas as cores. Sim. Dessa forma, eu não acertaria de jeito nenhum.

— Era de todas as cores — respondi.

Eles assentiram, me olharam com nítida aprovação e disseram juntos: *"Bingo!"*

18 LOUISE ERDRICH

Quem poderia imaginar que existia fita adesiva com as cores do arco-íris? E por que, do nada, Mara tinha usado uma fita dessas para grudar as pedrinhas nas axilas de Budgie?

No DIA em que fui sentenciada pelo juiz Ragnik a sessenta anos, houve consternação no tribunal, mas eu, pessoalmente, não conseguia tirar a expressão de confusão do rosto. A mesma expressão de Budgie. Entretanto, muitos naquela sala não estavam surpresos. As sentenças da Justiça Federal são duras. E o crack piorava qualquer coisa ao máximo. Por fim, o juiz tinha liberdade para julgar — roubar Budgie era uma circunstância agravante, e esse juiz estava muito chocado com o que eu tinha feito. Ele falou da santidade e da pureza dos mortos, e de como eles ficavam indefesos nas mãos dos vivos. De como isso poderia se tornar um precedente. O contrato ridículo tinha sido citado — maldita arrogância, a minha. Além disso, eu mencionei estatísticas. Só que eu estava do lado errado delas. Dentre as pessoas atualmente presas, os nativos-americanos são os que mais recebem sentenças excessivas. Adoro as estatísticas, porque posicionam o que acontece com uma diminuta parte da humanidade, como eu, em uma escala mundial. Por exemplo, o estado de Minnesota prende, sozinho, três vezes mais mulheres que todo o Canadá, sem mencionar toda a Europa. E tem as outras estatísticas, que nem vou mencionar. Por muitos anos, perguntei a mim mesma por que estamos em último lugar, ou entre os piores, em qualquer levantamento. Porque eu sei que, como povo, somos grandes. Talvez seja a nossa grandeza, que está no que não pode ser mensurado. Talvez tenhamos sido colonizados, mas não o suficiente. Esqueça os cassinos e o meu próprio comportamento, a maioria de nós não é fissurada no dinheiro. Não o bastante para apagar o amor por nossos ancestrais. Ainda não somos colonizados o suficiente para assimilar a mentalidade da linguagem dominante. Mesmo que a maioria de nós não fale as línguas nativas, muitos agem a partir de um senso comum herdado delas. Da nossa generosidade. Na nossa própria língua, que chamamos de *Anishinaabemowin*, temos formas intrincadas de relações humanas e infinitas maneiras de caçoar. Então talvez estejamos do lado errado da língua inglesa. Acho que é possível.

Apesar disso, a etimologia de uma palavra inglesa aliviara meu desespero. Na cadeia onde estive antes de ser transferida, eles passaram meu dicionário pelo raio-x, removeram a capa, cutucaram a costura e amarrotaram as páginas. No fim, eu mereci o livro por bom comportamento, porque realmente foi o que eu fizera. O mau comportamento desapareceu quando a sentença fora proferida. Ao menos, quando eu conseguia controlar. Algumas vezes não conseguia. Eu era Tookie, sempre muito Tookie. Para o mal ou para o bem, era um fato.

Meu dicionário era o *The American Heritage Dictionary of the English Language*, de 1969. Jackie Kettle enviara o livro para mim com uma carta. Contou que o tinha recebido da Liga Nacional de Futebol Americano, como prêmio por uma dissertação que havia escrito sobre as suas razões para cursar faculdade. Ela tinha levado esse dicionário para a faculdade, e agora o estava confiando a mim.

> **sentença** *s.f.* Unidade gramatical composta por uma palavra, ou conjunto de palavras, separadas de qualquer outra construção gramatical, que, geralmente, consiste em ao menos um sujeito e um predicado, e pode conter um verbo conjugado ou ser uma frase verbal; por exemplo, *A porta está aberta* e *Vá!* são sentenças.

Quando li pela primeira vez a definição, fiquei maravilhada com os exemplos em itálico. *Não eram apenas sentenças*, pensei. *A porta está aberta. Vá!* Eram as mais lindas sentenças já escritas.

⁂

Fiquei em uma cadeia decrépita por oito meses, porque não tinha espaço em nenhum outro lugar. Havia mulheres demais em Minnesota fazendo escolhas ruins, como meus advogados gostavam de dizer. Por causa desse aumento, não havia vaga na prisão feminina de Shakopee, que na época não tinha sequer uma cerca de verdade. Eu queria ir para lá. Mas, de qualquer forma, eu era uma prisioneira federal. Waseca — agora um presídio federal feminino de segurança mínima no sul de Minnesota — ainda não recebia mulheres. Então fui transferida de Thief River Falls para um lugar fora do estado, que chamarei de Rockville.

Foi a transferência que me trouxe mais problemas. Transferências acontecem à noite. Mais tarde, eu chegaria à conclusão de que as únicas vezes em que fui diretamente acordada na prisão foram as raras vezes em que estava tendo um sonho feliz. Uma noite, ainda na cadeia, eu estava prestes a morder um pedaço gigante de bolo de chocolate quando me arrancaram do sono. Mandaram eu vestir uma camiseta e uma calça descartáveis, e ir arrastando os chinelos descartáveis até um micro-ônibus. Cada prisioneira foi algemada em um cubículo, mas, quando vi que eu teria que entrar naquela gaiola minúscula, desmoronei. Naquele tempo, eu era terrivelmente claustrofóbica. Eu tinha aprendido sobre Santa Lúcia, que Deus fez tão pesada que não podia ser erguida. Tentei me fazer pesada e tentei dizer aos brutamontes do transporte que eu era claustrofóbica. Implorei como uma desvairada, então me trataram como uma desvairada. Dois homens suaram, se contorceram, esmurraram, empurraram e me enfiaram na gaiola. Daí Budgie entrou comigo, a porta foi fechada e eu comecei a gritar.

Ouvi os dois falando sobre pegar uma dose de sedativo. Comecei a implorar a eles que fizessem isso, mas não havia enfermeira para administrar a dose no meio da noite. Fomos embora comigo gritando, Budgie se regozijando com a minha desgraça e a echarpe de estrelas ainda prendendo a mandíbula com um nó frouxo em cima da cabeça dele. As outras mulheres me xingavam e os seguranças berravam com todas nós. A viagem seguiu e as coisas foram piorando. Quando a adrenalina de um ataque de pânico te atinge, não tem como pará-la. Me disseram que a intensidade de um ataque de pânico significa que ele não pode durar para sempre, mas garanto que pode levar horas, como levou quando Budgie começou a sibilar através dos dentes apodrecidos. Não me lembro do que fiz durante aquelas horas, mas aparentemente decidi me matar rasgando tudo que consegui agarrar nas minhas roupas descartáveis, enrolando pedaços das minhas roupas de baixo e das mangas, e atochando-os dentro da minha boca e do meu nariz. Quando fiquei quieta, me disseram que todos ficaram tão aliviados que ninguém quis ver como eu estava. A causa da minha morte poderia ter sido papel em branco, se um dos policiais não tivesse tido consciência. Se houvesse palavras naquele papel, será que a minha morte teria sido um poema? Eu teria muito tempo para ponderar a questão.

QUANDO CHEGAMOS, fui confinada em uma unidade de isolamento, ou solitária, por um ano. Devido à minha tentativa de suicídio por papel, não permitiram mais livros. Entretanto — eu não fazia ideia —, descobri que tinha uma biblioteca na cabeça. Todos os livros que li do jardim de infância até a faculdade estavam lá, mais aqueles pelos quais fiquei obcecada depois. As dobras do meu cérebro continham longas cenas e passagens, tudo — começando pelos livros infantis, passando por *As Aventuras de Huckleberry Finn* e seguindo até a trilogia *Xenogênese*. Assim se passou um ano, durante o qual, de alguma forma, eu não enlouqueci, e então mais dois antes que eu fosse transferida. Desta vez, a caminho de Waseca, fui algemada, mas não enfiada em um cubículo. Seja como for, meu tempo na solitária tinha me curado da claustrofobia. Cumpri pena em Waseca por sete anos, até que um dia fui chamada à sala do diretor. Nessa altura, eu tinha mudado da água para o vinho. Estava mantendo a cabeça baixa. Participando de cursos. Trabalhando. Então, que porra eu tinha feito? Entrei na sala esperando ouvir alguma desgraça, e acabei ouvindo sentenças que fizeram meu coração parar: "*Seu tempo aqui acabou. Sua sentença foi comutada.*"

Tudo ficou quieto como um trovão. Comutada para pena cumprida. Tive que me sentar no chão. Estaria livre tão logo a papelada estivesse pronta. Não fiz perguntas para não chamar atenção, caso tivessem convocado a pessoa errada. Mas depois fiquei sabendo que tinha subestimado totalmente Ted Johnson. Ele não tinha desistido. Sim, ele fazia com que eu me candidatasse todos os anos a um indulto, disso eu sabia. Mas não pensei que fosse dar em alguma coisa. Ele apelou, apelou de novo e de novo. Levou meu caso a um grupo da Universidade de Minnesota, que se interessou por causa de Budgie e das convicções extremas do juiz. Ted Johnson também tinha conseguido confissões de Danae e de Mara, que, agora que tinham cumprido suas sentenças curtas e exclamativas — por exemplo: *suas babacas!* —, haviam perdido o interesse em me culpar e admitiram ter me incriminado. Ele tinha apresentado minha história em todos os lugares possíveis.

Escrevi para Ted Johnson, agradecendo a ele pela chance de ter uma vida livre. Mas minha carta nunca chegou a ele, porque ele estava em um mundo sem endereços. Tinha morrido de ataque cardíaco fulminante.

Na noite em que fiquei sabendo que seria libertada, não consegui dormir. Embora tenha sonhado com esse momento, a realidade dele me preencheu com um misto de terror e euforia. Agradeci ao meu pequeno deus.

22 LOUISE ERDRICH

Uma vez, quando estava no isolamento, sentada na cama em um estado de fuga, recebi a visita de um espírito pequenino. Em ojíbua,[3] a palavra para inseto é *manidoons*, pequeno espírito. Nesse dia uma mosca verde iridescente pousou no meu pulso. Não me mexi, apenas assisti enquanto ela sacudia a carapaça em forma de joia com braços finos como cílios. Depois fui pesquisar. Era só uma mosca verde comum, *Lucilia sericata*. Contudo, na época ela fora uma emissária de tudo o que pensei que nunca mais seria meu novamente — a incomum beleza comum, o êxtase, a surpresa. Na manhã seguinte, não estava mais lá. *De volta ao lixo ou a uma carcaça*, pensei. Mas não. Estava amassada na palma da minha mão, morta com um tapa dado durante o sono. Eu estava ferrada. Claro que eu tinha perdido todo o senso de ironia, pois vivia num clichê cruel. Mas, naquela rotina desesperadora, qualquer aberração se torna um sinal brilhante. Por semanas depois disso, acreditei firmemente que esse pequeno espírito tinha sido um sinal de que algum dia eu estaria livre. E aqui eu a havia matado.

Contudo, os deuses foram misericordiosos.

Eu saí vestindo uma jardineira com estampa de girassol, uma camiseta branca e coturnos masculinos. Ainda tinha o dicionário. Uma casa de apoio me acolheu, até que por fim eu encontrei um lugar para viver, à margem da rodovia I-35.

Entre 2005 e 2015, os telefones tinham evoluído. A primeira coisa que percebi foi que quase todo mundo olhava fixamente um retângulo iluminado, e eu também queria um. Mas, para ter um, eu precisava de um emprego. Embora agora eu pudesse operar uma máquina de costura industrial e trabalhar com uma prensa, a habilidade mais importante que eu tinha adquirido na prisão era ler com uma atenção feroz. Lá, a biblioteca tinha inúmeros livros sobre trabalhos manuais. No começo, eu lia tudo e qualquer coisa, até mesmo manuais de tricô. De vez em quando, chegavam levas inesperadas de volumes doados. Li cada um dos livros da coleção *Great Books of the World*, cada Philippa Gregory e Louis L'Amour. Jackie Kettle enviava um livro por mês, religiosamente. Mas eu sonhava em poder escolher um livro

---

[3] Ojíbua é uma língua indígena composta por diversos dialetos que possuem nomes próprios e sistemas de escrita individuais. Não existe um único dialeto considerado principal ou predominante, e nenhum sistema de escrita padrão que abranja todos os dialetos. A língua é falada em diversas áreas do Canadá e dos Estados Unidos. [N. da T.]

numa livraria ou biblioteca. Deixei meu suposto currículo, cheio de mentiras, em cada livraria de Minneapolis. Só uma loja respondeu, porque Jackie agora trabalhava lá como compradora e gerente.

A livraria era um lugarzinho modesto, em uma vizinhança agradável, do outro lado da rua de uma escola feita de tijolos. A porta azul, protegida por um toldo, abria-se para um espaço extremamente limpo de oitocentos metros quadrados, que cheirava à erva-doce e estava entupido de livros, com seções marcadas como Ficção Indígena, História Indígena, Poesia Indígena, Línguas Indígenas, Biografias Indígenas, e assim por diante. Percebi que somos mais brilhantes do que eu pensava. A proprietária estava sentada em um escritório estreito, nos fundos, com janelas altas que deixavam atravessar faixas largas e suaves de luz. Louise estava usando óculos vintage em formato oval e tinha prendido o cabelo com uma presilha de contas. Eu a conhecia apenas pelas fotos antigas de autora. A idade tinha alargado seu rosto e seu nariz, engordado suas bochechas, embranquecido seus cabelos e dado a ela um ar difuso de tolerância. Ela me contou que a loja estava perdendo dinheiro.

— Acho que eu posso ajudar.

— Como?

— Vendendo livros.

Naquela época, eu estava com a minha aparência mais intimidadora, e falei com a minha velha confiança de vendedora. Depois que joguei fora a jardineira de girassol, cultivei um visual no estilo *brutal chic* — um grosso delineado preto, batom passado em golpes cruéis, braços musculosos e coxas grossas. Meu look padrão era calça jeans preta, tênis de cano alto da Stompers, suéter de futebol preto, piercing no nariz, argola na sobrancelha e uma bandana preta apertada na cabeça para segurar o cabelo. Quem ousaria *não* comprar um livro de mim? Louise assimilou isso tudo e assentiu. Ela segurava meu currículo na mão, mas não fez uma pergunta sequer sobre ele.

— O que você está lendo agora?

— *Almanac of the Dead*. Uma obra-prima.

— Tem razão. O que mais?

— Quadrinhos, Graphic Novel. Hã, Proust?

Ela concordou com um olhar cético, e meio que me percorreu com os olhos.

— São tempos difíceis pra pequenas livrarias e provavelmente vamos falir. Aceita o emprego?

24   LOUISE ERDRICH

COMECEI COM o turno da noite e horas extras. Restabeleci a conexão com Jackie, que leu tudo que já foi escrito e me ensinou como administrar a loja. A velha Tookie tinha suas convicções sobre as oportunidades no varejo. Mas resisti à tentação de surrupiar dinheiro da caixa registradora, de roubar dados dos cartões de crédito e de afanar nossos outros produtos, inclusive as bijuterias mais finas. Algumas vezes, eu tinha que morder meus dedos. Com o tempo, a resistência se tornou um hábito e a ânsia diminuiu. Trabalhei até merecer um aumento, depois outro, e sempre havia benefícios, como livros com desconto e edições em pré-publicação. Eu gastava pouco. Olhava as vitrines. Vagava. Depois do trabalho, eu pegava o ônibus e viajava pelas cidades próximas, indo para todo lado, descendo e embarcando de novo. As coisas tinham mudado desde que eu era criança, e era emocionante ser levada pelas ruas sem muita noção do destino, através de bairros habitados por pessoas surpreendentes. Mulheres andavam pela rua com macios roupões fúcsia e lenços roxos na cabeça. Vi hmongs e eritreus. Mexicanos. Vietnamitas. Equatorianos. Somalis. Laosianos. E um gratificante número de pessoas negras norte-americanas, além dos meus companheiros indígenas. Vi cartazes de lojas em línguas com letra cursiva, depois uma série de mansões — renovadas, decadentes, destruídas e cobertas por copas de árvores. Em seguida, áreas abandonadas — pátios de trens, hectares de terra pavimentada, shoppings distópicos. Às vezes, quando eu encontrava um restaurantezinho simpático, descia na próxima parada, entrava e pedia sopa. Fiz um circuito pelas sopas do mundo. Avgolemono. Sambar. Menudo. Egusi com fufu. Ajiaco. Borscht. Leberknödel suppe. Gazpacho. Tom yam. Solyanka. Nässelsoppa. Gumbo. Gamjaguk. Miso. Pho ga. Samgyetang. Mantive uma lista no meu diário, com o preço da sopa ao lado de cada nome. Todas eram razoavelmente baratas e satisfaziam bastante. Uma vez, em um café, ouvi homens pedirem sopa de pênis de touro perto de mim. Tentei pedir ao garçom também, mas ele pareceu triste e me disse que só conseguiam um pênis por semana, e a sopa acabava rápido.

— Eles estão tomando — falei, indicando a mesa em que estavam sentados os homens magrinhos com barriga de cerveja.

— Eles precisam — respondeu, em voz baixa. — É boa pra ressaca e... você sabe.

Ele dobrou o braço a partir do cotovelo.

— Ah, isso.

— As esposas mandaram tomar.

Ele deu uma piscadinha. Em vez de retribuir, mostrei a ele uma encarada assassina. Queria que ele ficasse de joelhos. Ele não ficou, mas a sopa gratuita estava excelente.

Numa outra ocasião, desci perto do café Hard Times e acabei entrando em uma loja de artigos esportivos entre as avenidas Cedar e Riverside, em Minneapolis. A loja Midwest Mountaineering tinha uma área cercada de tela na parte de trás, cheia de caiaques e canoas. Era tudo muito reluzente — azul tão forte que brilhava, vermelho radiante, amarelo chamativo. Enquanto eu caminhava na direção da entrada dos fundos para olhar uma parka que estava na liquidação em agosto, senti que alguém estava me olhando e me virei.

Aqueles ombros largos. Aquela cabeça quadrada. Ele se destacava contra o mural de crayon com desenhos de barcos motorizados. Suas pernas estavam mais finas e ele estava usando tênis de corrida de um branco cintilante. Com o sol por trás, ele era um vulto escuro. Sua sombra era torta e ferida de antigamente, de antes das lutas de boxe e da polícia tribal. Ele passou por uma faixa de sol e se iluminou. A bunda reta, o sorriso maroto acolhedor. Pollux me abraçou como uma criança grande e se afastou. Apertou os olhos e me encarou com uma força estranha.

— Você está livre?

— Digamos que estou fora.

— Fugiu?

— Não.

— Então diga.

— Dizer o quê? Como vai a minha consciência Potawatomi?

— Não, isso não.

— Então o quê?

— Diga que vai se casar comigo.

— Você quer se casar comigo?

— Sim.

A porta está aberta. Vá!

AGORA EU vivo como alguém que tem uma vida comum. Um trabalho com horas comuns, depois do qual eu vou para casa, para o meu marido comum. Tenho inclusive uma casinha comum, mas com um grande, lindo e bagunçado jardim. Vivo do jeito que vive alguém que parou de temer cada minuto de cada dia. Vivo o que pode ser chamado de vida normal, mas apenas se você sempre esperou viver assim.

Se pensa que tem esse direito. Trabalho. Amor. Comida. Um quarto protegido por um pinheiro. Sexo e vinho. Sabendo o que eu sei sobre a história da minha aldeia, lembrando o que consigo suportar sobre a minha própria história, só posso chamar a vida que eu tenho agora de paraíso.

Desde que compreendi que essa vida poderia ser minha, tenho desejado somente que ela continue em sua preciosa rotina. E assim tem sido. Porém, a ordem tende à desordem; e o caos assombra nossos frágeis esforços. Temos que estar sempre atentos.

Eu trabalhei muito, cuidei das coisas, reduzi meu ruído interno, fiquei estável. E, mesmo assim, os problemas me rastrearam e descobriram onde eu moro. Em novembro de 2019, a morte levou uma das minhas clientes mais irritantes. Mas ela não desapareceu.

A HISTÓRIA DE UMA MULHER

Novembro de 2019

CINCO DIAS DEPOIS que morreu, Flora continuava frequentando a livraria. Ainda não estou completamente racional. Como poderia? Eu vendo livros. Mesmo assim, foi difícil aceitar que isso era verdade. Flora aparecia quando a loja estava vazia, sempre no meu turno. Ela conhecia nossas horas de menor movimento. A primeira vez que isso aconteceu, eu tinha acabado de receber a notícia e estava suscetível. Ouvi o murmúrio dela, e então o farfalhar do outro lado das prateleiras altas de Ficção, sua seção favorita. Em busca de bom senso, peguei meu telefone para enviar uma mensagem a Pollux, mas escrever o quê? Larguei o telefone, respirei profundamente e lancei a pergunta à loja vazia: "Flora?" Houve um som resvaladiço, seus passos quietos, ágeis. Ela sempre usava roupas feitas de materiais que produzem um leve ruído — blazers de seda ou náilon, acolchoados nessa época do ano. Também havia o quase imperceptível tilintar dos brincos em suas orelhas duplamente furadas, e o chocalhar quieto das suas muitas pulseiras interessantes. De alguma forma, a familiaridade desses sons me acalmou o suficiente para que eu os seguisse. Não entrei em pânico. Quer dizer, a morte dela não tinha sido minha culpa. Ela não tinha razão alguma para estar brava comigo. Mas não falei com Flora novamente, e trabalhei de má vontade atrás do balcão, enquanto o espírito dela dava uma olhada nos livros.

⁂

FLORA MORREU no dia 2 de novembro, Dia de Finados, quando o véu que separa os mundos está fino como papel e pode ser facilmente rasgado. Desde então, ela vem aqui todas as manhãs. Quando um cliente regular morre é perturbador, mas a recusa teimosa de Flora em desaparecer começou a me enfurecer. Se bem que... era de se esperar. Ela *com certeza* assombraria a loja. Flora era uma leitora devotada e uma colecionadora apaixonada. Nossa especialidade são os livros nativos, é claro, o maior interesse dela. Mas a parte irritante é que ela era obcecada por tudo o que fosse indígena. Bem, obcecada é uma palavra muito dura. Vamos dizer que ela era uma *wannabe*, uma aspirante persistente.

Essa palavra não existe no meu velho dicionário. Na época, era apenas uma gíria, mas parece que se tornou um substantivo em meados da década de setenta. *Wannabe* vem de *want to be*, e tem uma frase com essa expressão que ouvi muitas vezes durante a vida: *eu costumava querer ser um índio*.[1] Geralmente vem de alguém que gostaria de te contar que, quando criança, dormiu em uma tenda *tepee* feita de cobertores, lutou contra caubóis ou amarrou a irmã em uma árvore. A pessoa está orgulhosa de ter se identificado com uma minoria e quer alguma validação de um verdadeiro indígena. Nesses dias, eu apenas concordo e tento vender um livro, embora pessoas que contem essas histórias raramente comprem livros. De qualquer forma, coloco nas mãos desse tipo de cliente uma cópia de *Everything You Know About Indians Is Wrong*, de Paul Chaat Smith. Aspirantes. No seu auge, esse impulso irritante — *eu costumava querer ser um índio* — torna-se uma espécie de desvio de personalidade. Torna-se um substantivo próprio, se a fascinação persiste até a vida adulta. Com o tempo, Flora desapareceu em sua ilusão sincera, inexplicável, obstinada e auto-obliterante.

Ela contou às pessoas que tinha sido índia em uma vida passada. No começo, era essa a história, pelo menos. E nenhum tipo de argumento conseguia desencorajar tal ideia. Mais tarde, quando Flora assimilou o fato de que "índia em uma outra vida" era um clichê ridículo demais, ela mudou a narrativa. De repente, descobriu uma bisavó misteriosa, e me mostrou a fotografia de uma mulher sinistra enrolada em um xale.

A mulher na foto parecia ter características indígenas, ou quem sabe só estava de mau humor.

— Minha bisavó tinha vergonha de ser índia. Nunca falava sobre isso — dissera Flora.

A avó envergonhada era uma figura comum na busca pela identidade. Perguntei a que etnia ela pertencia, mas Flora foi vaga. Ojíbua, Dakota ou Ho-Chunk, ela ainda estava pesquisando. Tenho quase certeza de que Flora tirou essa foto de uma cesta em uma loja de quinquilharias, apesar de insistir que tinha sido dada a ela — o que foi alterado depois para "herdada". Pensei em questionar isso, mas, por muito tempo, ela fizera o trabalho dos anjos. Flora acolhia jovens

---

[1] No original, *I used to wanna be an Indian*. [N. da R.]

30 LOUISE ERDRICH

indígenas fugitivas, angariava fundos para um refúgio de mulheres nativas e trabalhava com a comunidade. Então que mal tinha ela desejar uma conexão, ainda que falsa? Ela participava de todos os *pow-wows*,[2] protestos e reuniões. Até mesmo aparecia sem avisar na casa dos seus nativos favoritos. E a questão é que Flora sempre tinha um presente — livros, é claro, ou um saco de doces, uma cafeteira que ela tinha conseguido numa venda de garagem, fitas, tecido. Ela também era legal, amável, não apenas simpática, mas sempre pronta para ajudar. Sério, ela lavaria suas roupas. Por que a bondade dela me irritava? Ela comprava refeições, emprestava dinheiro e ajudava a vender colchas para cerimônias. E sempre tinha ingressos para pré-estreias de filmes, recepções de artistas, tudo geralmente relacionado a assuntos indígenas. Ela ficava até o amargo final de todos os eventos. Sempre tinha sido desse jeito, ao menos foi o que me disseram. A última a sair.

Tanto na vida quanto na morte. Não tinha desconfiômetro.

Numa manhã, na loja, perdi a paciência e falei o que, pelo jeito, ninguém tinha dito a ela em toda sua vida — que ela tinha abusado do direito de estar ali. Falei para o vento. Hora de ir embora! Ela ficou em silêncio. Então ouvi seus passos novamente, deslizantes e furtivos. Uma imagem do seu ressentimento velado se formou. Eu quase não conseguia respirar, pois estava com um pouco de medo, como se Flora pudesse se materializar bem na minha frente. Ela tinha sido uma mulher vistosa aos sessenta e tantos anos, confortável consigo mesma. Seu rosto era largo e bem marcado, com o nariz ossudo, maçãs do rosto salientes e lábios carnudos cor-de-rosa. Ela usava seu cabelo, cada vez mais grisalho, em um coque bagunçado. Flora era uma mulher bonita, acostumada a ser notada e incapaz de esquecer isso. Tinha sido paquerada por homens nativos, mas, de algum modo, nunca se casara com um. Adorava *pow-wows* e tinha até mesmo uma roupa tradicional de dança, feita de camurça e contas roxas. Tinha muitos conhecidos que acreditavam na foto da bisavó, ou que fingiam acreditar porque ela era solícita. Ela sorria, contente, quando se balançava ao redor do círculo de dança.

Flora tinha uma filha de criação, que adotou de maneira informal já adolescente, Kateri — cujo nome foi uma homenagem ao Lírio dos Mohawks, Kateri Tekakwitha. A Kateri original foi canonizada em

---

[2] *Pow-wows* são reuniões festivas dos povos nativos da América do Norte. [N. da T.]

2012 e é a única santa indígena da igreja católica. Já a Kateri contemporânea tinha chegado à região metropolitana de Minneapolis como fugitiva, e ainda tinha família em Grand Portage. Há dez anos, ela se tornara o centro da vida de Flora. Depois do colégio, Kateri começou a faculdade na Universidade de Minnesota, e estava agora em busca da licenciatura. Quando ela ligou para dar a notícia sobre Flora, não fiz muitas perguntas, exceto sobre o funeral. Kateri contou que haveria uma autópsia, mas nenhum funeral, e afirmou que informaria sobre a cerimônia religiosa. Eu estava imaginando quando aconteceria esse serviço comemorativo, pois esperava que um memorial decente satisfizesse meu fantasma e resolvesse o problema.

Cerca de uma semana depois da ligação, Kateri entrou na loja. Pensei que ela tinha vindo entregar um convite para a cerimônia da mãe, que eu esperava que acontecesse no Centro Indígena Americano. (Se pudesse, sei que Flora traria um ensopado do outro lado para a ocasião.) Kateri é uma mulher imponente. Atlética, meio feroz. Seu cabelo longo tinha sido cortado e estava brutalmente curto, o que é uma demonstração de luto entre os nativos. Suas roupas eram simples — uma parca preta leve e calças jeans. Ela não usava maquiagem, nem mesmo batom. Seus olhos estavam enevoados e cansados, e o rosto estava calmo. Talvez ela já estivesse cultivando a calma para o trabalho. Kateri seria professora do ensino médio, alguém que supostamente não podia ser enganada. Apesar de imaginar que, para a maioria das pessoas, falta a ela a afetuosidade, na minha opinião a frieza dela é reconfortante. Kateri é estritamente profissional. Tem uma postura disciplinada e uma presença enérgica. Se tivesse se tornado uma comandante, eu teria me mantido longe. Cogitei que tipo de livro eu conseguiria vender a ela nessas circunstâncias, mas ela já estava segurando um.

— Acho que você deveria ficar com isto.

Ela me entregou o livro. A extensa biblioteca de Flora incluía edições raras de livros antigos, manuscritos e história local. Ela também gostava de guardar as pré-publicações dos seus romances favoritos, e às vezes nós as rastreávamos online, como cortesia. Como ela fazia com todos os livros da sua coleção, Flora tinha usado seu próprio papel — de cor creme, do tipo durável — para proteger a sobrecapa original. No papel estava impresso, em relevo, o selo especial da Flora. Ela nunca gostou de usar plástico transparente de proteção. Visitei sua coleção com frequência. As estantes branco-ovo, na sua casa de cor branco-navajo, cheias de livros em branco-creme gravados com o selo em alto relevo de Flora, me enlouqueciam.

Kateri explicou:

— Minha mãe morreu perto das cinco da manhã, com este livro aberto ao seu lado na cama.

— Aberto!

Ela me contou que Flora morreu instantaneamente, sugerindo que ela não tinha tido tempo de usar um marcador. Kateri disse que um dos nossos marcadores foi encontrado no meio das cobertas. Então, a filha de Flora tinha erguido com cuidado o livro da cama, preservando o lugar em que estava aberto. Tinha inserido ali o nosso marcador azul, para representar a última página sobre a qual os olhos da mãe repousaram.

Achei mórbido esse impulso de Kateri de marcar aquelas últimas palavras. No entanto, a mórbida era eu mesma, recebendo aquelas visitas desconcertantes do outro mundo. Percebi que estava encarando Kateri demais e desviei os olhos. Ela não se demorou. O boato era que ela ia se mudar para a casa de campo de tijolinhos aparentes da mãe, no sul de Minneapolis, e imaginei que ela tinha muito o que fazer.

Sozinha, segurando o livro com a sobrecapa lascada, mas, de resto, perfeita, senti muito forte a presença de sua dona. Eu costumava me inclinar na direção de Flora no balcão. Sua voz costumava estar carregada de esperança rejeitada. Considerando toda a sua generosidade, as pessoas quase nunca a faziam feliz. Mas os livros faziam. Eu estava instintivamente me inclinando agora, quando — tenho certeza — ouvi a sua voz. As palavras eram ininteligíveis, mas a voz era de Flora. Fiquei tão assustada que gritei, e fiquei feliz por não ter nenhum cliente na loja. Cambaleei para trás, ainda segurando o livro. Era um livro enorme e parecia bem-feito, de volume e calidez agradáveis. Tinha o cheiro seco e sutil de papel velho e bem-cuidado. Não o abri. Estava confusa com a alegria repentina que senti ao ouvir a voz de Flora, uma vez que sua presença enquanto viva me enervava tanto. Quando não estava se jogando dentro das tradições indígenas, ela era devotada à literatura num nível quase místico. Onívora e leal, Flora tinha acompanhado séries literárias até o fim. Ela comprava cópias em capa dura de seus autores favoritos e discriminava edições em brochura. Nós trocávamos empolgações e discutíamos sobre todos eles. Eu sentia falta disso. Sentia falta de como ela estava sempre a par de quais livros seriam lançados a cada temporada. As escolhas dela para comprar em pré-venda eram um sinal de que deveríamos incrementar nossas próprias compras. Algumas vezes, quando estava doente ou indisposta, ela pedia que entregássemos sua compra em casa. Era sempre eu que fazia a entrega e, se Flora estivesse normal e não mergulhada em alguma obsessão indígena, me sentava com ela para um chá ou uma taça de vinho. Nós conversávamos. Como conversávamos sobre livros!

"Você não tem que sair", sussurrei, acrescentando em uma onda de nostalgia: *"O novo livro de Tokarczuk, o que você achou?"*

Coloquei o livro de Flora na prateleira alta, onde guardamos as cestas ojíbuas, e decidi levá-lo para casa naquela tarde. Como a visita tinha sido feita no meu turno, pensei que talvez eu devesse guardá-lo. Além disso, ela tinha falado comigo. Só comigo, aparentemente. Eu tinha experimentado o terror das alucinações auditivas. Além disso, como eu estava percebendo, essa estação escura lapida você. As árvores estão descobertas e os espíritos fazem um rebuliço nos galhos nus. Parece que o mês de novembro deixa o véu fino.

Romance Esfarrapado de Livraria

MAIS OU MENOS UMA HORA depois que Kateri saiu, uma das nossas funcionárias mais jovens chegou tranquilamente, vestindo uma calça pantalona esfarrapada e um moletom preto da livraria com o capuz jogado para trás. Quase todos que trabalham aqui têm uma vida alternativa, e Penstemon Brown é artista e escritora. Seus óculos azuis sem aro estavam embaçados por digitais, e seu cabelo estava repuxado em um coque suntuoso. Como sempre, ela calçava botas pretas dignas de inveja, com cadarços e uma etiqueta de metal da Red Wing. Na maior parte do tempo, Penstemon não repara em nada, mas, de vez em quando, repara em tudo. Hoje, ela examinou criticamente os livros dispostos na mesa larga que fica na frente da loja. Pen faz parte de um grupo de jovens nativos que são apaixonados por personagens de livros e têm uma vida literária rica, verdadeiros *Indigerati*.[3] Pen tenta converter as pessoas aos livros, mantém nossa exposição

---

[3] Indigerati é um termo cunhado pela autora que representa nativo-americanos urbanos e intelectuais. Tem como origem o termo *literati*, que representa intelectuais ou aqueles que amam a literatura. [N. da T.]

de escolhas dos funcionários, recebe meticulosamente os livros e se certifica de que nossa vitrine e a mesa da frente atraiam o olhar dos clientes. Um amigo da loja construiu essa mesa a partir dos poéticos restos mortais de um veleiro acidentado, e Pen tem padrões elevados para o que se coloca nela.

— Por que não tem Clarice Lispector aqui? — perguntou ela.

— Você se apaixonou pelos olhos dela, lembra? E pegou o livro pra você.

— Tinha outra cópia. Nós vendemos. Mas você tem razão. Acho que a minha ainda está na mochila.

Pen começou a trabalhar aqui porque desenvolvera obsessões com algumas autoras, vivas e mortas, e entre maio e dezembro estava tendo um romance com as histórias de Isak Dinesen. No começo, ela me contou que pretendia fazer uma tatuagem das suas autoras favoritas no peito, no estilo Mount Rushmore. Clarice, Octavia e Joy. Estava na dúvida entre Isak Dinesen, Zitkala-Sa e Susan Sontag. Pensei que a ideia era ridícula, então a confundi exaltando Marguerite Duras. Será que ela escolheria o rosto jovem de Duras, do livro *The Lover*, ou o rosto sexy e devastado de mais tarde? Por último, eu disse que aquela coisa deixaria o sexo desconfortável. Quem quer ser confrontado por quatro pares de olhos na cama?

— Você vai ficar na seca com essas vovós espiando por cima da sua área de lazer! — exclamou Jackie, que estava no escritório.

— O que faz você pensar que eu transo deitada de costas? — retrucou Pen.

— E pense no que o tempo faz com os peitos — falei, na minha voz mais puritana. — Quando você chegar aos sessenta, elas vão parecer o cara d'*O Grito*.

— Ah, meu deus — reclamou Pen —, será que as tias podem me dar uma folga?

Mas ela também estava rindo.

Na verdade, Penstemon é desesperadamente romântica e bastante apegada às tradições, e eu me preocupo com seu coração de papel. Há pouco tempo, ela saiu em uma das suas misteriosas buscas espirituais. Ou quem sabe esteja apaixonada mais uma vez e quer manter em segredo. Toda vez que Pen se apaixona, ela vai fundo. Hoje, pelo estado das suas roupas, parece que o mergulho foi em uma lixeira. Havia manchas de giz no moletom e uma linha brilhante de ketchup na bainha da calça. Seus olhos estavam fundos pela falta de sono.

— Você não foi pra casa ontem à noite ou esse é o seu novo look de trabalho? — perguntei.

— Um look esfarrapado. — Ela ergueu a perna e olhou a bainha da calça. — Eu conheci um cara.

— Aqui?

Ela assentiu e olhou em volta, como se para verificar se estávamos sozinhas.

— Ele é branco — sussurrou ela.

— Tem alguma outra coisa errada com ele?

Eu estava sendo sarcástica, mas Pen me levou a sério. Ela tem um fraco por versões de Jesus Cristo de olhos grandes.

— Ele não gosta de pimenta chili — respondeu. E continuou trabalhando com um ar solene e distraído. — Mas tem barba e cabelo castanho comprido.

— Lá vamos nós...

Pequenas livrarias têm o romance dos espaços íntimos predestinados, prestes a serem apagados pelo capitalismo irrestrito. Muitas pessoas se apaixonam aqui. Tivemos até alguns pedidos de casamento. Pisando forte, Penstemon foi até o escritório na parte de trás para guardar livros assinados e reabastecer as estantes. Uma cliente entrou e se lançou, ávida, na direção da mesa de veleiro. Depois de perambular um pouco, a pessoa veio até o balcão e perguntou se eu era a Louise. Nem o lóbulo da minha orelha se parece com o de Louise. Ela é bem mais velha. Mas todas as mulheres que trabalham aqui, e até alguns dos rapazes, são alvo dessa pergunta. Dei minha resposta-padrão, que geralmente era verdade.

— Ela acabou de sair.

— Ah, puxa, vim aqui pelo livro de Clarice Lispector — disse a cliente. — Eu podia ter comprado na Amazon, mas disse pra mim mesma... embora more a quilômetros daqui, do outro lado da Saint Paul, eu deveria mesmo apoiar as pequenas livrarias independentes. Então dirigi até aqui, e, você não vai acreditar, mas levei uma hora porque a rodovia I-94 está parcialmente bloqueada de novo.

— Só um momento — falei para a cliente presunçosa, a quem, seja como for, eu era agradecida. — Esse livro talvez esteja no nosso depósito.

Entrei no escritório e interrompi Pen, que se assustou, culpada. Estava lendo o livro de Lispector.

— Você forçou a lombada?

— Claro que não. Não, não. Quase nem abri. — Ela examinou o livro. — Está perfeito. Escute isto: *"E de uma vida inteira, por Deus, o que se salva às vezes é apenas o erro, e eu sei que não nos salvaremos enquanto nosso erro não nos for precioso."*

Meu erro. Meu precioso erro. Pensaria nessa citação depois.

— É da história "Mineirinho". Um argumento interno sobre a justiça. Que história boa!

— Tem uma cliente que dirigiu de Saint Paul até aqui e quer o livro.

— Vamos dar um desconto pra ela, já que eu o abri e tal. Posso entregar?

Nada faz Penstemon mais feliz do que entregar um dos seus livros favoritos a alguém que deseja lê-lo. Sou assim também. Acho que posso dizer que isso nos deleita, apesar de "deleite" ser uma palavra que eu raramente uso. Deleite soa irreal; a felicidade parece mais realista. Meu objetivo é o êxtase, pois a satisfação é difícil de conseguir.

Clientes

Eu era rígida quando comecei a vender livros. Me ressentia daqueles que entravam na loja, perturbando minha comunhão com os livros nas estantes. Mas as pessoas que amam livros me amoleceram. Clientes, é como chamam, mas quando uso essa palavra ela significa muito mais. Quando você recomenda um livro e o cliente compra, ele está se arriscando, confiando em você. E a confiança me deixa nervosa. Posso rir muito alto ou bater desajeitadamente contra a mesa de veleiro. É difícil manter o autocontrole, porque, debaixo de tudo, eu penso: *se você me conhecesse, fugiria pela porta*. Mas ninguém foge. A melhor coisa é quando um cliente volta e elogia o livro que você recomendou. Nunca me canso disso.

Menino: *Economizei meu dinheiro de cortar grama pra comprar este livro.*
Eu: *Não sabia que as crianças ainda faziam isso.*
Menino: *As crianças também arrumam as almofadas do sofá pra ganhar uns trocados. Olha.*

Ele ergueu uma sacola cheia de moedas e notas miúdas.

Eu: *Está de sacanagem.*

Menina adolescente: *Ainda está aberta? Ah, graças a deus. Corri até aqui. Eu prometi pra mim mesma.*

Eu: *Prometeu o quê?*
Menina adolescente: *Este livro. É meu aniversário, e esse é o meu presente pra mim mesma.*

Ela ergue a biografia de Joan Didion.
Desfrutei desse momento pelo resto da semana.

Mulher vestindo moletom: *Meu filho é adolescente e quer saber como ser feminista. Você pode me recomendar um livro?*

Entreguei a ela o livro *Sejamos Todos Feministas*, da Chimamanda Ngozi Adichie. Gostaria de saber se ele gostou, mas nunca mais a vi.

Mulher: *Levou anos, mas li todos os livros de Proust. Preciso de algo complicado.*
Eu: *Já leu os autores russos?*
Mulher: *Meu deus, chegou a esse ponto?*

Jovem mulher: *O que você sugere pra alguém que está prestes a entrar na cova dos leões? Bom, metaforicamente.*
Eu: *Alguma ocasião especial?*
Jovem mulher: *Sim, uma reunião de família. E a maior parte deles está brava comigo.*
Eu: *Se não se importa que eu pergunte...*
Jovem mulher: *Eles estão me pressionando pra romper o noivado. Querem que eu me case com alguém que não seja... É uma questão racial. Eles não chegam a dizer, mas é.*
Eu: *Sugiro* Mar de Papoulas, *de Amitav Ghosh. Tem uma cena romântica radical, na qual os amantes, proibidos de se ver, privam a pira funerária da viúva e fogem do fogo pela água...*

Toalhas de Papel

Depois que kateri me deu o livro e eu o trouxe para casa, nosso espírito residente manteve a rotina. Mas, um pouco depois, comecei a suspeitar que ela também vinha à noite. Quando entrava na loja pela manhã, encontrava pilhas tortas de papéis e de livros, como se alguém tivesse procurado alguma coisa nelas. Um pensamento

38 LOUISE ERDRICH

estranho me ocorreu: talvez Flora estivesse tentando encontrar seu livro, aquele que Kateri me deu. Abandonei a ideia. Mas a pilhagem gentil não parou. E acabei me acostumando a endireitar as pilhas de manhã. Asema Larson estava escalada para abrir a loja.

Asema tem 22 anos, e estuda história e a língua ojíbua na Universidade de Minnesota. Sua ascendência é principalmente Ojíbua, Sisseton Dakota por parte do avô, e o restante é norueguesa e irlandesa. Ela tinha feito um estudo disso um dia, quando estávamos me analisando. Ontem, ela ligou e disse que estava doente.

— Meus sangues estão em guerra de novo — falou.

— Do que você está falando?

— Determinismo histórico. Na sua manifestação somática — continuou Asema. — Estou com cólicas horríveis. Desculpe, você pode cobrir meu turno?

Fiz isso, e hoje ela estava de volta.

— Como está o determinismo histórico? — perguntei.

— Um pouco melhor. Ontem bebi chá de folha de framboesa o dia todo.

— Que bom, senti sua falta.

— Own. Você é tão sentimental.

— Obrigada. Na verdade, fiquei atolada. A loja estava cheia. Vocês jovens nunca ouviram falar de Paracetamol?

— Ei, se eu fosse mesmo tradicional, talvez estivesse isolada em uma cabana sagrada,[4] celebrando a lua e a minha feminilidade, e coçando as costas com um graveto longo pra não me contaminar.

— Nem começa.

— Ha ha. Você sabe minha opinião sobre isso.

— Como foi a coisa linguística com o seu ancião?

— Superbem. Eu e Hank rodamos pela comunidade em um carrinho de golfe, distribuindo refeições sobre rodas.

Notei um traçado de tinta no seu pulso.

— Como se diz tatuagem em ojíbua?

Asema pareceu surpresa.

---

[4] Cabanas da Lua, ou Templos da Lua, eram espaços sagrados representativos do útero, onde mulheres se reuniam para honrar e celebrar a época poderosa e intuitiva que vai do início da lua cheia até a lua nova. Eram espaços de descanso, sonho, oração, iluminação espiritual, cuidado mútuo e comunhão com a terra. [N. da T.]

— Não tenho ideia! — Ela resmungou um pouco algumas possibilidades, em seguida mandou uma mensagem para Hank. Então encarou a tela do celular por um momento. — *Mazinizhaga'ebii'igan.*

— É uma palavra bem mais longa.

— Tudo é muito mais longo em ojíbua.

Ela me olhou com cara de safada, o que eu ignorei. No que diz respeito a tatuagens, Asema está bem à frente de Penstemon. No ombro esquerdo, ela tem a tatuagem de uma águia mergulhando para caçar as andorinhas azuis que estão em seu pulso. Ela está economizando dinheiro para fazer com que as andorinhas voem pelo seu braço direito para alimentar os filhotes, que estarão no ninho em seu ombro direito. Desse jeito, quando unir as mãos, Asema estará vestindo uma história de fuga. Seu longo cabelo castanho está preso em duas marias-chiquinhas sobre as orelhas. Ela é impiedosamente crítica. De tudo. Não apenas de livros, mas de história, retórica política, figuras locais, música, pessoas brancas, outros indígenas e dos procedimentos operacionais da livraria. Com alguma esperança, aguardei-a mencionar a desordem matutina, já que ela tinha aberto a loja há alguns dias, mas ela não havia falado nada. Quando perguntei se as coisas estavam em ordem quando ela chegou para o trabalho, ela disse que, como sempre, eu tinha deixado as coisas arrumadas na noite anterior.

Então esse fantasma tinha a capacidade de ler a escala, e, por alguma razão, eu era o seu objetivo nisso também.

— As etiquetas dos livros estão uma bagunça — disse Asema, guardando os que tínhamos acabado de registrar no sistema.

— Pen estava trabalhando nelas.

— Eu termino. — Embora Pen seja a funcionária mais meticulosa, Asema está sempre irritada, achando que as coisas parecem descer morro abaixo dia sim, dia não. — E precisamos de um aspirador de pó melhor. Odeio quando todas as moscas do verão morrem. Daí no inverno os ovos delas eclodem, morrem também e ficamos com esse amontoado.

— Amontoado de moscas mortas. Te entendo perfeitamente.

— Precisamos de um aspirador de mão pequeno. Nossa loja tem problemas com poeira.

— Fico emocionada quando uma pessoa jovem como você fala de problemas com poeira!

— Ah, mamãe-ursa.

— Não me chame assim!

— E ainda tem o vidro da janela. Uma nojeira.

Asema espirrou água com vinagre nas janelas, esfregou até ficarem limpas e depois começou o banheiro.

— Merda!

— Literalmente?

— Não, são as toalhas de papel de novo. Alguém continua fazendo aquilo de puxar com muita força pra tirar as toalhas da máquina, e elas voam pra todo lado.

— Espera aí.

Fui ao banheiro ajudá-la. As toalhas de papel marrons e baratas estavam espalhadas pelo chão, bem do jeito que Flora sempre deixava em sua pressa descuidada.

Truta de Pele Rosa

ALÉM DE PERDER Flora, perdemos a luz. Com o fim do horário de verão, tivemos que atrasar o relógio, o que eu sempre achei inconveniente. As manhãs eram brilhantes de novo, mas a noite chegava em uma hora desanimadora. O céu estava escuro quando eu fechava a loja, às seis da tarde, e ia para casa, faminta, depois de sentir o perfume do caldo pistou do restaurante ao lado durante a última hora. As janelas das casas pelas quais eu passava eram como pequenos palcos, iluminados num tom de dourado esmaecido. De início, Pollux e eu não suportávamos passar por essas janelas brilhantes nessa hora. Outrora, nesta cidade, éramos crianças e estávamos com fome. Mas agora morávamos em um bairro residencial próximo do centro, e nos acostumamos a passar os olhos pelos pequenos dramas e pelas cenas confortáveis. Uma mulher gesticulando para uma criança pendurada no corrimão da escada. Um homem encarando a tela de um computador. Um menino entrando e virando de um lado para o outro para admirar sua calça. Cabeças em um sofá, que ficavam visíveis na frente de uma tela brilhante com imagens em movimento. Esses breves quadros eram vistos, geralmente, apenas nessa hora — antes que as pessoas encerrassem o dia. A neve ainda não tinha caído e a temperatura era inesperadamente morna. Passando por essas ruas tranquilas, eu já sentia nostalgia do presente, uma sensação de inquietude onírica, além do desespero acerca de como as mudanças climáticas estão alterando nosso mundo com facilidade e flexibilidade, destruindo o que nos é precioso e normal. O ato de caminhar por uma bonita rua em novembro, aconchegada apenas num agasalho leve, era um tipo contaminado de prazer.

A nossa é uma das poucas casas modestas que sobraram na rua. Alguns olmos secos ainda fazem sombra na rua, e temos nosso jardim desordenado, à moda antiga. A casa tem um banheiro completo no andar de cima e outro junto ao pequeno escritório/quarto de visitas atrás da cozinha. Construímos um diminuto lavabo sob as escadas — você se curva para entrar e agacha para usar a privada. Pollux é grande demais para usá-lo. O tio dele, que é construtor, comprou esta casa quando o mercado estava em baixa, no fim dos anos 1990, porque queria viver perto de um lago. A porta da frente se abre para um espaço amplo e acolhedor, com a cozinha dividida por uma pesada mesa antiga de mogno, que compramos em uma das muitas liquidações de patrimônio que acontecem à nossa volta. Nós temos até mesmo uma casa de bonecas feita à mão que é uma réplica de uma das casas, altiva com seus pilares de dois andares. Nossa casa é mobiliada com o que achamos nas casas vizinhas, que ficam regularmente vazias quando seus moradores ficam sem dinheiro, se mudam ou morrem. As cadeiras de armar, o carrossel infinito de cristaleiras, as cabeceiras entalhadas, os sofás e as mesas bem-usadas circulam, de vida à vida, somente dando a conhecer seus proprietários anteriores por meio de um eventual adesivo de baleia, das marcas de mordida de um cachorro na perna de uma mesa, ou, como em minha própria escrivaninha, de um cartão-postal de Buda e das instruções ilustradas de ressuscitação cardiopulmonar grudadas em uma gaveta.

Pollux e eu estávamos fazendo de conta que tivéramos um dia difícil, e que precisávamos desabar nos cantos do sofá. Tendo lidado com a presença misteriosa e ficado em silêncio enquanto guardava livros nas prateleiras, checava o inventário e ligava para os clientes, eu sabia que tinha tido um dia ligeiramente difícil. Mas tenho quase certeza de que esse não era o caso de Pollux. Ele tinha ido pescar. Depois que sua mãe morreu, meu Potawatomi de aparência sonolenta e rabo-de-cavalo grisalho foi criado por sua muito amada e encrenqueira *Nookomis*, sua avó. Noko. Porque seu pai o tinha largado sozinho no apartamento em que moravam por uma semana. E porque seu pai o tinha deixado na floresta. E num shopping. E com um amigo que tivera um ataque cardíaco e morreu com Pollux segurando os pés dele. Noko conseguiu a custódia de Pollux e eles se mudaram para o norte de Minnesota. Ela se casou com um Ojíbua. As coisas melhoraram. Pollux frequentou um colégio regular, e então começou sua carreira como boxeador. Quando desistiu do boxe, começou a trabalhar como policial tribal. Logo depois da minha prisão, ele largou a polícia e voltou para a região metropolitana. O tio de Pollux o chamou para sua empresa de construção, deixando o negócio para ele depois, junto com a casa. No início de 2008, antes da quebra da bolsa, Pollux vendeu a empresa e duas casas novas, depois comprou ações com o dinheiro quando o mercado despencou. Que tipo de indígena especula na bolsa? Uma vez, fiz a ele essa pergunta. Ele apenas disse: *"Homem branco louco, índio tirar vantagem."* As ações acabaram recuperando o valor e mais um tanto. Agora temos uma renda modesta. Pollux faz móveis sofisticados na oficina da garagem, e usa o dinheiro para comprar materiais para seus chocalhos cerimoniais e seus leques de pena de águia. Na verdade, ele tinha pedido autorização e agora estava aguardando que o Serviço de Pesca e Vida Selvagem lhe enviasse uma águia. Estava esperando há mais de um ano. Pollux participa de muitas cerimônias ojíbuas como *oshkaabewis*, um ajudante. Temos — quase — dinheiro suficiente para que ele possa passear por aí com seu tambor e para que eu possa trabalhar em uma livraria.

Não temos filhos, mas herdamos do irmão do Pollux uma sobrinha. Tradicionalmente falando, filhos de irmãos do mesmo sexo são bem próximos de seus tios e tias. Pollux a chama de filha e ela o chama de pai.

— Tive notícias de Hetta — disse Pollux.

Meu coração deu um pulo. Eu também criara laços com Hetta e penso nela como uma filha, embora ela não goste de mim. Ele viu o meu olhar.

— Não se assuste, ela está bem. Não aceitou o papel.

— Ainda bem, parecia tão duvidoso.

Hetta abandonou o Instituto de Artes Nativo-americanas e é garçonete em Santa Fé. Ela costuma ser convidada para aparecer em filmes ou vídeos, em especial quando a cidade está inundada por artistas e colecionadores durante a Feira Indígena. Tenho receio por ela, que é insensatamente intensa, teimosa e mais do que um pouco selvagem. Ela é amiga de Asema.

— Acho que não era nem um pouco parecido com um filme pornô. Mas, seja como for, ela rejeitou! Não se preocupe. Se ela tivesse aceitado o papel, eu teria ido até lá e arrastado ela pra casa.

A Sentença   43

Hetta não fala comigo há quase oito meses, mas pelo menos fala com Pollux.

— Sei que teria. Sou uma mãe horrível.

— Não começa. — Pollux balançou o dedo para mim. — Peguei seis trutas.

O outono tinha sido tão morno que alguns riachos ainda estavam abertos. Ele pescava com um amigo em Wisconsin a cerca de uma hora de distância, e geralmente trazia para casa trutas estripadas de quase trinta centímetros em sacolas herméticas. Os peixes eram sempre tão perfeitos que eu suspeitava que ele ia a um desses lagos cheios de trutas para turistas, mas ele jurava que não. Pollux então me perguntou sobre o meu dia na loja. Contei a ele sobre o clube do livro das mulheres de cardigan e práticos cortes de cabelo, que tinham comprado *Leopardo Negro, Lobo Vermelho*, do Marlon James, e estavam determinadas a existir sob a aura de delírio febril da narrativa. Elas liam passagens umas para as outras, numa excitação contida.

— Mais alguma coisa de Hetta?

— Nada.

Eu sabia que isso não era possível, mas me inclinei e fechei os olhos. Nosso acordo é que Pollux cozinha carne, e eu, peixe. Alternamos as sopas especiais. Arranquei tudo da mente, exceto como eu cozinharia o peixe. Eu iria até o jardim e pegaria uma quantidade enorme de salsinha, orégano, estragão e alecrim, que nessa época deveriam estar completamente congelados, mas floresceram sob um cobertor leve de agulhas de pinheiro. Eu cortaria essas ervas bem fininho, rechearia o peixe com elas, adicionaria alho e refogaria o peixe na manteiga. Sal marinho, vinho. Ficaria delicioso com a truta rosada ainda lustrosa como o rio.

E ficou mesmo.

Depois do jantar, saímos para caminhar. O facho forte da minha lanterna de cabeça cortava o cinza espumoso da escuridão da cidade. Era uma escuridão menor, humana, não como o negrume do norte, de rasgar o coração. Atrás do quarto, nosso jardim descia até depois de um elevado pinheiro branco e acabava em um beco sem saída, que não era mais que uma trilha de chão batido. Seguindo essa trilha e cruzando uma autoestrada, havia uma floresta inesperadamente misteriosa de freixos, olmos siberianos, bordos, alfarrobeiras, espinheiros e bardanas abandonados em uma terra de beleza oculta. Uma trilha para bicicletas e caminhadas seguia sob uma cobertura bruxuleante de choupos e bétulas, depois desviava para um trecho de terreno restaurado, que emanava a luz da grama e ecoava o zumbido dos insetos durante todo o verão. Lá, passava um trem de carga escangalhado à noite. Para chegar na mata, nós atravessamos uma área de construção. A cidade tinha decidido operar um trem ligeiro por uma trilha folhosa de bicicletas. Algum dia, nossas ruas de casas, das quais muitas foram pensões, estariam repletas de condomínios e apartamentos, e nossas matas intocadas estariam domadas e ajardinadas.

Ou talvez, com o tempo, ficariam ainda mais abandonadas.

Esta área é a terra natal dos Dakota, território do chefe Cloud Man e seu povo. Sua aldeia ficava em algum ponto próximo a Bde Maka Ska, no lago White Earth. Crescia arroz selvagem aqui, quando a região era de charcos. Os milharais dos Dakota eram habilmente organizados. Alces vagavam pelos lamaçais e, quem sabe, lobos se entocassem onde agora é o nosso jardim. Ursos andavam a passos lentos pela savana de carvalhos, empanturrando-se de nozes. Hoje à noite nós passeávamos em silêncio, ouvindo as corujas.

Na escuridão sussurrante, fiquei pensando no povo de Asema por parte de pai, os Dakota. Eles haviam fugido daqui em 1862, quando o estado de Minnesota ofereceu aos pioneiros uma recompensa de 25 dólares pelos escalpos dos índios. Pode ser que, antes da Guerra de Dakota, os ancestrais dela estivessem conectados a este pedaço de terra, ou ao terreno da própria livraria. Olhei para as árvores, as pontas delgadas dos galhos raspando graças ao vento fraco. Um arranhar furtivo revelava que o mato ao nosso redor estava vivo. Muitos livros e filmes tinham em suas tramas algum eco das minhas experiências secretas com Flora, e lugares assombrados por índios inquietos tinham um padrão. Hotéis eram perturbados por índios cujos ossos descansavam sob os porões e os assoalhos — uma escavação psíquica do mal-estar americano com sua história brutal. Muito do que estava acontecendo comigo tinha acontecido na ficção. Índios inquietos. E que tal colonizadores inquietos? Aspirantes inquietos? Segundo Penstemon, o magnetismo da terra direciona muitas ações para um mundo oculto. Talvez a própria livraria esteja localizada em algum lugar atravessado por linhas místicas. Essas runas invisíveis se tocaram durante... uma movimentação, que pode ter sido cósmica... uma tempestade solar — alguma coisa tinha dado um tranco na realidade. Talvez os parentes de Cloud Man estivessem irritados comigo porque eu estava dormindo com um Potawatomi.

Segurei a mão do meu marido e perguntei se ele sabia quem tinham sido os inimigos tradicionais dos Potawatomi.

— Nós éramos fazedores de fogo — respondeu —, então as pessoas gostavam da gente.

Boodawe, que pode ter se tornado Potawatomi, significa fazer fogo na língua ojíbua. Alguns anciãos referem-se a eles como o povo fazedor de fogo.

— Quem sabe seu povo fosse incendiário — falei. — Se não, por que ficariam conhecidos por fazer algo que qualquer um pode fazer?

— Ah, mas a gente era especial. Podíamos fazer fogo só com as mãos.

Ele parou, esfregou com força as mãos e envolveu meu rosto com as palmas quentes. Estávamos em um pedaço pequeno de terreno bem ao lado da trilha. Minha lanterna de cabeça jogou a luz diretamente nos olhos dele e eu a desliguei. Ficamos parados na escuridão suspirante da cidade, e me inclinei contra ele. Eu me deixei fluir para dentro de Pollux. Senti seu coração bater no meu peito e, no escuro, encontrei meu caminho ao longo de suas trilhas internas. Se eu caísse de um penhasco naquele coração dele, ele me pegaria. E me colocaria de novo no sol. Pensei em Pollux parado na frente das cores brilhantes dos caiaques, do lado de fora da Midwest Mountaineering, em seu contorno e na sombra que projetara dentro da loja.

— Você acredita em fantasmas? — perguntei.

— Você sabe que não. Ou sabe o que eu penso, de qualquer forma.

— Esperava que você tivesse mudado de opinião.

— Não.

— Bom, se você tivesse mudado de ideia, e existissem fantasmas, quem eles visitariam? Pessoas normais? Pessoas boas? Ou visitariam pessoas como eu?

Pollux acendeu a sua lanterna de cabeça, agarrou meus ombros e me segurou no lugar. Protegi meus olhos.

— Desliga isso, tá?

— Só quero ver com quem estou falando. O que é isso de "pessoas como eu"?

— Pessoas que desonram os mortos.

— Ele já era desonrado.

— Eu sei. Ele era sorrateiro. Mas ainda me arrependo das coisas que eu fiz. Geralmente me arrependo de não ter olhado o sovaco de Budgie.

46 LOUISE ERDRICH

Pollux enganchou o braço no meu e começamos a caminhar para casa, em silêncio. Eu sabia que ele pensava que pessoas que veem fantasmas são confusas e acreditam em várias outras coisas que o irritam. Bolas de fogo malignas, por exemplo, ou seres que ele nem mesmo considera apropriado discutir. Eu não suportaria que Pollux me visse como maluca, ao menos nesse aspecto.

Quando entramos e estávamos removendo os casacos e as luvas, ele falou:

— Você precisa parar de pensar esse tipo de coisa, Tookie. Você não é a mesma pessoa que raptou o velho Budgie. É uma rata de biblioteca inteligente, que conhece mil maneiras de cozinhar um peixe.

— Obrigada, *ninaabem*. Meu marido. Mas, e se? E se eu estivesse sendo assombrada por um fantasma?

Pollux me lançou o olhar aborrecido que eu temia, mas em seguida o suavizou.

— Não sou eu que estou dizendo, tá? Mas, se algum dia isso acontecer, minha avó diria pra pessoa conversar com o fantasma e pedir pra não ser perturbada, banhar o lugar com sálvia e cedro, deixar tabaco à vista, oferecer conforto ao pobre fantasma e fazer as pazes.

— Ok. Obrigada. Vou dormir mais cedo hoje.

Pollux beijou meu cabelo e fechou a porta do quarto. Ele sabia que às vezes eu precisava me recolher. Nua, subi na nossa cama *king-size*, com *pillow top* de espuma e uma colcha bem-esticada. Com travesseiros cuidadosamente escolhidos e comprados com desconto em uma loja de conveniência. Com lençóis e capas de travesseiro baratos e brancos, muito brancos. Ao subir na cama, sinto a alegria e o alívio de alguém que adentra uma dimensão secreta. Aqui devo ser inútil. O mundo pode seguir sem mim. Aqui devo ser reservada para o amor.

Ainda assim, com frequência neste abrigo perfeito, minha consciência se recusa a ceder. Jackie, que sofre de insônia, me disse que isso acontece com ela também. Disse que fica hipervigilante e resiste em perder a consciência. Então fico acordada, pensando em Flora. Eu banharia a loja. Prestaria atenção no caminho habitual dela dentro da loja, porque me parecia existir um padrão. Eventualmente, Pollux deitou ao meu lado, cochilando na mesma hora. Não lutei contra o sono. Escutei meu marido respirar até cair em um sono profundo e começar a roncar ao meu lado. O trem de carga sacudia-se lentamente, atravessando a rodovia e a floresta. As corujas conversavam e uma raposa gania. Pessoas passavam bêbadas pela rua, rindo. Barulhos de sirene à distância. Por um breve momento, o vento bagunçou o pinheiro branco, meu som favorito. Comecei a sentir aquela intensidade da solidão, aquele arrepio de existir não existindo. Finalmente, comecei a me preocupar com as finanças e meu cérebro se rendeu.

Miigwechiwigiizhigad
(O dia em que damos graças)

NOSSA REUNIÃO ANUAL estratégica, em preparação para o Dia de Ação de Graças e o Natal. Reunimos todas as cadeiras da loja e nos sentamos confortavelmente entre as prateleiras de Ficção Juvenil. Nosso comprador, guru onisciente da internet, técnico de informática e quebra-galho estava no viva-voz. O trabalho de Nick é remoto.

— Cá estamos nós de novo — falou.

— A estrela se aproxima pelo leste — disse Louise.

— A estrela da riqueza — acrescentou Asema.

— Nossa estrela do tudo ou nada — finalizou Jackie.

Jackie usava um par de brincos de pena prateados, do tipo que nós vendemos, e estava com o olhar sério e intimidador de "mulher nativa de uma certa idade no comando". Todos os anos, cobríamos a maior parte das despesas operacionais do ano inteiro durante o Natal. Ou, em algumas ocasiões, nos tempos difíceis, não conseguíamos.

— Até agora estamos no prejuízo — disse Jackie.

— Porque não nevou — explicou Asema. — Só a neve força os cidadãos de Minnesota a abrir as carteiras. A primeira neve provoca um minipânico.

— Odeio o Natal — falei.

— E quem gosta? Mas estamos no varejo. — Pen suspirou como em um drama, cansada da vida.

— Você está vendo *Battlestar* outra vez, né? Já terminou outro relacionamento? — O olhar de Jackie era mordaz.

— Não deu certo — respondeu Pen.

— Alta rotatividade.

— Ele cortou o cabelo e fez a barba.

— Vamos voltar pro Natal — interrompeu Nick.

Depois de apresentar um prático e detalhado relatório sobre todos os assuntos importantes, ele desligou.

Ficamos olhando o telefone. Pen acenou para que não déssemos importância.

— Todo mundo pode fazer hora extra? — perguntou Jackie. — Gruen?

Gruen, um amigo de Asema, trabalhou meio período na loja no último Natal, mas deu tão certo que ele estava trabalhando praticamente em tempo integral. Ele é um estudante alemão que veio para cá como intercambista e se apaixonou pelas línguas indígenas. Está estudando para atuar como professor da língua ojíbua, o que deixa Asema ofendida e satisfeita ao mesmo tempo. Então planejamos nossos horários e discutimos, preocupados, se todos os clientes caberiam em nossa pequena loja na hora de maior movimento. Também estávamos preocupados se teríamos clientes suficientes. Mas paramos de nos preocupar e comemos os cookies que Jackie trouxera. Aveia com passas e especiarias. Bebemos cidra quente, analisamos nosso complicado protocolo de correio e até mesmo montamos outro espaço para embrulhar presentes, mas parece que vai bloquear a porta do banheiro. Fizemos uma longa inspeção da área de jogos infantis, estudando para ver se ela poderia ser usada como depósito de livros.

Minha cabeça estava em outro lugar. Não estava acompanhando a questão das remessas, embora eu a tenha mencionado primeiro. Tinha alguma coisa a ver com o momento de formalização dos pedidos, não? Olhei em volta para os meus amigos. Todos ficaram em silêncio, esperando que eu falasse. Os cookies estavam macios e bem-recheados. *Ah, que se dane*, pensei.

— É sobre Flora — falei.

Jackie se recostou na cadeira. Pen juntou as mãos e olhou para baixo, rezando ou contrariada. Gruen estava tentando se certificar de que ouvira corretamente o que eu disse. Asema abriu lentamente os grandes olhos castanhos e tocou o ombro de Louise para chamar sua atenção.

— O quê? — perguntou Louise.

— Flora — repeti.

Gruen parecia na expectativa. Estava interessado no que quer que saísse da minha boca, pois seria uma daquelas perspectivas indígenas. Eu me preparei para dizer: *"Juro que ela ainda frequenta a loja e me visita todos os dias..."*

— Você tem razão — disse Louise. — A gente tem que fazer um tributo à memória dela. Assinar um cartão pra Kateri. Quem sabe uma grande doação de livros indígenas pra algum lugar, em homenagem a ela?

Asema esticou o braço e pegou da prateleira um cartão do clã dos lobos, com arte de Carly Bordeau.

A Sentença   49

— Ela era do clã dos lobos? — perguntou Gruen.

— Era do clã dos guaxinins — disse Asema, passando o cartão e uma caneta para Penstemon, que já segurava sua própria caneta de ponta roxa.

Ela se curvou para escrever sua mensagem.

— Clã dos guaxinins? Que interessante... — Gruen olhou para Asema, mas ela ignorou o tom interrogativo em sua voz.

— Ela está pegando no seu pé — disse Jackie. — Não existe nenhum clã dos guaxinins.

— Que você saiba — afirmou Penstemon, passando o cartão.

— Aposto que tem uma aldeia com um clã dos guaxinins. Eles são tipo uns trapaceirinhos onívoros.

— Flora era onívora — lembrou Asema. — Quer dizer, uma leitora onívora.

— Ela era minha cliente favorita mais irritante — falei. — Aliás, a Flora vinha tanto aqui que eu ainda, ainda *mesmo*, consigo ouvir ela entrando pra procurar algum livro. Na mesma hora, todos os dias.

Meu coração disparou. Eu tinha acabado de contar a verdade a eles. Mas a forma como contei era bem plausível. Não tinha usado as palavras assombração, fantasma ou espírito.

— Ah, Tookie! Caramba!

Louise mora com um fantasma em sua casa há muitos anos, mas é uma presença solícita. Ninguém que ela tenha conhecido. Na verdade, como as manifestações ocorrem com mais frequência em seu escritório, no sótão, ela acha que o fantasma a ajuda a escrever.

— Vamos lá, pegue dois.

Jackie balançou o prato de cookies na minha frente.

Era seu jeito de oferecer conforto, e geralmente funcionava.

Asema pegou a concha de abalone que mantemos embaixo do balcão, e enrolou um pequeno bastão de sálvia branca. Gruen deu a ela um isqueiro e a sálvia acendeu e queimou. A concha com a sálvia ardente passou pelas mãos de todos e cada um se banhou com a fumaça. Em seguida, Asema caminhou pela loja, lançando a fumaça pelos cantos. Enquanto ela fazia isso, decidi conversar com o fantasma, como teria aconselhado a avó de Pollux.

— Flora, é hora de seguir em frente — falei em voz alta. As sobrancelhas dos meus colegas se levantaram, mas nenhum pareceu muito alarmado. Esperei. Desta vez, não houve resposta de Flora. — Seja o que for que você procura, não está aqui. Ouviu isso, Flora? É hora de seguir em frente.

50 LOUISE ERDRICH

Asema se afastou da seção de Ficção e um livro caiu bruscamente da prateleira. Todos pularam nas cadeiras e ali permaneceram, congelados, olhando para os lados e com as bocas abertas.

— Fui eu que derrubei! Não surtem! — disse Asema.

Ela quebrou o feitiço, mas sua voz estava estridente. Ela não estivera nem perto da prateleira da qual despencara o livro. Para mim, a forma como ele bateu no chão pareceu raivosa. Soou como as vezes em que, em vez de conversar, minha mãe jogava alguma coisa no chão ou contra a parede. Fui até lá e peguei o livro caído. Era da Lily King. *Euforia*. Recoloquei o livro na estante. Dei uma batidinha nele.

— Nada demais! — afirmei, a voz abafada. Tentei rir, mas meu coração estava batendo contra as costelas. — Estava de frente, pronto pra cair.

O que não era verdade.

Trilhas Literárias

A PERCEPÇÃO DE UM LIVREIRO geralmente acompanha o cliente à procura. Durante o dia, mapas dos movimentos dos clientes se formam e são armazenados em um recanto de percepção. Quando o dia acaba, livros deixados em cadeiras, soleiras ou atravessados nas prateleiras, precisam ser guardados e reposicionados. Sempre sei de onde veio cada livro. Sei qual livro foi transportado por qual cliente. Sei quem descartou cada livro e quem pegou outro livro para abandonar na prateleira, ou em uma cadeira.

Como os outros clientes, o fantasma de Flora deixava um rastro. Depois de farfalhar pelo confessionário, ela sempre começava em sua seção favorita, Ficção, daí seguia para Não Ficção e Memórias e conduzia suas investigações pela seção de Ficção Indígena. Se eu estava de costas, ela examinava a mesa de veleiro. Então deslizava para Poesia e Gastronomia. De vez em quando, vinham mais sons indistintos do confessionário. E enfim o silêncio. Flora tinha sido uma católica extremamente devota, e talvez o confessionário — agora chamado de Cabine do Perdão — trouxesse algum conforto a ela.

Um dia, Flora jogou novamente o livro de Lily King no chão, danificando-o no que pareceu ser um chilique de raiva. Comecei a sentir um princípio de pena, porque, a menos que Flora conseguisse ler sem remover os livros das estantes, com seus olhos ectoplásmicos, ela estava procurando abrir o livro e folhear suas páginas, sem conseguir. Talvez ela conseguisse espalhar toalhas de papel e derrubar livros das prateleiras, mas não tinha o poder de levantar um livro, experimentá-lo e sentir seu peso nas mãos antes de abri-lo e ler as palavras. Pensar na nossa assombração passando as mãos pelos livros, segurando inutilmente as páginas, me aborreceu tanto que eu comecei a deixar livros abertos — se eles fossem pesados o suficiente para ficar assim. As páginas nunca eram viradas. Naquela mesma noite, abri um livro para ela e ancorei cada uma das páginas com as pedras lisas de basalto que mantemos como se fossem de estimação. Era uma linda edição do *Flora and Fauna of Minnesota*. Escolhi o livro porque era grande e maleável o bastante para ser mantido aberto por duas pedras. Mais tarde, porém, cogitei se Flora não teria escolhido o livro para mim, porque o nome dela estava no título.

A Segunda Natureza de Penstemon Brown

PEN É UMA pessoa suave. Dá a impressão de que, em vez de crescer, ela foi sendo esticada por um artista. Alguém talentoso, que fez seus braços, pernas, torso e pescoço perfeitamente proporcionais e delgados. Não é muito graciosa, mas parece ser. Pen se move com um entusiasmo infantil, se balançando, em especial quando está animada. E ela estava animada com o Natal, pois ama qualquer coisa que tenha ritos, anjos, faz-de-conta, chocolate ou presentes. Nesses dias, ela brilhava como se estivesse iluminada por uma lareira interior.

— Qual vai ser seu ritual de Natal este ano? — perguntei.

— Vou me comunicar com os anjos — contou. — Principalmente o Serafim. E também com os espíritos da neve.

Penstemon estava em sintonia com uma gama de seres sobrenaturais. Era uma colecionadora eclética e uma investigadora de todos os significados — relacionados à sua própria origem tribal ou a outros. Agora, tinha começado a falar sobre os rituais dos feriados passados e me contou que no último Dia das Bruxas se vestira inteiramente de preto (o que ela costuma fazer, de qualquer forma; hoje estava vestindo uma camiseta preta, saia lápis, tornozeleira preta e tênis de caminhada de solado pesado). Tinha se vestido para não ser notada e dirigira até um lugar especial no rio Mississippi. Lá, ela se arrastou pela vegetação rasteira e, quando não tinha ninguém por perto, cavou pequenos buracos com uma espátula e enterrou os pedaços de um CD que ela mesma havia quebrado. Uma coletânea gravada para o namorado anterior àquele que ela tinha mencionado para mim, o que chamava de Reclamão. Pen sempre dá apelido aos namorados, e tinha acabado de terminar com o Jesuíta Calorento. Neste último Dia das Bruxas, ela também depositou pedrinhas que recolhera durante o ano inteiro. Cobriu-as de terra enquanto cantava em diversas línguas e, por precaução, adicionou um Pai Nosso em latim. O que as pedras representavam, ou por que razão foram selecionadas, ela não especificou, exceto para dizer: *"Estou me livrando de coisas que eu não gosto na minha segunda natureza."* Depois desse ritual, ela foi para casa e comeu o máximo de bolo de chocolate que conseguiu.

Um dos motivos pelos quais eu amava Pen era o fato dela incluir bolo de chocolate em seus rituais sagrados.

— O bolo era *red velvet?*

— Como assim? — Por alguma razão, ela parecia culpada.

— No Dia das Bruxas. Estava só imaginando.

Pen olhou para mim, balançando a cabeça para cima e para baixo.

— Vai dar uma de vidente agora?

Trabalhamos um pouco em silêncio, até que dois clientes quiseram seus livros embrulhados em nosso papel de presente favorito, feito de casca de bétula. Não sou uma embrulhadora muito ágil. Talvez o durex estimule meu transtorno de estresse pós-traumático. Minhas parcas habilidades sempre fazem com que eu prenda um dedo ou cole minhas mãos juntas. Mas vender? Ainda é a minha praia. Uma cliente entrou e eu corri para a frente da loja. Eu vivo para o aspecto humano do algoritmo usado no negócio de venda de livros, quando pergunto o que o cliente gosta de ler e então navego por títulos em minha rede de associações. É uma arte para a qual me preparei sem querer, na solitária, quando criei a biblioteca na minha cabeça. Esta cliente gostava da escritora de mistério Louise Penny, o que me fez falar sobre Donna Leon. Mas ela também gostava de história, então entreguei a ela Jacqueline Winspear e John Banville. Algumas perguntas mudaram a trajetória e, por isso, elogiei Kate Atkinson e P. D. James. Sugeri *Transcription.* Ela mencionou que tinha gostado de *Children of Men.* Mencionei *O Conto da Aia,* que ela já tinha lido, é claro, e assim dei um salto para minha dama mais do que especial, Octavia Butler. Uma das minhas personagens preferidas de todos os tempos é a amarga, furiosa e delicada Lilith, que faz muito sexo transcendental em um *ménage à trois* que inclui um humano e um extraterrestre *ooloi*. Para ser honesta, vou acrescentar que durante um período de alucinação eu mesma vivi essa experiência. Finalmente, indiquei *Drive Your Plow Over the Bones of the Dead*, da Olga Tokarczuk, e fiquei meio eufórica passando pela registradora os livros empilhados no balcão.

— Parece que você gosta de dizer o título desse livro em voz alta — disse Pen, quando nossos clientes saíram e estávamos sozinhas na loja.

— E gosto mesmo. O ritmo dispara. É do William Blake.

— Eu devia saber disso. Que tipo de livreira eu sou?

Ela ficou quieta, pegou o celular, olhou para a tela, resmungando sobre o casamento do bem e do mal, e começou a suspirar. Percebi uma batalha interna. Uma ou duas vezes ela respirou profundamente e achei que estava prestes a dizer alguma coisa, mas se conteve.

— Pen, qual é o problema? — perguntei, enfim.

— Tá bom! — Ela explodiu. — Eu tenho mesmo bolo *red velvet*. Trouxe um pedaço pro almoço. Tá bom! Divido com você.

— Eu não estava pedindo... não sabia...

— Isso não tem nada a ver com você. Tem a ver comigo, com o bolo e as minhas tradições. Minha avó sempre disse que, se você é Sioux, vai partilhar até doer. Bom...

— Não quero o seu bolo da dor — falei.

Mas ela já estava de volta no escritório. Chegou com dois pratos de papel, cada um com um pedaço voluptuoso de bolo.

— Não estou nem aí. Vai ter que comer. Eu venci minha batalha interna.

Ela deu um grande sorriso e me estendeu o prato e um garfo. Peguei só para satisfazê-la.

— Fez do zero?

— Uhum — disse Pen, com a boca cheia e uma lágrima no olho.

Se estava tão bom assim? Estava.

O Confessionário

O CONFESSIONÁRIO veio de uma loja de arquitetura de segunda mão, que ficava perto do rio Mississippi. Ele tem alguns detalhes tocantes, como um pequeno ventilador elétrico instalado no compartimento do padre. Ocasionalmente, pelo jeito, o homem superaquecia. Também tem uma caixa com frágeis fones de ouvido de latão, identificados na etiqueta como *confessionaire*, e que são usados para ampliar o volume dos pecados sussurrados aos ouvidos debilitados do padre. O confessionário é decorado e está em condições razoáveis. Quando foi instalado na livraria, Louise aparentemente enxergou o móvel sagrado como base para um projeto artístico de motivação obscura, e contratou Pen para fazer uma colagem. De tempos em tempos, Pen colava pedaços de papel nas paredes internas. Isso costumava acontecer depois que ela terminava um quadro e estava buscando a próxima ideia. Outras vezes, ela trabalhava na colagem após uma viagem aérea, afirmando que a correria pela estratosfera tinha feito com que perdesse neurônios. Ela acreditava piamente que pedaços da sua mente estavam espalhados pelo céu. Então, quando voltava para terra firme, sentia necessidade de colar coisas.

O dia seguinte era a folga de Penstemon, mas ela chegou logo depois que eu abri a loja. Levou um balde plástico cheio de materiais artísticos até o confessionário e se sentou.

— O que foi? Por que não está lá fora arranjando um homem novo? — perguntei.

— Já arranjei.

— Mas é claro.

Saí para ajudar um cliente. Durante toda a manhã, Pen ficou sentada no compartimento do padre, sob a única lâmpada fraca, e usou um par de tesouras em miniatura para cortar formas e figuras a partir dos pedaços de papel que havia colecionado. O som de recortar e os resmungos ocasionais dela começaram a me irritar. Entrei no confessionário para olhar o que ela tinha feito e fui assaltada pelo fedor de cola de sapateiro.

— Minha nossa. Você está bem?

— Tem alguém aqui comigo — sussurrou.

Penstemon começou a rir, silenciosamente, o que me aterrorizou. Gritei para Asema abrir a porta da rua. O ar frio rodopiou para dentro. Escancarei a porta do confessionário e Pen cambaleou para fora do compartimento do padre. Ela se esparramou no chão, perto da seção de Natureza, girando os braços.

— Quem estava com você? — perguntei, falando baixo.

— Ninguém. Alguém. Eu realmente gosto dali.

Asema forçou Pen a se levantar.

— Isso tem que parar. Ponha a tampa na cola — disse Asema.

— Você precisa de alguma coisa pra ajudar com os vapores.

A Sentença 55

— Não, eles ajudam — disse Pen.

Arrastei-a para fora da loja. Ao ar livre, ela desabou nos degraus. Asema ficou encarregada de se desfazer da cola, e eu coloquei o casaco de Pen sobre seus ombros. Era uma jaqueta acolchoada preta, com forro de brocado chinês em vermelho-vivo. Ela também estava usando botas de neve ridículas, que tinha comprado em um brechó.

— O que você quis dizer com *"ninguém, alguém"*?

— Tinha uma voz — respondeu. — Era uma voz de recriminação. Não consegui entender as palavras. Talvez fosse o resquício de uma penitência do padre. Ou é mais provável que tivesse alguém no porão e a voz estivesse sangrando através do piso. Estou me sentindo estranha.

— Posso chamar alguém? Quem sabe o Pollux pode te levar pra casa?

— Está tudo bem. Ele sabe, com certeza.

— O quê?

— Que a colagem pode ser perigosa.

— Claro, se você cheirar a cola.

— Não é isso que eu quero dizer. Muitas imagens. Muito papel.

— E vozes.

— Eu consigo lidar com as vozes. É o papel. Você acredita que eu tenho papel das ruas de Berlim? Eu queria lixo estrangeiro, daí Gruen trouxe alguns bilhetes e embalagens de doces pra mim quando foi pra casa da última vez. Eu tinha pedido pra ele trazer alguma coisa da sarjeta, mas ele disse que as sarjetas estavam quase sempre limpas. Acabou tirando os papéis das latas de lixo e ficou realmente constrangido. Eu colei esses papéis na parede do confessionário agora.

Ela colocou o braço em torno de mim. Dei um tapinha no joelho dela.

— Bilhetes da loteria italiana — disse Pen em tom de confidência, como se estivesse revelando a existência de um grande tesouro. — Cópias em aço de interessantes gravuras de fósseis. Caixas de fósforo de pubs obscuros da Irlanda, onde Asema acabou no chão quando estava visitando seu território de origem. E caixas de fósforo de dois bares da região sul que não existem mais, dos quais eu pelo menos consegui rastejar pra fora e chegar na calçada.

— Pen! Você realmente bebe tanto assim?

— Só algumas vezes. E você?

— Você sabe que eu fiz algumas coisas. Mas estou bem agora.

— Sim, estamos bem, não estamos? — De repente, estávamos segurando os joelhos uma da outra e ela estava me encarando. — Como a Flora morreu? O que aconteceu? Espere. Não posso saber. Não me conte.

Pen se curvou e descansou a cabeça nas mãos.

— A cola me atingiu, sou sensível a essas substâncias. Te chateei, me desculpe.

— Escute! — Eu estava trêmula. — Você ouviu uma voz. Talvez fosse a Flora. Nós todos temos uma ligação com ela. Por favor. Preciso saber sobre a amizade de vocês.

— Amizade? Estava mais para "irritabilizade".

— Um tipo de relacionamento, então.

— Baseado em irritação, sim. Mas inquietante.

— Você sabe que eu não vou ficar brava, Pen! Eu estava falando sério na reunião. Por favor, acredite em mim... ela está mesmo me visitando todos os dias. Escuto as roupas dela farfalharem e até ouvi a voz dela uma vez. Você também ouviu, no confessionário. Ela está assombrando a loja. *Assombrando* — frisei, para garantir que a mensagem ficasse clara.

Pen olhou para mim, furiosa, jogou a cabeça de novo nas mãos e soltou uma exclamação.

— Por que ela não deixa a gente em paz? — Quando Pen disse isso, aceitando que era verdade, uma sensação de alívio indescritível percorreu meu corpo. — Ela enlouquecia a gente. Não devia ser uma surpresa o fato de ela não querer nos deixar, mesmo agora. Os nativos geralmente são pessoas educadas e pacientes, e ela tirava vantagem disso. Sugava nossa energia preciosa pra alimentar sua alma carente.

Falei, com hesitação, lentamente:

— Penstemon, isso que você disse é pesado. Mas fico agradecida. A maioria das pessoas não acreditaria em mim.

— Que ela está aqui? Talvez, neste momento? Eu acredito em você. E espero, com todas as minhas forças, que ela tenha me ouvido.

— Ela está morta agora, Pen.

— Sim. E levou com ela.

— Levou o quê?

— Deixa pra lá. Pergunte pra Asema. Enfim, estou me sentindo melhor, Tookie. As folhas pararam de voar pelo céu.

Era um dia sem vento e os galhos desfolhados estavam completamente imóveis.

— Que bom. — Dei um tapinha na mão dela. — Sou eu que vou te levar pra casa hoje.

A Sentença

DUAS NOITES DEPOIS, eu finalmente abri o livro da Flora, que acabou não sendo nada parecido com sua pacífica capa branca. Era um diário encadernado, cujas folhas de guarda marmorizadas e feitas à mão continham redemoinhos nas cores vermelho-escuro, índigo e dourado. Soltei o livro das abas e o girei. A capa estava riscada e gasta, mas o couro amarelo macio estava em ótimo estado, considerando que tinha mais de cem anos. Os fólios eram costurados, não colados na encadernação. O papel antigo tinha envelhecido elegantemente, por causa do alto percentual de tecido. A caligrafia emaranhada não estava desbotada, mas era muito difícil de ler a escrita talhada, apressada e excêntrica do autor. Ele, ou ela, não colocava os pingos nos *is* nem cruzava os *tês* — talvez o diário tenha sido escrito com pressa, ou em segredo. Olhei com mais atenção. A tinta era cinza-azulada. Mas o caderno era, sem dúvidas, antigo, e reconheci o tipo de livro porque havia pesquisado na faculdade. Também tive uma breve passagem pela Sociedade Histórica de Minnesota, que foi vergonhosamente interrompida pela fórmula química $C20H25N3O$, a do LSD. O livro tinha uma espécie de folha de rosto:

A SENTENÇA
Um cativeiro indígena
1862–1883

Era difícil compreender o resto das palavras na folha de rosto. Os nomes estavam borrados e as datas eram manchas claras. Segurei o livro próximo ao rosto. Pollux balbuciou ao se afastar do feixe de luz intenso da minha lanterna de cabeça. Toquei suas costas e examinei a caligrafia condensada e rápida. Consegui entender mais algumas palavras. Mas a história, que aparentava começar no meio de uma outra completamente diferente, era confusa. De fato, a idade do papel indicava que o diário talvez tenha sido escrito no fim do século XIX. O título me interessou, porque parecia o oposto da maioria das narrativas sobre raptos dos primórdios da Nova Inglaterra, que eram

58   LOUISE ERDRICH

relatos populares, chocantes e farisaicos das experiências de mulheres brancas que foram sequestradas por índios. Isso parecia o contrário, uma história de rapto escrita por uma mulher indígena. A originalidade daquela ideia me interessou muito. Sem mencionar o título, que me pegou de jeito: *A Sentença*. Quem sabe era um relato de internato, ou uma narrativa do encarceramento de uma mulher Dakota depois da guerra, embora eu tenha notado a palavra Pembina, uma cidade no rio Red. Naquele tempo, Pembina era habitada por meus próprios ancestrais, os Chippewa e os Métis. Então, uma linha se destacou: "...*sentenciada a ser branca*."

Em razão da data, teria feito sentido a autora ser Dakota. Depois da Guerra de Dakota em 1862, mais de 1600 indígenas Dakota, a maioria mulheres e crianças, foram aprisionados em condições sub-humanas no Forte Snelling. Ou seja, a metros de Bdote, o local onde seu mundo começou. Hoje, os habitantes de Minnesota fazem trilha e esquiam, no estilo *cross-country*, sobre o terreno onde tantos morreram de cólera naquela prisão. Sabendo do terrível interesse que as pessoas brancas tinham em colecionar os corpos, muitos enterravam seus entes queridos exatamente embaixo das tendas, e dormiam sobre os túmulos para protegê-los. Como consequência da guerra, os indígenas Dakota que eram pais, irmãos e parentes das mulheres e crianças aprisionadas foram julgados com base em rumores e sem advogados de defesa. Desses, 303 foram considerados culpados, mas o presidente Lincoln reduziu esse número para 38. Esses homens Dakota foram enforcados um dia depois do Natal de 1862. Aqueles que viveram — inclusive os que se converteram ao cristianismo —, as mulheres e as crianças ou foram presos ou exilados em Crow Creek, que é um lugar afetado pela seca.

Como todos os outros estados do nosso país, Minnesota começou com expropriação sangrenta e escravidão. Oficiais do Exército compravam e vendiam pessoas escravizadas, incluindo o casal Harriet Robinson e Dred Scott. Nossa história está tatuada em nós. Algumas vezes, eu acho que os primeiros anos do nosso estado têm impacto sobre tudo: as tentativas da cidade de enxertar ideias progressistas no topo de suas origens racistas; o fato de que não podemos desfazer a história, mas somos forçados a confrontá-la ou repeti-la. A questão é que nossos clientes me deixaram confiante de que podemos fazê-lo.

Fechei o livro. Quer dizer, fechei o livro tão delicadamente quanto possível, mas, na verdade, não estava mais lendo.

Ao lado da minha cama, tem a Pilha da Preguiça e a Pilha do Esforço. Coloquei o livro de Flora na Pilha do Esforço, que incluía *Mortais*, de Atul Gawande, dois trabalhos de Svetlana Alexievich e outros livros sobre espécies ameaçadas, vírus, resistência a antibióticos e como preparar comida desidratada. Esses livros eu evitaria ler enquanto não descobrisse alguma fonte de energia mental. E, ainda assim, eventualmente eu dava um jeito de ler os livros da Pilha do Esforço. Já no topo da Pilha da Preguiça, estava *Rebecca*, de Daphne du Maurier, que eu estava lendo de novo porque preferia Rebecca — a Rebecca ruim — à narradora boazinha, que se encolhia no decorrer do livro. Mas, apesar das descrições luxuosas de Manderley, que foi meu sinistro lugar dos sonhos enquanto estava na prisão, logo abandonei *Rebecca*. Não precisava mais de Manderley, pois tinha Minneapolis. Repreendi a mim mesma por ter sido covarde em relação ao livro de Flora e me preparei para ler um pouco mais. Cheguei a esticar o braço para pegar o livro, mas deixei a mão cair, pois tinha receio das tristezas que ele conteria. Só de pensar no encarceramento da narradora meu coração acelerava. Então deixei o livro de Flora na pilha, mas fui tola por achar que poderia evitá-lo. O livro tinha vontade própria, e me faria lidar com ele exatamente como a história.

Tão Agradecidos!

A SEMANA DE Ação de Graças, ou melhor, ação de *exigir* graças, permaneceu quente. No dia anterior à festança, eu estava conversando com Asema do lado de fora da loja, quando uma mulher — usando um chapéu azul largo e um casaco azul largo, que tinham a mesma cor dos seus grandes e desinibidos olhos sem cílios — aproximou-se de nós.

— Tenho que contar uma história pra você — disse a mulher.

— Só um minuto. Estou aqui conversando com a Tookie — falou Asema em uma voz agradável.

— Escute — persistiu a mulher.

Ela se colocou entre nós e me empurrou com o ombro. Em outra época, eu a teria impedido. Mas estávamos bem na frente do meu local de trabalho.

— Ah, fique à vontade!

60 LOUISE ERDRICH

Gesticulei com uma polidez desdenhosa, que a mulher, que estava na casa dos cinquenta e tinha acabado de sair de um reluzente carro esportivo azul que combinava com seus olhos e sua roupa, não percebeu.

— É sobre o meu tataravô — contou ela. — A história foi transmitida pra mim!

— Ah, sério? — disse Asema, olhando para mim.

— Então, bem antigamente, ele chega na casa dele no lago Calhoun, certo?

— Não está certo, não — contradisse Asema. — O lugar agora se chama Bde Maka Ska.

— O quê? Isso foi antes, quando a área tinha casas de campo. Ele entra na casa e tem índios lá, na sala de estar dele! Na frente da lareira! Em pé, na casa dele!

Agora, Asema estava encarando a mulher com uma expressão que me fez recuar. Em Minnesota, nós costumamos ser abordadas por proprietários de chalés do lago. O chalé e as cidades vizinhas são geralmente o único contato que os cidadãos brancos do estado têm com os indígenas. Por quê? Porque os chalés estão localizados na área mais valorizada das reservas, à beira do lago, que é sempre, em muitos aspectos, terra roubada. E é por isso que Asema, cuja família não detém uma propriedade à beira do lado, mas vem do lago Leech, me contou que odeia ser abordada por proprietários de chalés que têm histórias envolvendo índios.

— Enfim — continuou a mulher, deslumbrada consigo mesma —, acabou que os índios estavam com fome. Tipo, famintos ou uma coisa assim. Daí meu tata…

— Não me diga — falou Asema, sorrindo de uma maneira completamente falsa. — Ele devolveu a terra deles!

— Ah, não. — A mulher riu. — Mas, escute, ele mandou o chofer dele até a cidade pra comprar suprimentos e depois deu *comida* pros índios!

— Quem? O *chofer*? — resmunguei, ultrajada.

A mulher abriu um grande sorriso para Asema, esperando. Mas o rosto de Asema estava endurecido pela ira.

— E *daí* ele devolveu a terra, certo?

— Nããão — respondeu a mulher. — Mas um ano depois os mesmos índios voltaram, e deram pra ele uma canoa verdadeira de casca de bétula. Eles queriam demonstrar gratidão, porque tiveram comida pra superar o inverno. Estavam tão agradecidos!

A mulher irradiava alegria. *Tão agradecidos*!

Asema a dispensou com a mão e tentou se afastar. Mas a mulher levantou a voz.

— Escute! Tem mais! Minha tia-avó também... atrás da casa dela, no lago Minnetonka, tinham umas colinas cheias de artefatos. As pessoas sempre estavam desenterrando alguma coisa.

Agora parecia que Asema ia sufocar. Ou que a historiadora que habitava nela ia sufocar a mulher. Assustada, temendo que ela agarrasse o pescoço da mulher, coloquei a mão no seu braço. Inacreditavelmente, a mulher continuava falando:

— A minha tia-avó desenterrou, ela mesma, dois esqueletos que estavam em uma pequena colina atrás da casa. Ela juntou os ossos com arame e apresentou na seção de ciências da Feira Estadual de Minnesota. E ganhou uma medalha!

Fiquei boquiaberta.

Asema e eu ficamos paralisadas. Era como se estivéssemos escorregando, como se um carro estivesse dirigindo na sua frente e você o visse deslizar no gelo e começar a atravessar a pista de lado. É algo que um indígena costuma sentir ao ouvir não índios valorizarem uma interação incrivelmente estúpida com índios.

E a mulher continuava.

— Daí, depois da medalha, minha tia-avó não sabia o que fazer com os ossos! E o que poderia fazer, afinal? Então ela deixou os ossos embaixo da cama.

Asema chiou, "*que po...*", e imediatamente se aproximou da mulher, falando a uma distância desconfortável:

— Ela devolveu os ossos? E a terra?

De súbito, a mulher compreendeu que Asema não estava gostando da sua história. Sua expressão se abateu e ela deixou de lado a delicadeza.

— Isso não vai acontecer.

Asema sorriu com educação.

— Eu ouço esse tipo de história o tempo todo. Se você não vai devolver o que é nosso no final, então só posso dizer: foda-se a sua história.

Os olhos da mulher piscaram na minha direção, mas eu estava sorrindo agora, e já me disseram que meu sorriso deixa as pessoas incomodadas. A mulher de chapéu azul rapidamente atravessou a rua e entrou no seu carro que combinava. Observamos enquanto ela ia embora.

62   LOUISE ERDRICH

— Que desperdício de azul — falei.

— Fiquei com medo que você atacasse a mulher.

— Eu? E você?

— Ah, eu não faria isso. Estamos acostumadas. Eu estou acostumada. Nós servimos a um propósito. Acho que dá pra dizer que ouvir coisas desse tipo, não importa o quanto seja ultrajante, é parte da nossa missão. Na verdade, eu lamento muito. Não devia ter perdido a paciência. E, sabe, é claro que as intenções dela foram as melhores...?

A voz dela fraquejou. O arrependimento depois da raiva é uma coisa que compartilho com Asema.

— Ela vem gastando essa história por anos. Já era hora dela ser rechaçada.

— As pessoas precisam de um espaço em que possam contar suas histórias e trazer suas perguntas sobre os índios — disse Asema.

— Mas o empurrão que ela deu em você...!

— Pois é. Acho que também sou um desses "espaços".

Me lembrei de algumas perguntas que já me fizeram na loja.

PERGUNTAS PARA TOOKIE

Você pode me dizer onde eu encontro o ritual de *ayahuasca* mais próximo?

Você pode me vender um pouco de vinho dos mortos?[5]

Como eu faço pra me tornar um índio?

Você é 100% índia?

Você consegue avaliar meu colar de turquesa?

Pode vender o colar para mim?

Qual seria um nome indígena legal para meu cavalo/cachorro/hamster?

Como eu consigo um nome indígena?

Existe algum ditado indígena sobre morte?

Tem alguma coisa cultural indígena que ficaria bem no nosso funeral?

Como eu posso saber se sou um índio?

Ainda existem índios de verdade?

---

[5]   Vinho dos mortos é um dos nomes pelo qual é conhecida a *ayahuasca*. [N. da T.]

De Verdade

"*SOU DE VERDADE*", eu sempre digo. "*Mais de verdade, impossível.*" Embora, em alguns momentos, eu não me sinta real. Quase nunca fico doente — talvez eu tenha uma imunidade sobrenatural, adquirida na condição de descendente daquele exato indígena, dentre dez, que sobrevivera a todas as doenças a que fomos sujeitados no velho mundo. Meu ancestral de boa genética deve ter transmitido para mim essa resiliência. Por outro lado, perder todos que você ama é destrutivo, e há quem acredite que o trauma muda a genética da pessoa. Não sei se isso é possível, mas, se for, junto com a indelicada boa saúde eu herdei um espírito de esquecimento.

De vez em quando, eu dou de cara com esse esquecimento na forma de um eu irreal, que é paralisado por um único pensamento que se repete ao infinito: eu não escolhi este formato. Não escolhi ser organizada como Tookie. O que, ou quem, fez isso acontecer? Por quê? O que acontece se eu não aceitar essa ofensa? Não é fácil permanecer organizada neste formato, e eu posso sentir como seria parar de me esforçar. Sem diligência constante, o formato denominado *eu* deterioraria. Fecho "meus" olhos e vejo o olhar confuso de Budgie. Não havia conflito em seu rosto, só uma pergunta: *o que é isso? O que era isso?* São as perguntas que eu faço às cortinas de gaze.

O Museu Médico do Exército

MINHA INTENÇÃO DE dispensar a narrativa do cativeiro não se concretizou, e eu comecei a sentir um burburinho irritante da consciência. Podia sentir meus pensamentos assobiando ao navegar pela minha mente, sempre retornando ao livro que eu tinha receio de ler. A consciência de que eu deveria ler o livro, mesmo que fosse doloroso, surgiu quando eu baixei a guarda. Eu definitivamente não queria voltar à história. Não estava apenas com preguiça, estava assustada. Então comecei a pensar no chalé à beira do lago e na história da mulher — aquela história dos "tão agradecidos" —, e percebi que, apesar dos povos Ojíbua e Ho-Chunk também terem andado por aquela área, os índios "agradecidos" e os ossos dos quais ela havia falado eram provavelmente do povo Dakota. E, por não lidar com o que tinha acontecido aqui, eu não era muito diferente da mulher dos ossos. Eu estava me esquivando. Além disso, tudo tinha a ver com Flora. Se eu quisesse me livrar do fantasma, teria que descobrir o que o estava mantendo aqui, deste lado do véu. Teria que me abrir e ler o livro que a tinha matado.

Abri o livro naquela noite e juro que ia começar a ler. Mas fui novamente distraída por ossos.

O nome de Asema apareceu no meu celular. Não acreditei. Ela estava me ligando? Pollux recebe ligações de Hetta, mas eu nunca recebera uma ligação de alguém com menos de trinta anos. Cenas passaram pela minha cabeça. Será que ela tinha sido sequestrada? Ou tinha ficado sem gasolina em uma estrada deserta? Atendi o telefone na hora.

— Você está bem? O que aconteceu?

— Tenho que ler pra você um trecho do meu projeto final de pesquisa. Estou trabalhando com o problema dos restos mortais em Minnesota. Claro que comecei com o Dr. Mayo. Você tem um minuto?

Fiquei irritada, como se tivesse sido enganada.

— Não, estou tentando ler *Rebecca*.

— Que é sobre ossos, basicamente.

— Os ossos de uma mulher que foi assassinada por fazer sexo e ser forte.

— Tanto faz. Então, eu encontrei um recorte de jornal de 1987, pré-NAGPRA,[6] sobre o Museu Médico do Exército do Smithsonian, no período compreendido entre 1860 e 1890. O cirurgião-geral e os funcionários do museu estavam conduzindo um estudo racial sobre os indígenas: homens, mulheres e crianças. Vou ler pra você umas coisas.

— Tem mesmo que ler?

Ela me ignorou.

— O cirurgião do Exército B. E. Fryer, de Fort Harker, Kansas. Em 1868, ele espera três semanas pela morte de um homem Kaw, que tinha sido ferido em batalha. Ele pensa que o rapaz daria um bom espécime e o vigia como um *Ghoul*. A família do homem fica sabendo e esconde seu túmulo. Fryer faz uma busca e desenterra o cadáver, mas lamenta, pois ele teria sido mais valioso fresco... — Segurei o telefone longe do ouvido e olhei freneticamente pelo quarto. — Daí temos o

---

[6] Native American Graves Protection and Repatriation Act (Ato de Repatriação e Proteção de Túmulos Nativo-americanos). [N. da T.]

cirurgião G. P. Hackenberg. Que nome mais adequado.[7] Ele trabalha fora do Forte Randall, onde hoje é o estado de Iowa. Em 1867, ele ficara animado por ter passado a perna em uma família Lakota, então escreveu: "Acreditando que eles dificilmente pensariam que eu roubaria a cabeça dele antes que ele estivesse frio em sua cova, no início da noite eu e dois dos meus assistentes garantimos o espécime." Mais tarde, Hackenberg envia um crânio que havia guardado "por causa dos lindos dentes que ele tinha". Ele afirma: "Tive uma aventura apaixonada, e talvez por isso tenha me agarrado a ela por tanto tempo, como um troféu."

— Pare, estou tendo um ataque de pânico.

— Desculpe. Mas talvez aquela mulher, que veio até a gente contar sobre o esqueleto do nosso parente indígena que ganhou o primeiro prêmio na Feira Estadual, não tenha sido um acidente. Quer dizer, me deixou puta. Essa mulher achou que estava tudo bem. Nem passou pela cabeça dela que a gente ia levar pro lado pessoal, Tookie.

— E o que você quer dizer com isso?

— Calma, por favor.

— Escute, Asema, talvez eu não seja melhor que o Hackenberg. Eu roubei o cadáver de um homem branco.

— Eu sei. É isso que eu quero dizer.

— Já disse. Tchau.

— Espere. Não expliquei. Você já pensou que talvez esteja sofrendo de estresse pós-traumático? A morte de Flora pode ter sido um gatilho.

— Não! A Flora é real. Ou melhor, ela é um fantasma real. Estou quase acreditando que o Budgie mandou a Flora pra me assombrar. Ele botava muita fé no acerto de contas.

— Você não mandou colocarem o corpo dele em exposição ou manterem-no numa gaveta de museu.

— Não, mas faltei com o respeito. Amarrei um cachecol em volta da cabeça dele, e o joguei na traseira do caminhão junto com umas caixas de tomates. Tinha salsão também.

— Uau, Tookie. Eu não sabia dos detalhes. — Asema fez uma pausa. — Ele gostava de salsão?

— E tem alguém que gosta? Sério.

— Ok, mas pense em como as pessoas brancas acreditam que as suas casas, jardins ou colinas pitorescas, são assombradas por índios,

---

[7] *Hackenberg* em português significa trapaceiro, vigarista. [N. da R.]

quando na verdade é o contrário. Nós é que somos assombrados pelos colonizadores e seus descendentes. Nós é que somos assombrados pelo Museu Médico do Exército, e por incontáveis museus de história natural ou museus de cidades pequenas que ainda têm ossos não reclamados em suas coleções. Somos assombrados por...

— Asema, você está se esquecendo de uma coisa. Um povo que se vê essencialmente como vítima está condenado à destruição. E nós não estamos condenadas, certo?

— Não, porra.

— Então se controle. Tenho que desligar agora. Um caminhão basculante acabou de cair do céu no meu jardim.

— Engraçadinha. Espere...

Domingo Sonolento

TEM AÇÃO DE GRAÇAS, Black Friday, o Sábado dos Pequenos Negócios e, por último, tem o Domingo Sonolento. Nesse dia, eu durmo até mais tarde e me recupero de um dia de comilança sem fim e dois dias pesados de vendas. Pelos quais eu dou graças. Nós tivemos um pequeno, mas estável, aumento das vendas nos últimos dois anos. Asema acha que os dispositivos Kindle devem ter parado de funcionar. A filha de Louise, Pallas, além de concordar com essa afirmação, menciona a grande "des-Kindlização", que começou quando as pessoas perceberam que os *e-readers* estavam coletando dados sobre seus hábitos de leitura, como em qual página haviam parado. Jackie acha que as pessoas sentem falta de virar as páginas de papel. Gruen diz que sentem falta é de fazer anotações e marcar os livros, enquanto Penstemon está convicta de que as pessoas têm nostalgia do cheiro do papel, tão limpo, seco e agradável. Ela até usa um perfume chamado Paperback. Eu não uso perfume, mas às vezes espirro um pouco no ar no Domingo Sonolento.

Tenho só mais dois Domingos Sonolentos sobrando este mês. Nossa filha vai voltar. Hetta chega no dia 19 de dezembro e vai passar o Natal conosco. A véspera de Ano-novo ela vai passar em Santa Fé mesmo, porque a praça fica maravilhosa à noite, aquecida por fogueiras de *piñon* e com lugares confortáveis para beber chocolate quente ou rum amanteigado e comer *biscochitos*. Ela quer viver lá para sempre, ou até que a água acabe. Nesse caso, ela pretende se mudar para o lago Superior. *"Você não vai conseguir se sustentar lá, do mesmo jeito que não consegue se sustentar em Santa Fé agora"*, falei para ela quando nos contou.

A razão que me fez dizer isso, aparentemente, é o fato de eu ser uma vaca. Não culpo Hetta por responder a meu comentário com essa observação. E não a culpo porque não entendo a mim mesma quando estou perto dela. Não sei como ela consegue me provocar tanto e ainda arrancar todas as cordas da minha guitarra. Ela literalmente joga alface no meu ensopado de carne de cervo, usa todo o meu lava-louças, arranca farpas das minhas colheres de pau, talha meu molho de carne e uma vez manchou meus lençóis — não com sangue menstrual, o que seria compreensível, mas com mostarda amarela francesa que ela, chapada, espirrou em padrões que considerou significativos.

Ela é tão parecida comigo.

E é por isso que sou desse jeito quando estou perto dela. É o que Pollux pensa.

Mas, agora, de volta ao Domingo Sonolento.

Pollux estava fora, em uma aventura na qual aprenderia uma nova música. Uma música, dissera ele, que manteria o mundo em movimento. Fiquei feliz, porque o mundo aparentava ter parado. O céu estava tão cinza que combinava com a fria casca das árvores. Névoa subia das águas do lago e o sol também estava cinza, assim como meu sangue — se tivesse algum sangue no meu corpo. Parecia que não tinha. Ao invés de sangue, tinha ágar, restrito a tudo exceto às células cinza. Eu nem conseguia ouvir meu coração bater. Um fantasma. Eu tinha acordado um fantasma. Era um Domingo Sonolento, então ninguém, humano ou inumano, me esperava em lugar nenhum, em todo o universo. Era um dia que não exigia nada de mim. Eu estava livre para me desintegrar.

Ou ler.

Escolhi a Pilha do Esforço. Por que fiz isso, quando sequer estava planejando permanecer organizada em um formato reconhecível, não tenho ideia. Talvez tenha esquecido, o que normalmente seria um bom sinal. Algumas vezes, consigo me esquecer e venço a batalha com a obliteração. Enfim, não contive minha mão, que foi procurar o livro mais difícil da pilha. *A Sentença*. Desta vez, porque o cinza

68 LOUISE ERDRICH

estava colonizando meu coração de ágar e porque senti, de maneira surpreendente e reconfortante, um ligeiro pânico por minha própria preservação, comecei a ler linha por linha. O que significava que eu comecei a formar uma imagem da pessoa que falava com a pessoa que escrevia. E fiquei surpresa ao descobrir que ela era praticamente idêntica à foto da bisavó fictícia de Flora. Uma mulher jovem, com um sofrimento velado no olhar. Atormentada. Com o que, exatamente, ainda não sei. A mulher cuja história estava sendo contada tinha a aparência de alguém que suportara uma longa sentença. Era uma aparência que eu mesma tinha tido.

APESAR DE TUDO, comecei a decifrar o livro. Compreendi várias frases:

> *Quando entrei por aquelas portas, dessidi que por mais que eles tentassem me mudar não iam conseguir. Não importa o que fisessem comigo, ainda seria uma "sentença perpétua" ser uma mulher branca na pele errada. Condenada a ser branca era meu destino. Mas, como acabou sendo, isso estava longe de ser a pior provassão que eu sofreria.*

E então eu cometi um erro. Pulei as páginas até onde Kateri tinha marcado, a última página que os olhos de Flora viram antes de morrer. Senti como se estivesse sendo empurrada para lá e virei rapidamente as páginas. A caligrafia naquela página estava ainda mais ilegível. Tentei montar o quebra-cabeça, letra por letra. Quando descobria uma palavra, a repetia em voz alta. Tentava dar contexto. Formava as próximas palavras com a boca e então tentava outra palavra. Lembrei-me das palavras por um breve período enquanto seguia em frente, mas não me lembro delas agora. Fiquei tão completamente absorvida nessa tarefa que meu coração começou a bater com mais força. Ouvi um som de apito vindo de fora, mas não era o apito do trem. Era diferente, um som baixo e íntimo, bem debaixo da janela. Eu tinha ouvido esse tipo de apito antes, e uma coisa "não boa" tinha acontecido em seguida. Fiquei assustada — e logo aconteceu. Senti meu corpo se desintegrando em uma cascata de células, meus pensamentos sangrando para dentro do cinza obliterante. Vi meus átomos girando em espiral no ar do meu quarto, como neve escura. Observei a mim mesma na cama e descobri que estava olhando de diferentes perspectivas — das paredes e de fora das janelas. Eu tinha me tornado caleidoscópica. Tinha muitos olhos e tudo via. As células voaram do meu corpo cada vez mais rápido, até que, *puf*, eu tinha sumido. Por um longo tempo, não houve nada.

Lentamente, muito tempo depois, eu estava de volta na cama.

Tão logo consegui mover meus dedos, fechei o livro.

NEVE ESCURA

Nunca

EU ESTAVA TENTANDO queimar um livro. Sou vendedora de livros — isso é uma identidade, um estilo de vida. Queimar um livro deliberadamente, ainda mais uma edição única, uma obra original, é algo que eu consideraria apenas sob condições desesperadoras. No entanto, fui levada a pensar que este livro continha uma sentença que mudava de acordo com a habilidade do leitor em decifrá-la, e que poderia, de alguma forma, matar. Eu não queria descobrir se minha terrível teoria tinha algum mérito. Só queria destruí-lo. Naquele dia, depois da minha experiência de quase morte e de ter largado o livro, parece que eu caí em um sono profundo que durou a noite toda. Enquanto eu dormia, Pollux voltou e se deitou ao meu lado. Geralmente tenho o sono leve, mas nem me mexi. Naquela noite, uma tempestade violenta se formou e derrubou o olmo de 102 anos do nosso quintal, que só não atingiu a casa por meros centímetros. Na manhã seguinte, quando olhei para fora, vi um mundo de cabeça para baixo, cheio de galhos. Será que, se eu tivesse lido aquela sentença inteira, a árvore teria caído em cima da gente, atravessando o telhado com seus grandes galhos, me matando e perfurando Pollux? Talvez matando nós dois com seus braços de madeira? Será que aquela sentença era a continuação da narrativa que eu por sorte perdi? Eu não ia descobrir. Nenhuma investigação era exigida, nenhuma pergunta adicional. Esse livro tinha condenado à morte minha cliente mais irritantemente fiel. Também tinha tentado me matar. No pátio dos fundos ficava nossa churrasqueira *hibachi*, e eu segurava uma lata de fluido de isqueiro na mão.

É aterrorizante quando você não consegue queimar algo que é tão obviamente inflamável. Livros, é claro, são notórios por queimarem em *Fahrenheit 451*. Acendi carvão e tentei queimá-lo na grelha. Tentei colocar fogo direto no livro, mas a capa macia e o papel de boa qualidade permaneceram inalterados. Eu estava exasperada demais para ter medo. No fim, tendo falhado, sentei nos degraus e fiquei encarando o livro quase sem marcas de queimado. Quem sabe naquele momento eu tivesse chamado Pollux para ajudar, mas ele tinha ido

72 LOUISE ERDRICH

até o lago Nokomis por causa da avó. Era onde ele ia caminhar para pensar nela. Olhei fixamente para o livro e continuei olhando.

O machado?

Ou a machadinha. Tínhamos uma pequena, para acampar. Tirei o livro da churrasqueira e, com a lâmina afiada, comecei a cortar. O livro resistiu. Mal ficou amassado, nem um arranhão, nem rastro de sujeira ou papel chamuscado. Nunca na vida eu tinha encontrado um objeto que contrariasse as leis da natureza. Então passei a praguejar, para cima e para baixo, para frente e para trás, cada palavrão que eu conhecia ou podia inventar. Em seguida, peguei uma pá e cavei um buraco no jardim atrás da vasta árvore caída. Gastei o resto da manhã cavando o mais fundo que consegui, coloquei o livro no buraco e joguei de volta toda a terra que tinha tirado. É lógico que sempre sobra terra quando você cava um buraco, porque ela se solta. Espalhei esse excesso de terra pelo jardim, da maneira mais ordenada que pude, e depois desmoronei no sofá com alguns livros do Mark Danielewski. A leitura deles exigia um certo atletismo que poderia tirar da minha cabeça o que tinha acabado de acontecer. Acendi meu abajur de leitura, liguei para Jackie a fim de trocar um dia com ela e pensei em descongelar um pote de sopa de rabo de boi. Exercitei as pernas e fiz abdominais entre *rounds* de leitura dos textos invertidos de Danielewski — de lado, seguindo e voltando — enquanto malhava. Contudo, não dá para notar que eu sou forte. Seja qual for o número de abdominais, continuo com a cintura ligeiramente grossa de uma mulher de meia-idade. É enfurecedor. Talvez seja a cerveja.

102 Anos

MAIS DE UM SÉCULO de crescimento e minha árvore preferida estava agora jogada ao lado da minha casa, deixando de nos atingir como se de propósito. Sua copa ampla de intrincados galhos nus enchia as janelas. Toquei a casca estriada e salpicada de líquen. Era bastante incomum que uma árvore caísse sem o peso das folhas e quando a terra, se não congelada, estava pelo menos mais firme do que durante os aguaceiros do verão. Sim, eu definitivamente culpava o livro. A base da árvore, de ponta-cabeça na rua, era tão fascinante quanto inquietante. Seu sistema de suporte parecia escasso, porque as raízes

A Sentença 73

tinham quebrado e rasgado abaixo do chão, mas, quando chegou em casa, Pollux me garantiu que a árvore tinha cultivado raízes que espelhavam sua copa. Elas corriam embaixo da rua, sob a grama, dentro do jardim e, quem sabe, circundando a minha casa.

— Assim em cima como embaixo — murmurei.

Nos encaramos.

— O mundo de baixo alimenta o mundo de cima. É simples — disse Pollux. Ele falou sobre os tijolos da casa no fim da rua, os pilares de um muro de pedra, tanques de gás, raízes, aquíferos escondidos e metais. — Tudo isso vem da terra, certo? Nós extraímos vida do subsolo por tempo demais.

— Você vai começar a falar sobre combustíveis fósseis a qualquer momento agora.

— Sugamos petróleo e desenterramos minerais.

— Começou.

— As coisas vão melhorar quando começarmos a viver do que está em cima da terra, de vento e luz.

— Já acabou?

Eu não queria me aprofundar nesses assuntos com o meu marido. Em vez disso, a árvore. Ele preparou canecas de café e nós subimos no tronco para beber. A luz estava clara, a geada da manhã tinha derretido sobre a vistosa grama verde e o ar agora estava úmido e quente. Nos esgueiramos na direção da copa da árvore, tão graciosa e forte, tão convidativa, mesmo caída no chão. Subitamente, apesar de ter sido privada da minha árvore, me senti cheia de alegria por estar sentada ali, na copa de um olmo de 102 anos, não apenas bebendo café, mas um café etíope que Penstemon tinha me dado alegando que seu cheiro era de terra e flores. E ela estava certa. Pollux se ajeitou em um galho e fechou os olhos.

Asema veio nos visitar porque eu havia mandado uma mensagem a ela, que é uma amante das árvores, falando da minha e de sua idade estimada. Ela se inclinou sobre o tronco.

— Gostaria que você pudesse deixar a árvore aqui, assim como está.

Olhei para a área onde tinha enterrado o livro e fiquei satisfeita ao ver que a terra parecia intacta e que era quase impossível detectar o local. Fiquei imaginando se o livro pareceria igual se eu o desenterrasse. Será que a capa estaria dobrada ou o acabamento teria arrebentado? Ou quem sabe a umidade teria impregnado as páginas, tornando inviável a leitura da sentença fatal? Uma imagem do livro pálido surgiu na minha mente e eu a removi, balançando a cabeça. Também me recostei em um galho com meu café, fechando os olhos.

— Sua árvore está linda assim. Tão amigável... como se um gigante tivesse colocado a mão na terra para aninhar um rato.

A imagem do livro estava na minha cabeça novamente, suas páginas virando e girando como fariam se atingidas pelo vento.

— Talvez a gente não devesse sentar aqui — falei.

— Claro que devemos — afirmou Pollux. — Está com medo que os nossos vizinhos pensem que somos esquisitos? Não se preocupe. Eles já sabem.

Não era isso. Eu estava me sentindo desconfortável com a invasão das imagens do livro na minha mente, e tentando ser cautelosa devido à proximidade com a sepultura.

— Ah, esquece — respondi.

Comecei a falar da loja. Quais livros estavam vendendo e quais precisávamos comprar. Asema subiu nos galhos e começou a tocar os ramos quebrados, a pegar pedaços soltos de casca e a se mexer de forma alarmante sob os galhos precariamente posicionados. Pollux fechou os olhos para uma soneca. Em pouco tempo, descobri que estava falando sozinha e que Asema tinha desaparecido. Levantei assustada e vi que ela estava encarando o exato lugar onde eu tinha enterrado o livro. Aconteceu muito rápido. Quando me aproximei, ela tinha raspado um pouco da terra e então coberto novamente com o sapato.

— O que você estava fazendo? — perguntei.

— Nada — respondeu ela.

— O que fez você ficar parada aí, bem onde você está, e mexer na terra com o sapato?

Surpresa, Asema olhou para mim com a testa franzida.

— Estava perdida nos meus pensamentos. Ou nem estava pensando. Desculpe estragar a sua grama.

— Não é isso. O que eu quero dizer é: o que te fez ficar parada nesse exato lugar?

— Qual é o problema? Tem alguém enterrado aqui?

— Sim. Não. Um cachorro.

— De quem?

— De rua.

— Você enterrou um cachorro de rua?

— Ele morreu no jardim, certa noite.

— Você nunca me contou.

— Não foi nada demais. Mas foi triste.

— Então por que você está tão preocupada com a sepultura? Era tipo o *Cujo*? Um cachorro do *Cemitério Maldito*?

— Mais ou menos. Fico sonhando com ele.

— Coitado do cãozinho — disse Asema, compartilhando minha chateação.

Enquanto Asema estava indo embora, Pollux acordou, e de repente eu me vi sendo arrastada, caminhando abraçada com ele até entrar em casa. Ele me fez sentar e ordenou que eu não me mexesse até que ele fizesse um sanduíche de ovo frito com pimenta chili verde. Pollux iria usar um pão inglês *muffin* extragrande, então obedeci. Não podia contar a ele que minhas ideias incômodas e sonhos obscuros eram sobre um fantasma e agora um livro. Ele tinha me conhecido em circunstâncias nas quais esse tipo de coisa teria sido inspirado pelo meu vício em todos os tipos interessantes de drogas, incluindo o vinho dos mortos. Isso soaria como uma séria recaída.

— Você perdeu a sua árvore — disse ele, trazendo o sanduíche em um prato de cerâmica. — Ela foi um abrigo e uma amiga.

— Sim, é isso. Minha árvore. Minha alma adorável.

Pollux colocou a mão no meu ombro, apertou com compaixão e afastou-a. Depois que acabei o sanduíche, ele pareceu se lembrar do que ouviu durante o cochilo e perguntou:

— Você enterrou um cachorro? Como assim?

— Asema estava me irritando — falei, agora satisfeita e feliz.

— Ela se preocupa demais. Não tem cachorro nenhum.

— Ela só estava parada no que a gente chama de gramado. O que tinha de errado nisso? Por que você inventaria um cachorro?

— Sei lá! Vamos viver o momento!

— Nunca ouvi nada mais absurdo.

— Absurdo é o quanto esse sanduíche estava bom — falei, encarando o prato vazio.

— Vamos rachar mais um?

— Seria uma honra. Vou te ajudar conversando, enquanto você faz.

Azul

EMBORA EU tenha enterrado o livro, Flora manteve as visitas. O movimento mais pesado do feriado já estava começando, mas geralmente havia um período de calmaria antes do almoço, e Flora continuava sendo pontual. Às 11h em ponto, eu ouvia o deslizar das suas pulseiras na seção de Ficção. Agora parecia que ela estava usando seu casaco longo acolchoado, que roçava quase imperceptivelmente na mesa de veleiro. Uma antiga manta mexicana que ficava pendurada em uma cadeira na seção de Autobiografias quase sempre parava no chão. Flora sempre disse que tínhamos que renovar o revestimento daquela cadeira. Ela farfalhava no banheiro, mas raramente conseguia deslocar as toalhas de papel, e depois, como sempre, parecia escorregar para o confessionário sem abrir o portãozinho.

QUANDO ESSE ESPAÇO foi renovado, os amigos da livraria colocaram tabaco sagrado, erva-doce, cedro e sálvia nas paredes. Em seguida, pintaram as portas da frente e de trás de azul, para afastar energias malignas. No mundo todo — nas vilas gregas, no sudoeste americano, entre os tuaregues —, o azul repele o mal. Garrafas de vidro azul no peitoril das janelas mantêm os demônios fora, e assim por diante. Nesse caso, a porta da frente, pintada de azul-real, e os toldos em um tom de azul vibrante sobre as janelas.

Qual azul? Há milhares de azuis.

Eu tinha me acostumado com a livraria sendo um lugar onde, além dos rebanhos de leitores, ocasionalmente entrava o aborrecimento. Mas, até onde eu sabia, nenhum mal jamais tinha entrado pela porta azul. Flora era a xereta em forma de espírito, agitada e irritável. E a porta azul deveria ter impedido sua entrada. Talvez ela tenha se espremido por uma fenda no assoalho. À exceção da única vez em que a mandei embora — e recebi uma amostra vigorosa do seu ressentimento —, sempre repito para mim mesma que ela é inofensiva.

O que não é o caso do livro.

O livro estava oculto sob meus pensamentos, submerso como uma antiga mágoa ou uma raiva não resolvida. Estava lá no fundo, como algo terrível que fizeram a você na infância. Às vezes, a ideia do livro surgia continuamente, como uma música irritante que você não consegue tirar da cabeça. Ansiei pela neve, esperando que o gelado escudo branco me ajudasse. Porque, desde que me sentei naquela árvore e vi Asema caminhar direto até a sepultura, eu tinha a desconfortável impressão de que o livro não era algo inanimado. Eu tinha enterrado uma coisa viva.

Numa manhã, quando a loja estava vazia e eu ouvia a saia de Flora resvalando na beirada da mesa de veleiro, perguntei em voz alta se o livro a tinha matado.

— Flora? — Tive a sensação de que ela estava escutando. — Você leu a sentença até o fim? Foi isso que aconteceu?

Senti uma concentração imediata. Antes, quando o livro estava de fato na loja, pensei ter ouvido a voz de Flora. Embora a possibilidade de ela falar tenha sido inquietante, meu sofrimento por causa do livro era pior. Eu precisava de uma resposta, e conseguia sentir que Flora precisava responder. Podia sentir que ela tentava, a sensação da vontade de Flora pressionando a fina separação entre nós. Viva e morta, o que era isso? Parecíamos tão próximas. Eu mal conseguia respirar. Enviei um pouco da minha força interior para ajudar Flora. Através do ar carregado, sobre os livros em exposição, estávamos unidas num esforço de comunicação. As ondas de força avançavam, recuavam e começavam de novo. E então apareceu um cliente.

Insatisfação

O insatisfação é um homem negro curvado, forte e obstinadamente atlético na faixa dos setenta anos. Nós o vemos correndo devagar ao redor do lago e, mesmo assim, quando ele entra na loja seu moletom está imaculado. Hoje ele está usando o azul-marinho com listras cor de laranja e uma parca preta sobre a jaqueta fina. Roupas casuais, mas que ele vestia bem. Como sempre, ele apresentava um ar de indignação elegante.

— O que há de novo?

Ele estava parado na entrada, feroz, beligerante. Devolvi a ele o olhar feroz, furiosa por ter interrompido minha comunicação com Flora. *Vá embora! Estou falando com uma cliente morta!*

Mas não disse isso e me desarmei. Porque era impossível agradá-lo, Insatisfação era um dos meus clientes favoritos. E eu também não queria que ele me dissesse, de novo, que só tinha uma década para ler. Ele estava sempre com pressa e queria que eu parasse tudo que estivesse fazendo. É um dos amaldiçoados, um Tântalo, cuja fome literária é perpétua e nunca pode ser satisfeita. Já leu tudo, ao menos uma vez. Como começou a ler vigorosamente quando tinha 6 anos, não tem mais muitas opções de ficção. Adoro o desafio de vender livros para ele, e, como de costume, primeiro tentei fazer com que se interessasse por história, política e biografias. Eu sabia que ele não aceitaria nada além de ficção, mas essa era uma chance de ele descarregar a ansiedade que sentia sobre a próxima leitura. Ele grunhiu e jogou de lado minhas ofertas.

Asema chegou e tentou ajudar.

— Tudo bem — disse ela com firmeza —, você realmente precisa ler isto.

Antes que eu pudesse impedir, ela lhe entregou *O Caminho Estreito para os Confins do Norte*, de Richard Flanagan. Uma leitura angustiante sobre prisioneiros de guerra que trabalharam até a morte para construir uma rodovia através de uma selva intransponível. Ele não apenas descartou esse livro com um aceno de mão, mas levantou ambas para se defender dele.

— Demais — disse ele.

— Bom, e que tal este?

Ela segurava *Cada um Morre por Si*, de Hans Fallada.

— Mais história da Segunda Guerra Mundial — disse ele, empurrando o livro de volta para ela.

— Sim — disse Asema —, mas é algo que todos nós precisamos saber, né?

Ele olhou atentamente para Asema.

— Está brincando comigo? *Querida, eu estava lá* — falou, o desprezo completo em sua voz.

Asema o encarou com um rompante de intensidade.

Ele assentiu e seus olhos se iluminaram.

Assim como os dela.

— Como?

— Meu pai era um soldado norte-americano. Minha mãe era alemã. Eles se apaixonaram e eu nasci. Andava nas costas dela enquanto ela catava coisas dos destroços depois da guerra. Mais tarde, eles se casaram e nos mudamos pra cá. Satisfeita?

— Bastante — disse Asema, suavemente.

Não é que ele queira ficção com final feliz. Ele odeia finais felizes. Ele se virou para mim, mandando Asema embora com um estalar

A S E N T E N Ç A   79

de dedos. Insatisfação usa óculos fundo de garrafa, tem olhos castanho-claros jovens e brilhantes, um rosto comprido e anguloso com
a mandíbula larga e a linha da boca rígida. O cabelo dele é grosso,
grisalho e cortado rente à cabeça. Suas mãos são peculiares — longas
e estreitas, com pulsos delgados. Quando ele busca por livros com
um propósito ávido, seus dedos são ágeis e famintos. Ele prende a
respiração e joga o livro de lado com força depois de ler a primeira
página — um sinal de repulsa —, ou a vira silenciosamente. Em geral, se gostar, ele vai ler o livro inteiro e não vai desistir mesmo que
passe a odiá-lo.

Agora eu estava parada ao lado dele, refletindo sobre os últimos meses de sucesso e fracasso. Toni Cade Bambara e Ishiguro,
sim, todos os Murakami, sim, Philip Roth, James Baldwin e Colson
Whitehead (fala sério, li esses uma centena de vezes). Yaa Gyasi, sim,
Rachel Kushner, sim, e W. G. Sebald, mas sem mais mistérios, porque ele reclama que fica obcecado. Um mês atrás dei a ele *Angels*,
de Denis Johnson, que ele gostou bastante. Ele tentou *Árvore de
Fumaça* e criticou Johnson severamente por tê-lo enervado com indícios de pesquisa sólida, embora, afirmou, pudesse ver onde de fato o
livro era muito bom. Então fiz com que Insatisfação aceitasse *Sonhos
de Trem*. Ele voltou e me encarou, a mandíbula tensa.

— O que mais você tem desse cara?

Isso me mostrou que ele tinha ficado extremamente tocado.
Durou uma semana. Ele agora leu tudo de Johnson e estamos com
problemas. Se eu lhe vender um livro que ele desgoste, meu cliente
favorito vai voltar injuriado, com decepção e aborrecimento na voz.

O que vai ser?

Tiro da estante *The Beginning of Spring*, de Penelope Fitzgerald.
Ele compra, de mau humor. Mais tarde naquele dia, logo antes da
loja fechar, Insatisfação volta. Afinal, *The Beginning of Spring* é um
livro pequeno. Ele pega violentamente uma cópia do livro *A Flor
Azul*, a obra-prima de Fitzgerald, e a leva embora.

A Confusão

KATERI LIGOU PARA minha casa, no meu dia de folga. Nosso telefone fixo não está na lista, mas foi para esse número que ela ligou.
Provavelmente o encontrou na agenda telefônica da mãe. Como eu

estava aprendendo, não tem conversa fiada com Kateri. Contudo, a intimidade imediata e urgente me surpreendeu.

— Tem alguma coisa acontecendo.

— Você ligou pro número errado.

— Não, é a Kateri. Tem alguma coisa acontecendo.

— Olá pra você também.

— Olá. Tem alguma coisa acontecendo.

Fiquei em silêncio.

— É a minha mãe.

— O que tem ela?

— Ainda não tenho certeza. Te conto quando você chegar aqui.

— É o meu dia de folga e eu estou ocupada aqui em casa. O que você sabe, já que ligou para esse número que não está na lista.

Kateri fez uma pausa, reajustando o ataque.

— Olha — falei —, vou te ajudar. Quando alguém que trabalha no comércio está de folga, não faz nada para ninguém. A não ser que a pessoa peça com educação.

— Uau. Você nunca poderia ser professora do ensino médio. Me desculpe por ser tão brusca — disse Kateri. — Eu não costumo ficar chateada, mas estou muito chateada com uma coisa. Tem a ver com a minha mãe. E eu sei que você e ela eram melhores amigas.

— O que você quer dizer com "melhores amigas"?

Ficamos ambas em silêncio. A ideia me assustou, e simplesmente não era verdade. Para mim, de qualquer forma. Minha conexão com Flora se limitava aos livros.

— Ela disse...

Kateri parou. Sua voz denotava aflição.

O bichinho da culpa se agitou. E se Flora tivesse mesmo me considerado íntima? E se ela ainda estivesse tentando, como um fantasma desajeitado, permanecer minha amiga?

— Escute — disse Kateri. — Livros significavam o mundo pra minha mãe. Ela vivia nos livros! E você tem a mesma...

— Não é tão ruim. Mas é bem ruim. Estávamos imersas no *Caminho de Swann* quando...

Kateri não respondeu.

— Ainda está aí? — perguntei.

— Sim. Você falou como ela. Sinto tanta saudade da minha mãe. Por favor, você pode vir?

Eu não queria, mas não podia negar, não quando ela falou sobre os livros e me pediu daquele jeito. Havia um tom de súplica na voz dela que era totalmente distinto da pessoa que eu tinha encontrado e que tinha me ligado da primeira vez.

— Tá bem, eu vou. Mas onde você está?

— No Quinto Distrito Policial.

— Pelo amor de deus, não.

— Eu tinha que falar com a polícia. E agora estou muito aborrecida para ir dirigindo pra casa. Você vai me ver logo que entrar.

Enquanto ela estava me passando o endereço que eu já sabia e para onde não queria ir, olhei pela janela. Minha árvore agonizante, com as suas costas na terra, tentava alcançar o céu. Seus galhos eram como braços implorantes. Demora um pouco para a vida se esvair da madeira verde e eu senti a impotência, a falta de livre-arbítrio, a frustração da árvore. Separada das suas raízes, incapaz de saborear a luz das estrelas.

O PRÉDIO era uma caixa inócua de tijolo e vidro, a porta de entrada, no estilo centro comercial, enfeitada com luzes brancas de Natal para todos os credos. Kateri veio me receber. Eu estava bastante descontente por estar em uma delegacia, mas pareceu que ela não notou, e pegou meu braço. Notei a mesa atrás dela. Organizada, quase nenhuma decoração, a não ser um porta-retratos com a foto de um cão e um vaso barato de vidro transparente manchado na base, que ainda carregava uma pequena rosa marrom. Eu era supersticiosa a respeito de guardar flores mortas.

— Obrigada por vir me buscar. Sério. Preciso contar isso pra alguém. Quando eu te contar, você vai entender por que tinha que ser ao vivo.

Meu coração começou a se contorcer. Minhas mãos suavam. *Certo, Tookie*, pensei, *pelo menos agora você sabe que ainda é fisicamente alérgica a delegacias de polícia.*

— Me conte de uma vez — falei.

Kateri mordeu o lábio, colocou as duas mãos sobre o coração e inspirou fundo.

— Ok. Bem, em primeiro lugar, eles trocaram as cinzas. Eu peguei as cinzas da pessoa errada.

Eu estava ficando tonta.

— Daí, como se isso já não fosse suficientemente ruim, o corpo dela apareceu ontem no necrotério do condado.

— Mas como...

— Eu sei. O corpo de outra pessoa foi levado ao crematório. A funcionária do necrotério responsável pelo transporte não estava num bom dia. Ela pediu desculpas. De vez em quando, bom, com bastante frequência, eles têm dias ruins. Ela tinha ido até um apartamento superaquecido para remover um corpo grande, que parece que estava lá há algum tempo, e então o que eles chamam de líquido de decomposição espirrou nela toda quando o outro funcionário deixou cair o pé do morto. Chegaram muitos corpos naquele dia, e as cinzas que eu recebi aparentemente são uma parte daquele homem grande. Nunca fizeram uma autópsia. Sinto muito por te contar tudo isso. A funcionária entrou em detalhes, muitos detalhes, assim como eu estou fazendo agora, porque estou tão, tão... Ah, meu coração está em ruínas!

Kateri descansou a cabeça quase raspada nas mãos. Já tinha sido demais ouvir tudo aquilo, mas essa última frase... tão estranhamente vitoriana. Por outro lado, Flora às vezes também usava expressões esquisitas e anacrônicas.

— Eu acabei de identificar a minha mãe. E não sei como dizer isso... — Kateri agarrou a cabeça com ambas as mãos. E não terminou o que quer que fosse me contar. — Não sei como eu cheguei aqui. Estou com medo de dirigir sozinha, porque estou tremendo. Está vendo? Está começando a me afetar.

Kateri mostrou a mão, mas estava firme.

— Mesmo assim — falou. — Acho que está tudo na minha cabeça.

Eu fora quase vencida pelo esforço de reter meus próprios pensamentos. Minha mandíbula começou a doer.

— Vamos. — Foi só o que consegui dizer.

Ela se levantou e me seguiu para o lado de fora. Tirei o carro da vaga suavemente e cheguei na rua, apesar da sensação de estremecimento e das badaladas altas na minha cabeça. Respirando devagar, consegui me acalmar o suficiente para sentir que estava dirigindo com segurança. Respiração consciente, eu ficava repetindo para mim mesma. Não funcionou. Peguei o caminho mais longo, com as ruas mais fáceis. O percurso tinha uma aura de irrealidade. Na porta da casa de tijolinho à vista de Flora, tive que me impedir fisicamente de falar, colocando a mão fechada contra os dentes. Essa não era a hora de contar a Kateri sobre a mãe dela, mas agora eu experimentava uma sensação real de adoecimento. E, quando tentei silenciar todos esses pensamentos, a pressão piorou. Eu pensei de verdade que enlouqueceria a ponto de espumar pela boca se ficasse quieta por muito mais tempo. No entanto, Kateri de certa forma antecipou o que eu diria e me fez uma pergunta:

— *Você já ouviu falar de alguém cujo corpo ficou parecendo mais jovem depois da morte? Quer dizer, não só mais liso, mas muito mais jovem?*

Olhei para Kateri quando ela fez essa pergunta surpreendente e notei que novas linhas tinham se formado ao redor da sua boca, emoldurando seus lábios como parênteses. Ela saiu do carro. Enquanto a observava caminhar cambaleante até a casa, mordi com tanta força as articulações dos dedos que senti o gosto do meu próprio sangue.

Sopa de Milho Tostado

— O QUE ACONTECEU?

Pollux segurou minha mão enfaixada e cutucou o curativo. Eu não estava com muita vontade de contar a ele que eu era um cachorro raivoso mordendo a si mesmo por compaixão.

— Ai!

— Ah não, desculpe!

— Mordi minha própria mão.

— De novo? Ah, minha menina. — Ele levantou minha mão até os lábios e beijou o curativo com um desenho do *Procurando Nemo*, que eu tinha encontrado no fundo da gaveta. — Minha pobre e pequena Nemo. O que está acontecendo?

Eu o abracei muito apertado e ele, entendendo a dica, me aninhou e acariciou meu cabelo.

— Por que você está assim?

Contei rapidamente a Pollux as notícias vergonhosas sobre o corpo da mãe de Kateri. Ele ficou parado e, quando me olhou, estava com os olhos arregalados. Além de fantasmas, ele tem uma aversão extrema a qualquer coisa relacionada à morte. Também tem crenças definitivas sobre o além-mundo. Ele tem certeza de que, depois que morremos, nós ganhamos o paraíso em que acreditamos, seja lá qual for — ele mesmo construiu um mundo complexo para o qual irá. Eu não fiz isso, mas o dele me inclui, então estou garantida. A confiança dele nesse assunto me traz uma paz inesperada. Entretanto, ele mal tinha começado a reagir às notícias, quando Jackie bateu à porta.

Fui atender. Acho que estava parecendo aborrecida ou angustiada.

— Errei a noite?

— Estou fazendo a sua receita de sopa de milho tostado, lembra? — respondeu Pollux da cozinha.

Fiz ela entrar e contei tudo que tinha acabado de contar a Pollux. A cachorra dela, Droogie, veio junto. Era uma mistura de rottweiler, poodle e husky, desajeitada, preguiçosa e muito afetuosa. Jackie arrastava um saco grande.

Um amigo dela recentemente tinha processado seu arroz selvagem, ou *manoomin*, e o saco era para nós. O arroz era bem-limpo e tinha um tom suntuoso de verde-amarronzado. Mergulhei a mão sem o curativo no saco, e a sensação do arroz e o cheiro frio de beira de rio me acalmaram. Pegamos um pouco nas mãos e admiramos o comprimento dos grãos. Os nativos desta região têm uma ferocidade bem específica a respeito do arroz selvagem. Já vi rostos endurecerem quando o arroz domesticado de arrozal — aquele plantado para o comércio e uniformemente marrom — é mencionado, chamado de arroz selvagem ou servido sob falsos pretextos. As pessoas brigam por causa disso. O verdadeiro arroz selvagem cresce na natureza, é colhido pelos nativos e tem o sabor do lago do qual se originou. O que eu tinha nas mãos era desse tipo. Vedei o saco, já me sentindo melhor. Quando me ofereci para pagar, Jackie disse que era um benefício. Os benefícios de uma livraria são aleatórios. Uma vez, a livraria comprou um cordeiro de fazenda e tivemos que dividir as costeletas e as pernas. Outra vez, foram picles feitos em casa. A cachorra de Jackie não gosta de pisos de madeira. Droogie ama a nossa casa porque os tapetes começam na porta da frente, e não há nenhum perigo dela se encontrar presa, rodeada por um mar de assoalho, já que os tapetes estão por toda a casa. Por isso, Droogie entrou feliz, sentou-se e agora assumiu uma posição de alerta, nos observando. Estava acompanhando a nossa conversa com os olhos, interessada em nosso tom de voz, talvez esperando que disséssemos uma série de palavras que ela conheça. Droogie tem um vasto vocabulário.

Durante o último ano, Pollux aperfeiçoou minha sopa preferida dentre aquelas que me salvaram — é uma sopa de milho. Primeiro, ele carameliza o milho doce recém-cortado, tostando-o devagar com as cebolas em uma panela grossa. Então, corta em cubos batatas passadas ligeiramente na manteiga, para uma rápida crocância. Adiciona tudo a um caldo de galinha com alho e acrescenta cenouras raladas, feijões brancos, endro fresco, salsinha, uma pitada de pimenta-caiena e creme de leite. O cheiro estava me fazendo delirar. Ainda assim, disse:

— Tenho que falar um pouco mais sobre a Flora.

Jackie e a cachorra inclinaram as cabeças no mesmo ângulo, fazendo a mesma expressão. O efeito era cômico, mas eu não ri.

— Vá em frente — disse Jackie. — Agora há pouco você disse que era pra ter sido feita uma autópsia. Achei que tinha sido um derrame.

— Não, foi o coração.

— Ela não tinha coração.

— Palavras duras — falei, depois de um momento.

— Eu implorei pra ela devolver uma coisa muito importante — explicou Jackie. — Pertencia a Asema, na verdade. Ela recusou.

Não parecia coisa de Jackie guardar rancor de uma pessoa morta.

— Sem autópsia, então — murmurou Jackie. Ela olhou para mim e franziu a testa. — O que você ia me contar sobre a Flora?

Falei como Kateri conseguiu as cinzas de volta e, em seguida, como o verdadeiro corpo de Flora apareceu. Era óbvio que não eram as cinzas dela.

Jackie aquiesceu. Surpreendentemente, ela não estava surpresa. Ela cruzou os braços e encarou a cachorra, que reagiu olhando para ela por muito tempo e depois se deitando, com a cabeça sobre as patas. Jackie parecia tão ameaçadora que eu não quis interromper seus pensamentos.

— Eu achei que era simples demais — falou ela, por fim.

Fiquei pasma com ela. Sério? *Simples demais*? Já parecia *complicado* demais. Minha cabeça começou a doer.

— Algumas pessoas são escorregadias — continuou Jackie. — São difíceis de lidar depois da morte. Não se comportam como pessoas mortas. São resistentes à morte.

Inspirei profundamente. Então havia uma explicação? Meus pensamentos ficaram tão aliviados que, quando ela logo voltou a falar sobre arroz selvagem e Pollux chamou da cozinha, não fiz perguntas. Só desfrutei o fato de me sentir sã.

Depois de vinho, sopa, pão e salada, Jackie disse que o milho tostado tinha atingido a perfeição e ela tinha que ir embora. Sua neta adolescente tinha convidado uma amiga para ficar em casa. Elas estavam estudando, mas, segundo Jackie, precisavam dela porque, embora sua presença fosse irritante, era comicamente tranquilizadora.

86   LOUISE ERDRICH

— Essa não, estão me mandando uma mensagem. Estão fazendo lámen de novo. Tenho que voltar antes que elas queimem a panela.

Irritada, ela se levantou e foi embora.

DEPOIS QUE JACKIE foi embora, decidi que a única terapia possível seria vestir minhas luvas azuis de borracha e lavar os pratos. Mergulhei as mãos na água superquente e esfreguei, usando bastante detergente com perfume de lavanda. Esse era o meu trabalho quando Pollux cozinhava e resolvi tornar a tarefa mais sensual, o que pode parecer absurdo quando aplicado a limpar panelas. Mas Pollux gosta de me envolver com os braços quando estou parada na pia entre a espuma e o vapor.

— Oi, querida. — Ele respirou no meu cabelo. — Suas luvas de borracha são tão sexys.

Me virei, a água pingando dos meus dedos azuis gordinhos.

— Você é interessante, mas não do jeito que pensa. Isso é um olhar lascivo?

— Você quer que seja?

— Eu fico lendo sobre os homens e seus olhares lascivos. Eles estão sempre olhando lascivamente nos livros. Sempre imaginei como seria.

— Talvez você devesse tirar essas luvas. Daí vou te mostrar o que é um olhar lascivo.

— Acho que você está me olhando lascivamente neste exato momento. Pare de olhar assim pra mim.

— É só uma expressão — disse Pollux.

— Expressão de quê?

— Esperança. Um tipo de esperança viril, mas triste.

— Triste, com certeza. De qualquer forma, eu sempre quis um homem que não expressasse o desejo no rosto, e sim usando as mãos.

— Assim?

— Desse jeito.

— Ah!

E mais tarde.

— Você pode tirar as luvas? Pode tirar as luvas agora, por favor?

— Tem certeza?

— Meu Deus! Espere. Tudo bem. Pode ficar com elas.

E ainda mais tarde.

Me aninhei nos travesseiros. Confortada por Pollux, assumi o formato do corpo dele. O dia agitado, o comportamento estranho de Kateri, a persistência horrível de Flora, aquelas perguntas, e o livro, sempre o livro agora. Tudo estava nos meus pensamentos. Então senti. A terra prendeu a respiração. Houve um lento liberar, e então o suave som deslizante do silêncio. Desliguei o abajur e os pensamentos enfraqueceram. Estava começando a nevar. Enfim a neve frágil e pura estava caindo sobre nós, separando o ar da poeira, os mortos dos vivos, a leitora do livro.

A FOGUEIRA DO SOLSTÍCIO

Hetta

POLLUX DIRIGIU até o aeroporto para pegar Hetta. Enquanto ele estava fora, bati a massa e assei uma fornada de biscoitos de aveia. "Fornada" me faz parecer uma especialista em biscoitos. A verdade é que a única coisa que eu não faço na cozinha é assar. Consultei o verso de uma caixa de farinha de aveia Quaker, estreitei os olhos, franzi a testa, tentei amassar manteiga gelada, joguei aveia nos meus pés e adicionei o dobro — ou talvez o triplo — de açúcar mascavo na tigela. Não tínhamos passas, então usei *cranberries* junto com uma embalagem pré-histórica de gotas de chocolate branco que estava no freezer. Joguei as gotas congeladas na tigela e só depois percebi que algumas delas estavam grudadas. Usei um martelo. Enfim, liguei o forno e coloquei colheradas da massa na assadeira, apertando e cutucando os montinhos para uniformizar o tamanho dos biscoitos. Inseri a assadeira no forno, programei o temporizador depois de cinco minutos e sentei para esperar. Queria me servir de uma taça de vinho, mas não queria que Hetta sentisse o cheiro de bebida no meu hálito e pensasse que eu era alcoólatra. Só fiquei sentada lá, apreensiva, encarando o nada. Ser assombrada e ter Hetta em casa parecia um golpe injusto de má sorte, uma brincadeira, e eu, joguete do destino, parecia fadada a esses tipos desagradáveis de visita. Liguei para Jackie, que conhecia minha história com Hetta.

— *Boozhoo*,[1] professora.

— Ihh! Você só me chama de professora quando tem alguma coisa errada.

— Me pegou. Estou aqui sentada esperando Pollux buscar Hetta. Você sabe, para o solstício de inverno que ela celebra ao invés do Natal.

— O solstício vai ser depois de amanhã, certo? No dia 21?

— Acabei de assar uma fornada de biscoitos.

— Estão no forno?

— Sim.

— Programou o temporizador?

— É claro.

---

[1] "Olá", em ojíbua. [N. da T.]

90   LOUISE ERDRICH

— Nem vem como essa de "é claro". Lembra-se da vez que você colocou fogo no forno?

— Sim. Agora eu sei que você põe o conhaque no bolo de frutas depois de grelhar.

— Assar.

— Tá legal. Não sou a melhor das confeiteiras, mas isso eu aprendi. E a questão não foi o temporizador.

— Deixa pra lá. O que posso fazer por você?

— Me convença a não fazer.

Silêncio.

— Sua reação é perfeitamente apropriada, então por que eu deveria te dissuadir? A Hetta é um monstro. Não, me deixe corrigir isso, ela às vezes pode ser exagerada — disse ela, por fim.

— Exagerada. — Eu ri. — Previsões?

— Ela vai dizer alguma coisa sarcástica sobre os biscoitos, talvez nos primeiros três minutos depois que entrar pela porta.

— Uma aposta segura.

— Vai estar vestindo alguma coisa colada no corpo, coberta por algo transparente.

— Registrado.

— Vai falar só sobre si mesma. Nunca vai perguntar sobre você.

— Claro.

— Vai ser meiga com o pai só pra ganhar dinheiro.

— Isso é sempre doloroso de ver.

Ficamos em silêncio.

— Vamos começar a rir de novo — disse Jackie.

— Não tem nada de engraçado. Não consigo suportar.

— Tudo bem, vamos analisar isso filosoficamente. Você tem o Pollux, ele te ama, você o ama. Isso é raro. Ela é a mosca no unguento. E, por falar nisso, que expressão estranha. Só um segundo. Vou consultar o dicionário de gírias.

Ouvi quando ela soltou o telefone, assim como o rangido dos seus passos no velho piso de madeira. A fim de ganhar pontos no sistema carcerário, eu havia participado de um grupo de estudo da Bíblia. Praticamente memorizei a versão King James, então já sabia que era de Eclesiastes 10:1: "As moscas mortas fazem com que o unguento do perfumista emita mau cheiro." Isso me fez lembrar dos biscoitos. Estavam prontos e emanavam um cheiro celestial. Larguei o telefone e corri para o forno para retirá-los. Ah, AH, ficaram perfeitos! Coloquei a forma sobre uma grade para esfriar. Espere, vou dizer isso de novo porque parece que eu sei o que estou fazendo: *coloquei a forma sobre uma grade para esfriar.* Quando voltei ao telefone Jackie tinha desligado, mas eu ainda me sentia triunfante. Talvez eu possa fazer qualquer coisa. Talvez eu comece a tricotar, refleti, ou aprenda a usar o gravador. Talvez eu coma um biscoito. Peguei um, quebrei um pedaço, deixei esfriar mais um pouco e coloquei na boca. Meus dentes doeram antes que eu pudesse sentir o sabor. Açúcar triplo. Droga. Engoli de qualquer forma, porque escutei Pollux chegando com o carro. Eu queria parecer acolhedora, por isso me apressei até a porta para abri-la. Enquanto acenava, percebi que devia ter tirado os biscoitos da assadeira e os jogado no lixo. Tarde demais.

A exagerada estava chegando.

Os dois saíram do carro. Na porta do motorista, Pollux me olhou e gesticulou um "oi" desamparado que fez meu coração pesar como uma bola de ferro. Alguma coisa extra estava acontecendo. Hetta tinha saído pela porta do passageiro e estava inclinada sobre o banco de trás. Antes que eu pudesse me recuperar, ela se virou. Tinha erguido uma espécie de cesta do banco do carro, que agora segurava na curva do braço ao caminhar na direção da casa. Dei as boas-vindas a ela e vi, desconfiada, que ela usava um canguru para trazer o que eu presumi ser algum tipo de contrabando. Mas então ela removeu o cobertor que cobria o canguru, e revelou um embrulho que tinha o formato de um... não, *era um bebê de verdade.* Meu cérebro congelou. Quase gritei, mas o açúcar fechou minha garganta. Engasguei, tossi. Meus olhos se encheram de lágrimas. Quando Hetta se virou para mim, meus olhos brilhantes e as lágrimas rolando pelas minhas bochechas deram a ela a impressão de que eu estava emocionada.

— Uau, Tookie. Pensei que você era durona. Se derreteu toda — desdenhou. Mas faltava convicção em seu desdém, e esse comentário fora tão brando e ineficaz que eu olhei para ela, surpresa. Hetta tinha tirado a pesada argola de prata do nariz e estava usando apenas um par de brincos. — Isso são biscoitos? Parece que alguém está tentando agir como mãezona. Falando como a única pessoa aqui que teve um bebê com o próprio corpo, eu diria...

Hetta foi até os biscoitos, pegou um e deu uma mordida grande. Depois outra. O rosto dela se iluminou de surpresa.

— ...que você se superou! Está delicioso!

Ela pegou mais dois biscoitos, nos dizendo que estava amamentando e precisava se alimentar bem. Pollux foi até a geladeira pegar leite. *Você precisa de leite para fazer leite, certo?* Eu podia ouvir seus pensamentos. Ele encheu um copo e o levou para a filha. Hetta se sentou, ainda comendo, e revelou o milagre que estava em seus braços.

O que eu vi foi um bebê assustadoramente novo. Não consegui me lembrar da última vez em que vi algo tão pequeno. Ele tinha uma cabeleira marrom-escura maravilhosa. *Seus traços eram bem nítidos para um bebê*, pensei. Mas e eu sei de alguma coisa? Falei que ele parecia ter bastante cabelo para um bebê.

— Pois é, ele tem — disse Hetta, babona. Ela embrulhou o bebê de novo, firmemente, segurando-o sobre o colo para admirá-lo. — O pai dele tem o cabelo bem grosso.

Olhei para Pollux. Ele contraiu os lábios e levantou a sobrancelha, declarando que não tinha ideia de quem era o pai, que ainda não tinha perguntado ou que ainda não tinha obtido uma resposta. Sendo a Tookie que sou, peguei o gancho na hora. Tentei incluir no meu comentário um elogio e uma indagação. Também fui atipicamente hospitaleira.

— Ele deve ser muito especial, esse rapaz de cabelo maneiro. Ele vem também? A casa tem bastante espaço.

O que estava acontecendo? Hetta olhava para mim com uma expressão que eu nunca tinha visto em seu rosto. Seus olhos estavam calorosos, iluminados especialmente para mim. Observei com mais atenção. Talvez fosse o delineador borrado. Ou o barato do açúcar. Se ao menos eu soubesse. As pontas secas das tatuagens geométricas nas mãos dela se suavizaram quando ela embalou o embrulhinho com um leve sacudir das pernas. Havia nela marcas de fadiga e alegria ao mesmo tempo. E melancolia. Eu nunca tinha visto seus sentimentos tão expostos, exceto — é claro — a raiva, o cinismo, o ressentimento e por aí vai. Tudo nela estava alterado, até mesmo seus detalhes mais cultivados. É possível que cuidar de um bebê tenha retirado dela o tempo para passar produtos no cabelo, pois ele caía naturalmente para um dos lados, glamuroso, as pontas coloridas de laranja-claro. As próximas palavras dela me chocaram tanto quanto ver o bebê.

— Obrigada — disse Hetta. E, em seguida, me fazendo desmoronar: — Como você está, Tookie? O que tem feito?

⁂

MAIS TARDE, DEPOIS que Hetta devorou um sanduíche de peru e uma tigela de sorvete de gengibre, o bebê começou a se mexer e ela se dirigiu ao quarto de trás, que sempre usou e que ordinariamente é usado por Pollux como escritório. Fui atrás dela, arrastando uma enorme bolsa de viagem. Ela suspirou ao entrar no quarto.

— É bom estar em casa.

Olhei para Pollux por cima do ombro e fingi bater a cabeça de assombro. De novo, será que foi isso mesmo que eu ouvi? Ele deu de ombros de modo suspeito, e se afastou. Um segundo depois, fiz a pergunta que deveria ter feito no início:

— Suponho que você tenha contado pro seu pai, mas eu fiquei tão animada que me esqueci de perguntar. Qual é o nome do bebê?

— Jarvis. Como o bisavô.

— Clássico.

Também era um nome muito adulto. Difícil de imaginar em um bebê.

Permaneci sem jeito na porta, assentindo e tentando parecer afável. Hetta pediu que eu segurasse o bebê enquanto ela se aprontava para dormir. Quando eu disse que não sabia como, ela ajeitou meus braços e me entregou o bebê mesmo assim. Foi ao banheiro e ali ficamos nós: Jarvis e eu. Eu estava nervosa, intensamente nervosa, tentando controlar a respiração irregular, consciente de como eu me curvava de uma forma que não parecia natural. Ouvi a água correndo. Hetta tomava banhos tão longos que acabava usando toda a água quente. Sabendo que ficaria segurando Jarvis por um bom tempo, fiz um esforço para me endireitar e sentei.

— Desculpe, meu pequeno — sussurrei, mudando o peso do corpo.

Jarvis abriu um olho minúsculo, escuro e desafiador. Me encarou com força, sem sorrir, mas também sem chorar. *Que carinha legal*, pensei. Ele estava me estudando. Isso me deixou apreensiva, mas também intrigada por ter uma inteligência tão primorosamente moldada em meus braços. Talvez ele tivesse de fato a dignidade amarga de um Jarvis. Vou dizer sem rodeios: Jarvis era extraordinário. Tinha o quê, 3 meses de idade? Ainda não tinha engordado. Seus traços eram desenhados com uma canetinha Micron 003. A curva nítida do lábio superior, a curva das sobrancelhas, tão finas! A ponta do nariz dele era incrivelmente aristocrática — *precoce para um bebê*, pensei, em dúvida. Esse era o primeiro bebê que eu tinha o privilégio de examinar. Ele não piscava, assim como o líder de uma gangue na cadeia, nem alterava a expressão. Então o exame era mútuo. Ele cavou buracos em mim com o olhar. Viu bem dentro do meu coração e, pelo jeito, não se importou por ele estar repleto de covardia, arrogância,

94   LOUISE ERDRICH

estupidez e arrependimento. Essas coisas não significavam nada para ele. Ele viu que o que sobrara do meu coração era bom e amoroso. Confiou que eu não o assustaria, nem o derrubaria. Pisquei para segurar as lágrimas. Ele se agitou e comprimiu o rosto, me alarmando. Senti meus braços se movendo automaticamente e percebi que estava embalando o bebê, não com os movimentos grandes da Tookie, mas com pequenos balanços que eram adequados às necessidades dele. Seu rosto se desenrugou e os olhos se fecharam. Jarvis estava dormindo de novo, ronronando como um gatinho. Quanto o meu coração aguentaria? Acho que muito mais, já que o banho de Hetta estava apenas começando.

AINDA MAIS TARDE, na verdade no meio da noite, fiquei acordada escutando o choro alto e desconsolado que vinha de baixo. Hetta tinha me contado que o pai do bebê nascera em Minneapolis, ou num subúrbio, e que já estava na cidade. De início ele ficaria com os pais, mas já tinha um apartamento escolhido e garantido pelo depósito. Era inclusive próximo da nossa casa, na parte da cidade comprada por corporações multinacionais. Elas estavam construindo grandes blocos de apartamentos e condomínios caros, sem replantar as árvores que mataram. Nossa cidade estava cada vez mais tediosa, desprovida de árvores, genérica, mas ainda assim me afeiçoei por ela graças à sopa. Sou leal. Hetta disse que o apartamento para o qual eles se mudariam era um quadriplex que ficava atrás de um desses blocos novos, numa rua lateral perto de Hennepin. Eles dividiriam o espaço com uma pessoa apenas, que estava *"tranquila com o bebê"*. Hetta disse que logo conheceríamos o pai de Jarvis, depois que ele terminasse seu livro. Ela pestanejou e se recusou a contar o nome dele.

— Ele é escritor?

Hetta aquiesceu.

— Um escritor famoso?

— Ainda não. Ele está escrevendo um romance.

— Tem um enredo?

— Mais ou menos. — Hetta sorriu para o bebê e balançou o cabelo. — Jovem conhece garota com piercing enquanto tatua a mão dela. Eles se apaixonam perdidamente. Ela fica grávida e tem um filho dele, que eles mantêm em segredo até que ela leva o bebê pra casa, pra visitar a família no solstício.

— Autoficção?

— Não. Ele não suporta isso aí. É difícil de descrever o livro dele. Não acho que se encaixe em alguma categoria.

Ela gesticulou com as mãos decoradas e riu. Aquela risada musical baixa que saía da garganta e parecia incongruente quando vinha da tigresa ameaçadora que Hetta era, mas que combinava perfeitamente com a jovem mãe que se tornara.

21 de Dezembro

POLLUX E EU temos fobia da estação da alegria. Temos aversão a decorações vermelhas e verdes, e a cantigas de Natal esgoeladas nas ruas, mas até que gostamos das luzes coloridas e dos biscoitos confeitados. As pessoas realmente vêm cantar canções de Natal na nossa vizinhança, e, se as ouvimos, apagamos as luzes e nos escondemos. Nos sentimos confortáveis apenas quando sentamos na frente da lareira e trocamos presentes. Concordamos que presentes são legais. E comida especial também. Aceitamos celebrar o solstício o dia todo, que é curto, e eu teria adorado fazer isso, mas quem trabalha no comércio aguenta o peso e surfa a onda da estação. Eu estava exausta. Na noite do solstício, estava preparada para colocar os pés para cima depois do trabalho e receber compaixão. No entanto, ao caminhar para casa na neve que estalava, fui inundada por ternura. O bebê Jarvis estava lá e eu mal podia esperar para segurá-lo. Fiquei imaginando como ele tinha evoluído durante o dia, se suas unhas tinham crescido, o quão longe seus olhos conseguiam focar, se ele estava vendo o mundo colorido, se seus olhos tinham escurecido um pouquinho, se havia algum jeito dele possivelmente sorrir.

Hetta estava vestindo o bebê enquanto dançava ao redor da sala. Ela estava ouvindo LPs velhos da coleção de Pollux. Álbuns do Prince estavam espalhados em volta do toca-discos, mas um estava em evidência. Prince na sua beleza original. Coloquei a mão sobre o coração, como se estivesse fazendo um juramento — talvez a tudo em nossa casa. Havia um cheiro delicioso. Pollux estava dourando pedaços de abóbora com cebola e alho. Quem sabe para fazer algum tipo de curry apimentado. Tirei meu casaco e comecei a dançar, rodopiando, socando o ar. Sou uma péssima dançarina, perigosa até, mas Hetta me desafiou para me incentivar, não para zombar. Girei como um catavento e pulei como um coelho até meu rosto ficar vermelho.

E, quando meu coração começou a acelerar como louco, me sentei, rindo. Hetta soltou o canguru e colocou Jarvis nos meus braços.

— Pode chamar ele de Lobinho — disse ela. — Meu pai escolheu o apelido.

Às vezes, as habilidades diplomáticas de Pollux me impressionavam.

Entretanto, percebi que estava empacada com o nome Jarvis. Segurando o bebê na curva do cotovelo, coloquei os pés em um banquinho e desabei nas almofadas. Hetta foi até a cozinha ajudar, ou só encorajar, o pai. Observei Jarvis o máximo que consegui, então apoiei os braços em um cobertor enrolado e fechei os olhos. Como eu consegui me enfiar em uma vida tão maravilhosa?

Depois, fizemos uma pequena fogueira do solstício. Geralmente fazemos fogo do lado de fora, mas por causa de Jarvis permanecemos dentro de casa e acendemos a lareira. Hetta fez o fogo usando casca de bétula e pedaços de graveto.

— Nada feito por humanos pode tocar o fogo pagão — disse ela.

Seu fogo foi bem-feito, pegou rápido e queimou com vivacidade. Perguntei se Pollux tinha ensinado à filha o jeito Potawatomi de fazer fogo.

— Ele me ensinou a fazer fogo com um fósforo na chuva forte — disse Hetta. — Ficamos terrivelmente molhados, mas tínhamos o fogo pra nos secar.

O estalar agradável dos galhos pequenos e das pinhas que ela tinha usado se acomodou em uma lambidela confortável, na medida em que o fogo tomava as toras. Imaginei que tipo de ritual de solstício Penstemon estaria observando. Enviei uma mensagem. Ela respondeu:

"Normalmente faço sexo interdimensional no solstício, mas o Babaca Irritado ainda está emburrado."

Presumi que ela estava falando do novo namorado, mas não perguntei. Ela escreveu de novo:

"Estou tendo uma premonição."

"Que legal."

Terminei a conversa. Não estava muito feliz por ter entrado em contato, porque não gosto de premonições. Alguma vez elas são boas?

※

A Sentença 97

O frio finalmente chegou e veio com tudo. Talvez não os -40°C — em números reais — que estávamos acostumados a ter, mas a sensação térmica de -29°C considerando a influência do vento. Sim, estava frio e a nossa casa estava fria, mas eu me dou bem no frio e adoro me embrulhar. Hetta ainda ficaria mais alguns dias, então Pollux timidamente mencionou uma estadia mais longa.

— Nada me faria mais feliz. Hetta deveria ficar sim. — Ele tentou esconder o espanto, mas falhou. Ficou boquiaberto. Eu dei de ombros. — Não tem nada de errado. Nenhuma palavra maldosa, nenhuma loucura.

Não apenas isso, mas Hetta não tinha pressionado Pollux por dinheiro e não tinha criticado nada. À exceção de um leve sarcasmo, pelo qual ela eventualmente se desculpou, como eu poderia não perdoá-la? Só esperava, contudo, que ela não tivesse perdido toda a intensidade para a maternidade. Pelo menos ela estava usando meia-calça vermelha, uma bermuda de ciclista preta, uma camiseta velha da Veruca Salt e uma camisa gasta de flanela xadrez. Fiquei feliz, porque ela sempre usava delineador preto, geralmente passava um audacioso batom roxo ou fazia cachos retrô com grampos de cabelo que ela deixava por três dias. Os trajes dela me tranquilizavam e faziam suas outras mudanças parecerem reais. Mais do que isso, eu adorava tudo sobre o bebê de Hetta.

Talvez tivéssemos seguido por esse caminho, mas então comecei a me preocupar. E isso me fez interferir. Comecei a pensar sobre o pai do bebê. Um dia, enquanto estávamos tendo um café da manhã perfeitamente agradável, perguntei se ela sabia quando ele apareceria.

— Logo, eu acho.

— Ele deu uma data?

— Não, não deu.

— Então ele meio que só está escrevendo?

— Acho que sim.

— Enquanto você cuida do filho dele em tempo integral?

— Que porra você tem a ver com isso?

Hetta me olhou com desaprovação e me atingiu com um sorriso desdenhoso. Em seguida, colocou a torrada no prato e virou de costas para mim, jogando o bebê no ombro. Um dos olhos dele estava fechado. Com o outro, ele me olhou intensamente e arrotou alto.

— Esse é o meu garoto — cantarolou Hetta.

Ela se levantou, mantendo-se de costas para mim, e levou Jarvis para o quarto dela. Meu coração afundou. Ela bateu a porta ao entrar. Então era isso, eu tinha arruinado a visita. E só porque perguntei sobre o pai do bebê, só porque apontei que ela estava cuidando da criança em tempo integral enquanto o pai desperdiçava o próprio tempo em algum lugar, escrevendo o que provavelmente era um livro horrível e presunçoso.

O que tinha de errado comigo? Por que tinha sido tomada pela preocupação? Por que, mesmo agora, eu achava que Hetta tinha que comer? Por que fui humilde e furtivamente até a porta que ela tinha batido, com o prato de torrada na mão, e dei uma batidinha patética, dizendo em um tom de súplica: *"Me desculpe, trouxe a sua torrada"*? E por que me afastei sem atirar a torrada contra a porta, quando Hetta gritou lá de dentro: *"Vá pro inferno, sua velha porca"*?

Por quê? Porque eu acho que amava Hetta e estava arrebatada pelo bebê. Faria qualquer coisa para segurá-lo. E lá fui eu e destruí minhas chances, fazendo a pergunta errada. E isso aconteceu porque, em geral, era da minha natureza fazer a coisa errada. Eu seria Tookie agora e sempre, amém. Seria Tookie pelo menos por mais alguns dias, até o próximo ano, quando eu poderia começar de novo como uma pessoa melhor, que usava diplomacia, tato e não era assombrada por um fantasma carente.

FELIZ ANO-NOVO

Uma Noite Quente em Janeiro

RESIDENTES DA ÁREA ao redor das montanhas Turtle são apaixonados pela véspera de Ano-Novo, e estávamos fazendo uma festa na casa de Louise. O dia seria celebrado com uma sopa de almôndega chamada *boulette*, ou bolota, e pedaços de pão frito chamados de bolinhos. Se a noite estivesse quente, nós nos sentaríamos ao ar livre em volta da fogueira. Pollux fez os bolinhos porque sabe trabalhar com banha quente, enquanto eu sou especialista em banha fria. Eu trouxe batatas fritas da Old Dutch. A embalagem festiva de piquenique, sacolas duplas de papelão vermelho e branco, ainda fazia com que eu me sentisse rica. Hetta continuava me dando o tratamento monossilábico, mas ela tinha feito um bolo de chocolate com Penstemon, então eu não estava nem aí. Em pouco tempo, estava sentada perto da fogueira, com uma tigela de bolotas e um bolinho para mergulhar no caldo. Atrás de nós, as pessoas abarrotavam a casa estalante de Louise. Fui me servir de novo, mas um amigo da loja passou por mim com uma panela elétrica de *avgolemono*. Minha favorita. Decidi devorar as *boulettes* e seguir essa panela elétrica. Também tinha arroz selvagem na mesa dentro da casa: sopa de arroz selvagem, caçarola de arroz selvagem, salada de arroz selvagem — todas com tipos diferentes de arroz selvagem. Asema se sentou perto de mim, com o prato cheio dessas oferendas, e deu uma mordida.

— O arroz da salada é do Ângulo Noroeste — disse, criticamente. — Rio Red.

— É bom?

— Funciona bem. Mas o arroz de Fond du Lac é mais amendoado.

— Discordo — disse Penstemon. — White Earth tem o arroz mais amendoado.

— Acho que tenho o paladar mais refinado dessa festa — disse Pollux, cujo prato também tinha uma pilha de seis tipos de arroz selvagem. — Comprei o arroz da sopa de um cara em Sawyer.

— Ultraprocessado — disse Penstemon.

— É macio, meio que some no caldo — disse Asema.

Pollux comeu soturnamente, desanimado. Não gostei de ver Pollux ser desafiado. Mais do que isso, uma discussão acalorada sobre arroz selvagem pode destruir amizades e arruinar casamentos. Eu tinha que interferir. Meu objetivo era acalmar as coisas, mas sou uma droga em reduzir a intensidade de conflitos.

— Suas críticas estão muito erradas — falei. — Eu chamaria a textura de aveludada. E que tipo de especialistas vocês são, de qualquer jeito? Vocês duas comem qualquer coisa. Rolinho primavera de arroz selvagem? Em um *pow-wow*? Com banha velha? Eu estava lá. Não tem nada pior, e mesmo assim vocês duas estavam se entupindo. Minha voz estava alta e desafiadora. Desse modo, eu inevitavelmente elevei a conversa ao nível de uma discussão.

— É triste ver você recorrer a um ataque *ad hominem*. Tenho que me manifestar contra isso — disse Asema, levantando-se. — Nunca na minha vida eu comi um rolinho primavera frito em banha velha.

— Eu vi.

Pollux cutucou meu tornozelo. Então lançou o sinal de paz com um movimento lateral, nosso aviso secreto para: *você está gostosa, vamos transar*. Dei um sorrisão e esfreguei meu ombro. *Nada me atinge. Depois.*

— Além do mais, Tookie — disse Penstemon —, eu já vi você comer os velhos substitutos muitas vezes: um pote de arroz selvagem que passou do ponto, arroz com carne moída, sopa creme de frango Campbell.

— Ah sério? E o que tem de errado nisso?

— Acho que é um desrespeito com o arroz. Eu nunca comeria isso — respondeu Asema. Ela fez uma pausa, pensando. — Entretanto, não é ruim se você usar sopa creme de aipo. Que frequentemente é um prato de festa. O que eu desaprovo de verdade é o arroz de plantação.

— Sim, o arroz domesticado. Acho que todos concordamos com isso.

—Espere um pouco — disse Gruen, que tinha se juntado à conversa. — Acredito que o que vocês chamam de arroz de plantação, esse arroz escuro que você compra no mercado, é muito bom. Extremamente amendoado. O que tem de errado com ele?

— Pessoal, vamos acabar agora com essa conversa!

Eu estava assustada com a menção ao arroz de plantação. Em seguida viriam a modificação genética e o oleoduto de areias betuminosas da Linha 3, enfiado em território do tratado. Seria o inferno na terra e a festa acabaria. Mas a discussão já estava fora do meu controle. Jackie tinha entrado na briga, insistindo que o arroz de Wisconsin era muito superior a todos os outros. Pollux jogou as mãos para o alto e disse: *"Canadenses"*, como se estivesse morrendo de medo. O alvoroço ficou mais acalorado, indo de propaganda enganosa até, sim, furto do genoma selvagem e relatos detalhados do que havia de errado com o produto marrom da Califórnia que se disfarçava de arroz selvagem. Gruen não foi afetado pelos argumentos e Asema, em uma reviravolta inesperada, declarou que nem todo nativo tem conexões tribais, licença para apanhar arroz ou condições financeiras para conseguir o artigo verdadeiro. Ela chamou todos de "indigelitistas" e acidentalmente derrubou no chão o prato de arroz de Penstemon, já quase vazio.

— Vamos resolver isso no braço! — gritou Penstemon, indo na direção de Asema.

— Com prazer — disse Asema com olhar assassino.

Elas se prepararam para lutar. Eu as separaria, mas ambas estavam usando luvas. As da Asema eram da Hello Kitty e as da Pen eram do Homem-Aranha.

— Miau — disse Asema.

— Vou lançar minha teia em você — respondeu Pen.

— Hetta vai cortar o bolo de chocolate — falei, encerrando o ajuste de contas.

Sentei entre Asema e Gruen para comer meu pedaço de bolo. Era o tipo de bolo que eu amava, denso e sem farinha. Inclusive, tinha açúcar de confeiteiro polvilhado por cima.

— Ela é um alvo fácil — disse Asema, olhando por cima de mim para Gruen. — Vamos atacar a Tookie.

Ela começou me contando como estava reunindo doações para comprar tecido. Asema e Gruen estavam costurando faixas para protestar contra o investimento dos bancos na Linha 3, o que representava um desastre para plantações de arroz selvagem em pântanos e lagos.

— E a conversa sempre volta ao arroz selvagem — falei, engolindo meu bolo para me afastar.

— Todo projeto com potencial pra destruir o mundo causa desordem em algo íntimo, tangível e indígena — disse Asema. — O arroz selvagem não é apenas uma questão cultural ou uma deliciosa comida indígena, é um jeito de se falar sobre a continuidade da espécie humana.

— Eu contribuo se você parar de falar.

Ela abriu um sorriso e estendeu a mão.

QUANDO TODOS já tinham ido embora, à exceção dos incansáveis, o fogo havia desenvolvido um delicioso conjunto de carvões, e os troncos secos e densos estavam queimando com um brilho uniforme, lançando calor. Essa era a parte deliciosa de se sentar junto a um fogo de horas ao ar livre. Quando você se sentava perto do carvão cintilante — que sussurrava ao rachar, emanando um calor mágico envolvente —, podia queimar os joelhos. Já quando você afastava a cadeira, a temperatura ficava ótima na frente, mas suas costas e seu traseiro ficavam gelados. Era um constante movimentar de cadeiras e de botas. Alguns de nós começaram a conversar sobre as viagens que fizemos no fim da adolescência ou aos vinte anos, quando nossos corpos eram mais resilientes e fortes do que imaginávamos. Pollux tinha levado Hetta e Jarvis para casa, e agora estava se acomodando novamente.

— Viajar de ônibus — disse ele. — Terrível às vezes, mas também interessante. Uma vez tinha uma mulher sentada perto de mim. Ela vestia jaqueta e short jeans, botas sexys e um chapéu de abas largas com um véu preto, que impedia a visão do rosto dela. A paisagem ficou chata e começamos a conversar. Passado um tempo, ela me contou que era uma estrela de cinema e viajava disfarçada. Perguntei por que ela não estava num avião, e ela disse que estava reunindo material prum papel em um filme. Perguntei sobre o papel. Ela me contou que iam fazer uma refilmagem de *Perdidos na Noite*, mas com a personagem principal sendo mulher. Perguntei o nome dela e ela levantou o véu. Minha nossa, era ela.

— Quem?

— Kim Basinger. Ela era... não consigo descrever.

— Eu consigo — disse Asema. — Ela estava usando um casaco acolchoado enorme até os joelhos, um gorro grosso e botas de pele da Cree. Eu assisti aos filmes antigos dela. A beleza dela era um delírio.

Pollux se inclinou para frente.

— Era difícil olhar pra ela.

— Como assim? — perguntei.

— Era como se o sol tivesse atingido meus olhos.

— A beleza dela era ofuscante, então.

— Talvez — disse Pollux. — Mas ao mesmo tempo eu não gostaria de ter sido ela. Não podia ir a lugar nenhum sem ter pessoas a encarando.

104 LOUISE ERDRICH

Eu sabia como era. Algumas vezes tinha sentido uma admiração marcante pela absoluta audácia da minha aparência, embora em meus sonhos eu fosse invisível.

— Esse filme não foi feito, não é? Nunca ouvi falar dele — disse Pen.

— Talvez os investidores tenham desistido — disse Pollux.

— Fiquei um tempão esperando pra ver o filme. Ficava torcendo pra ela não interpretar o Ratso.

— Claro que ela não ia interpretar o Ratso — disse Jackie. Ela estava enrolada em um cobertor de lã xadrez, usava um chapéu de tricô com um pompom e estava tomando sidra quente. — Kim só poderia ser o caubói. O personagem de Jon Voight. Enfim. Boa história. Onde ela desceu?

— Eu desci primeiro. Ela ia atravessar o país. Acho que conseguiu. Creio que eu teria ficado sabendo se tivesse acontecido alguma coisa. Mas ela tinha um tipo de aura *sobrenatural*.

Jackie e eu trocamos olhares quando ouvimos Pollux dizer "*sobrenatural*". O que isso poderia significar? Demos de ombros, concordando silenciosamente — vamos deixar Pollux ter sua fantasia.

— Andar de ônibus tem sido muito útil pra mim, em termos de sono — disse Louise. — Vocês têm ideia do quanto é insuportável, de como você se sente horrível depois de uma ou duas noites dormindo sentada num ônibus? Parece que você tem espinhos nos pés. E as costas? Uma agonia.

— Tudo dói — disse Pollux.

— É nisso que eu penso quando não consigo dormir. Em como eu queria desesperadamente me espichar no chão do corredor. Seria nojento, mas eu não me importaria. Com nada. Teria feito qualquer coisa só pra me espichar. Depois de me lembrar das câimbras que eu tive e do quanto eu fiquei desesperada, consigo dormir.

Eu estava a ponto de dizer, no meu habitual estilo Tookie, "*pelo menos você tinha uma cama pra voltar*", mas então percebi que tinha, de fato, dormido em algumas camas fabulosas na minha vida. Considerei tornar "Minhas Camas Favoritas" o próximo tema da conversa, mas não fiz isso por razões óbvias. Estávamos entrando naquele burburinho lúcido de cansaço, quando o efeito do vinho passou e quem sabe demos uma cochilada e acordamos assustados.

— Tem alguma coisa em mim que está louca pra fazer a coisa errada — disse Louise. Sua voz estava abafada por um xale de tricô em volta da cabeça. — É isso que ser boa demais quando criança faz

A Sentença 105

com a pessoa. Eu quase sempre resisto, mas entendo quando outras pessoas não conseguem. O impulso é muito forte.

— Eu tenho um impulso diferente — disse Penstemon. — Não gosto de altura, porque sou instantaneamente atacada pelo impulso de pular. *L'appel du vide*. O chamado do vazio.

A voz de Penstemon era a de alguém que fingia sabedoria. Ela assentiu para Asema.

Jackie não tinha me dado um dicionário à toa.

— Tem um nome pro seu impulso, Louise. *Cacoëthes*. O impulso de fazer algo ligeiramente errado. Não algo indescritível ou horroroso. Só algo que você sabe que é uma má ideia — contei.

— Como comer arroz de plantação, aparentemente — disse Gruen.

— Deve haver uma doença relacionada à outra aflição de Louise — disse Asema, olhando o telefone. — Já sei. *Cacoëthes scribendi*. Uma necessidade insuportável de escrever. Muitas pessoas têm.

— Eu não — disse Jackie. — E por falar nisso, pessoal, a Tookie tem razão. O prédio inteiro é assombrado. Eu estava trabalhando nos fundos outro dia, quando ouvi alguma coisa arranhando. Era muito regular pra ser um roedor. Então, na noite seguinte, me sentei no confessionário depois que a loja fechou. Queria ver se recebia uma visita da Flora.

Fiquei sutilmente aterrorizada com a ideia. Minha voz saiu baixa e trêmula.

— O que aconteceu? Ela apareceu?

— Tinha barulho fora do compartimento, de arranhar, deslizar, talvez ratos. Daí ouvi vozes, mas eram muito altas e eu consegui entender que estavam discutindo sobre vinho. Claro, a adega do restaurante fica bem embaixo da loja. Depois que as vozes pararam, uma brisa gelada veio do nada e eu senti o toque de uma mão espectral...

— Puta que pariu, Jackie.

— Desculpe. Você sabe que eu acredito em você.

Quebrei alguns gravetos com as mãos e os arremessei no fogo. Pollux se alongou.

— Vou voltar pra festa agora — falou, apesar da festa ter acabado.

Ele se afastou a passos lentos. Eu sabia que ele ia cuidar das sobras, devorando os pratos que mais gostou. Quase todos o seguiram.

— Pollux não tolera conversas sobre fantasmas e negócios sobrenaturais, não é? — perguntou Jackie.

— Ele usou a palavra "sobrenatural", então está em guarda contra si mesmo — falei. — Pollux não fala sobre essas coisas, só sobre a vida depois da morte. Está inclusive preparando uma pra nós dois.

— Você tem um bom marido. Como ele faz pra preparar?

— Está principalmente usando músicas e histórias, talvez algum trabalho com cachimbos e penas.

— Ele é um tipo de carpinteiro espiritual.

Eu cutucava o fogo com um graveto, que eu deixava incendiar, batia nele para apagar as faíscas ou deixava queimar. Quando o graveto ficou muito curto, peguei outro e recomecei. Eu tinha me afastado muito do carvão e estava gelada até os ossos, o que me fazia sentir infeliz. Os filhos de Jackie tinham se tornado gentis, bem-sucedidos e razoavelmente felizes, então pensei nela como uma fonte de conhecimento materno. Fui para mais perto do fogo, coloquei um cobertor sobre os joelhos e me preparei para interrogar minha professora.

— Na sua experiência, ser mãe pode transformar uma pessoa de um monstro num ser humano?

Jackie abriu a boca e pronunciou uma sílaba, em seguida fechou a boca e franziu o cenho. Por fim, ela falou:

— Presumo que você esteja falando de Hetta. — Indiquei que estava. Jackie inclinou a cabeça de um lado ao outro. — Creio que esses sentimentos sejam novos pra ela. Acho que podem parecer transformadores.

— No começo ela estava surpreendentemente agradável.

— Um bebê recém-nascido tem um efeito poderoso sobre o caráter. Mas da mesma forma tem uma criança que começa a andar. E uma um pouco mais velha. Um pré-adolescente. Um adolescente. E a mãe muda a cada um dos estágios. Pra alguns deles, ela tem as habilidades necessárias. Pra outros, é como se ela tivesse que escalar um penhasco usando uma corda presa a nada.

— Como sempre, porém, eu arruinei tudo. Agora ela não fala comigo. Como eu faço as pazes com ela?

Descrevi a breve discussão sobre o pai de Jarvis e como Hetta tinha batido a porta na minha cara.

Houve um silêncio longo, muito longo. Pensei que Jackie não tinha me ouvido ou não tinha prestado atenção.

— Eu estive nessa dimensão tantas vezes — falou, finalmente.

— O quê? Você quer dizer reencarnação ou algo do tipo?

— Não, estou falando do seu dilema. Uma dimensão de incerteza, onde tenho receio ou estou preocupada com uma das minhas filhas, como você. Onde eu ultrapasso o limite e ela fica puta.

— Então você está dizendo que o que aconteceu é normal?

— Acho que sim. Com a preocupação, é fácil exagerar. E pode enfurecer as crianças, embora às vezes elas entendam depois.

Fui pega de surpresa pela ideia de que ninguém, além de Pollux, estaria disposto a violar um limite e arriscar a minha raiva para me ajudar. Disse isso a Jackie e ela me contou que já tinha feito isso, há muito tempo, quando me enviou o dicionário.

— Isso violou um limite?

— Você podia ter entendido mal. Como uma indireta pra se tornar mais letrada ou algo assim. Enfim, é coisa de professora, assim como é coisa de mãe. E a sua mãe? Eu lidei a maior parte do tempo com as suas tias. Você nunca fala da sua mãe. Nunca fala do seu pai.

— Porque ele foi completamente ausente. E, enquanto eu estava na escola da reserva, minha mãe estava na cidade. Íamos de um lugar pro outro. Ela não era intrometida, nem controladora, nem exigente. Quase nunca ficava super brava ou era má.

— Era o que, então?

— Não era nada. Estava sempre cuidando dela mesma, o que significava ficar bêbada. Me tratou como uma adulta assim que eu aprendi a fazer cocô no lugar certo e a pegar comida sozinha. Ela tolerava minhas idas e vindas porque não estava cem por cento lá, de qualquer jeito. Alguma outra pessoa, geralmente uma das minhas tias ou um vizinho, me arrumava roupas e me colocava na escola. Você me ajudou, depois de um tempo. Mas eu perambulei muito por aí.

— Eu sei — disse Jackie.

— Nem sei onde arranjei o nome Tookie.

— Não sabia que era um apelido. Qual é o seu nome verdadeiro?

Eu mudei de posição, com os pés mais próximos do fogo, e me virei a fim de olhar para a porta, esperando que Pollux saísse para me salvar.

— Não consigo me lembrar. Talvez tenha visto num documento oficial algumas vezes. Mas sabe quando você bloqueia? Acho que isso é estranho.

— Espera, como você se matriculou na escola? Como eu não percebi? Não entendo como você se safou usando só o apelido. — Agora, Jackie estava usando a voz de professora.

108 LOUISE ERDRICH

— Fui pra escola a vida inteira como Tookie. Tirei a carteira de motorista sendo Tookie. Minha identidade da reserva diz Tookie. Usei a identidade pra tirar o passaporte quando era muito jovem, porque uma das professoras me colocou num programa de verão na França. Mas claro que eu estava muito chapada pra ir. Daí usei meu passaporte antigo pra tirar meu passaporte novo, e em algum momento memorizei o número do meu seguro social. Eu tinha perdido o cartão de qualquer forma. Então, bom, sou só Tookie.

— Mas você tem um sobrenome. Deve estar nos seus contracheques.

— Eu recebo direto na conta.

— Eu deveria lembrar. Quer que eu procure seu nome verdadeiro?

— Não.

Jackie agora estava me encarando intensamente por debaixo do pompom.

— Eu realmente não consigo acreditar nisso. Só Tookie. Você não sabe nada sobre o seu nome verdadeiro?

— Minha mãe escolheu meu nome pra homenagear alguém que ajudou ela, a salvou mesmo, quando estava grávida. Foi o que me falaram.

— E a sua mãe está viva?

— Acho que ela nunca esteve viva de verdade. E agora está definitivamente morta.

FIQUEI PERTURBADA com a última parte da conversa e Pollux estava dentro da casa, ouvindo Asema cantar. Eu podia ouvi-la cantando *Blackbird*, em sua voz alta e doce. Saí e peguei um desvio até o lago congelado, praticamente sonambulando no frio escuro. Reexaminei a primeira parte da conversa, sobre falhar como mãe, e isso me ajudou a mudar a abordagem. Entendi que estava fazendo o oposto do que minha mãe tinha feito, me ignorando totalmente. Eu estava me intrometendo. Hetta estava odiando. Eu desafiei sua autonomia em alguns aspectos — é claro que ela sabia que estava atuando como mãe solo. Eu notei e interferi. Estava sendo mãe. Só que estava fazendo isso como uma mãe búfala: batendo a cabeça na minha bezerra, tentando pisotear um espaço livre para ela, dando-lhe chifradas para que permanecesse no caminho que eu acredito que vá mantê-la segura ou levá-la a algum lugar. Eu estava sendo esquisita e incômoda. Não tinha sofisticação. Mas tinha amor. Sempre tive. Amava Hetta e seu bebê. Amava as pessoas com quem trabalhava. Me apaixonei uma vez na prisão. Antes disso, tinha amado tanto a Danae que roubei o namorado morto para ela. E quanto ao Pollux, que eu amava mais do qualquer um no mundo, construí para ele uma vida. Estive lá quando ele precisou de mim e o deixei ir quando teve que ir. Trabalhei duro para tornar as coisas normais, confortáveis e alegres. Cheguei até mesmo a ser conhecida por fazer chocolate quente para Pollux, mas não colocava dentro aqueles marshmallows pequeninos. Não fui uma mãe para ele. Eu raramente ultrapassei um certo limite. Nem Pollux. Ah, ele reclamava às vezes, se preocupava e talvez tenha ficado com tanta raiva que ficou na ponta da língua. Ele sabia. Pollux tinha me prendido. Tinha se casado comigo. E eu sabia que ele sabia. Mas Pollux nunca disse meu nome verdadeiro.

PÉ-GRANDE GENTIL

Chupins

A PRIMEIRA NEVE do ano novo aliviou o peso dos meus pensamentos. A neve clareou, limpou e encheu o ar de oxigênio. Respirei euforia durante todo o trajeto para o trabalho. Estava animada, mesmo sendo dia de inventário. E haveria chupins. É assim que eu chamo os livros inesperados que encontramos aqui e acolá na loja durante o inventário. Ao longo do ano, ficamos ocupados alimentando a caixa registradora e não percebemos quando as pessoas sorrateiramente colocam seus livros nas nossas estantes. É uma pena não podermos aceitá-los — impressos em casa, autopublicados, inclusive, vez ou outra, manuscritos —, pois são um pesadelo logístico e dão um nó no nosso sistema. Eu os chamo de chupins, porque estamos disponibilizando a eles caros espaços de prateleira e cuidando deles de graça, mas os autores deixam suas obras como presentes. Eu gosto de presentes. E como é muito mais fácil autopublicar digitalmente hoje em dia, os chupins aumentam a cada ano. Abatidos das prateleiras, eles enchem uma caixa. Nossa loja é tão pequena que me admira serem tantos. Tenho pena deles. *Cacoëthes scribendi.* Quem não tem um livro dentro de si? Esses livros são sinais de vida. *O oposto*, pensei, *do livro enterrado no meu jardim.*

No início, conforme me contaram, o primeiro inventário envolvia tirar todos os livros das prateleiras para serem contados e catalogados. Depois os livros tinham que ser devolvidos aos seus lugares. Até o fim da semana haveria choradeira, pedidos de demissão, Xanax e uma pilha de caixas de pizza. O chão ficava entulhado com montes desesperadamente desorganizados de livros. Agora, com os nossos convenientes leitores de código de barras e o trabalho em equipe, podemos fazer o inventário em um ou dois longos dias de superconcentração. Desta vez, tínhamos acabado às sete horas da noite, e eu levei para casa uma caixa de chupins. Não era pesada, mas eu a colocava no chão de vez em quando, só para desfrutar o fim do inventário. Entrei com a caixa em casa, posicionei-a perto do sofá e fiz *nachos*. Então me acomodei para dar uma olhada neles.

Sempre fico curiosa sobre esses autores. Há autobiografias que descrevem a vida em épocas e locais pouco conhecidos. Muitos dos livros são sobre perda — brutal, sem fim, incomensurável. Outros são sobre as estranhezas de se adotar uma planta para ambientes fechados. E ainda tem os que provavelmente são sobre pessoas transando sem tirar as luvas emborrachadas azuis de lavar louça. Há histórias de curas caseiras milagrosas que as grandes farmacêuticas querem silenciar. Todos parecem ter em seu âmago uma coleção de poemas. Há muitos livros com flores roxas na capa, nas cores cinza, lavanda e branca. Curiosamente, eles não têm flores nos títulos. *Garota* isso ou *Garota* aquilo ainda é popular. Há alguns anos, *A Mulher* ou *A Filha de Não Sei Quem* era o favorito. Este é o ano do Osso. *Osso contra Osso, Cheio de Osso, Filha dos Ossos, Blues do Osso, Ossos Prateados, Tossindo Ossos* e *Ossos Felizes*, que eu decidi ler. Há dois romances sobre criptoides. *Pé-grande Gentil* é uma história de amor sobre "*encontros turbulentos*", que termina com "*assombro e esperança*" segundo a capa. Deixo esse de lado para Pollux. Há uma biografia sobre o trabalho no Departamento de Recursos Naturais de Minnesota e um sobre uma coruja no Centro para Aves de Rapina da Universidade de Minnesota, que eu pego para mim. Há um livro escrito em uma linguagem particular, que parece as pegadas da perdiz-do-mar. Desse eu me lembro do verão passado.

O autor, um jovem esguio de olhos escuros vigilantes e cabelos grossos e desgrenhados cor de trigo queimado, andara passeando pela loja. Quando os outros clientes foram embora, ele tirou alguns dos seus próprios livros da mochila e se ofereceu para entregá-los a nós, a fim de contribuir com o preço de venda para a loja. Eu realmente detestei recusar. Ele era uma daquelas belas e inocentes almas, que perambulam pelos lagos de barbicha no queixo, usando sandália de dedo e roupas de brechó. O livro, cuja capa era de um ferrugem brilhante, era feito à mão e tinha sido costurado com barbante. O texto era ininteligível. Ele me contou como vinha estudando, desde a infância, palavras e estruturas gramaticais de uma língua morta que ele tinha descoberto.

— Só um minuto, você está dizendo que descobriu uma língua morta quando era criança? — Ele aquiesceu e a juba caiu para frente. — Como e onde?

O rapaz dispensou minhas perguntas com um aceno e franziu a testa. A língua, disse ele, tinha uma bonita ortografia, mas não tinha artigos definidos, nem presente ou passado. Os verbos tinham que ser tossidos ou cantados em tons diferentes. Havia um vasto número de substantivos que mudavam inteiramente de acordo com a visibilidade do objeto: podiam ser visíveis, pouco visíveis ou invisíveis.

— É uma língua que te faz pensar de verdade — falou.

— Aposto que sim. — A escrita do livro era esparsa e organizada em parágrafos graciosos, limitados por margens amplas, a fim de que você percebesse a textura do papel. — É um poema encantador.

— É ficção — respondeu ele, timidamente.

Ele acrescentou que a obra também podia ser classificada como biografia familiar e que não havia chave para decodificar a língua, nenhum dicionário, nem instruções. E, mesmo assim, ele não acreditava que seu trabalho seria difícil de decifrar se fosse descoberto em alguns milhares de anos.

— Afinal, eu decifrei — afirmou.

Contou que a escrita tinha vindo a ele, linha por linha, enquanto estava deitado na rede. Talvez eu o tenha visto, de fato, balançando-se entre as macieiras do parque, reunidas em um pequeno bosque e perfeitamente espaçadas para redes. Tive um acesso de espírito maternal. Quase quis levar o menino para casa e deixar que Pollux cozinhasse para ele. Ele saiu da loja, mas tinha encaixado essa cópia em nossas prateleiras, e agora eu estava muito satisfeita por tê-la em minhas mãos. Abri o livro e estava tentando encontrar algum padrão no fluxo de marcas de pegadas, quando Pollux chegou em casa. Da porta, ele se livrou de seus tênis gigantes, e veio caminhando até o meu cantinho confortável. Sentou perto de mim.

— O que é isto? Que estranho.

— É a antiga língua potawatomi. Você não sabe ler na sua língua tradicional?

— Você falar como cuzona convencida.

— Engraçado você dizer isso. Na verdade, esse livro é bem picante. Você sabia que *Cinquenta Tons de Cinza* foi originalmente registrado em escrita cuneiforme? Foram desenterradas antigas tábuas de argila.

— Veja, você está lendo de cabeça pra baixo.

Pollux girou o livro e me devolveu.

— Ah, nossa, agora vejo que o livro é na realidade sobre a história da posição "papai e mamãe".

— Adoraria ficar de brincadeira com você, mas estou com fome.

— Que tal se você fizer pipoca? Hoje foi dia de inventário. Pode me trazer uma cerveja?

Pollux me trouxe a cerveja e, em seguida, colocou uma tigela enorme de pipoca entre nós. Entreguei a ele o *Pé-grande Gentil*. Ele disse alguma coisa sobre Sabe, o gigante peludo Ojíbua. Hetta tinha colocado a cadeirinha no nosso carro e levado Jarvis para um passeio. Queria comprar fast-food orgânico. Estava quente. Ela planejava comer ao ar livre, com Jarvis embrulhadinho embaixo do casaco, e caminhar até o rinque de patinação com Asema. Estávamos sozinhos. Pollux pegou o notebook e pôs uma das suas playlists peculiares para tocar — essa tinha Johnny Cash, Tribe Called Red, música peiote da Igreja Nativo-americana, Cowboy Junkies, Nina Simone, música de câmara e Prince. Nós lemos um pouco, comendo pipoca e bebendo cervejas geladas. Ele se levantou para pegar outra cerveja e colocou o livro sobre o sofá.

— Um grande sucesso.

— Ah, gostou?

— Mulher pé-grande carrega desajustado frágil da cidade para sua toca, e ensina o rapaz a cuidar das suas necessidades. Bom, ela escraviza ele, na verdade, mas...

Pollux inspecionou a geladeira e voltou com um pote de cenouras baby.

— Mas o quê?

— Quero dizer que é um ótimo livro pra quem gosta de mulheres peludas. Ele conta como tem que repartir o pelo para encontrar os "úberes" dela. Nunca usei essa palavra pra falar de seios, sabe?

Eu tinha desistido da minha caixa e estava lendo uma cópia danificada de *Cool for You*, de Eileen Myles. O livro tinha chegado com um capítulo amarrotado, como se talvez um menino da instituição sobre a qual estavam escrevendo tivesse cuidadosamente amassado e alisado as páginas. Somos meticulosos a respeito de livros danificados, e quando reportamos algum mandamos de volta. Mas a Soft Skull Press nos enviou uma cópia nova e disse para ficarmos com a antiga.

— Você alguma vez já comeu a comida da cesta básica? Do Programa?[1] — perguntei a Pollux.

---

[1] O Programa de Distribuição de Comida em Reservas Indígenas (Food Distribution Program on Indian Reservations — FDPIR), do Departamento de Agricultura norte-americano, é um programa que desde 1977 distribui uma espécie de cesta básica para famílias nativas de baixa renda, incluindo os idosos. [N. da T.]

— Você sabe que sim. Minha avó tinha um armário de produtos que as pessoas trocavam com ela. Todos queriam o queijo e os pêssegos.

— Escute isso. É de *Cool for You*: "*Existe um livro de receitas para todos? Nos Estados Unidos, quando o assunto é esse: tenho aqui uma coisa para todos, um livro ou uma xícara de café, uma tigela de mingau de aveia... comida que qualquer um comeria, quando finalmente entendesse estar em uma posição na qual comeria a comida de qualquer um. Não falo de catar comida do lixo. Falo dos lanches mecânicos que você recebe na escola. Aqueles vegetais que ninguém quis, porque era possível ver que tinham sido preparados para qualquer um. Comida extra. E pensar que você pode acabar comendo isso algum dia, olhando ao redor, no dia em que se esqueceu de quem você era.*"

— Nossa — disse Pollux depois de um minuto. — Isso é pesado. "*No dia em que se esqueceu de quem você era.*" Espere. Deixa eu ver.

Ele leu o trecho novamente.

Eu já tinha lido essa parte diversas vezes, pois comigo foi assim. Primeiro eu me recusei a comer a comida da penitenciária. Então um dia eu comi o que mais odeio: purê de rutabaga. Não estava morrendo de fome, mas comi mesmo assim. Depois disso, passei a comer vorazmente. Também bebia o fraco ácido preto que era servido em copos descartáveis. Muitas mulheres tinham dinheiro para lanches na cantina, mas eu não. Eu podia sentir o café e as rutabagas causando um efeito muito parecido com comer a comida da cesta básica — só que, até eu ler esse parágrafo, eu não sabia o que era. Eram as comidas do esquecimento e eu logo havia sido tomada por uma calma indiferente.

— "*No dia em que se esqueceu de quem você era*" — disse Pollux.

— Eu perdi mesmo minha perspicácia abrasiva. Como você sabe, minha primeira prisão foi na cidade de Thief River Falls. De cara, foi difícil abraçar a ironia.[2]

Pollux se inclinou para me abraçar.

— Não foi só furto. Foi mais um roubo qualificado — disse ele com a voz suave e rouca. — Tem que respeitar uma coisa dessas.

— O bom e velho Ted. Fiquei comovida quando ele tentou desclassificar o crime para o juizado de pequenas causas.

Pollux estava sério e pensativo.

---

[2] "Thief" em inglês significa ladrão. [N. da T.]

— Você não é uma pessoa "pequena" — falou, por fim. — Seja como for, nós subestimamos o Ted.

— Eu fiz isso, com certeza. Ele era um herói, mas viciado em batata frita do McDonald's. E provavelmente foi essa a causa da morte dele.

Ted sempre tentava comer a batata nos primeiros trinta segundos depois da compra, quando estão fresquinhas. Depois comprava mais uma porção e a devorava também. Eu ainda estava triste pela morte dele. Uma lição para o futuro.

— Em compensação, eu tenho *waabooz*, um coelho — disse Pollux. — O tipo de comida que diz quem você é. Tradicional.

— Onde conseguiu? — perguntei. Ele colocou um dedo sobre os lábios. — Fez uma armadilha no jardim?

— Lutei com uma senhora pé-grande por ele.

— Se você disser úbere, vou dormir no sótão.

— Essa palavra não tem nada de excitante pra mim. Vou fazer fricassê, que é quase uma palavra sexy, mas não fique olhando. Salada verde. Aquelas batatas crocantes que você gosta. Agora largue esse livro. Pegue uma leitura mais leve, tá? Se divirta. Assista à TV!

— Não, obrigada. Você alguma vez já esqueceu quem você era?

— Ovos em pó me confundem — disse Pollux. — Mas sabe quando a autora diz aquilo sobre todos no país terem um livro de receitas? Gosto disso. A gente comia da cesta básica do governo, isso é um fato, mas tínhamos nossas receitas. Nos apropriamos daquela porcaria. E tínhamos comida, afinal. Se a gente conseguia chegar lá no depósito, conseguíamos a comida. Sei que você fazia isso também. E depois, querida, não era como se estivéssemos na prisão, como você foi obrigada a estar. Noko plantava abóbora, milho, essas coisas. A gente tinha um jardim.

A avó de Pollux era o que eu mais invejava nele. Eu tive tias e alguns primos, mas o vício da minha mãe acabou nos separando até mesmo deles.

— Sua avó.

— Minha avó.

Pollux era filho de um carismático apóstolo do Movimento Indígena Americano, que pregou a causa para a mãe dele quando ela tinha 16 anos. Sua mãe não tinha sobrevivido aos anos de 1970, e sua avó o tinha criado como um ancião. Eu amo o jeeeeeeeeeeito antiiiiiiiiiiigo, ele costumava dizer, pronunciando como se tivesse algum

conhecimento mágico especial e balançando a cabeça, os olhos sá-
bios e serenos.
— Podemos transar do jeeeeeeeeeeito antiiiiiiiiiiigo mais tarde?
— perguntei.
— Podemos transar aqui e agora, quem sabe. Mantenha as instruções abertas — disse ele, tirando o livro ilegível de mim e jogando-o
em uma almofada.
— Tudo bem. Estou realmente com fome.
Pollux se levantou, limpando as mãos na calça.
— Deixe comigo, Pé-grande Gentil — disse ele, indo para a
cozinha.

Laurent

UM DIA, NÓS tivemos todos os tipos de neve. Primeiro veio a corrente
de ar, lenta e deslumbrante, que se tornou uma pesada tempestade
de neve quando o vento chegou. Em seguida, o sol brilhou acima da
neve, provocando um intenso e estranho efeito reflexivo. O vento
cessou e então a neve passou a cair em grandes montes deselegantes,
que se acumulavam sobre todas as superfícies. Por fim, a neve parou
e o mundo ficou branco, profundo e radiante. Agora, enfim, com a
neve vedando o livro na terra, pensei que talvez conseguisse organi-
zar esses eventos.
Eu estava construindo, como nas séries de detetive, um mapa
mental com recortes, fotos e conexões desenhadas por pedaços de
barbante. Minha intenção era mesmo mapear tudo, mas as coisas
ficaram complicadas na livraria. No início da tarde do dia seguinte,
voltei para o segundo turno e vi o autor do livro ilegível, o jovem da
rede. Ele estava de volta e conversava seriamente com Asema. Tenho
que admitir que ela tinha escolhido um look impressionante para o
dia. Seu cabelo estava preso em espirais como as da Princesa Leia. Ela
usava um vestido baby-doll de tricô vermelho-escuro, muito curto,
com calça legging azul-índigo e botas de pele decoradas com contas.
Um pedaço grande de turquesa azul-celeste balançava em uma orelha, em perfeita harmonia com seu rosto simétrico. O traje de inverno
do jovem autor era um chapéu de pelos, de estilo vagamente russo.
Ele tinha um nariz largo e seus olhos escuros se fixaram em mim por
um momento, com aquela inocência estranha que eu tinha percebido

118   LOUISE ERDRICH

antes — como se ele fosse um visitante de uma época diferente. Ele não se lembrou de mim. E seu chapéu amarelo-torrado me assustou. Antes, o rapaz tinha sido um sonhador comum, mas hoje parecia um lindo animal com o rabo enrolado na cabeça. Ele também estava usando um sobretudo de tweed largo e botas de construção. Seus dedos sensíveis irrompiam das puídas luvas pretas de tricô. Os dois pararam de conversar quando eu cheguei, e notei que queriam que eu passasse sem conversar para que pudessem continuar. Enquanto colocava nas prateleiras os livros que tinham sido recebidos no sistema, acabei ouvindo pequenos trechos da conversa deles.

— Pessoas brancas não podem ser descolonizadas — dizia Asema —, quero dizer, na condição histórica de colonizador você não pode reivindicar isso também! Fala sério!

— Você não consegue ver além da cor da pele? Sou Métis, nativo do Canadá. Ou francês. E também irlandês. Fomos colonizados pelos ingleses.

— Você fala gaélico? E aquele livro, foi escrito no silábico cree ou na língua michif?[3] Aquele que você me deu, com as formas geométricas realmente intensas? — Asema fez uma pausa, batendo num livro.

— Você veio mesmo da Irlanda? Cresceu mesmo como Métis? Você cresceu imerso em qualquer uma dessas suas prováveis culturas?

— Defina "imerso".

— Você sabe, vivendo ela o tempo inteiro. Desde o início. Seus pais vieram da Irlanda?

— Meus bisavós. Houve escassez de comida. Já ouviu falar disso?

— Claro. Talvez. Mas não sei se você pode se chamar de indígena se não foi pessoalmente afetado pela colonização.

— Vou repetir, sou Métis.

— Você pareceu em dúvida sobre isso.

Chapéu de Pelos deu de ombros.

— E você, fala dakota ou ojíbua?

— Não sou fluente, mas falo.

— E o seu nome?

---

[3] O silábico cree são as versões do silábico aborígene canadense usadas para escrever os dialetos cree. Por sua vez, michif é a língua do povo Métis (mestiço) do Canadá e dos Estados Unidos, que é descendente das mulheres das Primeiras Nações (principalmente Cree, Nakota e Ojíbua) e de comerciantes de pele de ascendência branca (principalmente franceses e escoceses). [N. da T.]

— Tenho três nomes, um em dakota, um em ojíbua e um em inglês.

— Qual é o seu nome em inglês?

— Asema, claro.

Olhei discretamente para ela, porque isso não era verdade. Asema é a palavra ojíbua para "tabaco sagrado". Ela estava concentrada em seu interrogatório, e abriu a boca para atacar com outra pergunta. Mas ele tentou virar o jogo.

— Então qual é a sua? É mesmo da reserva? Cresceu em ambas as culturas? Imersa, como você diz?

— Cresci aqui. Tem cultura pra dar e vender na minha família. Então cale a boca.

Os dois bisbilhotaram um pouco, sussurrando, abrindo e fechando livros. Passado um tempo, ela perguntou o nome dele.

— Minha mãe escolheu Laurent. Meu pai queria que eu tivesse o nome do pai dele.

— Que era?

— Jarvis.

Da seção de Jovens Adultos, espiei para olhar melhor o sujeito que tinha mencionado meu pequeno ídolo.

Jarvis?

— Gosto de Laurent — disse Asema casualmente, mas olhando de lado.

Eles continuaram vagando pela loja até que, de um jeito imperceptível, pareciam ter combinado de se encontrar de novo. Então ele foi embora. Por um tempo, trabalhei ao lado de Asema, encarando em silêncio a tela do computador, e entre um cliente e outro respondendo pedidos online. Jackie entrou marchando e sumiu.

— O que você acha? — perguntou Asema, enfim.

— Do quê?

— Laurent.

— Nada demais. Descobri que tenho um livro dele.

— Eu esperava que fosse em gaélico ou silábico, mas não é. É nessa linguagem que ele diz que é muito mais antiga que o gaélico.

— Ele me disse que é ficção. Contou o enredo pra você?

— Disse que é sobre um menino que admira uma menina que trabalha numa livraria, mas é muito tímido pra se aproximar dela. Quando enfim faz isso, percebe que ela também gostava dele.

Meu coração pulou. Olhei incisivamente para ela. Fui tomada por uma fúria instantânea.

— Que cantada.

120   LOUISE ERDRICH

— Eu meio que gostava dele até ele dizer isso.

— Você ainda gosta dele — falei, de uma forma que fez Asema dar um passo para trás e ajustar uma das tranças.

— E daí?

EU ESTAVA FERVENDO. Tinha certeza de que o "raposento" era o pai desconhecido do bebê de Hetta. O reticente menino da rede. Fui atraída por sua inocência, que agora suspeito ser falsa. Tinha avidez nos olhos dele quando estava olhando para Asema, uma sensação... Tentei contar a Pollux mais tarde... ele não apenas tinha mencionado o nome Jarvis, mas também tinha criado um xaveco em forma de sinopse, feito na medida certa para Asema assim como o de Hetta tinha sido feito para ela. Agora tudo a respeito dele me incomodava, inclusive o chapéu de pelos.

Meu marido tinha vindo me buscar. Eu tinha ficado até mais tarde para atender a pedidos online. Pollux e eu deixamos o carro na loja e caminhamos pelas ruas noturnas cobertas de neve. Auréolas de ar gelado enfeitavam os postes de luz.

— Além dessas coincidências, que, convenhamos, são tudo menos coincidências, eu não acho que ele seja confiável — falei. — Esse Laurent estava esperando Asema sair do trabalho. Estava esperando do lado de fora. E quando estavam na loja ele a seguia de uma certa maneira. Me pareceu que ele estava à espreita. Ou quem sabe eu estou exagerando?

— Ah, estava à espreita. É perfeitamente normal — disse Pollux fingindo preocupação. — Sinto muito por você ter tido que testemunhar isso.

— Não, sério, era meio pérfido. Quer dizer, não era um "animal curioso e bonitinho", como seria normal. Era mais *animal*.

— Não sei o que pensar. E você está agindo como mãe. Tão desconfiada.

Pollux levantou a sobrancelha falhada e até começou a balançar a cabeça.

— Não me venha com desaprovação, marido.

Ele parou.

— Você provavelmente tem a melhor das intenções.

Concordei em silêncio.

— Algumas vezes, essas são as mais perigosas — concluiu Pollux.

Pensei imediatamente em Flora.

— Certo, vou tentar me segurar.

A SENTENÇA 121

POLLUX E EU planejávamos visitar o Lyle's, um dos últimos grandes bares/restaurantes das antigas que sobraram na avenida Hennepin. Lyle's estava sendo prejudicado por lojas de produtos artesanais e estabelecimentos de alta gastronomia. No caminho até o carro, poderíamos clarear a cabeça depois do drink de sábado à noite se tivéssemos bebido. A temperatura estava cerca de -11°C, quente o suficiente para Minneapolis. Usávamos parcas, chapéus de lã, luvas acolchoadas e botas de inverno Sorel. Mas ainda assim estávamos gelados o bastante para que fosse agradável entrar no Lyle's. Conseguimos nosso nicho vermelho brilhante favorito, contra a parede, onde podíamos ver o resto do público. Eu pedi queijo-quente apimentado com bacon e *jalapeños*. Pollux pediu coalhada de queijo e café da manhã, e uma coca com rum.

— Que nojo — falei.

Pedi um chá quente e o garçom respondeu com um solícito "é claro".

— Quando você não pede álcool aqui, significa que é alcoólatra — disse Pollux.

Havia muitos jovens dos prédios e condomínios da época de 1940 que ficavam atrás do restaurante. Eles usavam roupas retrô interessantes e eram tatuados, ou usavam alargador na orelha, cabelo azul-pastel ou violeta, pulseiras de corda ou piercings. Laurent entrou, usando o chapéu de pelos, e caminhou até um grupo de mulheres que estava perto dos fliperamas.

— Veja — cutuquei Pollux —, é o raposento.

O jovem autor, com um livro em uma das mãos, tentava conversar com uma mulher de penteado *mullet* ruivo e lábios pretos brilhantes. Ela o afastou com uma cotovelada. Ele quase derrubou o livro, mas tentou de novo, e desta vez ela o empurrou com tanta força que ele quase perdeu o equilíbrio. O rapaz cambaleou para trás, segurou em uma cadeira e o livro deslizou, girando pelo chão. Ele não deixou o chapéu cair, não parecia estar bêbado e não ficou bravo, mas também não a deixou em paz. Ficou em pé, recuperou o livro e começou a conversar com ela. Mostrou-lhe a edição e folheou as páginas, inclinando a cabeça de um lado ao outro. Tive um vislumbre do título: *Empire of Wild*, de Cherie Dimaline.

— Talvez a gente devesse contratar o rapaz — falei.

Apreciava sua paixão de vendedor, e seu gosto para livros era excelente. Mas ele ainda era suspeito.

Nossa comida chegou. O garçom parou na frente do drama enquanto servia nossos pratos fritos, ovos, linguiça e o vidro de ketchup. Quando saiu, vi que todos os jovens daquele grupo tinham desaparecido.

— Será que eu devo dizer alguma coisa sobre o raposento? Quer dizer, pra Hetta? Ou talvez pra Asema?

Pollux me olhou criticamente.

— Você não estava prestes a contratar o sujeito? Além disso, você concordou em deixar ele em paz.

— Eu disse que seria tolerante, só isso. E, se todos nós vendêssemos livros daquele jeito, a loja fecharia.

Pollux deu de ombros e, olhando para a coalhada de queijo, balançou a cabeça.

— Gordura velha.

— Gordura velha do raposento.

— Vibe de perdedor — disse Pollux. — Fique fora disso. Não é como se ele tivesse ficado noivo de Asema, certo? E, se ele fosse o pai de Jarvis, estaria com a gente.

— Por que você acha isso? É óbvio que ele está evitando responsabilidades. Está rodeando.

Eu disse isso porque a maneira como ele se movia deixava essa impressão de "pronto para atacar".

— Rodeando para promover literatura — acrescentou Pollux.

Ele fez um som.

— Isso foi uma bufada de desdém?

— Não. Foi um grunhido de exasperação.

Tive que rir.

— Você é um grunhidor, é verdade.

— E com orgulho.

Peguei um naco de coalhada. Devolvi.

— Você está bem?

Comecei a comer para que ele não me fizesse essa pergunta. A gordura parecia boa para mim. Fique fora disso. Pollux tinha razão. Pensei nas minhas falhas em relação à nossa filha. O que me fez pensar que, subitamente, eu poderia me tornar uma pessoa confiável para jovens de vinte e poucos anos, até mesmo útil de alguma forma? Ademais, havia uma jovem que tinha de fato pedido a minha ajuda. Mudei o foco. Kateri tinha tentado falar comigo depois do Natal, mas eu deixei o telefone tocar. Eu sabia que tinha que falar com ela. Tinha que contar sobre a persistência de sua mãe. Mas a nossa última conversa tinha me irritado tanto que eu tinha receio de falar com ela novamente. Então adiei e evitei. Com Pollux concentrado na comida, dei uma olhada rápida na transcrição da mensagem de voz que ela havia deixado. Sem notícias sobre o memorial, só "*é a Kateri, me ligue*". Eu não tinha ligado, nem tinha respondido à única mensagem de texto que ela tinha enviado depois — *me ligue* —, porque aparentemente estava muito ocupada com o inventário. No entanto, a tarefa tinha acabado e ainda assim não respondi. Não tinha justificativa. Uma jovem enlutada tinha me procurado e eu a tinha ignorado.

Pollux e eu terminamos de comer, relaxamos na atmosfera agradavelmente barulhenta, estridente e feliz, e depois caminhamos de volta. O frio era profundo, a escuridão mais escura, o ar pesado tranquilizador de Minnesota. Ficamos de mãos dadas, embora nenhum calor passasse por nossas luvas pesadas de esqui. Enquanto caminhava, decidi que ligaria para Kateri no dia seguinte.

Mesmo assim, levei a manhã inteira para conter a apreensão. Ficamos ocupados na loja depois do brunch de domingo no restaurante ao lado, e logo veio a inevitável calmaria. Mas foi só no fim da tarde que disquei o número de Kateri.

Ela atendeu.

— É você.

— Me desculpe...

— Esquece isso. Fico feliz por não ter que te rastrear. Terça-feira é o dia.

— Do quê?

— Do que você acha? Vão cremar minha mãe, e eu insisti pra ver o corpo dela entrar. Só pra ter certeza.

— Não!

— Você vai junto.

— Eu...

— Você vai junto.

— Eu passo. Não posso com esse tipo de coisa.

— Azar o seu. Preciso de você.

Eu não era a mãe de Kateri e não era a melhor amiga da mãe de Kateri. E, no que diz respeito a Flora, não acreditava que a cremação tolheria a sua liberdade. Ela estivera na loja naquela mesma manhã, farfalhando na seção de Poesia. Eu realmente tinha que falar sobre isso com Kateri.

— Escute. Podemos conversar?

— Já estamos conversando.

124 LOUISE ERDRICH

— Acho que precisamos nos encontrar pessoalmente. Quem sabe antes da... antes de terça?

— Por quê?

— Minha nossa, como você é irritante. Mas tudo bem, você pediu. Eu tenho que dizer o seguinte: o fantasma da sua mãe tem passado o tempo na livraria, aparecendo toda manhã e circulando exatamente como ela costumava fazer quando estava viva. — Parecia que agora Kateri não tinha nada a dizer, então continuei: — Não, não estou louca, nem calafrios eu tenho mais. Flora vem todas as manhãs. Não vejo ela de fato, mas a escuto. Sei exatamente que tipo de sons ela faz. E ela inclusive estava aqui essa manhã, mandando pros ares minha esperança de que ao menos uma vez ela desistiria de...

— Ela me contou sobre as suas brincadeiras idiotas. Isso não tem graça. Pare de mentir. Não seja cretina.

Usei todas as minhas forças para não desligar na cara dela ou me desculpar. Mas era verdade. Eu costumava provocar Flora, incumbindo-a de tarefas fajutas. Uma vez ela limpou minha garagem, enquanto procurava por um pergaminho sagrado perdido. Um pergaminho de casca de bétula que não existia. E, por isso, eu provavelmente iria para o inferno Ojíbua. Me ocorreu que eu já estava nele — assombrada por uma aspirante a fantasma. Finalmente, falei em um tom tranquilizador que não queria ter contado sobre a presença espectral da mãe dela pelo telefone. Estava preocupada, porque isso talvez a perturbasse. Mas o que eu poderia fazer?

— Você pode vir comigo na cremação? — perguntou ela lentamente e com tristeza na voz.

Era impossível dizer não.

Purgatório?

POLLUX TINHA IDO a uma cerimônia levando cachimbo, tambor, penas de águia, um saco de remédios e duas panelas grandes de arroz selvagem cozido. Deixou para mim um pote de arroz selvagem embrulhado em papel-alumínio, que eu comi em pé ao lado da pia. *Amendoado* e *aveludado*, pensei. Esse jeito de comer era desmoralizante. Eu tinha visto minha mãe fazer isso, e para mim era um sinal de devastação. Fazia com que eu me sentisse miserável e perdida, como *no dia em que perdi quem eu era*. Ao menos Hetta não me viu.

Ela estava exausta, sempre tirando sonecas com Jarvis e passando bastante tempo dentro do próprio quarto. Talvez apenas me evitando. Nossas avaliações no trabalho são casuais, essencialmente uma oportunidade de colocar o papo em dia. Louise tinha me chamado para ir à casa dela há cerca de uma semana, então eu fui. De qualquer jeito, não queria ficar sozinha com a perspectiva da cremação que ocorreria no dia seguinte. Mandei uma mensagem dizendo que estava a caminho, mas ela não respondeu. Eu esperava que Louise saísse do seu misterioso labirinto de escritórios com aquele tenso olhar PAE — Perturbada ao Escrever — no rosto. Mas, quando bati na porta da cozinha, ouvi um *"biindigen!"*[4] abafado e entrei. Tudo o que consegui ver de Louise foi a sua metade que não estava dentro do armário debaixo da pia da cozinha, dizendo: *"Foda-se, que merda, merda, merda!"* Esperei. Até que ela surgiu com uma meia velha na mão. Louise jogou a meia fora, ergueu um punho fechado e gritou: *"Eu juro por Deus que jamais vou esconder doces de Halloween debaixo da pia de novo!"* Louise abaixou o punho e olhou para mim, ainda um pouco enlouquecida. Enfim ela se concentrou e sorriu.

— Desculpe, tinha uma montanha colossal de merda de rato ali, Tookie. O que você conta de novo?

— Você me convidou.

— Ah, sim. Claro. Venha, entre.

Tirei as botas. Estava usando meias grossas de lã, porque, apesar dos muitos tapetes, o piso da casa dela era sempre frio.

— Como vai o trabalho? — perguntou, diretamente.

— Vamos deixar isso pra depois.

— Vou acender a lareira.

Tinha um painel de velas votivas dentro da lareira que, quando acesas, tremeluziam contra os azulejos. Não era um fogo real, mas eu não queria uma longa explicação de por que ela não fazia fogo de verdade na lareira, portanto não falei nada. As velas eram agradáveis e pelo menos davam a ilusão de calor.

— Eu devia ter uma daquelas caixinhas com uma abertura pra colocar moedas — refletiu. — Do tipo que tem em igrejas antigas, pra pagar pelas velas. Tirar alguém do purgatório.

— Quem sabe a Flora.

— Você acha que ela está no purgatório?

---

4   *"Biindigen!"* significa *"Entre!"* em ojíbua. [N. da T.]

126 LOUISE ERDRICH

— Se o purgatório for a seção de embalagem da loja, é possível. Às vezes eu sinto como se estivesse empacada lá. Mas não. Ela está no crematório e amanhã eu tenho que ir até lá com a Kateri pra garantir que tudo corra bem.

— Que gentileza, a sua. Vou fazer chá.

Ela foi ferver um pouco de água e depois nos sentamos na sala cheia de correntes de ar, bebendo limão com gengibre enquanto a luz esmaecia. Meu coração estava afundando no peito, fraco, pois eu tinha mencionado Flora. Tentei superar. Agora era hora de conversar com a Louise sobre o resto: o livro, a sentença mortal. Como Flora ainda estava lá. Éramos racionais e estávamos sozinhas, sem grandes crises para resolver. Tinha o chá calmante. Mas é claro que lançar uma conversa assim me deixou apavorada. Por fim, decidi que não tinha escapatória.

— Então... nunca falei sobre o meu passado com você. Mas acho que Flora pode estar me assombrando por causa dele. Eu fui presa por roubar um cadáver. Um cara chamado Budgie. Minha sentença original foi de sessenta anos. E, por favor, não me diga que a sentença foi pesada.

Louise estava boquiaberta, mas pareceu constrangida.

— É bastante tempo por roubar um corpo.

— Havia outros fatores envolvidos. Eu transportei o corpo ultrapassando limites estaduais, por exemplo. E a pegadinha era que ele estava vestindo drogas. — Comecei imediatamente a matraquear: — Mas, assim, quanto mais eu ficava sabendo das sentenças de outras pessoas, mais eu percebia o quanto o ato de sentenciar é aleatório. Tem assassinos de bebês que cumpriram só sete anos, mas mulheres que mataram maridos abusivos em legítima defesa que pegaram prisão perpétua. Teve uma mulher que comprou uma arma para um cara, e ele a usou num assassinato. A sentença dela foi maior que a do sujeito que puxou o gatilho.

Fiz uma pausa, porque algo tinha despertado em Louise e ela estava ouvindo. Não de um jeito normal, mas com a eficiência improvisada de um maldito gravador humano. E eu não sei o que acontece, mas sempre que ela faz isso eu não consigo parar de falar. Fiz um esforço para me segurar e lembrar que havia algo que eu queria perguntar a ela.

— Então, Louise, queria te perguntar por que algumas pessoas causam problemas mesmo quando estão mortas, por que se recusam a ir embora. Jackie citou as pessoas que resistem à morte.

— Ou seja, a maioria de nós.

— É mais do que isso. Flora não quer ficar morta. Você pode, por favor, me dizer por quê?

— Ah, meu Deus, *isso*. Tudo bem. Certo. Você já ouviu falar do *rugaroo*?

— Não.

— Pode ser tipo o *rugaroo*. Não estou dizendo que é isso que está acontecendo, mas tem um pessoal michif que me contou sobre o *rugaroo*.

— Michif? Como os Métis? Mestiços?

— Sim. Eu me lembro de ouvir que o *rugaroo* é uma pessoa-lobo, que fica voltando à vida e retorna a certos lugares — disse Louise.

— Não sei exatamente onde. Suponho que sejam lugares em que tenham algum assunto de lobo mal resolvido, sabe?

Uma pessoa-lobo soava mais como o rapaz de chapéu de pelos de Hetta. Mas uma pessoa capaz de retornar parecia o meu fantasma.

— A Flora definitivamente tem assuntos mal resolvidos na livraria — falei. — Tem esse livro que ela estava...

Louise bateu na testa.

— Ela quer o livro que encomendou! Ah, Tookie! Ela queria o *In Mad Love and War*. Ele finalmente chegou, mas é claro que eu tirei de trás do balcão.

— Você acha que ela voltou dos mortos... por um livro?

— Não é qualquer livro.

— Espere. Sério?

Louise matutou, olhando na direção das velas assimétricas tremeluzentes.

— Me incomoda que a Flora possa ter morrido lendo poesia. E eu, a egoísta, pegando o livro bem quando ela mais precisava.

— Esquece isso.

— Tenho sido tão mesquinha com a Flora a respeito dos livros, a respeito de tudo na verdade. Mas ela traiu a história...

— Pare, Louise! Ela morreu porque leu um livro. Um livro a matou.

— Pessoas morrem por ler livros, é claro!

— O que estou tentando dizer...

— Os livros não são feitos pra serem seguros. De um jeito triste ou heroico, dependendo de como você enxerga a história, livros matam mesmo as pessoas.

128 Louise Erdrich

— Nos lugares onde os livros são proibidos, sem dúvida, mas não aqui. Não ainda. Me deixa bater na madeira. O que eu quero dizer é que uma determinada frase do livro, uma sentença escrita e muito poderosa, matou a Flora.

Louise ficou em silêncio.

— Gostaria de escrever uma sentença assim — falou, depois de um momento.

900°C

FLORA TINHA ECONOMIZADO dinheiro para ser imolada no crematório do Cemitério Lakewood. Sem saber disso, Kateri tinha escolhido o primeiro crematório que apareceu — aquele que tinha confundido as cinzas da Flora — a partir de uma propaganda online. *"O Yelp já era"*, disse ela, desconsolada. Segundo Kateri, era como se a mãe dela soubesse e se recusasse a ir até lá. Eu contive minha reação. Acontece que Flora adorava caminhar por Lakewood — eu não sabia disso. Kateri disse que o lugar tinha sido criado para ser beneficente, mas que ser enterrado lá custava uma fortuna. O lucro da cremação era usado para preservar os hectares de árvores tranquilas e estradas meditativas, que cortavam de cima a baixo as colinas cobertas de neve e passavam entre os dramáticos monumentos do século passado. Flora provavelmente gostara dos enormes bustos de granito e das estátuas de pedra, agora calmos e melancólicos contra a neve e as árvores salpicadas de branco. O lugar lembrava muito a Minneapolis do cereal do barão, então ser cremada ali talvez fosse uma ambição para Flora. Ou talvez a velha Minneapolis do cereal do barão fosse a verdadeira herança dela. É claro que ela também podia saber que o líder dos Dakota, conhecido como *Cloud Man*, está enterrado perto dali, segundo dizem.

Entramos em uma capela de pedra rosada que possuía uma beleza excêntrica. O teto era alto, com luz em nichos e colunas no estilo *craftsman*. Ângulos retos e cores discretas predominavam. Não era reconfortante, mas não era horrível. Nos sentamos em um dos sofás e aguardamos trazerem o corpo de Flora.

— Ela vai estar num caixão simples de madeira. Era o que ela queria. Minha mãe disse uma vez que queria suas cinzas espalhadas no lago, mas não especificou qual. Outra vez, disse que queria ser enterrada nas raízes de uma árvore.

A Sentença 129

— Das Sepulturas para os Bosques — murmurei, lembrando minha improvisada ideia de negócio. — Estou ficando tonta.
— Eu também. Mas este lugar é supernormal, né?
— Prum crematório.
— E mesmo assim estamos tontas.
O funcionário trouxe a maca com o corpo de Flora e entrou na sala de exibição. Talvez não fosse o procedimento usual, mas Kateri precisava ter certeza. Isso eu compreendi. Nós o seguimos. Ele removeu a tampa do caixão e a colocou sobre uma mesa. E então se afastou com as mãos nas costas. Ficou de pé contra a parede, e nós paramos ao lado do caixão. Kateri se inclinou para olhar o rosto da mãe.
— Não está ruim — falou. — Pode olhar.
Olhei para baixo, sem focar nada, para que Flora fosse um borrão inofensivo. Neste momento, não queria clareza.
— Estou ficando louca — perguntou Kateri, falando baixo —, ou ela parece mais jovem?
E, assim, eu tive que ver.
O rosto largo, suave e bonito de Flora tinha perdido o entusiasmo. Óbvio. Ela não estava exatamente na expectativa pelo que viria a seguir. Ela não tinha a severidade sobrenatural de Budgie. No entanto, ela parecia ter se recomposto, preparando-se para o que viria. A imolação, a pulverização, ser derramada em um recipiente muito menor e ser carregada para longe deste lugar. Sua coragem inanimada apertou meu coração. Se ela parecia mais jovem? Tentei dizer a Kateri que era o jeito como a morte relaxava todas as tensões. Porque ela certamente parecia mais jovem, muito mais jovem, apesar da longa refrigeração.
Eu me afastei, minha mente alvoroçada e confusa. Kateri permaneceu do lado de Flora, encarando a mãe num silêncio afetado e movendo apenas os lábios. *Ela está rezando*, pensei. Esse estado de suspensão continuou por algum tempo. Por fim, Kateri assentiu para o funcionário: ele podia levar sua mãe. Graças a Deus. Desviei os olhos do rosto perturbadoramente jovem de Flora. Kateri seguiu o funcionário porta afora e eu não tinha ideia de onde aconteceria a cremação de fato, se seria ali ou em outro lugar, nem de quanto tempo eu teria que esperar.
Sozinha, eu tive que me distanciar do ambiente como eu costumava fazer na prisão. Lá, eu tinha aprendido a ler com uma força que se assemelhava à insanidade. Uma vez livre, descobri que não podia mais ler qualquer livro. Tinha chegado ao ponto em que os livros

eram transparentes para mim: as pequenas artimanhas, os ganchos, a armadilha no início, o peso eminente de um fim trágico, a maneira como o autor podia puxar o tapete da tristeza e recuperar um personagem favorito na última página. Eu precisava que a escrita tivesse certa densidade mineral. Tinha que parecer naturalmente intencional, e não planejado de maneira cínica. Comecei a cismar com manipulações. Por exemplo, além da linguagem repetitiva, meu problema com (minha agora amada) Elena Ferrante era o uso de impasses furtivos no fim dos livros. Às vezes me dá vontade de chorar quando percebo tanto o talento quanto o abuso desse talento num mesmo autor. Não há como evitar que a vida do próprio escritor assombre a narrativa. E, por causa da potência do dom, acabei aceitando alguns romances. *Suave é a Noite*. Ou a obra de Jean Rhys. Por vezes o abuso de talento irradia da página com generosa humildade. Agora quero ler livros que me façam esquecer a elegante precisão celular de um bebê versus o fluxo entrópico da carne humana rumo à desordem da morte. Quero ler livros que me façam esquecer o colapso de 1,43 dólares em nossas partes componentes.

Mas a história que eu li no crematório era sobre uma festa de aniversário para uma mulher muito velha. A história, que era de Clarice Lispector, terminava com a frase inevitável: *"A morte era o seu mistério."*

Eu gostava disso. Depois da descrição detalhada da festa de aniversário — o bolo, as crianças atentas, a toalha de mesa manchada pela Coca derramada. Depois do revigorante desprezo sombrio que a velha mulher sentia por sua família. A morte era o seu mistério.

Cerca de 45 minutos depois, Kateri retornou. Parou ao lado do sofá, uma casca vazia e curvada. Ela tinha penteado o cabelo para trás com gel, mas ele tinha se rebelado e projetava-se em tufos rígidos. Suas feições nítidas e regulares estavam distorcidas, seus olhos estavam inchados pelo choro.

— Eu vi minha mãe entrar. Ela está segura. Vou pegar as cinzas em dois dias. Você dirige.

Adivinhação

Na manhã seguinte, não teve Flora na livraria. Já eram onze horas da manhã e ainda assim não tinha Flora. Foi um alívio tão intenso que pude sentir meu coração levitar. Durante o dia, me cobri

A Sentença 131

silenciosamente do cheiro de erva-doce, como se fosse um cobertor mágico. Quem sabe o fogo não a limpou ou a satisfez? Eu esperava que sim. E, a cada dia que passava, eu me sentia mais eu mesma. Ela não apareceu, e não apareceu. Ela não apareceu! Ao longo daqueles dias frios, cinzentos e monótonos de janeiro, eu fui feliz como não era desde antes da suposta morte de Flora. O ar frio estava delicioso. O cinza, calmo, e a monotonia, confortante. Meu coração estava leve. A cada manhã, eu acordava com o sentimento de que algo especial tinha acontecido. Quando lembrava que minha assombração tinha sumido, me sentava e alongava os braços como a mocinha de um filme faria em lençóis brancos e amarrotados pelo sexo.

MAS ENTÃO, mas então... No quinto dia, enquanto eu alegremente me ocupava de pequenas coisas, houve um ruído, um passo e o tilintar exultante dos berloques de uma pulseira. Congelei. Em seguida ouvi um farfalhar intrometido e o arrastar sutil das botas modernas de solado fino de Flora. Afundei atrás do balcão. Um desapontamento físico me acometeu e eu me curvei. Tanto peso. Meus olhos se encheram de lágrimas de fadiga e frustração. Ser assombrada é pior do que se pode imaginar. Embora estivesse sozinha, eu nunca estava *sozinha*. Estava sob o olhar de Flora. Agora, novamente com uma sensação opressiva de desgosto, fiquei escutando para localizar seu paradeiro. Conforme o dia passava devagar, também me pareceu que os barulhos dela ficavam mais ousados, mais enfáticos, como se enfrentar o fogo a tivesse avivado ao invés de destruí-la. Pensei no corpo dela, em sua aquisição espectral de juventude e vitalidade. E posso dizer, pelo deslizar do tecido e por seus passos, que roupa ela tinha escolhido. Sabe as botas modernas que mencionei? Ela as estava usando em sua viagem pelo fogo de 900°C.

CONCLUÍ que não tinha como pará-la.

Às VEZES, eu uso uma forma de bibliomancia, ou "dicionáriomancia", para ter uma pista sobre o que diabos no fogo do inferno aconteceria em seguida. Meu método é assim: eu faço um bule do chá *Entardecer em Missoula*, e faço de conta que estou de fato nessa cidade, aonde eu nunca fui. Acendo uma vareta de incenso Nag Champa e faço de conta que sou incontável — que é o significado de Nag Champa. Também acendo qualquer vela que estiver à disposição. Prefiro estar sozinha quando faço isso, não apenas por respeito à sensibilidade de Pollux, mas porque ficaria envergonhada se outra pessoa descobrisse

132 LOUISE ERDRICH

que é assim que tomo decisões racionais. Era um dia quente de inverno, então Hetta e Pollux foram passear com Jarvis, que estava embrulhado como uma pequenina múmia. A hora era essa. Com uma aura de solenidade cerimonial, coloquei o dicionário sobre a mesa de centro. Limpei a mente. Fechei os olhos, abri o dicionário e deixei meu dedo pairar até tocar uma palavra.

> **Adivinhação** *s.f.* 1. Arte, ou ato, de prever eventos futuros ou revelar conhecimentos ocultos por meio da premonição ou ação alegadamente sobrenatural. 2. Um palpite inspirado ou um pressentimento. 3. Aquilo que foi adivinhado.

Minha fonte confirmou meu instinto e meu dedo pousou exatamente no que eu estava fazendo. Minha premonição dizia que algo estava chegando. Mas fiquei irritada. Achei que o dicionário tinha errado, porque aquele algo, o fantasma de Flora, já estava aqui. Eu estava errada. Outra coisa estava definitivamente a caminho.

O Fim de Janeiro

NA MANHÃ SEGUINTE, eu estava alimentando a caixa registradora com dinheiro do cofre, quando um bilhete bastante diferente, confuso, e até mesmo inquietante, parou na minha mão. As pessoas guardam coisas debaixo da gaveta do caixa — cheques, listas de tarefas para abrir e fechar a loja, endereços aleatórios e pedidos não atendidos. Mas esse texto era diferente. Em primeiro lugar, porque fora datilografado em uma máquina de escrever de verdade, não uma máquina elétrica, mas uma daquelas manuais. Sei disso porque Jackie tinha uma máquina de escrever manual na sala de aula, para nos mostrar que havia existido uma forma de tecnologia entre o manuscrito e o teclado do computador. A datilografia transmitia caráter à escrita no papel e fazia com que parecesse um artefato de outra época. Eu provavelmente não teria me dado ao trabalho de ler o que estava escrito, se não fosse por isso e pela conexão entre o título e a palavra do dicionário da noite passada.

A Sentença 133

PRESSÁGIO

por pesos, por estranhos, pela textura
do cabelo. por nuances, por nuvens, por comichões,
por xixi. pelas formas na fumaça, por
coisas ouvidas ou sentidas acidentalmente, mas
invisíveis. pelas mordidas de aranhas e
pela geometria das teias. pelo raspar dos
esquilos, pela grama em ninhos de pássaros,
pelos impulsos da sua alma. por cobras
e queijo. por vento e ratos. por
estrias queimadas em cascas de árvore e pelas formas
dos raios. por cinzas, por bundas, por
caixas em degraus. pelos ossos de animais,
pela palha queimada, pelas marcas na pele. por crânios e
rastros de besouro. pela ordem aleatória da sua
playlist. pela lua e por sapatos gastos.
pelo enigma do cocô de passarinho.
pelo sono.
pelo fogo.
por estrelas e porcos selvagens. por agulhas, por
poeira, pela formação acidental de
círculos e esferas. por meias-luas de unhas
e pedaços cortados de unha. pelas tripas de
galos, pela fuligem e pelas cicatrizes. por sal, por
escalas, pelos padrões de voo das abelhas. pela
respiração, por flechas, pelo trinado de
sapos na primavera. por tigelas de latão. por cera,
por barulhos de origem desconhecida. por
chaves velhas que se espalham. por folhas. por
brotos de cebola, pelo sangue que pinga. por
santos, por pedras, pela água, pelo
berro dos gatos. pela faca, pelas
linhas em seu rosto, mãos, pulsos. pelas
solas dos seus pés e pelo rabiscar na
escuridão. por números diários e moedas inúteis.
pelo cavalo.
pela flor.
por computadores quando eles desistem, quando
não aguentam mais. por balões quando eles
explodem. por lágrimas, pelas palavras das crianças,

rugas formadas em tecidos. pelas pequeninas
explosões de fôlego em ratos, pelos
esforços das formigas. por pedras da lua, por
metal, por dentes. por sombras, por espirros,
pelo que há em um pensamento. por seu nariz e
seus olhos. por quem você é. pela ciência.
  pelo que está do lado de fora da janela.
  na porta.

Devolvi a página datilografada para a gaveta com cuidado, coloquei a bandeja por cima, contei as cédulas e as moedas que estavam dentro da caixa registradora e decidi não pensar mais nisso. Sem chance. Pensei nisso o dia inteiro, e me vi preocupada com quem tinha ou não escrito a nota e o que ela significava. Depois que eu encontrei o *Presságio*, tive a impressão de que as coisas começaram a se mover com mais rapidez. O efeito daquela torrente de palavras datilografadas foi estranho. Eu senti que deveria estar fazendo alguma coisa a fim de me preparar para algo que não conseguia definir. O presságio era uma adivinhação e um aviso.

DEIXE-ME ENTRAR

Fevereiro de 2020

— VOCÊ TEM QUE VER isso — falei para Jackie, levantando a bandeja cheia de divisões.

Mexi nos papéis, mas o *Presságio* tinha sumido. Descrevi o que tinha visto para Jackie, mas ela só me olhou com preocupação.

Não havia pista do que eu deveria fazer. Mas isso me lembrou de algo que Pollux dissera uma vez sobre corujas. Quando uma coruja se aproxima de você, voa na sua direção ou, digamos, se empoleira na sua cerca — sem que você a tenha procurado — ela está dizendo para você se preparar. Se preparar para quê? Esse tipo de aviso pode enlouquecer uma pessoa. É impossível descobrir como evitar uma coisa que você não sabe o que é. Suspeitei que alguém da loja tinha armado uma pegadinha, mas desisti da ideia porque ninguém apareceu para se vangloriar. Cheguei a pensar que talvez Louise, que sempre ficava cheia de pressentimentos antes da turnê de um livro, tinha escrito a nota e a pegado de volta. Liguei para perguntar.

— Você escreveu um poema e o deixou na caixa registradora?

— Por que eu faria isso?

— Como é que eu vou saber? Encontrei um poema que provocou em mim uma grande dose de inquietação. E daí ele sumiu.

— Inquietação. Quando eu sinto algo desse tipo, atualizo meu testamento — disse Louise. — Devo deixar a livraria pra você?

— Não.

Perguntei a Louise quando ela viajaria.

— Primeiro de março. É, eu vou mesmo atualizar meu testamento.

— Meu Deus, Louise. Relaxe. Hoje é dia quinze de fevereiro. O que pode acontecer em duas semanas?

— Tanta coisa.

Antes de sair em turnê, Louise fez uma leitura na Igreja da Congregação de Plymouth, em pé no púlpito e de frente para o público, que se sentava lado a lado no espaço iluminado. Depois ela abraçou as pessoas, segurou suas mãos, abraçou-as novamente. E, como sempre acontece depois de uma leitura, ela parecia atordoada e aflita. Penstemon e eu vendíamos livros em uma mesa. Jackie tinha assado pilhas de cookies de aveia com especiarias para tornar a coisa

A SENTENÇA 137

toda mais festiva. Também tinha vinho, queijo, biscoitos, de tudo um pouco, arrumado numa outra mesa. As filhas de Louise estavam sentadas junto com ela e tentavam evitar que as pessoas fizessem contato e se amontoassem. Se ninguém mais estava preocupado com os rumores de um novo vírus, elas estavam. Mais tarde, fizeram com que Louise lavasse as mãos. Na saída da igreja, no frio, ela me olhou com olhos vazios e perturbados.

— Em frente — falei, entregando a ela um dos cookies de Jackie. Ela sorriu para o biscoito e deu uma mordida.

Pedi a ela que me mandasse uma mensagem em cada parada. No dia da primeira morte por coronavírus nos Estados Unidos, ela viajou de avião com uma sacola plástica cheia de lenços com água sanitária que recebeu da irmã, uma médica de saúde pública que trabalha com o Serviço de Saúde Indígena de Minneapolis. Louise me enviou uma mensagem de Washington, dizendo que a leitura na livraria Politics and Prose tinha sido, como de costume, perfeitamente conduzida, com um público incrível e inteligente. *"Eles fizeram um anúncio de 'Proibido tocar na autora'"*, escreveu ela. *"E os balconistas dos hotéis estão distribuindo frascos de álcool em gel."*

5 de março. San Antonio. *"Onze casos em um navio de cruzeiro. Dizem que a situação está contida. Metade do público dessa leitura cancelou. Buffet no jantar em um pátio ao ar livre — LaFonda. Nunca comi uma comida mexicana tão boa e estava com uma companhia encantadora. Mas tive uma sensação estranha ao olhar em volta do pátio na luz suave, e ver as pessoas rindo enquanto comiam juntas. Parecia que tudo estava acontecendo numa fotografia antiga. Precisamos de álcool em gel na loja. Você e Jackie podem providenciar isso?"*

8 de março. Dallas. *"Entrei em um hotel vazio. Funcionários da recepção pareciam em transe, encarando as portas. Barman e garçonete assistindo a uma partida de futebol. Ficam trazendo comida que eu não pedi, porque sou a única hóspede. Outra plateia incrivelmente inteligente. Por que tem uma foto de um cadeado gigante na minha parede?"*

Ela enviou uma foto do cadeado gigante. Respondi: *"Hotel vazio. Devemos nos preocupar?"*

"Estou higienizando absolutamente tudo", respondeu.

9 de março. Houston. *"Pessoas jovens na leitura. Bom humor. Homem na fila de autógrafos com uma tosse penosa. No elevador do hotel, rapaz com cavanhaque, uma maleta de Colt 45 e uma mulher*

138 LOUISE ERDRICH

de vestido vermelho de grife em cada braço. Quis entrar junto para descobrir a história deles. Mas as saias eram enormes e talvez fosse óbvio demais."

11 de março. Lawrence, Kansas. *"Conhecida pelos levantes de John Brown e pelo primeiro caso da pandemia de influenza de 1918 em solo norte-americano."*

Para o povo nativo, é conhecida pela Universidade das Nações Indígenas Haskell. Uma universidade indígena histórica que tinha começado como um internato do governo. Todo membro de tribo conhecia alguém que frequentou ou estudava em Haskell agora. Louise estava animada para fazer uma leitura lá. Era o ponto alto da turnê. Suas tias-avós estudaram em Haskell e foram bem-sucedidas. Seu avô tinha fugido dali quando era criança. Ele percorrera todo o caminho de volta, do Kansas até as montanhas Turtle de Dakota do Norte, logo abaixo da fronteira canadense. *"Eu me pergunto, como?"*, escreveu ela. O livro que ela estava promovendo na turnê era sobre o seu avô, Patrick Gourneau.

Depois da leitura no campus — em um ginásio histórico coberto por desenhos art déco feitos à mão e inspirados em temas indígenas —, de uma fogueira cerimonial, de conhecer sua nova amiga, Carrie, a bibliotecária, dos estudantes e dos professores inteligentes, engraçados e intensamente belos, e da livraria Raven Books, Louise olhou o celular. Havia mensagens de suas irmãs e outra de uma de suas filhas, que dizia: *"Por favor, vem pra casa."* As palavras nunca antes ditas a assustaram, portanto ela fez as malas naquela noite mesmo. No dia seguinte, ficou claro que a morte estava no ar.

14 de Março

POLLUX E EU vasculhamos nossas gavetas bagunçadas no armário do banheiro, procurando qualquer coisa que pudesse matar um vírus. Encontramos metade de um frasco de água oxigenada, mas Pollux disse que só matava bactérias. Também havia um quarto de álcool isopropílico num frasco e uma garrafa cheia da vodca favorita de Hetta.

— Pensei que ela tinha parado — comentou Pollux.

— E eu parei — disse Hetta, aparecendo enquanto saqueávamos o banheiro. — Isso é de antes, quando eu escondia bebida aqui pra encher a cara.

A SENTENÇA 139

— Certeza que parou?

Hetta olhou feio para ele. O delineador intensificou seu ressentimento, que me atingiu também. Pollux lançou o "olhar de pai" e eu sabia que nenhum dos dois recuaria. Hora de apaziguar.

— Vodca é ótima pra limpeza — falei.

— É ótima pra todo tipo de coisa — disse Hetta. Sua voz era melancólica.

— Não vai matar o vírus, mas é boa pra lavar as janelas — afirmou Pollux. — Estou orgulhoso de você, Hetta, por ter ficado sóbria pelo Jarvis. Você sempre será a heroína dele.

— Só que agora eu precisava mesmo de uma bebida — disse Hetta. — Essa coisa toda é um saco. Estou presa aqui com vocês.

— Não tem nada pior — falou Pollux. — Ah, droga! Eu quis dizer *poderia ser pior*. Poderia ser!

Hetta parecia abalada com a perspectiva de morar conosco por tempo indeterminado. Eu também estava abalada. Entretanto, não tinha a menor chance de eu deixar o Jarvis solto por aí com Hetta, então me propus a fazer cookies. Eles me ignoraram.

— Talvez a gente deva se sentar — sugeriu Pollux, sentando-se na beirada da banheira.

— E conversar sobre isso? No banheiro? Não sei por quê — falei.

— Acabei de me oferecer pra fazer cookies. O que mais vamos dizer?

Hetta e eu estávamos há dez semanas sem nos falar. E, com o bebê para absorver o mal-estar, tinha sido fácil. Ela embrulhava o Jarvis e me entregava. Eu o segurava até que ele precisasse dela.

— Não precisamos de cookies. Precisamos conversar — disse Pollux.

— Precisamos de cookies sim — contrariou Hetta.

Ela me olhou. Eu assenti, açúcar triplo, é para já. Nós duas encaramos Pollux desafiadoramente.

— As duas mocinhas não me assustam — declarou ele. — Então, parem de rogar praga em mim.

Hetta e eu grunhimos juntas e Pollux riu de nós.

※

Logo as histórias horríveis começaram: como você sufocava enquanto seu médico estava de costas para você, ou ficava azul e morria sentado na cadeira esperando pela ambulância, como isso, como aquilo, como seus pulmões se transformavam em vidro. Um dia eu acordei com a garganta doendo. *É isso*, pensei. Fiquei deitada na cama, atenta a cada sensação.

— Fique longe de mim — falei para Pollux. Ele estava andando pelo quarto, recolhendo as meias que eu nunca conseguia enrolar quando tirava. Sempre as atirava longe. — Não encoste nas minhas meias. Podem estar com o vírus.

Pollux largou as meias e perguntou qual era o problema.

— Minha garganta está doendo.

Pollux me deu um copo de água que estava do lado dele da cama. Eu bebi e me senti melhor.

— Acho que está tudo bem. Foi por pouco.

— Não foi por pouco — disse Pollux. — Você está assustada, como todo mundo. Primeiro dizem que não é nada, depois é letal. Não dá pra entender. Os nervos não aguentam.

— E o que fazemos?

— O oposto do que o Laranjinha fizer.

Desde o início, concordamos em não conceder ao presidente muito espaço em nossas mentes. Raramente o mencionávamos. E, por falar em assombração... ele era uma pedra no sapato.

Do lado de fora, no ar frio de final de inverno, tudo estava normal — embora o normal estivesse começando a parecer uma estupidez para mim, como se eu estivesse baixando a guarda. As pessoas estavam fazendo estoques, o que era de se esperar, então fui comprar coisas para armazenar. Peguei duzentos dólares das minhas economias e me senti rica. Fui até a Target. Sem observar os protocolos médicos, usei uma fina máscara azul que encontrei no estoque de ferramentas de Pollux. É claro que tudo que os outros estavam armazenando tinham sumido. Água sanitária, grãos. Por alguma razão, ninguém estava armazenando tortilhas para tacos, então comprei cinco caixas. Eu estava confusa a respeito das maneiras pelas quais o vírus podia entrar no corpo. Se as gotículas macro ou micro permaneciam no ar, ou caíam direto no chão sujo de uma grande loja. Li o que um médico disse sobre um único vírus poder te matar. O que você tocava podia ser letal. Então, vaguei pela impureza pulsante, tentando não tocar nada estranho ao meu objetivo e, obviamente, não encostar a mão no rosto. Me perguntei se eu poderia fazer uma máscara com folhas de repolho. Por alguma razão, ninguém estava armazenando repolho. Tinha dez deles na seção de hortifrúti por uma ninharia. Comprei seis. Entrei no corredor dos animais de estimação e lembrei por que nunca tive um cachorro. Eles precisam de tanta coisa! Comprei a última caixa de lenços de papel e um par de tênis preto barato. De volta ao corredor dos enlatados, parte do estoque de ensopados de carne tinha sido renovado, e restava uma única lata de SpaghettiOs. Estiquei o braço na direção do macarrão, mas outra mão se esgueirou por baixo da minha e pegou a lata. Era uma mulher que usava uma echarpe floral amarrada sobre a boca. Seus olhos dardejavam em volta, e ela continuou pelo corredor, jogando todas as latas que conseguia alcançar dentro do carrinho. Ela era uma acumuladora de primeira, mas eu não ia aceitar o desafio. Deixei que pegasse todo o chocolate no corredor dos doces. Ela não pegou chicletes, então comprei um pouco. *Pense na data de validade, Tookie*, aconselhei a mim mesma. Uma embalagem de massa congelada de cookie. Uma caixa de salsicha empanada congelada. Cereal integral a granel. Era hora de pagar. A concentração tensa, as prateleiras devastadas, algumas brigas que surgiam por causa de papel-toalha, a loucura nos olhos das pessoas — parecia o começo daquelas séries em que as ruas estão vazias e alguma entidade grotesca e majestosa emerge da névoa ou do fogo.

⁂

— Hummm, fibras — disse Pollux, espiando dentro da sacola.

Estávamos na garagem e tínhamos decidido deixar tudo que não fôssemos precisar imediatamente ali, até que os vírus naquelas superfícies morressem.

— Tinha fralda orgânica? — perguntou Hetta a Pollux para não ter que falar comigo.

— Não. — Menti, chateada por não ter nem lembrado das fraldas. E orgânicas? Achei que só a comida era orgânica. Que tipo de avódrasta eu era?

— Vou sair de novo — falei, me virando e passando pela porta.

Acabei fazendo uma busca ampla e meio aleatória pelas fraldas, que encontrei nos confins de Maple Grove. Peguei mais dinheiro e enchi um carrinho de fraldas até transbordar, tanto no atual tamanho usado pelo Jarvis quanto um acima. Parecia que o vírus passaria em cerca de um mês, mas ele precisaria delas mais cedo ou mais tarde de qualquer jeito. Podíamos estocá-las na garagem também. Hetta ficaria tranquila e quem sabe seríamos amigas de novo.

A Assombração da Meia-noite de Hetta

QUANDO PENSOU NO quanto tinha sido fraca, descuidada, bêbada, egoísta, no quanto tinha sido estranha a si mesma, a porta de Hetta se fechou com violência. E era pesada como uma porta de garagem. De fato, era uma pesada porta de garagem que ela desejava nunca ter aberto... mas que abrira. Hetta viu aquela porta se abrir ao toque de um botão mais de uma vez, lenta e inexoravelmente, levantando-se acima das câmeras, das cadeiras baratas, da mesa de poker do cenário do faroeste ruim, da frágil porta em vaivém, do vidro opaco do *saloon* e da cama. Uma cama de bordel de metal presa ao chão por blocos de cimento. Rodeada por cortinas vermelhas que imitavam veludo. Seria a última cena que eles gravariam. Já tinham feito a cena do boquete no ônibus. Deveriam estar voltando da suja costa leste, mas estavam em um estacionamento com rapazes da rua, que tinham sido contratados para balançar o ônibus. Depois disso, fizeram a cena em que ela domava e seduzia um mustangue selvagem no deserto, que na realidade era um horripilante cavalo empalhado. E agora seria o caubói na cama de bordel. Ela terminaria com um chicote, usando apenas perneiras de camurça que sequer eram de camurça, mas sim de vinil. Hetta bebeu seis das minivodcas que tinha na bolsa e usou o chicote com tanta libertação que a coisa toda ficou real demais. O caubói com rosto de bebê tinha tentado fugir, mas ela o perseguiu e perdeu completamente a merda da cabeça.

Agora ela tinha que bater a porta todas as horas de todos os dias. Ela estava em algum outro lugar, mas estava aqui. Isso ia matar Pollux. Ia matá-lo. Ela não conseguiria suportar se seu pai soubesse.

A Bolha de Tookie

JACKIE TINHA CHEGADO cedo e já estava trabalhando quando eu cheguei. Fiquei aliviada, porque, aparentemente, depois que Flora voltou do crematório, um cheiro leve de queimado emanava do seu canto preferido. Não apenas isso, mas Flora saía daquele canto com mais frequência. Ela zanzava em áreas da loja que tinha ignorado antes. E parecia zangada agora. Quem não estaria? Despachada para o fogo, amassada, esmigalhada e despejada em uma caixa. Um dia ela chutou uma pilha de livros com tanta violência que eles deslizaram por todo o perímetro da loja. Outra vez, ela pisou com tanta força no chão que um expositor de brincos pintados à mão chegou a sacudir. Senti que sua fúria era como um sistema de baixa pressão que drenava a bondade do ar. Então fiquei feliz quando Jackie trouxe Droogie, que estava velha e amava dormir. Quando não estava adormecida, ela parava ao meu lado, nunca exigindo atenção, como se soubesse que eu não sou de fazer carinho em cães, mas abnegadamente me protegendo mesmo assim. Flora nunca se aproximou.

Ainda não tínhamos decidido se permaneceríamos abertos, na verdade, e os negócios com certeza estavam se arrastando. As pessoas precisavam de fraldas e de uísque, não de livros.

Improvisamos máscaras e respirávamos superficialmente quando ficávamos perto uns dos outros. Penstemon já tinha trabalhado em uma destilaria caseira, misturando coquetéis artesanais, e conseguiu uma jarra de álcool. Ela inclusive encontrou um borrifador. Até aquela hora tivéramos cinco clientes. Não usavam máscara nem nada do tipo, mas todos tinham higienizado nervosamente as mãos. A gente ainda não sabia. Será que pegávamos a doença mexendo na correspondência, lidando com livros, tocando superfícies, sentando na privada, abrindo ou fechando a torneira, respirando? Talvez espirrando ou tossindo. De que jeito? Onde ela estava? Tudo e nada podia te matar. Irreal, incrível. Mortal, mas nem tanto. Era aterrorizante. Era nada.

Por volta da hora em que Flora fazia suas rondas habituais, Droogie gemeu e ficou em pé. Ela caminhou até a seção de Ficção e se sentou, olhando para cima com expectativa. Eu soube imediatamente que Flora devia ter posto a mão em alguns petiscos caninos. Não me pergunte como isso funciona quando se é um fantasma, mas Droogie só sentava daquele jeito quando alguém estava segurando um biscoito de fígado.

— Ei, Droogie! Venha! — chamei.

Nós tínhamos uma tigela com petiscos para cães que acompanhavam os clientes. Ela sabia disso, mas me ignorou. Continuou encarando ansiosamente o ar.

— Dê uma olhada em Droogie — falei para Jackie.

— Ela é velha. Meio confusa. Às vezes ela só encara o vazio.

Não quis discutir, mas eu sabia a verdade. Flora estava tentando comprar a lealdade de Droogie. Borrifei um pouco de álcool nas mãos e embrulhei outro livro.

144 LOUISE ERDRICH

PARA NOSSA surpresa, apareceram alguns clientes e os pedidos chegavam devagar. Gruen usou uma camiseta como máscara. Asema chegou usando o bojo de um sutiã roxo sobre o nariz e a boca e, de alguma forma, ela conseguiu deixar isso estiloso. Jackie puxou a gola de ski até o nariz e a boca. Pollux usou uma bandana vermelha, como um fora da lei. E eu estava com uma fronha rasgada.

As novas regras para permanecer vivo mudavam a toda hora. Pollux e eu fazíamos longas e furiosas caminhadas para reduzir a ansiedade. Ao menos eu podia me acalmar segurando um cidadão pequenininho. Para Jarvis, eu usava uma máscara de papel azul, um leve roupão de banho verde e amarelo florido amarrado nas costas e luvas nitrílicas roxas, de uma caixa que Hetta comprara na Walgreens. Jarvis estava começando a mostrar seu sorrisinho desdentado para mim. E também sons, longas vogais sagradas. A consoante favorita dele era um *nnnnn* prolongado. Ele dizia muito *om*, o que me transportava para um plano superior. Tinha melhorado sua encarada intrépida e, com uma leve crítica, ficava feliz com o meu rosto. Seus olhos vagavam pelas minhas feições e então se iluminavam, como se ele tivesse descoberto algo extremamente agradável. Às vezes Hetta me dava a mamadeira — com seu próprio leite, pois ela era boa desse jeito como mãe — e eu o alimentava. Os olhos dele se reviravam quando o leite atingia seu pequeno estômago, e algumas vezes... ele adormecia. Se um bebê dorme nos seus braços, você é absolvida. A mais pura criatura viva escolheu você. Nada mais importa.

As NOTÍCIAS continuavam dizendo que as pessoas que morreram tinham comorbidades. É provável que isso tranquilizasse algumas pessoas — os muitos saudáveis, os enérgicos e os jovens. Uma pandemia deveria acabar com as distinções e nivelar tudo. Essa fez o oposto. De uma hora para a outra, alguns de nós tornaram-se mais mortais. Passamos a manter listas mentais e, numa determinada manhã, começamos a calcular nossas chances.

— Você automaticamente ganha um ponto por ser mulher — disse Pollux. — Além disso, é dez anos mais nova. São dois pontos.

— Acho que nós dois ganhamos um ponto por ter sangue do tipo O. Eu ouvi que o tipo A é mais suscetível.

— Sério? Não sei não. Eu questionaria isso.

— Vamos ter que subtrair esses pontos de qualquer jeito, porque nós dois estamos um pouco acima do peso.

— Certo, cancelamos esses dois fatores.

A Sentença 145

— Asma?

— Eu perco um ponto por ter asma — afirmou Pollux. — Você ganha um ponto por não ter.

— Embora estejam dizendo que talvez não faça diferença. Mas vou te dar o ponto.

— Obrigado. Capacidade do pulmão? Será que é um fator?

— Parece que deveria ser. Como a gente mede isso?

— Espere aqui. Eu tenho uma coisa que me deram quando tive um ataque.

Eu sabia o que era: o medidor de fluxo expiratório. Ambos sopramos o medidor até a área amarela, então decidimos por um empate.

E como, apesar da asma, Pollux acabou tendo alguns pontos a mais, nós abandonamos as probabilidades e analisamos quanto tempo a doença duraria. Com hospital, sem hospital, com oxigênio, sem oxigênio. Mas, quando a conversa chegou na ventilação mecânica, desmoronamos e nos agarramos com força.

— Não! — exclamei. — Nem pensar, querido. Nem pense em ficar doente!

— Não pense nisso você também. E, se eu ficar doente, me deixe ir.

— Como eu posso fazer uma coisa dessas? Santo Deus!

Pollux me segurou e nos abraçamos, balançando para frente e para trás.

Quando nosso ataque de pânico mútuo acabou, ficamos deitados na cama, purificados e imóveis. Fiquei encarando uma pequena rachadura no teto. Pollux estava se vestindo e disse que me faria um cachorro-quente com chili para o café da manhã. A rachadura no teto oscilou e ficou mais nítida, mais escura e mais longa. A questão é: eu sabia que, se acontecesse alguma coisa com Pollux, eu morreria também. Ficaria feliz se morresse. E me certificaria disso.

A Entrega da Águia

Enquanto estávamos analisando nossas vulnerabilidades, a campainha tocou. Estávamos muito embrenhados nas nossas dores para atender, mas Hetta atendeu. Eu a ouvi na cozinha.

— Pacote do Serviço de Pesca e Vida Selvagem — gritou ela.

Eu pulei. Era a águia que Pollux tinha solicitado. Ele levou o pacote para o jardim, desembrulhou a ave congelada e a retirou da cama de gelo seco. Hetta cobriu Jarvis com duas mantas e foi para lá também. Pollux arrumou folhas e ramos de cedro em nossa mesa de piquenique e colocou a águia em cima deles. Queimou sálvia e erva-doce e colocou tabaco no coração da ave. Era uma águia imatura de penas sarapintadas.

Hetta ninava o bebê. Eu coloquei minhas mãos dentro das mangas e estremeci. A águia encarava sua morte com olhos cegos. Pollux cantou e nós observamos seu esplendor frustrado.

Nosso Último Cliente

Estávamos nos preparando para fechar a loja pelo que pensávamos ser, no máximo, dois meses. Eu estava dando uma olhada nos relatórios do dia, quando o Insatisfação entrou na livraria. Seus dedos vagaram pelas lombadas dos livros, às vezes identificando algum e retirando-o para ler a primeira linha. Desde que lera *A Flor Azul*, de Penelope Fitzgerald, ele e eu compilamos uma lista de romances curtos e perfeitos.

Romances Curtos e Perfeitos
Too Loud a Solitude, de Bohumil Hrabal
Sonhos de Trem, de Denis Johnson
Sula, de Toni Morrison
A Linha de Sombra, de Joseph Conrad
The All of It, de Jeannette Haien
Winter in the Blood, de James Welch
Swimmer in the Secret Sea, de William Kotzwinkle
A Flor Azul, de Penelope Fitzgerald
Primeiro Amor, de Ivan Turgenev
Vasto Mar de Sargaços, de Jean Rhys
Mrs. Dalloway, de Virginia Woolf
À Espera dos Bárbaros, de J. M. Coetzee
Fire on the Mountain, de Anita Desai

A SENTENÇA 147

São livros que te viram do avesso em cerca de duzentas páginas. Ali, entre as capas, existe um mundo completo. A história é inesquecivelmente movimentada e nada é irrelevante. Ler um desses livros leva só uma ou duas horas, mas deixa uma marca vitalícia. Ainda assim, para o Insatisfação eles são apenas aperitivos extraordinários. Agora ele precisa de uma refeição. Eu sabia que ele tinha lido os romances napolitanos de Elena Ferrante e não se entusiasmara. Ele os chamara de "livros de novela", que eu acreditava ser o propósito. Mas ele gostou de *Dias de Abandono*, que talvez seja um romance curto e perfeito. "*Ela escapou por pouco com esse livro*", disse ele. Também gostou de Knausgaard (nem curto, nem perfeito), e dizia que sua escrita era melhor do que novocaína. *Minha Luta* tinha amortecido a sua mente, mas de vez em quando, me contou, ele sentiu a dor cristalina da broca. Desesperada, entreguei a ele *The Known World*, mas ele o empurrou de volta, ultrajado, chiando: "*Está brincando comigo? Li esse livro seis vezes. Agora, o que você tem de novo?*" No fim, acalmei-o com O *Tigre Branco*, de Aravind Adiga, o mais recente livro de Amitav Ghosh, *NW* de Zadie Smith e a coletânea dos *Old Filth* de Jane Gardam em um robusto box, que ele agarrou avidamente. Tinha derrubado a presa e agora ia se deleitar. Observei-o com atenção depois que pagou pelos livros e pegou o pacote, e vi suas pupilas se dilatarem como as de um comensal quando a comida é trazida para a mesa.

PARECEU APROPRIADO que o Insatisfação fosse nosso último cliente. Quando ele se despediu, me agarrei ao som de sua voz. Eu não o conhecia, ou talvez o conhecesse melhor do que ninguém. Estava desolada, eu acho. Decidi que era o meu cliente favorito e corri para contar isso a ele, embora fosse caçoar de mim. Seu carro estava saindo. Gritei: "*Você é meu cliente favorito!*", quando ele virava a esquina. Era dia 24 de março. Desliguei todas as luzes, exceto a lâmpada azul do confessionário, ativei o alarme, saí pela porta e me virei para trancá-la. Tentei não ficar muito emocionada com esse momento. Mesmo com a porta trancada e o alarme silencioso, parecia que eu estava virando as costas, não para um monte de papel, mas para uma entidade viva.

É claro que, como costuma acontecer, eu esqueci alguma coisa dentro da loja. Sem pensar, entrei direto no espaço escuro. Tinha que passar pelas estantes para chegar ao interruptor no escritório.

148 LOUISE ERDRICH

Na metade do caminho, percebi que tinha sido um erro. Ela serpenteou bem atrás de mim. Corri para acender a luz, entendendo a mão dentro do escritório escuro, tentando alcançar o interruptor. Só que já havia uma mão sobre o dispositivo. De algum jeito, eu sempre soube que algum dia haveria uma mão no interruptor quando eu o tocasse no escuro. Meu cérebro congelou. Minha primeira reação ao medo é atacar, então dei um tapa na mão e apertei o botão. Luz instantânea. Nada. Ninguém. Nenhum som. Mas eu ainda podia sentir o toque, como uma mordida paralisante. Comprimi minha mão, agarrei minha bolsa e deixei todas as luminárias acesas ao caminhar até a porta e trancá-la. Na metade do caminho para casa, minhas pernas cederam e me sentei no meio-fio. O toque tinha sido real e não tinha sido gentil. Ela estava começando a se manifestar. Algo no ar infestado de doença, algo no trauma da conversa mais importante, algo na dor do desconhecido, algo na conclusão do seu julgamento pelo fogo, estava dando a Flora mais poder.

⚒

No DIA seguinte ao fechamento da livraria, tudo fechou. Naquela noite, Pollux e eu dirigimos até a rua Eat para pegar comida chinesa no Rainbow, um lugar que frequentamos por anos. Eram apenas seis horas da tarde, mas parecia três da madrugada. As vitrines eram buracos tristes. O estacionamento estava vazio, exceto por um Humvee agourento e desocupado. Eu deslizei para fora do nosso carro a fim de buscar a comida. Tive vontade de andar na ponta dos dedos ou de me esgueirar. Dois jovens estavam sentados na entrada do Rainbow, conversando em seus telefones sobre uma festa. Um deles disse: *"Nada a ver, sou jovem."* A proprietária, Tammy, trouxe o pedido e me agradeceu em um tom que eu nunca tinha ouvido. Levei a comida até o carro e coloquei o pacote no tapete de borracha, perto dos meus pés. A mistura de aromas da comida chinesa escapava dele como uma droga. Olhei para a sacola de papel grampeada aos meus pés. Leves círculos de óleo, que vazavam das embalagens de delivery, tinham se formado no papel marrom. Achei lindo. Camarão com nozes caramelizadas no mel, bife à milanesa crocante ao molho agridoce e ervilhas salteadas no alho com molho de ostra. Estendi o braço e segurei a mão larga de Pollux enquanto voltávamos devagar. As ruas vazias e pacíficas estavam molhadas pela chuva.

— Por que não pode ser sempre assim? — perguntei.

A Sentença   149

Ele me lançou um olhar estranho. Virei para o lado. A rua vazia assobiava debaixo dos pneus. Talvez eu devesse estar envergonhada. Por que eu sentia que esse era o mundo que eu sempre havia esperado?

LOUISE ERA O oposto. Estava tão desesperançada depois que fechamos a loja, que ficava enviando longos e-mails confusos com o objetivo de nos animar, mas que tinham efeito contrário. A livraria tinha quase vinte anos, uma fração considerável de vida. Jackie, especialmente, tinha passado por algumas épocas de vacas magras com ela, e sabia que Louise ficaria procurando por uma solução a todo custo. Mas como encontrar uma solução quando ainda não conhecíamos os contornos do problema? Eu também sabia que, em tempos como esses, Louise se apegava a algo mais. Ela tinha um senso esquisito de destino sobre a loja. Era mais do que um lugar, era um núcleo, uma missão, uma obra de arte, uma vocação, uma santa loucura, uma porção de excentricidade, uma coleção de pessoas boas que mudavam e se reajustavam, mas se importavam profundamente com a mesma coisa: livros.

Certa manhã, Louise ligou, exultante.

— Conseguimos o status de trabalho essencial, Tookie.

— Ah, é?

— Significa que somos essenciais.

— Entendi.

— Significa que podemos permanecer em atividade. Não podemos abrir as portas, mas podemos continuar vendendo. Significa que nosso estado considera os livros essenciais numa época como essa. Fiquei surpresa por receber a resposta tão rápido, praticamente um dia depois de pedir.

Fiquei em silêncio.

— Essenciais! — Ela se gabou.

— Bem, sim, estamos atendendo encomendas escolares.

— Eu sei, mas não foi isso que dissemos no pedido. Nos candidatamos somente como livraria. Significa que livros são *essenciais*, Tookie.

— Acho que sim.

Ela desligou na minha cara. Sei que isso era muito importante para Louise, mas, para mim, só significava mais incerteza e mais adaptações ocorrendo simultaneamente. Eu queria permanecer na serenidade segura daquele passeio com Pollux até o Rainbow. Ir trabalhar significava ter que voltar para um lugar onde uma mão fantasmagórica podia chegar antes de mim no interruptor. Um lugar onde alguém pode me matar só de me tocar ou respirar perto de mim. Ou pior, onde eu posso tocar, gritar, conversar e matar outra pessoa. Não, eu realmente não queria me adaptar, a não ser que isso significasse ficar na cama. Se a vida tinha que continuar, eu queria a vida que tinha antes do fantasma, antes do interruptor de luz, antes do vírus, antes do livro assassino enterrado que contaminava meus sonhos.

Para evitar expor a equipe inteira ao vírus, decidimos que, a cada dia, uma pessoa trabalharia sozinha durante todo o expediente. Uma pessoa sozinha na loja parecia agradável para a maioria de nós. Éramos, de um modo geral, introvertidos. Mas eu sabia que, para mim, esse suposto isolamento estaria longe de ser pacífico.

A Assombração de Tookie

Ao dobrar certa esquina e avistar a extremidade pantanosa do lago, tentei me concentrar no canto vibrante dos melros-pretos e em suas insígnias vermelhas, exibidas no esforço de abrir as asas. Enquanto caminhava ao lado do lago, entrando no domínio de cada pássaro, o ar retumbava. Mas a cidade estava tão quieta que eu podia ouvir meus passos. Ao passar por dois bancos dedicados a clientes falecidos, o caminho de asfalto desviava abruptamente para a esquerda. Segui a via até a pitoresca igreja luterana, feita de calcário mineral dourado. No inverno passado, eu tinha visto um corujão-orelhudo alçar voo, iluminado de branco por baixo. Pensei bastante sobre aquela coruja. Sei que não deveria, de acordo com as tradições do meu povo. Mas sempre me senti atraída por corujas. A calçada estava rachada e desnivelada debaixo dos meus sapatos porosos. Eu prendi os elásticos da minha máscara empoeirada atrás das orelhas e dei uma olhada na porta de vidro torta e aberta da Pequena Livraria Gratuita ao lado da igreja. Fechei a porta com a lateral do braço. Sem tocar! *Lenta e suavemente*, disse a mim mesma. Mantenha a respiração calma e relaxada.

Sempre parei na escola que fica do outro lado da rua, em frente à livraria. Ficava parada na porta da cantina, de onde o zelador costumava emergir para fumar fora do terreno da escola. Ele atravessava a rua e se apoiava na parede lateral do nosso prédio, com o rosto cinzento e taciturno. Encarava a escola, do mesmo jeito que agora eu encarava a livraria que amava. Um olhar desanimado. De quem sabia que tinha que voltar para lá.

Era pior de manhã, depois que ela tivera o lugar só para si a noite toda. Virei a chave e abri a porta azul. O ar estava pesado com o seu ressentimento. Passei pela seção Juvenil em direção ao *bip-bip* do alarme ativado. A sensação da presença dela — na sombra turva do confessionário, virando-se para mim com uma raiva ávida e desesperada — prendeu minha respiração. Quando alcancei o escritório e apertei os botões para desarmar o alarme, quando bati freneticamente em todos os interruptores das lâmpadas do teto, meu coração estava a ponto de explodir. Juro que, se naquele momento a cabeça de Flora tivesse aparecido no canto e falado *bu!*, eu teria caído para trás, morta como ela.

Se eu morresse, ficaria presa com o fantasma de Flora, de qualquer maneira. Ela seria minha comadre etérea. Eu ri e voltei para a loja vazia, gritando: *"Foda-se!"*

Isso é algo que você não deveria dizer a um fantasma. Nunca os desafie. Eles podem caminhar em dois mundos, e pegariam você na ida ou na volta. Mas já era muito tarde para mim.

Um pouco mais tarde naquele dia, eu vi uma sombra, um borrão, um contorno. Pensei que ela conseguiria ficar visível, apenas por aquele instante. Depois, achei que Flora estava se escondendo de mim, espiando por cima do meu ombro. Como era esperta! Ágil o suficiente para ficar só um pouquinho além da minha visão periférica. Ela se movia junto comigo, e se divertia quando eu me mexia bruscamente. Uma vez, ouvi ela gritar: *"Obaaa!"* Balancei a cabeça, fazendo cara feia. *Obaaa!* Pensei que resolveria isso entrando no banheiro e me olhando no espelho, para pegá-la em flagrante. Parei na frente do espelho, mas olhei para baixo, para a pia, com o meu queixo grudado na clavícula. Não consegui levantar a cabeça. Eu sabia, sem a menor sombra de dúvida, que Flora estava lá. Senti que ela me encarava pelo espelho.

A Travessura de Flora

As horas passavam, os dias voavam. Com os telefones tocando constantemente, as tardes eram caóticas. No começo de uma manhã, quando eu estava trabalhando sozinha, recebi a encomenda de um dos nossos títulos mais procurados: *Braiding Sweetgrass*, de Robin Kimmerer. Sempre temos esse livro em estoque, mas o pedido chegou tarde e tínhamos apenas três cópias. Peguei uma delas para embrulhar e inseri a ficha do pedido dentro da capa, colocando o livro na pilha dos prontos-para-envio. Isso aconteceu de manhã. Às quatro horas da tarde, aproximadamente, recebi um pedido pelo telefone e fui pegar uma segunda cópia para uma entrega na calçada. Nenhum *Braiding Sweetgrass*. Encarei a lacuna na estante, onde as outras duas cópias estiveram naquela manhã. Tentei lembrar se não tinha tirado os livros dali por alguma razão. Eu era a única pessoa na loja o dia todo, então tinha que ter sido eu. O tempo tinha se perdido, é verdade, como acontece quando você está trabalhando sozinho. Mas eu sabia que não tinha mexido nos livros.

— Flora! — gritei para a loja vazia. — Não tem graça. Preciso desse livro.

Meu estômago afundou. A música suave que estava tocando subitamente me causou pânico, e eu corri para apertar o botão de pausa. No caminho, chutei dois livros que estavam no chão. *Os* livros. Então tropecei, ou Flora me deu uma rasteira, e caí no chão. Fiquei de quatro, arfando como um cachorro, olhando para a trança de erva-doce na capa. Os livros ainda estavam no chão, onde eu *não* os tinha colocado. Estavam a três metros da estante e em perfeitas condições. Peguei os livros, devolvi um deles para a prateleira, empacotei o outro e deixei na calçada, na mesa de coleta.

Revi a cena várias vezes na minha cabeça. Ela não apenas jogou os livros no chão, mas realmente pode ter me dado uma rasteira.

Mais tarde naquela noite, eu liguei para Jackie. Quando contei o que tinha acontecido na loja, ela disse: *"Evolução preocupante."* Eu não tinha contado a ninguém sobre a mão no interruptor de luz. Era muito terrível para admitir.

— Muito preocupante — falei. — O que devo fazer?

— Queimar erva-doce.

— É a erva preferida de Flora. Ela abraçou a defumação como se fosse uma criação dela.

— Você leu o livro?

A Sentença 153

— Claro que li.
— Ela está ficando corajosa. Não gosto disso.
— Também não.
Jackie não tinha uma solução. Sendo assim, liguei para Asema.

Asema tinha muito a dizer. Ela me disse que era revoltante o fato de Flora ter roubado um manuscrito que teria agregado aos registros primários da história indígena. Há muito pouco daquela época escrito nas vozes de mulheres nativas. Asema continuou, falando sobre como Flora nunca admitiria o roubo. Ela nunca falaria sobre o manuscrito, mas Asema sabia como Flora tinha surrupiado os papéis.
— Ela veio até a loja. Estava amolando qualquer um que atendesse o telefone, ou lesse os e-mails, porque tinha algo para nós. Você sabe, uma das coisas especiais dela. — Flora sempre trazia pequenos presentes e prêmios feitos à mão. Coisas inúteis. — Lembra-se dos sachês de ervas?
Sim, eu lembrava.
— Ela queria vender seus chás. Flora sempre dava pra gente algum tipo de chá, ou um pot-pourri que deveria perfumar o ar. Mas então ela apareceu na loja. Tinha chegado às minhas mãos o que se descobriu ser um manuscrito histórico, que levei pra Jackie ver. Eu estava dando uma olhada nele no escritório, e saí pra atender um cliente. Flora entrou no escritório e deve ter visto o manuscrito no balcão. Que droga, Tookie! Era o tipo de manuscrito único, historicamente esclarecedor, pelo qual um historiador espera a vida inteira. Eu podia ter feito uma dissertação incrível, mas, mais do que isso, era um trabalho que poderia ter confrontado o que a gente sabe da história naquele espaço limiar entre os tratados de limites no rio Red. Tudo que eu tinha era um caderno que estava usando para fazer anotações. E, quando confrontei Flora, ela nunca admitiu nada. Não a perdoo. Nunca vou perdoar.
— Obrigada por me contar isso, Asema. Mas por que ela não me deixa em paz, e como eu faço a Flora parar?
— Sinceramente, não tenho ideia.
Eu desliguei, mas estava impressionada com a audácia de Flora e o rancor implacável de Asema. E, na verdade, aquelas misturas de ervas que Flora costumava fazer até que eram agradáveis. Se tinha alguma coisa que me fazia sentir falta dela, eram as pétalas de rosa e as ramas de canela.

Não Há Sepultura

As luzes estavam acesas, os computadores a todo vapor e a máquina de cartão pronta para aceitar os números que seriam ditos no meu ouvido. Eu tinha criado uma playlist Controladora de Fantasmas. Queria virar a mesa e causar arrepios em Flora. A playlist incluía: *Who is She*, do I Monster; *You Can't Kill Me I'm Alive*, da MLMA; *Que Sera*, do Wax Tailor; *I'd Like to Walk Around in Your Mind*, da Vashti Bunyan; e assim por diante. Depois de alguns dias de música, eu me senti melhor. Na realidade, estava assustada. Estava sozinha com um espírito vivo em um espaço fechado, o dia inteiro, mas me sentia serena e poderosa. As coisas estavam quietas e eu acreditei que, desta vez, estava protegida pela música.

Estava preparando uma encomenda complicada, que estivera aguardando seu último livro. Já tinha ligado para o cliente duas vezes. Estava recebendo o livro, escaneando-o em nosso sistema e ajeitando as coisas para fazer o embrulho, quando começou a tocar uma música que eu sabia que *não* estava na playlist. Flora aumentou o volume. Era Johnny Cash, cantando *Ain't No Grave*.

Não há sepultura que consiga segurar meu corpo...

Se você já ouviu Johnny Cash cantar essa música alguma vez, consegue imaginar. Minhas pernas amoleceram e eu coloquei as mãos sobre o balcão de vidro para me equilibrar. Tentei controlar a respiração. Senti que ela estava se arrastando na beirada do expositor, até que parou ao meu lado. Flora suspirou. Um murmúrio fraco rastejou pelo meu pescoço. Sua voz era o rangido baixo de uma porta.

Me deixe entrar.

VENHA ME BUSCAR

Venha Me Buscar

Naquela noite, tentei desistir. Liguei para Jackie, que respondeu com sua nobre calma habitual. Contei a ela que Flora estava tentando falar comigo. Contei tudo a ela — como a respiração de Flora gelara meu pescoço quando ela sussurrara: *"Me deixe entrar."*

— Além disso, Flora embolorou — falei. — Ela está com aquele cheiro de livro que ficou guardado num porão velho.

Jackie murmurou e tossiu, mas me disse para continuar. Então, contei como tinha acontecido.

— Eu estava trabalhando atrás do balcão quando Flora se aproximou de mim. Senti ela deslizando, chegando mais perto. As calças ásperas de seda raspando nas pernas, as pulseiras tilintando, o de sempre. A única novidade foi um som de peneira, como se o sangue dela tivesse virado areia.

— E o que aconteceu? Ela te agarrou? Tocou em você?

— O telefone tocou.

— Ufa, que bom!

— Mas isso não a perturbou.

Eu ficara esperançosa, mas, ao mesmo tempo, tinha baixado a guarda. E não, Flora não se deixaria enganar pelo toque de um telefone. Por que faria isso? O súbito ciciar dela no meu ouvido fora uma explosão de gelo. Eu escorreguei pela lateral do balcão, ainda agarrada ao topo como se meus dedos tivessem ventosas. Olhei fixamente para eles, minha manga deslizando para baixo. Acho que minhas mãos salvaram o resto do meu corpo. Uma delas pegou o telefone e eu vi que a pessoa que tinha ligado era Pollux. Apertei a tecla *redial* e ele atendeu.

— Venha me buscar — falei.

Demorou um pouco para Jackie responder. Visualizei o rosto dela, arrebatado pela concentração, como ela sempre ficava quando lidava com um cliente incômodo. Como de costume, quando enfrenta alguma dificuldade ela faz perguntas.

— *Me deixe entrar*. O que isso pode significar? Ela já estava dentro da loja.

— Acho que ela quer me possuir.

Fez-se um silêncio sério e gentil, bem estilo Jackie.

— Parece... Tookie, acho que você precisa procurar ajuda.

— Você quer dizer um psiquiatra.

— Tá legal, um psiquiatra ou algo do gênero.

— Se a Flora for bem-sucedida, vou precisar de um exorcista, Jackie. Não estou louca. Por isso a minha decisão razoável de pedir demissão.

— Você não pode se demitir, Tookie.

— Moramos em um país livre. Mais ou menos.

— Não, eu quis dizer que você pode se demitir, mas escute. Nós pedimos um empréstimo do governo. É um empréstimo para cobrir a folha de pagamento. Não vamos sobreviver, a menos que esse empréstimo dê certo.

— Não vamos sobreviver?

— Estamos com problemas sérios. Temos que manter todos que estão na folha de pagamento agora. Se ficarmos juntos, profissionalmente falando, o empréstimo vai se tornar uma subvenção. Se não, teremos que pagá-lo de volta. Impossível.

Pensei sobre isso por um momento, então disse que precisava de companhia.

⁂

E ASSIM EU voltei ao trabalho, com uma abençoada acompanhante. Jackie trabalhava no escritório e eu ficava com o resto da loja. Flora permaneceu distante. Eu tinha lido sobre a estranheza do isolamento nas notícias, mas nem todos estavam sozinhos ou tinham tempo para contemplação. Era um luxo. Agora que eu estava trabalhando em paz, com quase nenhum som de Flora e com Jackie absorta em suas tarefas online, comecei a sentir que estava mesmo isolada. É claro que, como sempre, tornei isso complicado.

Fiquei consciente dos meus pensamentos. Meu cérebro começou a desembaraçar os fios do que tinha acontecido quando eu estava na prisão. A cela na solitária tinha metade do tamanho do banheiro da livraria. As paredes eram blocos de cimento pintados, perfeitamente inexpressivos. Entretanto, depois de algumas semanas, apareciam variações. As imperfeições quase invisíveis se organizavam em bandos de macacos, anjos sensuais, montanhas pontiagudas ou vales pastoris. Sombras e formas emergiam. Eu estava impressionada com o que havia em minha mente. Como ela tinha intensificado os esforços para se entreter. Vi tudo que eu nunca teria e nunca seria: o contorno de uma mãe segurando a mão de uma criança, uma mulher curvada sobre o corpo de um cavalo com lordose, duas pessoas abraçadas ouvindo a música suave do vento em um bosque de pinheiros. Era tão estupidamente triste! Decidi mergulhar nisso. Chorei um rio de lágrimas, mas então, completamente contra a minha vontade, comecei a apreciar a janela minúscula da parede mais distante. A luz natural que vinha do oeste mudava a cada dia. Eu esperava pelo reflexo do pôr do sol. Também havia uma pequena janela escura na porta acima do alçapão. Eu vislumbrava outras mulheres no corredor e quase conseguia enxergar seus rostos, manchados pela raiva e pela aflição. Talvez também por um desejo perverso. E novamente fui traída pela minha vontade de viver. Me apaixonei por uma das manchas engorduradas daquelas celas. Era a Jacinta. Mais tarde, nos tornamos um casal. Mas, depois que ela saiu, nunca mais soube dela.

As OUTRAS empresas do nosso prédio estavam fechadas e as ruas estavam praticamente vazias. Eu embrulhava cada livro em papel pardo, para que não amarrotasse na caixa. Geralmente eu escrevia um recadinho animado em um cartão, um tipo de agradecimento. Nunca admiti isso a ninguém, mas eu até desenhava uma flor ou um pequeno pássaro quando aprovava a escolha do livro. Contudo, por alguma razão, depois de alguns dias de trabalho meus recados ficaram mais elaborados. Amassei alguns e joguei fora. Minha caligrafia parecia estranha. Normalmente eu escrevia letras de forma descuidadas, unidas por alças cursivas. Parei de desenvolver a caligrafia no ensino médio e, algumas vezes, ainda colocava bolhas em cima dos i's. Na parte de baixo de um ponto de interrogação, ou de exclamação, também aparecia uma bolha. A bolha da Tookie. Algumas pessoas chegaram a comentar que minha caligrafia ligeiramente infantil não representava a minha personalidade. Mas agora minha caligrafia estava enfática e linear. Você poderia até chamá-la de assertiva. Eu continuava escrevendo um agradecimento na língua ojíbua — *miigwech* —, mas meus i's saíam com pontos firmes, por mais que eu tentasse colocar uma bolha sobre eles. Talvez esse seja um dos efeitos de estar em uma pandemia. Quando as coisas grandes estão fora do seu controle, você começa a controlar as pequenas.

Ainda assim, alguma coisa na minha nova caligrafia me perturbava. Tentei finalizar um i com uma bolha e minha mão se recusou.

A Sentença 159

Será que eu estava possuída? *Me deixe entrar.* Será que Flora já estava dentro de mim?

Eu costumava trazer meu almoço e comia atrás do balcão. Um dia Jackie veio me fazer companhia, sentando-se do outro lado da loja.

— Tenho uma pergunta — falei, quando ela se ajeitou em uma cadeira. — A sua caligrafia já mudou sem razão nenhuma?

— O tempo todo — respondeu Jackie. — Quando a pressão atmosférica diminui, minha tendência é abaixar os ganchos das letras. Uma crise de confiança pode me fazer exagerar nas maiúsculas afuniladas.

— Você já tentou colocar uma bolha em cima do *i*, mas sua mão se recusou a fazer isso?

— Colocar uma bolha no *i*? Quem faz isso?

— *Moi.*

— Você realmente precisa pensar em mudar sua caligrafia — disse Jackie. Ela me examinou de forma séria e professoral. — Quer dizer, se você algum dia se demitir da loja, em uma repentina explosão de sanidade, sua escrita pode afetar a seriedade com que outro empregador vai avaliar seu currículo.

— Ah, Sra. Kettle.[1] Ninguém mais liga pra caligrafia.

— Você está errada — continuou Jackie, na sua voz de professora. — A letra cursiva está voltando.

— Até parece! É a Flora. Acho que ela me possuiu.

— Se eu fosse um fantasma, não deixaria mais você colocar bolhas em cima dos *i*'s. É a primeira coisa que eu faria.

— Grossa.

— Argh! Fiquei acordada até altas horas — falou, lançando um livro pelo chão. Às vezes Jackie se ressentia de livros muito bons porque a "forçavam" a ficar acordada a noite inteira. Eu estava acostumada com isso. Geralmente era o sinal para um livro impossível de largar, fosse sobre espiões, o mar ou de terror. Era meu tipo favorito de livro. Ela me fez ler Dennis Lehane, Donna Tartt, Stephen Graham Jones, Marcie R. Rendon e Kate Atkinson. O livro que ela jogou era *The Death of the Heart.* — É excelente. Pode ficar.

Jackie pegou duas latas de soda de limão, borrifou álcool nelas e fez uma vir rolando até mim.

— Humm, batizada — brinquei.

---

[1] Mãe e Pai Kettle eram personagens de uma bem-sucedida série de filmes de comédia produzidos pela Universal Studios entre 1940 e 1950. [N. da T.]

160 LOUISE ERDRICH

— Então, sobre os últimos truques de Flora. Desculpe se eu tirei sarro da sua caligrafia.

— E se ela de fato conseguiu? Talvez ela esteja dentro de mim, me controlando, neste exato momento.

Jackie trouxe sua lata de soda para perto de mim, colocou-a no chão e a derrubou.

— Opa!

Observei os padrões que a água fez ao escorrer pelo antigo piso de madeira e suspirei.

— Pronto. Ela não está dentro de você, Tookie. Flora teria pulado pra limpar isso aí.

— Talvez você esteja certa.

Olhei para a água. Seu fluxo seguia para o oeste, por causa da gravidade. Jackie endireitou a lata, em seguida se levantou e pegou um pouco de papel-toalha. Ela se inclinou e começou a enxugar.

— Embora isso prove que você é a Tookie, você podia ajudar.

— Foi você que derrubou.

— Fiz isso por você, pra enganar a Flora.

— E provou que eu sou uma porcalhona.

— Ela não está habitando o seu corpo. Já provamos isso. E não colocar bolhas sobre os *i*'s é sinal de maturidade.

— Ei!

— Você disse que a sua caligrafia agora está inclinada pra frente? É a marca de um espírito corajoso.

— Muito engraçado. Jackie, o que ela disse foi: "*Me deixe entrar*."

— Tookie, essa coisa toda é exaustiva. Tentar não adoecer. Tentar manter a loja. O que estamos vivendo ou é irreal, ou é real demais. Não consigo decidir. Seja como for, eu descobri uma coisa — continuou Jackie. — Que cor você estava usando quando a Flora falou com você?

Eu me lembrava bem. Minha mão agarrando o telefone e a manga vermelha deslizando pelo meu braço. Pensei que aquela manga seria a última coisa que eu veria.

— Vermelho. Eu estava usando vermelho.

Jackie assentiu, como se eu tivesse contado algo que ela já suspeitava. Ela ficava mais pedante quando citava os anciãos, e eu desconfiei que faria isso agora, mesmo antes que ela fizesse.

— Aí está. Dois anciãos muito instruídos me disseram que não se deve usar vermelho num funeral, nem durante um ano após a morte de alguém próximo. Vermelho é o fogo, a porta pro mundo

A Sentença 161

dos espíritos. Quem sabe por quanto tempo eles ficam vagando...? Quando os mortos veem lampejos de vermelho em sua jornada, ficam confusos. Acham que uma porta está se abrindo e isso os distrai da sua tarefa, que é alcançar um lugar onde não significamos mais nada pra eles.

A seriedade com que ela proferiu esse ensinamento me fez hesitar, mas finalmente falei:

— Isso é superstição.

— Fantasmas são superstição. Aqui.

Ela me deu um moletom da loja, com capuz e mangas longas. Era de antigamente, de quando a loja abriu. Eu tirei a túnica vermelho--escura que estava usando. Vermelho é a minha cor favorita. Acho que eu seria atraída pelo vermelho, se estivesse do outro lado. Como sempre, eu estava usando uma das camisetas de Pollux por baixo da roupa, para me aquecer. Vesti o moletom de Jackie. A lã era macia, de boa qualidade, agradável. Toquei o tecido.

— Isso aqui é muito bom. Por que está dando pra mim?

— Fica bem em você — falou, em tom crítico, me olhando de todos os ângulos. Finalmente, assentiu, satisfeita. — É uma blusa pra repelir fantasmas.

— Por que é uma blusa pra repelir fantasmas?

— Porque eu a abençoei, defumei, rezei sobre ela, encostei no aquário do meu peixinho dourado e lavei com lavanda.

— É por isso que cheira tão bem.

— E o melhor, não é vermelho. Nesse moletom, você fica invisível pros fantasmas.

— Você provavelmente colocava curativos mágicos nos arranhões dos seus filhos, e dizia que a mágica durava três dias. Quando eles tirassem os curativos, *puf*!

— *Puf*! — exclamou Jackie, afastando os dedos.

— E, por falar nisso, algum fantasma já incomodou você?

Eu finalmente tinha feito a pergunta certa, porque ela se aprumou na cadeira e seus olhos piscaram. Ela não queria admitir, mas com certeza tinha uma história de fantasma.

— Tá legal, sim, eu tive uma experiência com o meu tio.

Perguntei o que tinha acontecido, mas ela foi vaga. Eu insisti, e ela decidiu me contar. No fim, a história dela era apenas a primeira de muitas. Parece que diversos membros da equipe tinham sido assombrados, e ela estava a ponto de relatar essas histórias para mim.

162 Louise Erdrich

— Meu tio estava doente havia alguns meses — falou. — E era grave.

— O que aconteceu?

Ela hesitou e respirou fundo, tensa.

— É constrangedor. — Esperei, e Jackie continuou: — Meu tio sempre foi bom comigo. Ele costumava me levar pra pescar no gelo e me contava piadas de "*toc-toc*", enquanto ficávamos de olho no buraco escuro cavado sobre o rio. Ele fazia sanduíches de mortadela com pimentão, no pão branco com maionese. Eu o amava. Então, quando a mente dele já estava se dissipando, fui visitá-lo em Duluth. Ele não tinha filhos, mas uma das minhas primas estava cuidando dele. Daí, quando cheguei lá, ela me disse que precisava de um tempo, tinha que ir ao mercado ou alguma coisa do tipo, e me perguntou se eu ficaria com ele. Ao sair, minha prima me disse pra não abrir as cortinas ou a janela. Tudo bem. Eu me sentei ao lado da cama dele, segurei sua mão. Meu tio não se movia e estava muito pálido, pronto pra partir, mas seu cabelo estava bem-penteado e a barba estava feita. Quando jovem, ele tinha sido bonito e, pelo que eu soube, devotado à minha tia. Depois de um tempo, o quarto começou a ficar abafado e escuro. Claro que eu me esqueci do que a minha prima disse sobre as janelas. Levantei, abri as cortinas e entreabri a janela para renovar o ar. Enquanto eu subia o caixilho, fui surpreendida por uma rajada de vento poderosa. Mas não estava ventando lá fora.

"Meu tio se sentou, virou para a janela e disse: '*Eu sabia que você viria!*' O rosto dele mudou. Alegria total. Bem na frente dos meus olhos, ele voltou a ser ele mesmo, jovem, descuidado e cheio de felicidade. '*Alvina*', disse ele."

— Alvina era a sua tia?

— Sim, mas não a tia com quem ele se casou.

— Eita!

— Pois é. Então meu tio ainda estava olhando pra janela, com toda aquela alegria no rosto. Ele levantou os braços, como se quisesse abraçar as cortinas. "*Não deixe marcas em mim*", disse ele, dando um tipo de risadinha maliciosa. "*Você sabe o porquê.*" E daí caiu deitado e começou a se sacudir e rolar pela cama. Pensei que ele ia morrer, por isso corri pra chamar minha prima. Mas não consegui entrar em contato. Ela ainda tinha me dito pra não chamar a ambulância se acontecesse alguma coisa, porque ele queria morrer naturalmente, não preso a uma máquina. Enquanto minha mente acelerava e eu tentava decidir o que fazer, o quarto do meu tio ficou em silêncio.

A Sentença 163

Voltei, esperando encontrá-lo morto. Mas ele estava dormindo tranquilamente. E estava sorrindo.

— Caramba!

— Fui fechar as cortinas e vi que a janela estava fechada.

— O caixilho estava solto? Tinha caído?

— Não, tinha sido empurrado pra baixo. E tem mais. Eu fui pra casa e, no dia seguinte, recebi uma ligação da minha prima. Ela me disse que o enfermeiro estava dando um banho de esponja no meu tio, e perguntou se tinha alguma coisa afiada na cama, ou se eu conseguia imaginar por que ele estava todo arranhado nas costas.

— Aquele tipo de arranhado?

— Aquele tipo de arranhado. Eu disse que não tinha ideia. Achei que a minha prima queria me perguntar alguma coisa, mas ela só balbuciou um pouco e desligou o telefone.

Tive que me limitar a fazer uma expressão neutra, ou uma expressão perplexa, tentando não piscar demais ou sorrir de maneira estranha.

— Pois é — disse Jackie.

Quando cheguei em casa depois do trabalho, Pollux disse:

— Isso aí! Moletom novo. Gostei.

Quase contei que era uma blusa para repelir fantasmas, mas me segurei a tempo. Quando se é assombrado, não existem regras. Não existe ciência. Você tem que fazer as coisas instintivamente, pois ninguém sabe como expulsar um fantasma. A maior parte das narrativas tentam explicar as entidades sobrenaturais como projeções emocionais. Mas Flora não tinha nada a ver com o meu inconsciente. Ela tinha exigido que eu a deixasse entrar e estava tomando conta de mim — começando pela caligrafia. Eu tinha medo de estar perdendo minha determinação. Meu cérebro parecia solto e poroso. Olhei para Pollux, que tinha colocado as mãos nos meus ombros.

— Qual é o problema? — perguntou. — É por que vamos comer repolho de novo hoje à noite?

Eu também estava triste por causa disso, na verdade.

— Queria que não durasse tanto — falei.

Eu desejava, mais do que tudo, contar a verdade a ele e sentir seu abraço. Uma das piores coisas dessa história era como eu me sentia separada de Pollux, como eu tinha que fingir que só estava tendo um "acesso de melancolia" — que era como ele chamava meus momentos de depressão. E, é claro, foi exatamente o que eu disse naquela

O Verde de Penstemon

APESAR DE SÓ vestir preto e do seu sobrenome ser Brown,[2] a verdadeira cor de Penstemon era o verde profundo e vibrante de plantas domésticas bem-cuidadas. Eu já tinha percebido isso antes dela começar a levar plantas do seu apartamento para a livraria. Ela disse que melhoraria a energia, e estava certa. Agora havia folhas verdes por toda a loja, inclusive caindo sobre as paredes do confessionário. Nos dias em que não trabalhava presencialmente, Jackie colocava Penstemon para trabalhar comigo. Eu fiquei animada. Talvez as plantas repelissem Flora — apesar do seu nome, ela nunca tinha sido boa com plantas vivas. Plantas mortas, sim, bastava ver seus pot-pourris. Flora não conseguia manter uma planta doméstica viva, mas Penstemon conseguia. Da mesma forma que se confia de cara em um restaurante que tem plantas verdadeiras, que precisam ser cuidadas, a loja com as amadas samambaias e os diferentes tipos de babosa de Pen parecia intangivelmente melhor. Nessa altura, estávamos nos avaliando pelo rigor de nossas quarentenas. Pen e eu conversamos e concordamos que não nos arriscaríamos. E informaríamos se desconfiássemos que fomos expostas ao vírus.

O telefone começou a tocar poucas vezes, depois mais frequentemente, até que estava tocando o tempo todo. O que nos encorajava, mas também representava um desafio. Será que conseguiríamos dar conta, e será que era real? Nós tivemos alguns picos no negócio ao longo dos anos, mas eles nunca duravam. Algumas vezes, eu ficava no escritório com Jackie quando ela fazia malabarismo com as contas, evitava uma editora aqui, fazia promessas a outra ali, decidia quais contas seriam reduzidas e quais seriam precariamente deixadas para mais tarde. Estivemos presos a credores, fomos excluídos e quase fechamos as portas diversas vezes. Tivemos dias com dois ou três clientes, todos resgatando cartões-presentes. Grande parte do tempo funcionávamos no vermelho e batalhávamos para pagar as contas. Portanto, não estávamos preparados, em absoluto, para ser amados.

---

[2] *Brown* significa *marrom* em inglês. [N. da T.]

A Sentença 165

O ano fiscal da educação também estava terminando, e começamos a receber pedidos complexos de múltiplos livros, de escolas e de bibliotecas que tinham decidido construir coleções indígenas significativas. Havia pedidos abertos espalhados por toda parte. Com tudo o que estava acontecendo na loja, Flora foi reduzida a um farfalhar e a se amuar num silêncio ressentido. Um dia, Pen queimou uma salsicha empanada vegetariana no micro-ondas. O fedor era tão ruim que tivemos que abrir a porta de incêndio nos fundos, e usar nossas parcas enquanto embrulhávamos os livros. Flora ficou distante por dias. Cheguei a considerar deixar a loja fedendo novamente. Mas então, em outra tarde, Pen falou comigo por detrás de uma das máscaras de Asema — de tecido indiano verde com estampa floral (que dúvida).

— Ei, Tookie. Acho que também estou ouvindo o seu fantasma.

Por de trás da minha máscara preta sem graça, fiquei boquiaberta.

— Sim, ela está aqui! — falei, quando finalmente consegui.

— Que alívio. Pensei que estava ficando louca. Eu fico ouvindo esse som de arrastar...

— Claro, a loja é assombrada!

— Sério, estou tão aliviada.

Eu mal conseguia falar. Não queria constranger Pen me jogando, aliviada, no chão e batendo nas tábuas gastas. Então falei, suponho, de um jeito meio formal e contido. Contei a ela o que eu ouvia, de onde vinham os sons. Não mencionei o interruptor de luz, nem o *"me deixe entrar"*. Não queria assustar Pensty. Tentei remover a emoção da voz e, ao fazer isso, notei que os olhos dela perderam o brilho. Ela parecia absorver o que eu estava dizendo como uma esponja absorve o detergente. Eu parei.

— Você fala de uma maneira tão impessoal — disse Pen. — Como se não fosse grande coisa.

— Mas é grande coisa! Pensei que eu era a única. Estou tentando não surtar.

A histeria borbulhava. Os olhos esverdeados de Pen brilhavam. Pen era a pessoa com quem eu tinha que falar. Sempre fora ela.

— Você se lembra bem de Flora?

— Claro — disse ela, com tristeza. — A cliente perfeita.

— Para alguns.

— Então ela simplesmente não consegue deixar a loja, hein? Isso torna tudo um pouco melhor, exceto pelo fato de eu não apreciar ficar sozinha com um fantasma. Temos que ficar juntas. E, por falar

166 LOUISE ERDRICH

nisso, eu terminei com o Babaca Irritado. Ele zombava dos meus rituais, por isso teve que se mandar.

O Babaca Irritado durou mais que a maioria por causa da quarentena. Eles tinham se isolado juntos. Agora, Pen estava dizendo que faria uma pausa para recuperar a sanidade. Era muito estressante se preocupar com outra pessoa além da sua mãe, que era enfermeira. Ela gesticulou, fazendo um círculo completo. Esse havia sido um gesto agradável. Pen tem alguns gestos característicos: a mão de pizza, com a palma aberta e para cima, deslizando para o lado como se fosse servir uma pizza saborosa, com queijo escorrendo. Algumas vezes ela ilustra as palavras com os dedos, imitando o cair da chuva ou apertando o ar como se fosse massa, literalmente agarrando uma frase. Quando está pensando, ela coloca o dedo indicador sobre os lábios, parecendo um bigode. É evidente que, com a máscara, ela só estava fazendo uma marca.

— Posso te falar o que está realmente me assombrando? — perguntou ela depois de um tempo.

— Claro.

Aí está! *Todo mundo tem uma história de fantasma*, pensei.

Pen e eu concordamos em ignorar os telefonemas por alguns minutos e saímos pela porta dos fundos. Paramos junto à parede de tijolos.

— Minha mãe trabalha como enfermeira no pronto-socorro — disse Penstemon. — Somos próximas, sabe? Quando isso começou, ela mandou a minha irmã e o meu irmão pra casa da minha tia. Agora ela vive sozinha, porque não quer expor nenhum de nós. Eu acompanho os horários dela e todos os dias, quando sei que está em casa, levo o jantar pronto e uma marmita com o almoço. Deixo na soleira. Daí ela vem até a porta e conversa comigo pelo vidro. Atrás dela, na nossa casa, tem um corredor comprido que termina na cozinha. Lá tem uma porta de correr e é cheio de luz. Eu odeio falar com ela pelo vidro, porque fica meio escuro e a luz de trás forma um tipo de halo, como o túnel que leva pra "luz". Aquela luz que a gente ouve falar quando alguém morre.

Penstemon fez uma pausa e bateu rapidamente com a mão sobre o coração. Então expirou e continuou:

— Eu fico lá parada, falando com a minha mãe, e um calafrio começa a me percorrer. Eu sei como ela está cansada, como ela quer abrir a porta e pegar a comida que eu coloquei na soleira. Mas não consigo parar de falar com ela, já que toda vez que estamos conversando através daquela porta, com a luz atrás dela, eu penso que pode ser a última vez que a vejo. Tenho que me forçar a parar. E, quando vou deixá-la, subo na bicicleta, sorrio e aceno, me despedindo. Então pedalo, rápida como um raio, porque os soluços de tensão estão se acumulando e, uma vez que começam, não há nada que eu possa fazer pra engoli-los de volta.

TRABALHAMOS UMA de cada lado da loja pelo resto do dia, e mal nos falamos.

NAQUELA NOITE, quando estávamos indo embora, Pen me entregou um envelope.

— Leia quando chegar em casa — disse ela. — Ou é um poema em prosa, ou um microconto.

Claro que eu abri o envelope logo que virei a esquina, parando no vento para ler.

Retrato dos formandos

Antes de terminar com o meu namorado
do ensino médio, emoldurei seu retrato do
anuário. Seguimos nossos próprios caminhos,
mas deixei o retrato na estante. Não
terminamos mal, só seguimos em frente, e
prometemos continuar amigos. Não pensei
na foto até uma certa tarde, quando
estava limpando meu quarto, me preparando para
a faculdade. Senti a incômoda
sensação de alguém me encarando. Olhei
para trás e notei a velha
fotografia. Estendendo a mão para retirá-la da
estante, percebi uma gota de água na
superfície e tentei enxugá-la. Mas a
água não secava. Estava na própria
fotografia. Fiquei admirada ao pensar
que nunca tinha reparado que meu antigo namorado
tinha chorado no seu retrato do último ano. Como
ainda éramos amigos, liguei para a casa da mãe
dele para perguntar sobre isso, mas sua voz
no telefone estava aflita... Acontecera
um acidente. Ele estava no hospital na cidade de

168 LOUISE ERDRICH

```
Fargo, em coma. Imediatamente dirigi até lá para
vê-lo, e, ao lado da sua cama, segurei sua mão
mesmo sob a censura da sua nova namorada.
O coma durou quatro dias e, quando ele
acordou, contou à mãe que tinha vertido
lágrimas o tempo inteiro, batendo
em uma porta de vidro, chorando para voltar a
essa vida.
```

Quando cheguei em casa, peguei novamente o papel. Tinha alguma coisa estranha nele, e agora eu percebia o que era: datilografia. Essa não era a fonte *typewriter* de uma impressão de computador. Toquei as letras, algumas desiguais, um ou dois *e*'s tapados onde as teclas tinham imprensado a tinta através do papel. Eu não podia comparar a escrita com a de *Presságio*, mas estava quase certa de que encontrara a autora.

No dia seguinte, questionei Pen.

— Ah, você leu aquilo? — perguntou.

— Encontrei na caixa registradora, debaixo da bandeja. Aquilo era uma loucura alucinante, Pen! Presságio!

Ela deu de ombros e levantou as mãos. Mas eu sabia que estava satisfeita.

— Pois é, eu trouxe pra mostrar pra Asema.

— Por que diabos você escreveu aquilo?

— Aconteceu depois que eu fiz a colagem.

Pen gesticulou na direção do confessionário.

— Naquele dia que você inalou a cola?

— E que eu ouvi a voz. Daí, mais tarde, quando cheguei em casa, estava trabalhando em outra coisa quando, do nada, escrevi aquilo. Foi tão estranho, como se estivessem ditando, só que eu não estava ouvindo vozes. É um aviso, né?

— Acho que sim. Você acha que Flora estava tentando avisar a gente sobre a pandemia?

— Ela teria feito isso se estivesse viva, eu acho. E estaria deixando cair montes de papel-toalha e desinfetante.

— Sinceramente, este teria sido o momento dela. Ela era boa em descolar coisas pros outros. E depois fazer todo mundo se sentir em dívida.

— Talvez — disse Penstemon lentamente —, a razão pela qual eu consigo ouvir Flora às vezes é o fato de eu ter estado no confessionário.

A SENTENÇA 169

Viramos para observá-lo. Alguém tinha atarraxado uma lâmpada decorativa no bocal do compartimento do padre. Quando o confessionário era usado, as cortinas ficavam fechadas e o interior, escuro. Não dava para imaginar um padre ouvindo confissões sob um holofote. Pen foi até lá e puxou a corrente. Algo pareceu se mover e ela pulou para trás, dando um pequeno grito. Meu coração acelerou. O bulbo da lâmpada tinha a forma de uma chama e flutuava na abertura de luz, como a chama na cabeça de um apóstolo.

O TELEFONE NUNCA parava e as informações transbordavam da minha cabeça. Embora eu anotasse tudo, minha lista de tarefas continuava acumulando. Comecei a ouvir os telefonemas mesmo depois do trabalho, enquanto caminhava para casa, quando chegava em casa, o tempo inteiro. Agora, não somente eu era assombrada na livraria, mas a livraria também começou a me assombrar em casa. Os telefones tocavam nos meus sonhos.

Era exaustivo, mas ao mesmo tempo havia algo comovente nessa atenção. Louise tinha ficado animada com a palavra "essencial". E, como estávamos vendo, livros eram tão importantes quanto comida, combustível, aquecimento, coleta de lixo, remoção de neve e bebida. O toque dos telefones significava que nossos leitores não tinham nos abandonado, e que, algum dia, em um futuro distante, entrariam novamente na livraria. Às vezes era revigorante ser necessário. Às vezes eu me sentia importante. O Insatisfação agora encomendava livros pelo telefone. Ele dirigia um Mercedes-Benz vintage muito elegante. Sua placa personalizada dizia LOBODALEI. Quando ele foi buscar os livros, me inclinei para fora da porta.

— O que mais você tem? — gritou, de dentro do carro.

Dei a ele *Diácono King Kong*, de James McBride. No dia seguinte, para a minha surpresa, o Insatisfação — na metade do livro — ligou para a livraria para me contar que a obra estava repleta de vida e amor, e que ele não queria que acabasse. Vida e amor? Essas eram palavras que eu nunca esperaria ouvir do Insatisfação. Fiquei imediatamente preocupada.

— Você está bem?

Ele não retrucou, o que me preocupou mais ainda.

— Eu gostei do livro *O Pássaro do Bom Senhor*, mas esse é ainda melhor. É sobre nobreza humana, gentileza e astúcia. É visual e engraçado. Não quero que termine.

Gaguejei algum tipo de resposta, mas ele continuou falando:

— Acho que estou mudando. Acho mesmo. É difícil algo mudar você quando já se é um velho cabeça dura como eu. As pessoas sempre acharam que eu era um advogado de defesa. Deus me livre! Eu era promotor de justiça. Esse livro me levou de volta aos velhos tempos. Eu cresci em Rondo, numa vizinhança calorosa, cheia de bondade, torta, velhinhos, crianças, loucura e tristeza. Era um lugar de pertencimento. Senti falta desse lugar minha vida inteira, mas nunca tinha entendido isso, até agora. Desde que cortaram Rondo ao meio para fazer a I-94, e demoliram um bairro negro em Saint Paul com tantas pessoas quanto no universo de Deacon, que eu sinto falta. Senti como se McBride tivesse me devolvido algo pessoal.

— O que... — balbuciei — você vai fazer com todos esses bons sentimentos?

— Espalhar por aí, Sopa de Letrinhas! Espalhar como geleia.

Espalhar como geleia era o que a avó de Pollux dizia quando eles tinham restos de alguma coisa. Eu já tinha transformado Roland Waring — o nome no cartão de crédito dele — em um tipo de parente ao lhe dar um apelido. Um dia, em um surto de frustração por não conseguir encontrar um título que ele ainda não tivesse lido, cheguei a contar a ele sobre o apelido. Insatisfação dissera que o apelido combinava, e que, para ele, o meu era Sopa de Letrinhas, porque eu mencionava tantos títulos que às vezes confundia tudo. Agora que ele tinha mudado, eu tinha que mudar o apelido também. Satisfação não era suficiente. Então, por enquanto, decidi chamá-lo de Roland Waring. Me alegrava que ele pudesse se transformar por causa de um livro.

Aconteceu o mesmo com muitas pessoas que ligavam para comprar livros. Aqui estávamos nós, em uma pandemia global e, mesmo com todas as dificuldades, elas geralmente estavam alegres. Claro que havia os resmungões, sempre há. E, obviamente, alguns eram terapeutas de crise. Mas, se eu falasse de livros, quase todos ficavam ansiosos para conversar, o que estava bom para mim. Posso falar sobre livros para sempre. Sopa de Letrinhas. Eu só desligava porque havia a pressão dos pedidos para atender.

Eu podia fazer hora extra, porém, contanto que Pen me ajudasse a rastrear Flora, que ou estava diversificando ou estava ficando descuidada. Às vezes nós erguíamos as sobrancelhas, ou olhávamos na direção de um som que ela fazia. E isso significava tudo para mim, pois provava que não era coisa da minha cabeça. Bom, eu sabia que *não estava* tudo na minha cabeça. Do seu jeito metódico, Pen já estava fazendo um mapa dos passeios de Flora pela loja. Ela estava tentando descobrir se o caminho repetitivo de Flora tinha algum significado.

— De uma coisa eu sei, ela entra e sai bastante do confessionário. Fico imaginando se tem a ver com os símbolos entalhados na porta ou com as imagens coladas no interior — disse Pen.

Olhei para a meia-porta entalhada do compartimento do padre.

— O que é aquele símbolo? — perguntei.

— Algum tipo de quadrifólio.

— Vou pesquisar.

Mas eu estava mais interessada nos livros que caíam e que retirávamos do chão todas as manhãs — *Flora and Fauna of Minnesota*, *Euforia*, de Lily King. Quem sabe eles não tinham algo a dizer sobre por que nosso fantasma não queria ficar morto?

AGORA, COMO um aviso para Flora, a playlist começava com a *minha* música do Johnny Cash: *God's Gonna Cut You Down*. Penstemon e eu não corríamos nenhum risco e sempre saíamos da loja juntas. Na maior parte do tempo, eu estava mais corajosa, mais leve, mais animada, mas o *"me deixe entrar"* sussurrado por Flora tinha efeito duradouro. Agora eu não gostava de ficar sozinha em lugar nenhum. Ficava insegura à noite e mantinha as cortinas fechadas. Acordava perto das três da madrugada com os punhos fechados, os pés contraídos e as mandíbulas doendo. Sentia frio com frequência, como se meu sangue estivesse mais fino e eu estivesse coberta por uma água invernal escura e velha. Mas o pior de tudo eram os meus nervos fatigados, que às vezes faiscavam em pequenos choques, e me faziam dizer coisas que machucavam Pollux — *"tire essas mãos gordas de mim"* — e Hetta — *"vire esse olho torto pra lá, menina"*. *Tookie, você não é assim*, eu me aconselhava. *Fique acima disso tudo*. Só que sou uma pessoa pesada. Quando pulo, mal consigo alcançar sete centímetros. Eu queria ficar por cima, mas, como Pollux diria: *querer não é poder*.

Pelo menos já era primavera.

O ANO EM QUE QUEIMAMOS OS FANTASMAS

Maio

MEU CAMINHO até a loja estava coberto de sanguinárias brancas e squills siberianas azuis. Brotos de asclépias-do-brejo surgiam na terra. Cicutas e pinheiros estavam pontilhados de pequenas e tenras hastes verdes. As pessoas caminhavam como se fossem crianças, se abaixando para ver a grama seca do ano passado. Observavam o céu e examinavam as marcas das árvores recém-plantadas na cidade. E o ar — uma iguaria limpa e fria. A luz do sol tocou meus ombros, apenas uma pequena sensação de calor que prometia o verão. A prefeitura fechou as ruas para que as pessoas tivessem espaço para caminhar, e as calçadas estavam cheias de pessoas se esquivando umas das outras, descendo do meio-fio e tropeçando nas sarjetas.

A Vaqueira da Meia-noite

AGORA, AS TARDES após o expediente ainda eram ensolaradas. Por isso, certo dia, fui para casa ansiosa para ficar em nosso pequeno quintal ao lado da churrasqueira. Apoiei meus pés em uma pedra no jardim, e me afundei numa cadeira de lona frouxa. Uma caneca descartável de chá estava num suporte no braço da cadeira. Era chá preto forte, e o sol batia morno em meus ombros. O dia estava bom. Então Hetta trouxe Jarvis para fora e o colocou em meus braços, daí o dia ficou perfeito. No início, ele achou estranho a leve agitação das folhas novas e franziu a testa diante dessa afronta. Falei para ele que era normal, que todos os anos as folhas apareciam. Ele as conheceria com o tempo.

Hetta puxou outra cadeira, e a surpresa me deixou cautelosa.

— Desculpe ter te chamado de velha porca.

A voz dela nem era forçada, ela parecia normal, como as folhas.

Limpei minha garganta, e minha voz saiu admirada, de forma estridente.

— Isso faz meses. Talvez um ano.

Hetta, na verdade, sorriu para mim.

— Ainda assim.

— Tá bom, o que está acontecendo?

— Por que tem que ter algo acontecendo?

— Por que você iria, de repente, falar comigo?

E sorrir, pensei.

Então Hetta ficou olhando para as pequenas folhas. Ela tinha um lenço vermelho de algodão em volta da cabeça, segurando o cabelo escuro e lustroso. Hetta se inclinou para trás e fechou os olhos. Fiquei calada.

— Tem uma coisa, sim. Não sei nem como começar.

Ai, meu deus, será que era mais uma confissão sobre fantasmas? Mas Hetta estava conversando comigo pela primeira vez na vida, eu não podia mandar ela parar de falar. Na verdade, ela estava balbuciando.

— Faz de conta que tudo vai fazer sentido se você começar do início — falei.

— Ou talvez eu deva começar pela pior parte, o final, pra acabar logo com isso.

— Assim também dá certo.

Comecei a embalar um pouco Jarvis, agitando-o em meus braços. Eu queria falar com ele, mas achei que seria melhor ficar calada e esperar.

— O fim da história inclui eu ficando louca com um chicote.

Olhei para ela atentamente, tentando não demonstrar muito interesse.

— Continue.

— Eu atuei num filme.

— Aquele que recusou?

— Sim, mas obviamente eu aceitei.

— Pollux sabe disso?

— Ele não pode descobrir nunca.

— Qual o nome do filme?

— *A Vaqueira da Meia-noite.*

— Acho que ele conhece.

— Como assim? Ainda não foi lançado nem nada. Só queria te contar pra que você interceda, se não estiver sendo ousada demais por te pedir.

— Eu também pediria, se fosse ousada o bastante pra fazer o filme.

— Foi uma coisa estúpida — disse Hetta.

— Já fiz coisas mais estúpidas. Mas isso também vai passar.

— Não vai passar, Tookie. Eu sempre vou ser assombrada pelo que fiz.

Então era mesmo sobre um fantasma. Uma assombração pornográfica.

— Sempre serei assombrada pelo que fiz também. Junte-se ao clube.

E ficamos sentadas ali. Duas mulheres assombradas. E um bebê não assombrado, seguindo rastros de nuvens de glória.

MAIS TARDE, quando ele queria mamar, entreguei Jarvis para a mãe. Foi quando Hetta conversou comigo sobre o pai dele. Como eu já esperava, era Laurent. Fazia um tempo que eu não o via, mas quem é que eu via além de Pen, de Jackie, da minha família e de estranhos de máscaras se esquivando nos corredores do mercado?

O gelo fora quebrado. Hetta queria reclamar. Embora ela o amasse, ele não sabia seguir regras. Não era de propósito, só que Laurent era tão imprevisível. Hetta não o tinha visto, mas Asema contou a ela como Laurent tentava usar máscara, mas no fim ela acabava no queixo dele ou pendurada numa das orelhas. Asema tinha parado de vê-lo, porque Laurent saía com outras pessoas e não deixava de ir a festas e de se reunir com velhos amigos.

— Ele está com dois empregos e fazendo tatuagens em domicílio.

— Cara empreendedor. Mas nessa época...

— Acha que devo afastá-lo de nós? Antes que Jarvis se apegue? Sei que é uma coisa horrível de se dizer.

Não consegui responder, e fiquei surpresa por sentir um baita remorso. Eu adoraria ter conhecido meu pai, quer dizer, se ele não fosse violento. Mas se ele fosse um tatuador raposento, superamigável, persistente e que não liga para o uso de máscara? Sim.

— Acho que vou pôr um fim nisso...

Eu não podia dizer pelo tom de voz dela, se Hetta estava resignada ou aliviada.

— Espera — falei. — Eu ia querer conhecer meu pai, mesmo se ele fosse negligente, se sua letra fosse um garrancho, se ele ganhasse a vida desenhando nas pessoas e fosse alheio aos sentimentos dos outros.

Oops. Hetta piscou e deixou minhas palavras se assentarem.

— Caramba. Eu falei isso em voz alta?

— Sim, falou. *Alheio aos sentimentos dos outros.*" Imagino que você tenha visto ele com a Asema, né? Na loja?

— Estou surpresa que saiba disso.

176 LOUISE ERDRICH

— Ele me contou. É que estávamos numa relação aberta.

— Foi então que você...

— Sim. — Ela olhou para uma rachadura na pedra e encolheu os ombros. — Foi ideia minha, não dele. Também não estava dando certo. Só que minha amizade com Asema foi crescendo. Ela cuida muito bem da mãe e do seu *mooshum*, o avô. Além do mais, ele nunca falou pra ela de mim e do Jarvis. Era uma condição. Agora eu e Asema estamos de boa. Posso te falar uma coisa?

Eu assenti... desconfiada.

— Não se preocupe, é uma coisa boa. Só quero deixar isso claro. Já superei minha fase de aventuras sexuais. O Laurent, aquele filme estúpido, etc. Jarvis me ensinou que há coisas melhores. E também... eu gosto da Asema.

— Gosta... *gosta* dela?

Hetta assentiu, desviando o olhar.

— Preciso dizer que fiquei feliz com isso.

— Nossa, olha só pra você — disse Hetta. — Tão normal, tão mãezona e tudo o mais. Nunca pensei que você podia ser uma mãezona. E você é uma avó e tanto, uma *kookum*, uma *nookomis*, não importa. Você gosta muito do Jarvis.

— Eu o amo, amo muito, de verdade.

Por alguma razão, tudo isso me fez sentir desconfortável, envergonhada, ridícula. Tentei afastar a sensação, porque eu quero ser uma pessoa em quem se pode confiar com esse tipo de palavras.

Queimando os Fantasmas

Na maioria das culturas humanas existe o Dia de Finados. Nós homenageamos nossos mortos com alimentos e flores. Há desfile de bandeiras vermelhas e caveiras pelas ruas, ou visitas aos túmulos. Usamos fumaça de incenso e de sálvia. Fazemos cuidadosos painéis do céu e do inferno. Ao trazermos os mortos à vida novamente, deixamos seus espíritos vagarem. Lembramos e traçamos sinais de suas ações sobre os vivos. Depois os queimamos e os libertamos, dizendo para eles não nos incomodarem mais. Nunca funciona. No ano seguinte, eles já estão de volta.

As prensas ainda estavam em funcionamento, os livros estavam sendo impressos. Houve interrupções, mas eu achava a ideia da

A SENTENÇA 177

produção de livros reconfortante. Nunca tivemos dinheiro para comprar várias cópias de todos os livros que precisávamos para as escolas, nem espaço para armazená-los. Assim, parecíamos acumuladores superorganizados. Eu me perguntava como a Flora iria lidar com a falta de espaço no chão — se flutuaria por cima deles, se pisaria nas caixas, ou se talvez tropeçaria como eu tinha tropeçado. Para meu desapontamento, ela parecia lidar bem com essa situação complicada. Desde que eu estivesse trabalhando com alguém, ela não falava e nem sussurrava nada para mim. Flora não chegava perto de mim, mas eu resolvi queimá-la do mesmo jeito.

Se a cremação não tinha funcionado, como eu poderia esperar que um fogo insignificantemente menor fosse resolver? Porque percebi que não tinha queimado as coisas dela. Quando Jackie tinha falado para não usar roupas vermelhas, eu lembrei que os antigos se livravam das coisas pessoais do morto ou as queimavam. Talvez o hábito de queimar tenha vindo depois de tantas pragas nos atingirem. Mas eu estava considerando todas as possibilidades em que pudesse pensar.

Eu faria uma fogueira e jogaria fora tudo o que a Flora tinha me dado. Andei pela casa recolhendo tudo. Tinha quatro recipientes de pot-pourri aleatórios (foi um pequeno sacrifício). Um chapéu de inverno que ela tricotara com uma lã diferente, e que me fez parecer um porco-espinho. Boa viagem. Uns santinhos, porque havia falado para ela que gostava de imagens antigas de santos. Uma bola de barbante rosa — para quê? Botas. Flora tinha comprado um número muito grande para ela e perdeu o prazo para trocá-las. Elas me serviram, então andei para cima e para baixo com as botas até rasgarem. Seria difícil queimá-las. Algumas camisetas de pequenos *pow-wow*. Um estranho medalhão de contas. No início, Flora tinha usado contas como uma criança — fileiras tortas com pontas desfiadas —, mas o medalhão me surpreendeu. Me lembrei de quando ela colocou a corrente de margarida e contas em meu pescoço. Ela me dera um sorriso questionador, trêmulo e de admiração. Seus suaves olhos azuis, o cabelo parecendo algodão-doce branco, os lábios cor-de-rosa. O que ela tinha admirado em mim? O que eu poderia ter feito? Seus padrões eram incrivelmente baixos. Coloquei o medalhão na pilha e dei uns tapinhas nele. Naquela época, ela tivera boas intenções. Não era como se tivesse almejado a vida toda se tornar um espírito furtivo, carente e invasivo. Talvez Flora odiasse a si mesma pelo que estava fazendo.

Acendi o fogo na churrasqueira velha que raramente usávamos. Não tinha ninguém em casa, e isso era bom. Não queria que Hetta reclamasse quando eu colocasse as botas ou qualquer outra coisa no fogo. As camisetas eram bem bonitas. Além disso, se as coisas se recusassem a queimar, como o livro, não queria lidar com o chilique sobrenatural de ninguém. Quando as labaredas estavam altas, fui jogando os presentes de Flora um a um. Eles queimaram. As botas soltaram um cheiro sensacional. No espírito do perdão, do verdadeiro perdão, joguei tabaco no fogo. Em seguida, um grande ramo de cedro seco, que fez o fogo brilhar num súbito estouro. Eu sempre queimava o cedro que sobrava das cerimônias de Pollux. Adorava a fumaça aromatizada e como as chamas raivosamente devoravam os ramos.

Sentada ali perto do fogo, me senti solitária. Era difícil viver isolada por um fantasma do qual não podia falar para Pollux. Eu me perguntava por que ele sintonizava meus fantasmas e eu, os espíritos dele. Será que não eram os mesmos? No início, eu sempre rejeitei as cerimônias — para provar que ter aversão a elas não me tornava menos Ojíbua. Era quase pela mesma razão que Pollux, de vez em quando, tomava bebida alcoólica — para provar que ser nativo não o tornava um alcoólatra. Opor-se totalmente a qualquer conversa sobre fantasmas não era um problema de identidade para Pollux, mas me fazia questionar o porquê. Se ele acreditava em espíritos, ele também não deveria acreditar em fantasmas? Fiquei sentada ali, mesmo depois que tudo já tinha virado cinzas, menos as solas das botas. Coloquei mais lenha no fogo. A noite esfriava e as brasas emanavam um calor agradável. Depois de um tempo, ouvi Pollux estacionando na garagem. Ele entrou em casa e veio se sentar comigo. Ele viu as solas queimadas.

— Você dormiu com os pés no fogo de novo?

— Isso mesmo. Pergunta: por que eu acredito em fantasmas, se não acredito em espíritos? E por que você acredita em espíritos, mas não acredita em fantasmas?

Ele me encarou com as sobrancelhas erguidas e os lábios franzidos, me avaliando. Finalmente, ele assentiu e se virou de costas para o fogo.

— Não é que não acredito em espíritos — falou. — Eu não gosto quando as pessoas falam de assombrações, ou pronunciam a palavra fantasma. Ou o nome de uma pessoa morta. Principalmente esses. É desrespeitoso.

Me inclinei e o encarei como se ele fosse um estranho.

— Fala sério. É por isso que você desaparece quando alguém *menciona* o assunto?

— Sim, é claro que é essa a razão.

— Então está me dizendo que acredita... deixa eu falar direito: que você *sabe* que fantasmas existem?

— Fantasmas não, espíritos. Isso.

— E cá estou eu, sendo assombrada desde novembro passado, e sem ousar falar sobre isso com você, desde que me criticou. Não pedi sua ajuda. Achei que você me daria as costas. Você me deu as costas na verdade.

— O que você quer dizer com assombrada?

— O que eu disse. Assombrada.

— Literalmente assombrada? Como em ver um espírito?

— Eu a escuto. Flora...

— Shhhhhh.

— Viu? Não posso conversar com você. Por quê?

— Você sabe que deixei de ser policial da reserva depois que te prendi. De qualquer forma, eu não era um policial muito entusiasmado. Então também não é do meu feitio ser policial da cultura. No entanto, vou te contar. É porque você fala o nome dela. Não pode dizer o nome dela assim, tão diretamente. É preciso respeitar o morto. Além disso, se ela ouvir o próprio nome, pode se distrair na estrada pro paraíso, caso ainda esteja na estrada. E você não vai querer a sua atenção depois que ela estiver no paraíso.

— Por quê?

— Ela pode pensar que você quer se juntar a ela.

Isso me fez calar a boca.

— Vocês, Chippewas, criaram uma forma de lidar com isso — disse Pollux. — Aprendi com Noko. Coloque *-iban* no fim do nome dela. Dessa maneira, ela não o reconhece, e também significa que ela está no mundo dos espíritos.

— Por que diabos eu não sabia disso?

Fuzilei Pollux com o olhar.

— Você é mestre em suas tradições, pensei que sabia e tinha lá suas razões. Nunca tinha pensado nisso.

— Não, não sou mestre em minhas tradições! Não cresci com tradições! Roubar comida era a minha tradição, e nunca aprendi sobre o *-iban*.

— Credo, me desculpe. Eu não queria... digamos, te subestimar.

Fiquei em silêncio. *Se controle*, pensei, *não leve isso adiante*. Ele se desculpou. *Mii go maanoo*, se contenha. Deixa para lá. Mas eu queria gritar tanto com Pollux que tive que pressionar a parte de trás da mão na boca. Nada disso era culpa dele. Mas...

— Por que casar com um homem de ritos, se não pra confiar em você pra me tirar de problemas com suas cerimônias?

— Eu já me fiz a mesma pergunta. Por que casar com uma vendedora de livros, a menos que eu queira comprar um?

Nos olhamos de soslaio e caímos na gargalhada. Logo depois estávamos na cama. A certa altura, adormecidos, ouvimos o barulho de um carro e a voz de Hetta lá fora, tirando Jarvis da cadeirinha. Ela estava rindo junto a outra mulher. Asema. E riam muito alto.

— Acho que foi uma noite divertida — disse Pollux.

— Que bom que começamos cedo.

Estávamos olhando para o ventilador de teto, o qual eu amava. Na semiescuridão, sua sombra me acalmava.

— Fico tão feliz por você ter instalado esse troço — falei.

— Fiz pra você, pra te hipnotizar. Assim você faria a minha vontade.

— Que vontade é essa?

— Você sabe.

— Acho que posso te acomodar aqui. Só desta vez, e se você ficar bem quietinho.

— Mil e um — murmurou ele depois, quando estávamos nos deitando, meio sonolentos. — Acho que é um recorde mundial.

— Certamente é um recorde. Estamos em outro nível. Devíamos ganhar um prêmio.

— Ou uma placa com a descrição dos detalhes. E devíamos pendurá-la acima da lareira. A gente ia matar Hetta de vergonha.

— Com certeza. Ela é muito inocente mesmo, com filho e tudo o mais.

Ô-ou. Tapei a boca com a mão.

— Na verdade, você está certa. Ela é uma inocente — disse Pollux, antes de mergulhar no sono.

Esperava que o que ele disse significasse que não sabia do filme *A Vaqueira da Meia-Noite*. Observei o ventilador de teto e o deixei me fazer dormir.

Às vezes, quando estou acordada, entre o sono e a consciência, fico toda aflita com uma onda de tristeza que me invade. De onde vem essa onda ou por que esse momento é tão amargo e profundo, eu não sei. Apenas acontece. Fico bem quieta, como se tivesse uma faca enfiada em mim, com medo de agravar a sensação e torná-la pior. Mas sei que ela não irá embora a menos que me submeta a ela. E, então, eu me entrego.

Isso aconteceu na manhã depois que Pollux me hipnotizou com o ventilador de teto. Acordei nas garras da tristeza e, como sempre, deixei que a escuridão me preenchesse. Lentamente, quando ela recuou, espreitei do lado de fora da minha caverna de travesseiros. Pollux estava sentado a uma mesinha perto da janela. Era uma de suas estações de trabalho, as quais estavam espalhadas na casa e na garagem. Ele tinha trazido a mesa para o quarto quando Hetta começou a morar em seu escritório. Era o lugar onde trabalhava com as penas de águia. Eram lindas penas com manchas marrons e brancas, penas das asas, por isso elas eram meio curvadas. Pollux as endireitava, aquecendo o eixo sólido, o raque, em uma lâmpada. Ele usava óculos escuros contra o brilho da luz. Repetidamente, ele passava a pena sobre a lâmpada. Isso só seria normal na casa de um nativo. A pena foi se endireitando aos poucos. Demorou bastante tempo. Eu o observava por baixo dos travesseiros. A luz iluminava seu cabelo, realçando os fios prata, pretos e brancos. A paciência dele, a forma como ele se dedicava à pena, funcionava comigo também. Novamente ele aqueceu a pena, a envergou para o lado oposto, a deixou reta e aqueceu de novo. Ele parecia um quadro de amor humano. Eu sabia que o ventilador era para mim. Sabia que as penas, na verdade, eram eu — Tookie — endireitada pelo calor que era aplicado mil vezes.

MALDITA MINNESOTA

Eventos de Alerta

DEFINIÇÃO DE SAÚDE PÚBLICA: *um evento, geralmente provocado pelo homem, no qual há um forte "alerta", muitas vezes na forma de um desastre, que ocasiona diversos efeitos cascatas na legislação e nos processos jurídicos de destaque, devido em parte a um clamor popular contra as políticas vigentes que foram inadequadas ou que não foram capazes de dedicar-se ao evento.*

25 de Maio

SEGUNDA-FEIRA, tarde da noite. Hetta mostrou ao pai algo no celular. Ela sempre faz isso. Pollux se deixou cair no sofá e apoiou a cabeça nas mãos.

— *Ah, não, gawiin, gawiin* — disse ele. — *Ah, não. Ah, não, não, não, gawiin.*

Então fui assistir também. Era o vídeo de um policial com o joelho no pescoço de um homem negro que gritava, chamava pela mãe e depois ficava quieto, restando apenas o silêncio. Isso aconteceu na Cup Foods, no sul de Minneapolis. Pollux quase sempre parava ali para comprar uma coisa ou outra na loja quando voltava do serviço. *"Tem de tudo ali, e falo de tudo mesmo"*, dizia ele sobre a Cup. Agora ele dizia: *"Eu estava lá. Quem sabe poderia ter..."* Me sentei devagar ao lado dele.

Hetta rolou o feed no Twitter, dizendo: *"Uma verificação de merda, talvez? Verificação de merda?"* Depois de um tempo, ela disse que estavam planejando algo e que ela iria na reunião que haveria no dia seguinte. E ia levar o Jarvis.

— Vou mantê-lo seguro — disse ela. — Eu tenho que ir.

E começou a chorar. Pollux ainda estava com a cabeça abaixada. Ele ficou assim desde que viu o vídeo. Toquei em suas costas e ele se sobressaltou. Tentei conter uma onda de descontrole. Tínhamos acabado de testemunhar um assassinato. E agora?

184 LOUISE ERDRICH

Hetta começou a falar tudo o que tinha que levar, as máscaras e o álcool em spray. Pollux ainda estava com a cabeça abaixada, mas estava ouvindo.

— Bebês pegam o vírus?

Hetta deu de ombros, depois pareceu pensativa. Embalou o filho e suspirou.

— Não quero que ele fique doente.

— O que acha de eu cuidar do Jarvis? — sugeri. — Tira um pouco de leite e deixa umas mamadeiras.

Pollux ainda encarava o chão. No início do Movimento Indígena Americano, o AIM, as pessoas ouviam o rádio da polícia e apareciam com gravadores, fosse num bar ou num bairro, onde aconteceria uma prisão. A polícia de Minneapolis, em geral, levava o nosso povo até o rio para dar uma surra e o AIM se organizava para impedir. Hoje tínhamos as câmeras dos celulares.

Parei de andar em círculos e tentei me sentar.

— Asema acabou de me mandar mensagem, nós vamos juntas — disse Hetta.

— Ótimo. Primeira regra, tenha um parceiro. Não que eu tenha regras sobre isso. Nunca estive numa manifestação, só na da reserva Standing Rock, e eu apenas carregava livros. — Bati no peito. — Fui condenada, não ando perto de policiais. — Mas olhei para Pollux. — Só desse aqui.

Ele não ergueu a cabeça.

— Então posso deixar Jarvis aqui no sling — falei. — Vamos ficar bem.

Hetta começou a falar com seriedade, dizendo que as pessoas tinham que ficar de luto. Dizendo que era preciso um acerto de contas. Fiquei surpresa, porque ela nunca tinha reagido dessa forma a nada. Sua energia era concentrada em maquiagem, roupas e amigos. Mas isso foi antes de Jarvis, antes do isolamento reflexivo desse ano e antes de se tornar amiga de Asema. Quanto a mim, assim que parei de falar, os pensamentos começaram a invadir minha mente. O vídeo de George Floyd morrendo passava várias e várias vezes em minha cabeça.

Mas eu o guardaria junto com os outros?

Jeronimo Yanez baleou Philando Castile com um movimento aniquilador. Sete tiros. *Nunca mais esqueceremos isso*, me lembro de pensar na época. Nenhum de nós, que deixamos isso acontecer. Mas o que eu fiz desde então? Nada de efetivo.

Pensei na companheira de Philando, sua namorada, Diamond Reynolds: *"Por que atirou nele, senhor?"* Pensei na filha de 4 anos de Diamond, falando com a mãe algemada no banco de trás da viatura de Yanez: *"Não quero que atirem em você, mamãe. Vou te ajudar."*
— Obrigada por ficar com Jarvis, mãe — disse Hetta.
— Por nada, querida.
Pollux nos observou com uma admiração entorpecida e baixou a cabeça de novo. Hetta foi dormir. Pollux e eu ficamos sentados conversando e olhando os celulares, acordados até tarde. Não devíamos ter feito isso, porque, no fim, ninguém dormiria muito à noite, não enquanto a cidade sofresse e queimasse.

Eu cochilei no sofá e quando acordei, antes do amanhecer, a casa estava em silêncio. Quando eu não podia sair da cela, era retirada de lá por um grupo de homens. Era atacada e estrangulada, e ainda sentia o terror disso, lutando para chegar à superfície. Fiquei deitada no escuro, sem palavras. Apertado em meu rosto, tinha um tecido de uniforme de um homem, e não era de Pollux.

Era 26 de maio. Hetta e Asema foram à manifestação e à marcha levando garrafas de água, bonés e guarda-chuvas. Elas voltaram em poucas horas. Tinha sido emocionante e catártico, mas as duas saíram da marcha antes que chegasse na terceira delegacia de polícia. Nós nos sentamos juntos de novo naquela noite, olhando os feeds de vídeo. As coisas estavam esquentando. Rolávamos a tela e víamos fogos de artifício, granadas de luz, bombas de gás lacrimogêneo. Depois começou a chover, e parecia que as pessoas tinham ido para suas casas.

Cidade Assombrada

— Não posso ficar aqui hoje — disse Hetta, me olhando com firmeza por cima dos ovos e das torradas. — Temos que apoiar os negros, porque sabemos o que estão sofrendo. A polícia faz essa merda com os indígenas desde a fundação da cidade. Não, antes disso. Eles fizeram isso com a gente na Guerra de Dakota, e fazem até hoje. Olha o maldito selo do estado!

O selo e a bandeira do nosso estado: um indígena com uma lança ridícula passa cavalgando, enquanto um fazendeiro ara o campo com uma arma apoiada num toco de árvore. Asema fez parte do último comitê para mudá-lo, por isso eu sabia que as duas andaram conversando sobre isso. Eu ia falar para Hetta que ela parecia a Asema falando, mas depois pensei que talvez Hetta estivesse expressando a si mesma. Pollux tinha saído cedo para conversar com seus amigos, assim eu estava sozinha quando Hetta e Asema se aprontaram para sair de novo. Eu tinha concordado em levar Jarvis para o trabalho.

— Não vão até a delegacia — falei.

Mandei mensagem para Pollux e ele parecia preocupado. Ele me falou para garantir que elas levassem boas máscaras e garrafas de água.

— Voltaremos cedo de novo — prometeu Hetta. — Não se preocupe.

HETTA TIROU Jarvis do peito e o passou para eu fazê-lo arrotar — o que queria dizer que cheguei a semiprofissional. Eu o segurei com um paninho no ombro e gentilmente dei uns tapinhas nele, enquanto o balançava. Asema dirigia o respeitável Forester amarelo de sua mãe. Hetta beijou o bebê na cabeça e pegou sua mochila. Pollux tinha me falado para dar a ela seus óculos inquebráveis no caso de a polícia usar balas de borracha. Ontem ele até tentou lhe dar um capacete de bicicleta, mas Hetta não quis nenhum dos dois.

— Sei que está preocupada — disse ela —, mas não vai acontecer nada.

Hetta balançou o celular dizendo que mandaria mensagens dando notícias. Ativou a localização do telefone e verificou se estava conectado com o do pai. Ela até meio que me deu um abraço. Foi um abraço no ar, como se não quisesse perturbar o Jarvis. Isso foi o mais próximo que chegamos de nos abraçar de verdade, o que me deu um pouco de tristeza.

Fiquei na janela embalando Jarvis e olhando Hetta e Asema descerem o caminho de entrada. Elas saíram com roupas casuais ontem, mas nessa manhã foram vestidas como profissionais, com calças e tênis de corrida. Asema usava uma camiseta branca do Rage Against the Machine, com um punho vermelho erguido no meio. Seu boné preto era da livraria Birchbark. O tempo já estava nublado e quente. Hetta vestia uma camisa masculina azul e uma camiseta branca por baixo. Elas prenderam os cabelos em coques baixos na nuca, para não serem agarradas pelos rabos de cavalo. Asema tinha um marcador de texto e as duas escreviam nos braços uma da outra. Quando percebi que estavam escrevendo números de contato em seus corpos, fui até a porta com Jarvis.

— Voltem aqui! — Minha voz estava tensa e grave.

Hetta sorriu para mim por cima do ombro.

— Está tudo bem, mãe.

Ela sabia que me chamar de mãe me desmontaria completamente.

— Não vamos ser presas! — gritou Asema.

As duas fizeram uma saudação de brincadeira e entraram no carro. Tive uma sensação terrível quando partiram. Sempre tenho essa sensação quando alguém vai embora. Ao longo da minha vida, as pessoas tendiam a desaparecer para sempre. Minha tia, coma diabético. Minha mãe, overdose. Meus primos, vários acidentes, várias substâncias. Meus amores, outras pessoas. *Hetta e Asema vão ficar bem*, pensei. Deveríamos ficar em segurança quando exercemos o direito da Primeira Emenda em assembleias pacíficas, mas, novamente, houve o Standing Rock. Tínhamos ido cozinhar e eu levei um monte de livros. Eu não entendia direito os fundamentos legais do protesto. A verdade é que fui porque todas as pessoas de quem eu gostava, inclusive Jackie e uma pessoa que sabia fazer um guisado de milho muito bom, estavam indo para lá. Depois uma coisa levou a outra. Pollux se ajoelhou quando foi atacado com gás lacrimogêneo, spray de pimenta e atingido por um produto químico que até hoje não conseguimos identificar. Desde então, ele sente falta de ar. Eu precisava falar com Pollux de novo, então liguei.

— Talvez a polícia se retire ou tente aderir ao movimento — disse ele. — Não dá para acreditar no tanto de gente que tem aqui.

Falei para ele tomar cuidado, e Pollux disse que estava fazendo o distanciamento social ao ficar ao lado de uma mesa de comida, enchendo tigelas com chili.

Descobri como vestir um bebê e como prendê-lo nos cintos de segurança do canguru. Caminhamos para o trabalho pela sombra. Pollux viria nos pegar depois que alimentasse todo mundo. As nuvens estavam baixas e eu sentia o calor aumentando. Jarvis parecia não se importar, mas fiquei feliz em chegar à livraria. Abri a porta da frente e olhei. Jackie já estava trabalhando no escritório. O ar estava frio, um alívio. Então entrei e comecei a imprimir os pedidos, e a verificar se tínhamos os livros.

188 LOUISE ERDRICH

Hetta disse que os protestos começariam na Cup Foods de novo, e seguiriam para leste na Thirty-Eighth com a Hiawatha, mas elas voltariam para casa antes de chegarem à delegacia de polícia. Ela ficava enviando mensagens, nos atualizando. Hetta manteve sua palavra por um tempo, enviando algumas fotos da marcha — uma mulher com calça legging rosa empurrando um carrinho de bebê, um homem com uma criança nos ombros segurando uma placa escrito *Justiça*. Eu sabia que as fotografias eram para nos tranquilizar. Ela tinha prometido voltar cedo para o carro.

Jarvis bebeu um gole de água na mamadeira, cochilou por cerca de uma hora, então abriu os olhos e franziu a testa para mim. Nada havia me preparado para a sensação de quando um bebê em seu peito olha para você, logo abaixo do queixo, com um olhar de intensa decepção. Sua expressão me dizia que, por não ser Hetta, eu havia falhado com ele em todos os sentidos. De dentro da sacola, peguei uma mamadeira gelada, e joguei água quente sobre ela para aquecê-la apenas o suficiente. Não tirei Jarvis do canguru, embora sua boquinha estivesse virada para baixo e a testa estivesse franzida em desespero.

— Sei que é horrível, pequenino — falei, com a voz mais doce que consegui. — Mas sou a Tookie, e estou com o leite da mamãe.

— Não devia grunhir para um bebê, e o que você disse soou assustador.

Jackie saiu do escritório. Ela usava uma daquelas máscaras de papel azul que eram difíceis de encontrar. Seu cabelo estava enrolado no topo da cabeça, preso com uma presilha de miçangas. Nos olhos, ela passara delineador em forma de gatinho, e as sobrancelhas estavam fortes e cheias. Achei incrível que ela se arrumasse toda só para ficar sozinha.

— Ahh, dá licença, chefe, não vê que estou bancando a noviça?

— Está indo muito bem. Está tirando de letra — disse ela, enquanto o rosto de Jarvis demonstrava total repulsa.

Quando ele abriu a boca para reclamar, gentilmente coloquei o bico da mamadeira dentro dela. Ele estava desconfiado, depois ficou indignado. Queria ficar com a boca aberta, mas provou uma gota de leite e, surpreso, concordou em ser alimentado. Ele tomou a mamadeira inteira e pressionou a cabeça contra o meu coração.

— Não devia trocar a fralda antes dele dormir?

— Ele usa uma dessas fraldas ultramodernas — falei, embora ele estivesse pesado embaixo e eu pudesse sentir que estava molhado.

A Sentença 189

Tudo bem. Senti o cheiro de xixi. Mas eu tinha passado no meu primeiro teste como avó solo, com a desvantagem de nunca ter tido um filho. Tinha alimentado um bebê e o colocado para dormir. Quem duvidaria? Eu não era tão ruim. Encaixei minha mão em torno do corpinho de Jarvis e voltei para o computador.

Sem mensagens de Hetta. Até o fim da tarde, já tinha trocado a fralda três vezes e dado a segunda mamadeira. Eu o levei para a área das crianças no sótão para fazer exercícios, e rolamos juntos no chão. Jackie observava, mas era muito rigorosa quanto ao vírus para tocá-lo. Jarvis agora dava gargalhadas estonteantes quando eu balançava a cabeça e jogava o cabelo. Fiz isso repetidamente e toda vez ele ria. Depois, do nada, ele começou a choramingar. Esgotei meu rol de truques, mas sua choradeira só ficou mais intensa. Antes, se Jarvis desse uma choradinha, eu apenas o entregava para Hetta. Ele franziu o rosto e começou a gritar. Tinha alguma coisa tão errada que fiquei paralisada. Talvez ele tenha engolido veneno. Talvez esteja com as tripas viradas. Talvez tenha um alfinete o espetando. Mas onde? Verifiquei por toda parte, de forma cada vez mais frenética. Não consegui encontrar nada.

— Jackie! O que eu faço?

— Os bebês choram! Pega ele no colo e o acalente.

Ela ergueu as mãos e bateu a porta do escritório. Ouvi o ventilador funcionando a toda.

Vinte minutos se passaram, uma eternidade para meus nervos. A agonia violenta do meu neto entrava em meu coração, e meu peito se apertava ao redor de uma massa vermelha de sofrimento. Jackie deu uma olhadinha e me falou que ela costumava cantar. Comecei uma música sem nem pensar: "*You can have it all, my empire of dirt.*" Jackie disse que talvez fosse melhor não cantar, e fechou a porta de novo. No fim, Jarvis se acalmou e então senti seu corpo minúsculo relaxar e ficar pesado. Entretanto, se eu me sentasse, ele se remexia. Eu tinha que continuar andando e isso se tornou um problema. Não podia usar o computador a menos que balançasse para frente e para trás. Passei a última hora de trabalho empacotando caixas, me balançando no mesmo lugar. Era cansativo. Não é de admirar que Hetta estivesse tão magricela.

Depois do trabalho, Pollux me encontrou na porta e juntos prendemos Jarvis em sua cadeirinha altamente projetada pela engenharia. Parecia vinda de um foguete.

190 LOUISE ERDRICH

— Queria ter uma dessas — falei. — Eu iria pra Marte. Teve notícias de Hetta?

Ela tinha enviado mensagens para Pollux no começo, mas não tínhamos notícias dela fazia horas. Já eram seis horas da tarde. Conforme seguíamos, ele me falou que suspeitava que ela tivesse deixado o celular em algum lugar, talvez no carro de Asema. Nenhum de nós dois tinha a localização de Asema.

— A marcha já está na delegacia.

— Elas disseram que não iriam tão longe.

Olhei meu celular de novo. Não queria encher a Hetta, porque queria que ela confiasse que poderia deixar o bebê comigo sem ser incomodada. Jarvis estava acordado no banco de trás, mas quieto. Ele tinha tomado a última mamadeira com um ar de aceitação reservada, mantendo o olhar atento em mim.

Chegamos em casa, e instalamos Jarvis numa engenhoca que balançava e tinha um arco decorado com brinquedos pendurados. Hetta fazia parte de um grupo de troca de utensílios para bebês. Coisas novas chegavam a todo instante.

— Liga pra Hetta de novo — pedi. — Vou descongelar um pacote de leite.

Depois de seis tentativas e pouco mais de uma hora, ela respondeu e pude ouvir a voz dela dizendo: *"Estou bem, não venham me buscar."*

— Estão voltando pro carro agora — disse ele.

Eu queria relaxar e tirar uma soneca, mas estava de pé de novo e tinha um bebê comigo. Pollux me abraçou por trás e olhou por cima dos meus ombros, assustando Jarvis.

— Talvez ele pense que cresceu outra cabeça em mim.

— Uma bem feia.

Jarvis abriu um enorme sorriso de alegria, e ficou olhando por muito tempo para Pollux. Eu podia sentir que Pollux estava erguendo e abaixando as sobrancelhas.

— As crianças me adoram — disse ele. — Não sei por quê.

— Você é um bebê gigante com lagartas como sobrancelhas. Por que elas não iriam gostar?

Ele alisou as sobrancelhas com os dedos.

— Ficaria parecendo ainda mais bebê se eu as raspasse.

— Ah, Pollux, sua única beleza!

— Se ao menos eu tivesse te dado um pequeno *papoose* como esse.

— Nós paramos de tentar? Acho que devo ter um ou dois óvulos rebeldes dentro de mim.

— Não fala isso — disse Pollux. — Tem orelhinhas ouvindo. Eu te ajudo a tirar essa coisa.

Pollux soltou o canguru em minhas costas. Segurei o bebê e Pollux tirou o canguru do meu corpo. Ele pegou Jarvis no colo, o embalou e sentou na cadeira de descanso para niná-lo, enquanto eu pegava algumas cervejas e uns sanduíches com manteiga de amendoim. Encontrei uma geleia de pêssego estranha e a peguei também. Pollux estava olhando para o celular e disse que teria que ir ao Pow-Wow Grounds mais tarde. Abri minha boca para protestar, mas a tensão em seus olhos quando encarou os sanduíches me impediu.

— Vou fazer panquecas quando ela voltar — disse ele, pegando um pedacinho do sanduíche. — Panquecas com carinhas sorridentes. Do jeito que ela gosta.

Queria dizer a Pollux que, pelo que eu sabia, Hetta não comia panquecas sorridentes há anos, mas segurei a língua. Ele estava quieto, com o rosto fechado, do jeito que ficava quando estava preocupado.

A Avenida

Hetta se enroscou no bebê. Ela estava em casa. Ele se encaixava perfeitamente contra seu corpo. Era sua fonte primordial de alegria. Por que ela o tinha deixado? Os braços e as pernas estavam fracos, suando com a adrenalina gasta. Ela se aproximou do bebê na cama dobrável. Realmente precisava das endorfinas da amamentação. Precisava de um calmante de algum tipo, qualquer tipo. Precisava que o coração desacelerasse, que os ouvidos parassem de zumbir, que a cabeça parasse de doer. Ela tomara um longo banho e colocara roupas limpas, depois as havia tirado e tomado banho novamente. Os olhos ainda doíam, o rosto e a garganta queimavam. Hetta estava preocupada que o gás lacrimogêneo tivesse ido para o leite.

Na maior parte do tempo, a marcha foi normal. Ela viu uma mulher com uns farrapos marrons e um tambor, uma falsa indígena, cantando *Waa naa waa*. Asema se aproximou dela e arrancou o tambor.

— Qual é a sua? — falou Hetta, rindo.

— Sou a polícia do tambor! — disse Asema.

Ela colocou o instrumento na mochila e continuou andando. As duas caminhavam ao lado de uma arrumada senhora de cabelos grisalhos, usando um vestido tubinho vermelho, de mãos dadas com o marido careca de máscara, terno e gravata. A marcha seguia sem parar, reunindo, serpenteando e dobrando-se até que a multidão disforme se reuniu perto do final.

À medida que atravessavam os trilhos da ferrovia e subiam a rua, Asema ficou alarmantemente energizada. Ela avançou e começou a correr pela rua, depois atravessou um estacionamento em frente à delegacia de polícia. Elas se separaram por um tempo e Hetta tropeçou, se esparramando na faixa de grama da avenida. O leite desceu e molhou sua camiseta. Alguém saiu rolando de debaixo dela. Havia um homem usando brincos e uma camisa de caubói rasgada ajudando-a a se levantar. Uma mulher vestida com um macacão amarelo-ouro e com dreads loiros até a cintura pulava e se inclinava para frente, chamando-a com a voz rouca. Houve explosões, depois fumaça. Uma pessoa correu através do gás lacrimogêneo como um cervo e, de repente, desmaiou. Todos que estavam com crianças tinham ido embora uns dois quilômetros atrás, e Hetta desejava ter ido com eles. À sua frente, Asema, com as mãos erguidas, desapareceu na nuvem de fumaça. Uma garota usando um *hijab*, talvez com uns 12 anos de idade, avançou e chutou uma lata de gás de volta para a polícia. Algo tão excruciante, que nem parecia dor, fluiu para os olhos e os pulmões de Hetta. O gás lacrimogêneo foi para a umidade de sua pele suada e para os mamilos. Alguém a virou e derramou água em seu rosto e em seus olhos. *Por favor!* Hetta engasgou e apontou para o peito. Alguém estava ofegante, engasgando-se, em pânico, perdido. Era ela mesma. Havia uma confusão de pernas ao seu redor, ruídos ferozes, baques, gritos. Alguém a puxou para um lugar aberto e ela voltou para seu corpo.

Através de uma enxurrada de lágrimas, ela descobriu que a pessoa era Laurent. Ele segurou sua cabeça com mãos firmes e ternas, e derramou água em seus olhos. Um par de óculos de natação estava enfiado na testa dele e uma mecha de cabelo estava arrepiada. Ele estava usando mangas compridas e luvas. Uma bandana estava em volta do pescoço. Laurent pegou outra bandana azul e limpou o rosto de Hetta.

— Você está bem?

— Não.

A SENTENÇA 193

Ele colocou o cabelo dela para trás e derramou um pouco mais de água em seu rosto. Hetta agarrou seu punho e piscou para ele.

— Asema ainda está lá atrás.

Laurent beijou o próprio dedo, tocou o nariz dela e depois se foi. Hetta adorava quando Pollux fazia isso, mas sempre odiava o gesto quando o via nos filmes. Por quê? Paternalismo? Como se ela fosse uma criança. E mesmo assim ela se agarrou à bandana azul.

Asema finalmente atravessou a nuvem de fumaça. Juntas, elas cambalearam por um estacionamento e encontraram outra avenida com uma faixa de grama, distante da delegacia. Nada de Laurent. Hetta derramou a água da sua mochila nos olhos de Asema. Piscando com a água corrente, Asema arfou, dizendo que voltaria para lutar. Hetta ameaçou bater nela. *Que merda, você prometeu!* Asema não queria, mas Hetta a obrigou a ir embora. Elas começaram a caminhar de volta ao Forester, discutindo se deveriam tentar chamar um carro de aplicativo, mas resolveram que era muito arriscado por causa da covid.

SEUS PÉS estavam inchados. As axilas queimavam, a pele também. A caminhada parecia interminável. Hetta umedeceu a bandana e a amarrou no pescoço. Ela odiava os tênis de cano longo, porque não tinham amortecedores. A gravidez tinha destruído seus pés.

— Que se foda a polícia — dizia Asema. — Eles atiraram merda na gente.

Por fim, elas conseguiram chegar ao carro e em casa. E agora que estava deitada com seu bebê esperando o sono chegar, um monte de imagens surgiam e sumiam. A mente de Hetta tremulava com sons e cores, e depois ficava cinza. Ela se assustou. As cenas malucas do ano passado, que começavam sempre que ela estava meio adormecida — encontros ruins, clientes bêbados, namorados obsessivos, chefes controladores, um namorado sádico e as próprias curiosidades dela que lhe custaram muito caro —, se projetavam em sua mente, depois desapareciam. Laurent entrou furtivamente, mas ela canalizou a palavra ambivalência. Respirou fundo as dez vezes recomendadas por seu aplicativo de sono, e enfim relaxou e sentiu-se coberta por uma neve macia. Jarvis. *Meu amorzinho, eu nunca vou abandoná-lo.* As imagens do passado misturadas com as de hoje brilhavam como pingos de chuva na luz da rua. Ela sentiu friamente a sordidez e o sofrimento de tudo o que havia enfrentado, causado ou passado em sua vida.

28 de Maio

ASEMA DESPERTOU ofegante e com raiva. Ela mandou uma mensagem para Tookie dizendo que se atrasaria para o trabalho, depois percebeu que eram três horas da manhã. Cambaleou até o chuveiro. O resto da sensação de coceira se esvaiu e ela começou a chorar. Ela os havia sentido, os mortos, de muito perto. Uma senhorinha de Leech Lake tinha chamado George Floyd de nosso parente e rezara por eles, *"que há muito tempo foram trazidos para essa terra contra sua vontade"*. Durante a marcha, Asema ficou impressionada com a cordialidade radiante das outras pessoas. A fúria atingiu seu estômago quando viu o batalhão de choque. Eles se faziam parecer desumanos, invulneráveis, os rostos atrás de escudos, as armaduras anônimas. A visão de como se levantavam, parecendo tropas de assalto, significava para Asema que eram covardes e isso a deixara ainda mais furiosa. Mas, no início, ela não tinha percebido que os policiais estavam atirando com munição identificadora, bombas de gás lacrimogêneo e balas de borracha. Ela correra para a linha de frente e estendera as mãos para cima a fim de proteger os outros, antes de entender o que vinha em sua direção. A bomba de gás caíra a seus pés. Ela tropeçara enquanto tentava se afastar da fumaça química efervescente.

Assim, depois que tentara de tudo para fazer a coisa certa — a higienização, as máscaras, a pulverização dos mantimentos, o distanciamento, tudo —, num certo momento ela arrancara a máscara, correra, tossira e inalara a respiração de outras pessoas. E agora ela estava com medo. Asema estivera no meio de centenas de pessoas. Agora ela pegaria o vírus.

Asema saiu de casa e se sentou no escuro alpendre dos fundos, em um dos três degraus de madeira que levavam à pequena horta. No ano passado, a parreira de abóbora tinha crescido dentro de sua caixa de areia, atravessando as ervas daninhas cortadas e a terra roçada do gramado. Era um tipo caseiro de gramado. Um gramado útil. Havia uma fogueira, uma churrasqueira a carvão meia-boca, um novo caramanchão de treliça e um ferro em forma de cajado segurando um alimentador de pássaros com um pardal solitário sobre ele. Havia cadeiras de jardim feitas de plástico. Uma mesa de piquenique arranhada. Os alegres cordões de luzes. Festas de aniversário, formaturas, chás de bebê. Havia o resíduo da alegria em seu quintal decaído. Por volta das seis horas da manhã, ela caminhou por seis

A Sentença   195

quarteirões até o memorial e ajudou a arrumar os buquês espalhados ao longo da parede onde a imagem de George Floyd estava sendo pintada. Distante dali, mais perto da delegacia, havia pessoas varrendo cacos de vidro, pegando o lixo. Ela pegou uma vassoura e começou a varrer também.

Noite

FICAMOS ACORDADOS olhando lugares conhecidos queimarem. De vez em quando, um de nós murmurava ao reconhecer um armazém, um supermercado, um restaurante, uma loja de bebidas, ou uma loja de penhores. Havia cenas e mais cenas de silhuetas de pessoas contra as chamas. Hetta estava mandando mensagem para Asema, que não respondia. Havia todo tipo de pessoa lá fora agora. Branca, negra, parda. Comum. Pesarosa ou enfurecida. Hetta disse que as pessoas estavam presenciando ações da supremacia branca. Havia incêndios do outro lado da cidade, porém, mais perto, ouvia-se fogos de artifício, sirenes, helicópteros, o rugido incoerente do conflito, estampidos de tiros, motores acelerando, carros rasgando o asfalto, motocicletas, mais fogos de artifício e tiros — às vezes perto, às vezes mais distantes. Havia luzes para cima e para baixo em nossa rua arborizada com casas no estilo rancho das décadas de 1970 e 1980, algumas restauradas com gastos elevados. Havia algumas casas incomuns, com estruturas de madeira mais antigas e menores, como a nossa, que devem ter sido construídas de forma artesanal durante a década de 1930.

— Tem caminhão de bombeiros — falei.

Estávamos usando nosso notebook e nossos celulares para tentar descobrir o que estava acontecendo. Em uma tela, havia um replay constante da noite anterior, quando um homem branco gigante com um bizarro capacete preto apareceu. Ele carregava uma marreta e quebrara a janela de uma loja de peças automotivas. Um homem negro e magro com uma camisa rosa tentava detê-lo, e depois o seguira pelo estacionamento da delegacia de polícia. Vimos um prédio de apartamentos semiconstruído com unidades habitacionais acessíveis desmoronar, e mais silhuetas de pessoas dançando à luz das chamas. Era o Laurent?

— Acho que é ele — disse Hetta.

Hetta virou Jarvis para a tela.

196 Louise Erdrich

— Viu? É o papai — disse, com a voz alterada. — E pensar que fui eu quem o ensinou a iniciar um incêndio.

— Você acha que é ele que está causando incêndios? — perguntei
— Ele parece mais interessado em rabiscos e zombarias. De qualquer forma, achei que estava tirando o perna fina da sua vida.

— Eu também, mas às vezes penso em Jarvis. Será que sou o suficiente?

— Claro que é — disse Pollux —, mas, a não ser que esse moleque seja o monstro *wiindigoo*, eu não o afastaria da vida do bebê.

Eu sabia que os dois deviam estar pensando na mãe de Hetta, hoje falecida, como a minha. O rosto de Hetta se anuviou.

— Vocês dois teriam sido ótimos pais juntos — comentou.

— O que quer dizer com "teriam sido"? — questionou Pollux. 14— Estamos aqui com você. Além do mais, nunca se sabe, talvez ainda estejamos tentando.

— Essa eu não aguento! — falou Hetta, rindo.

— Não esquenta, filha, nosso amor é platônico — disse Pollux. — Às vezes damos as mãos na cama, mas só para cairmos no sono.

— Essa é a única imagem que eu preciso — disse Hetta. — Posso imaginá-los no maior romantismo, mas de forma abstrata. Sei que isso já existe há muito tempo, talvez desde que vocês eram crianças, por isso gosto de imaginar uma amizade agradável. Mas, sério... como resolveram ficar juntos? Sabe, vocês me contaram um monte de vezes uma história sobre se encontrarem num estacionamento. Mas o que aconteceu antes disso?

— Antes?

Antes. Eu estava perdida. Por onde começar? E Pollux parecia igualmente desconfortável.

— Acho que podemos dizer que tínhamos uma relação profissional — disse ele, enfim, em voz baixa.

— Profissional da sua parte, pelo menos.

Coloquei a mão no peito e fechei os olhos. Tenho um coração de dinossauro: frio, maciço, indestrutível, um pedaço grosso de carne vermelha. E tenho um coração de vidro: pequeno e rosa, que pode ser estilhaçado. O coração de vidro pertence a Pollux. Houve um sibilo. Para minha surpresa, surgiu uma minúscula fissura, quase invisível. Mas estava lá, e doía.

Nossas vozes se calaram. Estávamos assistindo a uma transmissão ao vivo da Unicorn Riot. Pelo que vi, a polícia tinha lançado gás lacrimogêneo e balas de borracha na multidão de um telhado. Carros de polícia em uma fila assustadoramente ordenada começavam a sair bem devagar do estacionamento da delegacia. Pollux colocou a mão no rosto e disse que nunca tinha visto algo sequer parecido ao que estava acontecendo agora.

— Você não deixa sua base. Não sei o que está acontecendo.

A polícia ainda estava descendo a rua em comboio. Logo começaram as cenas de vidros da delegacia sendo estilhaçados, pessoas andando entre montes de papéis dentro dela, água jorrando de aspersores, uma exuberância sem lei. Olhei para Pollux, e a cena na tela se refletia em seu rosto. Eles estavam ferrando com a delegacia! Cuidadosamente, escondi minha expressão, enquanto me inclinava para o notebook. Estava tentando impedir que uma bolha inesperada de júbilo explodisse com a raiva que sempre mantive guardada. A fúria vivia em mim sob pressão. Agora tudo começava a pipocar dentro do meu corpo, como rolhas estourando. O champanhe de raiva e o júbilo selvagem estavam espumando.

Lentamente, me levantei e fui para a cozinha. Depois saí pela porta e desci os degraus. Me abaixei na grama e em seguida comecei a rolar. Me sentei por um minuto, ofegante. Olhei para os dois lados, mas não tinha ninguém me vendo. Me joguei para trás no chão e continuei rolando, tirando a merda de dentro de mim — a agressão dos policiais, os socos do nada, os empurrões, os chutes, o desprezo. Todas as vezes em que fui tratada como lixo por um policial ou por alguém de uniforme. Mais bolhas fervilhavam dentro de mim. Algumas eram lágrimas.

Depois de um tempo, voltei para dentro de casa. O clima estava tenso. Não tinha ninguém impedindo ninguém de fazer alguma coisa. Para Pollux e Hetta, era como se uma fissura tivesse sido aberta na terra. *"Essa é a velha e boa Minneapolis? Isso pode mesmo ser em Minneapolis?"*, continuava repetindo Hetta.

— Aqui é a maldita Minneapolis — disse Pollux.

— É a beira do rio de Minneapolis.

Eu tinha falado para ela dos interrogatórios ali.

— Sei que é uma cidade de merda, mas é a minha cidade de merda — disse Pollux.

— Isso está me assustando pra cacete! — exclamou Hetta.

Apenas Jarvis e eu estávamos de boa.

— As pessoas estão possessas — disse Hetta, olhando o feed do Twitter.

— Aqueles pequenos restaurantes tinham uma sopa ótima — falei. — Pena que George Floyd não vai provar nenhuma.

— A polícia está no limite — disse Pollux, me ignorando. — Os bombeiros estão no limite. Alguns lugares desses vão apenas queimar. Vai ser difícil pra todos que moram ali, até pra comprar uma escova de dentes. Idosos sem carros moram ali, mas que merda, sabe, as pessoas já estão cheias.

Sua última frase foi sarcástica. Pollux olhou para nós.

— Não é só uma raiva justa. Alguns saqueadores são profissionais. Isso acontece o tempo todo. E os incêndios estão acabando com tudo. Você não vai trabalhar amanhã, certo? — perguntou Pollux para mim.

— Trabalhamos de acordo com a *música* — falei.

E havia uma frase que as pessoas estavam cantando em todo o mundo agora. Não consigo respirar. Queria ir lá para fora de novo.

— Você lacrou a loja? — perguntou Hetta, ainda rolando as mensagens. — A parte norte da cidade foi saqueada. Têm protestos em Hennepin, e a loja não é tão longe dali...

— Não.

— Mãe, não pode ir trabalhar.

Ela me chamou de mãe de novo, pensei, voltando à Terra, *e desta vez não queria nada.*

De repente, Hetta levantou e jogou o celular no sofá.

— Precisam extinguir a polícia — disse ela, olhando firme para Pollux.

Ele estivera cochilando, então levantou a cabeça lentamente e piscou os olhos.

— Você não sabe o que está dizendo, minha filha. Sabe, a polícia *está* extinta no momento. Você gosta do que está acontecendo?

— Num mundo mais justo, isso não estaria acontecendo, pai. Eles lançaram gás lacrimogêneo em mim e em Asema. São assassinos. Repetidamente matam pessoas negras, pardas, o *nosso povo*, pai.

— Tá bom, querida — disse Pollux. Ele mal enxergava direito de tão cansado. — Arradondo é um bom chefe de polícia, conheço o representante fiscal... — Pollux continuou falando como se pudesse racionalizar. — Eles ainda estão contratando gente de fora da cidade. Esse Chauvin era de algum subúrbio.

Hetta estava furiosa. Ela apertou os lábios, ofegou pelo nariz, fervilhou e berrou.

A Sentença 199

— Tenho certeza que você teria impedido Derek Chauvin. Havia mais três policiais com ele. Um negro até. Mas sei que você teria impedido Derek Chauvin.

Pollux esfregou o rosto com as palmas das mãos. Depois balançou a cabeça como se estivesse acordando de um sonho. Sua voz era muito gentil.

— Espero que sim. Mas nunca se sabe o que a gente vai fazer até que esteja na situação. Até que o mundo seja um lugar melhor, precisamos da polícia, filha.

Hetta baixou a cabeça e olhou para ele por baixo da sobrancelha. Seu lábio inferior se curvou. Seus olhos eram dois riscos pretos.

— Você já esteve numa situação assim? Alguma vez? Já esteve, pai?

— Hetta, eu fazia ocorrências. Saí com a patrulha AIM noite passada. Frank Paro está na chefia agora. Clyde Bellecourt o nomeou há algumas semanas. Um homem muito bom. Esse é o trabalho comunitário que você quer, não é? Não usamos arma, a maioria de nós. Bem, não sei... — Pollux parou com um olhar preocupado. — Depois de tudo isso, alguns vão precisar. Mas tentamos conversar. Acalmar as coisas. Pra que, numa possível denúncia falsa, isso não aconteça.

— Você feriu alguém?

— Hetta... assim não.

— Então como?

Pollux se levantou e saiu da sala. Ouvimos a geladeira abrir e fechar. Gavetas chacoalharem. Água jorrando. Logo sentimos o cheiro de café.

— Ele vai voltar pra cá com um prato de sanduíches ou com outra coisa qualquer — disse Hetta. — Mas meu pai não vai me comprar com uns pedaços de presunto barato.

— Ele pode me comprar fácil se tiver queijo.

— Ou maionese — disse Hetta. — Você é barata, gosta de presunto. Mas ele é meu pai. Ele precisa ser sincero comigo.

— Mostarda. Mas é tarde demais pra isso. Não precisamos chegar a esse ponto. Vamos nos lamentar pela manhã.

— Já é de manhã — disse Hetta. — E desde quando se lamentar pela manhã já te deteve?

Tive que pensar por um momento.

— Nunca.

Pollux voltou com um prato de sanduíches e três canecas de café enfiadas nos dedos. Ele voltou para a cozinha e trouxe o bule, serviu

200 LOUISE ERDRICH

o café e voltou de novo. Eu levantei um pedaço do pão para olhar e assenti. Ele tinha feito sanduíches bem recheados.

— Vamos comer antes que Pollux volte — falei.

— Eu não vou dar nem uma única maldita mordida nisso aí.

Peguei um sanduíche e o levei à boca, mas antes de conseguir mordê-lo Hetta voltou a falar.

— Como vocês se conheceram? Esse papo de relação profissional não é uma boa resposta.

— Ah, não? — Larguei o sanduíche. Eu estava extremamente faminta. — Seu pai me prendeu. Agora posso comer?

Hetta ficou boquiaberta.

— Bom, come essa merda. Come esse porco aí.

Eu agarrei o sanduíche e o enfiei na boca, olhando para a tela do computador onde um jovem narrava sobre chamas e caos, garrafas voando perto de sua cabeça. A delegacia de polícia agora estava envolta em fogo dourado. E se o Moon Palace, ou mesmo o Uncle Hugo's, ou a livraria Dreamhaven fossem incendiados? Hetta poderia dizer que livros eram apenas propriedades. Lojas também. Certamente, toda pequena empresa era o sonho de alguém, mas George Floyd havia perdido seu sonho. Eu não me sentia muito à vontade quando a coisa se tornou tão pessoal. Tudo em que eu podia pensar era nas páginas se enrolando em ondas de fogo.

Pollux voltou para a sala. Por um momento, Hetta não falou. Pollux e eu comemos nossos sanduíches devagar, como se estivéssemos em um estado de intensa deliberação. Fiquei hipnotizada pela destruição. Hetta não tocou no sanduíche dela. Eu desejava que Jarvis chorasse, para que ela não se metesse na minha vida.

— Foi o Jarvis? — perguntei. — Parece que eu o ouvi.

Mas Hetta tinha uma babá eletrônica no celular.

— Não — disse ela. — O J não vai te salvar. Agora vamos voltar pro dia da sua prisão, em que você conheceu o meu pai.

Pollux voltou os olhos para mim.

— Não é da porra da sua conta. — Peguei o sanduíche de Hetta e dei uma mordida. — Durmam bem, pessoas lindas.

Subi as escadas com o sanduíche. No banheiro, joguei tudo fora. Um desperdício. *E Pollux vai ver*, pensei, olhando para a coisa estatelada e nojenta em cima de alguns papéis e fios de cabelo.

Ele que veja, pensei, apagando a luz. Nem Pollux nem Hetta podiam imaginar o que eu estava sentindo agora. Quanto ao sanduíche, pode parecer uma coisa pequena a se fazer. Mas Pollux e eu comíamos tudo, mesmo as batatas fritas mais frias. E nunca desperdiçávamos comida feita com amor. Então, o sanduíche foi um sinal bem claro. Puxei as cobertas e me enfiei embaixo delas, mas não dormi. Meu cérebro era como uma lâmpada brilhando numa rua escura. Naquele círculo, vi meus braços estendidos sobre a mesa do Lucky Dog. Vi meus dedos abertos, prontos para se entrelaçarem aos dele, mas, em vez disso, ele me algemou. Bem, Pollux não usou algemas para ser franca. Ele usou uma braçadeira, dessas que prendemos nos sacos de lixo.

29 de Maio

Depois de mais ou menos uma hora, acordei no escuro e percebi que Pollux não tinha vindo para a cama. Por um momento confuso, pensei em descer para buscá-lo, provavelmente no sofá. Mas então compreendi que ele tinha saído. Senti sua ausência na casa, mas não fiz nada. Por um tempo, o sono me levou embora de novo. Na manhã seguinte, parecia que eu estava de ressaca. Uma ressaca dos velhos tempos de outrora. Senti como se alguém estivesse disparando uma arma de laser espacial em minha cabeça, e Jarvis estava chorando.

Pollux deixara um bilhete dizendo que tinha saído na noite passada. Ele tinha uma arma. Ela ficava tão bem guardada que eu só a vira uma vez. Mas lembro que era uma Glock 19. Eu balancei a porta do cofre da arma, mas não dava para dizer se ela estava lá. No entanto, a espingarda que ele guardava em uma caixa de plástico que eu tinha visto não estava em lugar algum. Tive um pressentimento doentio a respeito de como o havia deixado lá embaixo e jogado o sanduíche no lixo.

Hetta estava em seu quarto com uma criança berrando e fiquei satisfeita. Mas isso continuou por um tempo e me arrependi. Então bati na porta. Durante meu sono, um interruptor com ajustes muito complicados tinha sido empurrado para uma posição diferente. Era a posição que me conectava a Hetta, apesar de tudo. Ou por causa de tudo.

— Eu peço paz — falei, esticando meus braços para pegar o bebê.

Em vez disso, Hetta estendeu o braço e deu seu abraço aéreo.

— Eu a abraçaria, mas estava lá fora com os germes. Paz.

202 LOUISE ERDRICH

Coloquei uma xícara de café quente na mesinha ao lado da cama. Jarvis ainda estava chorando e uma névoa chegou, passando por mim e apagando todo o tempo até agora, como um sonho em que apenas as bordas afiadas apareciam.

— Pra te dizer a verdade, não me lembro de metade do que aconteceu antes de encontrar seu pai de novo nos caiaques. Às vezes eu acho que fiquei doida.

— E quem não ficaria. Posso ver que você o amava. Que o ama.

— Sim. Depois tiveram os anos de casa e comida de graça.

Saí para o quintal a fim de tomar meu café nos degraus de trás. Pollux. Eu o amava e ele acabou comigo. *Não, ele só me prendeu,* pensei. O juiz Ragnarok, digo, o juiz Ragnik, acabou comigo. A roda do meu cérebro começou a girar na velha trilha. Como eu tinha sido usada por Danae e Mara. O que aconteceu comigo depois disso. Só que desta vez resolvi me absolver, se é que posso usar essa palavra, e acho que acabei me absolvendo muito bem. Sabe, houve aquela merda inicial, depois a merda seguinte em que tentei o suicídio com papel. Depois disso, decidi deixar o papel salvar minha vida.

Que eu tive a sorte de ter sido presa por Pollux já pode ter me ocorrido. Que ele talvez tenha conversado com seus colegas para deixá-lo me levar. Que eu teria resistido à prisão e que poderiam ter me batido ou me ferido ou até coisa pior, também era verdade. Mas este era um momento de avaliar as coisas e eu estava fazendo isso duramente, junto a todo mundo. Junto a minha alegria furtiva, eu estava furiosa com Pollux, mesmo sabendo que por anos ele tentara compensar a minha década perdida, o que, no entanto, me ensinou tudo o que os livros não puderam me ensinar.

POLLUX ME ASSUSTOU quando chegou tarde naquela manhã. Não vi sinal algum das armas, mas ele provavelmente as tinha escondido na garagem. O cabelo estava desalinhado, os olhos vermelhos, a boca tensa. Ele passou por mim dizendo que teria que tomar banho e colocar uma máscara nova. Agora, além do meu ressentimento sistemático, eu queria bater em Pollux por ter andado pela rua Lake sendo velho, asmático, com dores nas juntas, precioso e armado o bastante para matar um urso. Embora estivesse a salvo. Com alívio, dei um passo em direção a Pollux, mas ele me dispensou. Perguntei o que tinha acontecido, mas ele apenas olhou para o nada. Começou a subir as escadas, mas, no meio do caminho, se virou e me contou que Migizi havia sido incendiada.

MIGIZI EXISTIA há mais de quarenta anos. Sendo uma organização de comunicação, ela mantinha a história do povo indígena urbano nesta cidade. Era como eu temia: uma biblioteca tinha sido incendiada. O prédio da Migizi era novo em folha, um triunfo para a comunidade. Na primeira noite, serviu como centro de triagem para as pessoas que se recuperavam da inalação do gás lacrimogêneo ou que tinham sido feridas durante os protestos. Na segunda noite, a patrulha do AIM o tinha defendido com sucesso do vandalismo. Mas, na terceira noite, brasas de outro edifício em chamas haviam caído no telhado e o queimado até o chão. Pollux tinha saído quando recebeu uma mensagem. Foi uma noite longa e um amanhecer desanimador. Ele queimou sálvia, tentou confortar as pessoas, mas sentiu que tinha fracassado. Pollux não queria ver ou falar com ninguém, não naquele dia.

PIPOCA E INCÊNDIO CRIMINOSO

30 de Maio

Estava preocupada com o Insatisfação — quero dizer, Roland. Ele não fazia pedidos de livros há algum tempo. Eu sabia que ele morava em algum lugar ao sul de Minneapolis, onde eu entregara um livro para Flora. Jackie estava na loja preenchendo os pedidos. Encontrei o telefone de Roland em uma lista de pedidos e liguei para ele, que atendeu no segundo toque.

— Quem é?

— Tookie, a senhora da livraria.

— Ah, Sopa de Letrinhas.

— Isso. Como você está?

— Como você acha?

Percebi uma tristeza intensa em sua voz.

— Tenho filhos da idade dele, de George. Fico sonhando com o cara. Não sou mais o mesmo, senhora da livraria.

Tudo o que pensei em falar ficou preso na minha garganta. Roland deu uma risada áspera e furiosa.

— Mas não é isso que você quer ouvir. Por que me ligou?

— Talvez não tenha mais nada aí pra ler.

Ele riu de novo, mas desta vez aliviado.

— Você está certa.

— Onde você mora?

— Por quê?

— Entrega.

— O que tem aí?

— Confie em mim.

— Não sou de confiar em ninguém, mas tudo bem.

Ele morava bem perto da Moon Palace, uma das livrarias com a qual eu estava preocupada, embora ainda estivesse de pé, precariamente intocada no meio da destruição. Fiquei surpresa, e perguntei para ele por que não comprava na Moon Palace.

— Eu compro. Mas gosto de expandir meus interesses.

Eu não disse nada. Mas ele era velho e talvez vivesse de renda fixa. Fiquei comovida por ele usar seu dinheiro contado para comprar livros. Mas então me lembrei da metida placa LOBODALEI e de

206 LOUISE ERDRICH

que ele era promotor. Mesmo assim, tinha grana. Que se dane. Na verdade, ele era um cliente em extrema necessidade. Eu o resgataria com livros.

ENCHI ALGUMAS caixas e dirigi da avenida Franklin até o Pow-Wow Grounds, que tinha se tornado um dos lugares de organização para nativos. O edifício era de um dourado brilhante, com listras azul-claro e janelas adornadas em vermelho. Era um prédio alegre, orgulhoso, amistoso, que tinha uma galeria de arte indígena e era onde ficava a associação de bairro, além de possuir uma cafeteria que muitas vezes vendia chili, tacos de pão frito, pizza de pão frito, sopa de arroz selvagem e diferentes tipos de tortas. Estacionei em frente a um mural. O elemento central era uma mulher indígena com uma marca de mão na boca — essa imagem representava o silêncio e a violência contra nós, as *ikwewags*, as mulheres —, mas havia uma fonte de água mágica que descia de suas tranças e alimentava animais, dançarinos, pessoas da cidade, o céu noturno e as fases da lua.

O estacionamento estava lotado. Um leitor campeão, artista e filósofo chamado Al trabalhava ali. Estacionei, peguei a caixa de livros e estava prestes a deixar um simples desinfetante quando um homem intimidador, muito forte e asiático, portando uma arma bem contida, chegou com litros dele. Ele deixou as garrafas de desinfetante como uma oferenda sagrada e saiu. Levei um tempo arrumando os livros no balcão de entrada de uma pequena biblioteca gratuita. Al se aproximou e disse que, quando tudo acabasse, teríamos que conversar sobre Alain Badiou.

— Claro — falei —, depois que eu procurar quem é.

Ele acenou e foi para trás do balcão. As pessoas entravam e saíam. A galeria estava repleta de engradados de garrafas de água, alimentos, fraldas, extintores de incêndio. Pollux estava no estacionamento conversando com seus amigos. Saí e vi que ele estava cozinhando em sua panela de barro gigante numa mesa dobrável. Havia alguns assados e eu sabia que ele tinha conseguido um bisão de um cara em Sisseton. Senti uma pontada de saudade. Foi difícil ir embora. Saí para a rua e entrei no carro. Desci o vidro da janela para sentir o cheiro do molho gostoso no ar sombrio. Pollux me viu. Quando eu o vi caminhando em minha direção, as mãos alertas no cinto como se fosse um pistoleiro, minha pontada de saudade tornou-se uma dor física. Sempre amei observar Pollux à distância. Ele tinha um andar solto, como se estivesse pronto para brigar. Sei que não estava, não

A Sentença 207

estaria, mas o caminhar de um velho boxeador treinado para ter os pés leves é uma coisa linda, mesmo que esteja com alguns quilos a mais. Não conseguia evitar. Seu caminhar me fez sair do carro.

— O que estão aprontando? — Minha voz era neutra, dando-lhe uma deixa.

— Vou pegar outro turno na patrulha desta noite.

— Nem pensar! — Fiquei chocada. — Trouxe sua maldita espingarda pra cá. Você pode acabar morto. Você tem um bebê e uma filha em casa. Pra não mencionar eu mesma. E seu pulmão ruim? E se ficar doente?

— Como assim "pulmão ruim"? Tudo acontece do lado de fora. Vou estar de máscara. Não se preocupe, eu doei a espingarda. Além disso, vou ficar à distância.

— É bom *mesmo* você ficar à distância. — Eu estava brava por baixar a guarda. — E vou ficar também.

Sem mais nenhuma palavra entrei no carro, pretendendo cair fora. Mas eu já estava presa e tive que dar a ré com Pollux me orientando. Não foi a saída dramática que eu esperava e ele sabia disso. Ele estava tentando ficar com a cara séria enquanto me orientava de um lado para o outro. Suspeitei que estava me deixando mais travada, mas enfim consegui sair. Na hora em que fiz isso, eu estava mais chateada por ele do que por mim mesma.

— Tenha cuidado — gritei. Pollux já estava indo embora e eu tinha me esquecido de falar sobre a outra arma. — Escolha suas batalhas, Tookie — disse a mim mesma e continuei dirigindo.

Peguei um caminho que contornava a pior área dos incêndios, e uma ou outra vez atravessei uma névoa sinistra. A casa de Roland Waring era um bangalô de argamassa creme, circundado por uma cerca de arame opaca graças às tiras de plástico verde trançadas no metal. Ele tinha uma pequena biblioteca gratuita, uma casinha azul presa num poste robusto com portas de vidro, pintada com círculos de nuvens e repleta de livros. Liguei para ele da calçada e Roland apareceu. Estava mais lento e mais magro, talvez até mais frágil. Estava usando uma bengala. Eu nunca a tinha visto. Uma cachorra fofinha marrom e branca desceu na frente dele enquanto Roland descia os degraus agarrando-se ao corrimão. A cachorra era como sua assistente pessoal. Ergui a tranca do portão e levei a caixa de livros para perto da escada. Roland se abaixou e pegou alguns títulos, assentiu e os colocou de volta. A cadelinha me lançou um olhar desconfiado, me avaliando, e se colocou na frente de Roland, protegendo-o. Quando Roland tirou o talão de cheques do bolso da camisa, falei para ele que não seria cobrado nada. Tivemos um impasse com ele balançando o cheque para mim e eu me recusando a entrar para pegá-lo. Por fim, falei que Jackie insistira nisso. Ele respeitava muito as recomendações de Jackie, então guardou o talão e o cheque no bolso. Eu já ia dizer adeus, quando Roland me perguntou:

— Como você está?

Por um instante, fiquei sem fala, pois ele nunca tinha se dirigido a mim como uma pessoa que quisesse conhecer.

— Estou agitada. E você?

— Todos perguntam como estou.

— Você perguntou primeiro.

— Estou...

Ele esticou a mão e a agitou como se estivesse procurando palavras no ar. Depois, encontrou sua velha personalidade.

— Você é o quê? Uma assistente social? Não se preocupe, minha filha mora aqui no fim da rua.

Ele pegou uma cópia do livro *A Cartuxa de Parma*, segurou-a como se avaliasse seu peso e, finalmente, disse que nunca o tinha lido. Então ressaltei a tradução de Richard Howard. Eu não tinha poupado esforços e coloquei na caixa tudo que poderia lhe agradar. Quebrei a regra de Roland Waring a respeito da não ficção e coloquei também *White Rage*, o qual ele segurou com atenção.

— Pegue uma cadeira, sente-se — disse ele. — Vou borrifar minhas luvas com álcool e lhe servir um copo de chá gelado.

— Isso seria muito bom.

— Ouça, Gary — disse ele para a cachorra —, a senhora do livro é legal. Relaxe. Fique aqui fora e faça amizade com ela enquanto pego o chá.

Gary era de tamanho médio, do tipo que eu já tinha visto em filmes, cuidando de carneiros. Era diferente dos outros cães que conhecia. Ela não me mordeu e parecia não me odiar. Gary me observava com um interesse neutro. Resolvi conversar com ela do jeito que Roland tinha feito.

— Gary, vou até a varanda, certo?

Peguei duas cadeiras dobráveis da varanda e as coloquei na grama. A cachorra ficou parada, sem qualquer reação. Quando Roland saiu com o chá, peguei meu copo e nos sentamos juntos.

— Então, como vai a livraria? — perguntou ele.

Não só Roland nunca tinha se dirigido a mim, exceto quando estava procurando por um livro, como nunca tínhamos conversado fora da livraria, ou sobre algo que não fossem livros.

— Temos uma assombração.

Rojões e fogos de artifício estouravam em algumas ruas próximas. De vez em quando, um helicóptero rasgava o céu. Eu não andava dormindo direito, meus olhos queimavam, meus pensamentos estavam amortecidos. Eu não estava bem, mas Roland também não estava. O efeito do ibuprofeno tinha passado e minha cabeça começou a doer de novo.

— Assombração? — repetiu ele. — A cidade inteira está assombrada.

— Eu digo literalmente. Tem um fantasma na livraria.

— Também não estou falando no sentido figurado. Quando penso na cidade vejo linhas, linhas e mais linhas. Linhas vermelhas, linhas azuis, linhas verdes. Vermelho para a forma como eles mantêm brancos os bairros de brancos. Azul para...

— Eu sei. Sou casada com um ex-policial.

— Neste momento isso deve ser complicado.

— Não é fácil não.

— Deve ser um inferno.

Assentimos e franzimos a testa para nossos copos de chá gelado, girando os cubos de gelo.

— Então, o que será que vai acontecer? — perguntei.

— Deixa eu consultar a minha bola de cristal. — Roland segurou uma esfera mágica imaginária e olhou dentro dela. — Aqui diz que isso ainda vai continuar, em todo lugar, por muito tempo. Diz que esse é outro começo. Já vi muitos deles. Acredito que... — Esperei ele continuar, mas Roland apenas disse: — Em tempos assim, as pessoas se tornam mais humanas. Na maioria das vezes, isso é uma coisa boa.

Perguntei há quanto tempo ele tinha Gary.

— Há seis anos, ela estava zanzando no quarteirão, uma vira-lata que as pessoas alimentavam. Por fim, ela ficou comigo. O estranho é que ela se parece com o cachorro que minha família tinha quando eu era criança. Por isso pus o nome nela de Gary. Ela até tem um pedaço da orelha que foi comido, tá vendo? — Roland me mostrou cuidadosamente o corte. — Do mesmo jeito que o velho Gary.

Gary estreitou os olhos e arfou de prazer quando Roland acariciou atrás de suas orelhas. Ela parecia sorrir para mim, como se me conhecesse.

210 LOUISE ERDRICH

— Quer saber? — disse Roland. — Não sou promotor de verdade, só estava brincando com você.

— Está brincando comigo de novo?

Ele riu. Olhei para Gary.

— Você é o primeiro cachorro que sorri pra mim.

Estendi a mão, mas a recolhi. Já tinha sido enganada muitas vezes por sorrisos falsos e dentes afiados.

A Casa

ROLAND MORAVA perto da casa em que minha mãe e eu morávamos quando ficávamos pulando da reserva para a cidade e vice-versa. A casa ainda estava lá. Estava sempre lá. A casa tem ripas de madeira cinza com seis pequenos apartamentos dentro dela. Aluguel barato, dava para morar. Tinha um cobertor pregado em uma das janelas, papelão onde a janela do sótão foi quebrada e alguns aparelhos de ar-condicionado em outras no andar superior. Estacionei o carro em um beco para ver como estava minha antiga janela. Meu quarto no segundo andar era um armário, mas tinha um vidro quadrado com caixilhos em forma de diamante no painel de cima, e até abria. À noite, eu conseguia ouvir a cidade respirando ao meu redor, como se morássemos dentro de um grande animal. Eu viajava naquele quarto. Fazia minha lição de casa. Desenvolvi a distinção entre bolhas e pontos nos *i's*. Podia me esgueirar e abrir a porta para me afastar de mamãe e de seus amigos. No quarto havia uma lâmpada com um cordão, como no confessionário. Eu tinha duas prateleiras, uma mesinha, um banquinho e um palete no piso. Tinha um travesseiro e uma colcha, tinha tudo o que precisava.

Eu pegava o ônibus escolar no fim do quarteirão. Depois trazia para mamãe minhas lições e avaliações. Com notas 0 ou 10, ela nunca reparava. Raramente falava. Eu via quando ela sacava o dinheiro da aposentadoria por invalidez e sumia com ele, ou o usava para comprar drogas. Ela saía, voltava. Às vezes, não falava nada pelo que pareciam meses. A janela parecia exatamente a mesma. Quando as emoções eram demais para mim, eu me enrolava num cobertor e ficava deitada no meu armário, esperando que passassem. Em algum momento, resolvi me tornar uma pessoa que não sentia muita coisa. Fiquei firme em minha decisão, embora não tenha funcionado.

No CAMINHO de volta, passei por fluxos de pessoas com cartazes, cervejas, garrafas de água. Passei por carros de polícia e esquadrões. Passei por lojas incendiadas com paredes desmoronadas que pareciam dentes quebrados. O Uncle Hugo's não existia mais, ainda saía fumaça. Meu estômago se revirou e meus olhos começaram a doer. Passei por uma mulher com um carrinho de mercado cheio de crianças. Em outra rua, um Humvee blindado e armado avançava, e tive que encostar para sair do caminho. Havia trechos de tranquilidade, depois soldados armados com equipamentos de batalha. Tive uma sensação fria e agourenta. Minneapolis foi pega de surpresa, mas agora a resposta estava sendo dura. Passei por uma igreja com pessoas se movimentando nos degraus. Nos fundos dela, havia um amontoado gigante de sacolas cheias de alimentos para entregar. Passei por dois adolescentes sentados na beira da calçada fumando maconha, seus cartazes deixados no chão. Passei por pessoas pintando figuras com cores vibrantes em placas nas janelas das lojas. Passei por barracas, por garrafas de bebidas alcoólicas jogadas na sarjeta, por altares de devoção. Havia mensagens para outras pessoas coladas nas árvores. Flores caindo de cercas. Tive que desviar de um carro estacionado no meio da rua, com uma bandeira dos Confederados presa no para--choque. Na maior parte do tempo, passei por pessoas que estavam levando a vida normalmente, cuidando de hortas, canteiros de flores, molhando os gramados. Passei por um lugar que vendia pipoca e parei para comprar. O cheiro de pipoca alterava o odor que sobrara do gás lacrimogêneo — azedo e almiscarado. Fui parada por uma nuvem quando estava perto de casa. Uma nuvem de emoção. Fiquei parada e tentei ir respirando para conseguir sair da névoa. Ela se desvaneceu com o alto toque de recolher do meu telefone. Eu estava cansada e extremamente triste. Se pelo menos chovesse.

31 de Maio

Mas não choveu. Era noite. Jornalistas foram atacados com armas de choque e gás lacrimogêneo, foram presos e espancados. Um jornalista teve o olho baleado.

— Por que é que estão com tanto medo? — gritava Hetta para a polícia.

Falávamos sobre a Guarda Nacional.

— Mas eles não são tão ruins — disse Hetta, me surpreendendo.

— Asema me falou que no protesto do capitólio, o comandante, ou seja lá o que ele for, da Guarda Nacional ficou de joelhos diante de todo mundo. Ele disse que estava ali pra proteger nosso direito de nos manifestar e depois se afastou, sabe, pra bem longe, e ficou tudo bem.

Pollux retornou do trabalho e me certifiquei de que ele guardasse sua arma.

— Não gosto disso — falei.

— Nem eu. Tem armas demais nas ruas. Vou guardar a minha e fazer pão frito. Essa é a minha verdadeira vocação.

— Minha verdadeira vocação é *comer* pão frito — comentei.

Mas Pollux já tinha fechado a porta do banheiro, e tomou um banho tão longo quanto o de Hetta. Ele desceu com roupas limpas e usando máscara. Estávamos evitando os vírus uns dos outros nessa época. Pollux nos falou que, algumas noites atrás, a patrulha do AIM tinha prendido uns garotos loiros de Wisconsin tentando roubar uma loja de bebidas.

— Eles caíram em cima desses garotos — disse ele para Hetta.

— Dá pra falar que foram cruéis e nada conciliadores.

— Pai? O que eles fizeram?

— Fizeram os garotos ligarem pra suas mães.

— Então foi tipo: "*Oi, mãe, vem me pegar, fui preso por saquear uma loja?*"

Pollux semicerrou os olhos. Ele estava esparramado no chão e cuidadosamente colocou a camisa azul da patrulha AIM em cima da cabeça. Ficamos acordados por mais uma noite, tentando entender a chuva de mensagens no Twitter. Todos estavam alarmados com a Guarda Nacional dizendo para não ficarmos alarmados com os Black Hawks UH-60 voando aqui e ali. Eram três da manhã e estávamos deitados no chão, usando todas as almofadas do sofá, as luzes acesas.

— Escutem isso — disse Hetta. — São projéteis de arma do MPD. A gente devia ter um plano de fuga? Ah, meu deus. As torres de celular podem ser desligadas! Peguem as mangueiras do jardim. Tomem cuidado com garrafas de água cheias de gasolina! Molhem os telhados! Suas cercas! Tirem os livros das bibliotecas gratuitas, talvez?

A Sentença   213

Estávamos malucos agora. Toda vez que nossas risadas paravam, Hetta dizia: "*Oi, mãe*" ou "*Tirem os livros*", e começávamos a rir tudo de novo. Como saímos do horror de um assassinato policial para nossas queridas caixinhas de livros em plena luz do dia? Falei que parecia que ao redor do fato principal de qualquer tragédia giravam destroços estranhos, como a nota de vinte dólares que levou a Cup Foods a chamar a polícia; o farol traseiro quebrado que levou a polícia a parar Philando Castile; o esfomeado por ovos e a fúria da fazendeira para defendê-los, um incidente que começou a Guerra de Dakota, e a frase "*eles que comam grama*", que virou parte da história desde então; a brusca mudança de rota de um motorista, que possibilitou o assassinato de um desconhecido arquiduque; um ato de desafio que evitou uma guerra nuclear durante a crise dos mísseis cubanos. São tantas outras ocorrências.

— Por exemplo — disse Hetta —, o copo de cerveja de raiz que levou a Jarvis.

— Pode parar aí — disse Pollux por debaixo da camisa.

— Ou nós dois — falei para ele. — O que estava fazendo no estacionamento da Midwest Mountaineering naquele dia?

Foi como pressionar a ferida. Queria me estapear, mas ele tentou deixar o assunto mais leve.

— Meias — disse Pollux. — Adoro as meias de lã deles.

No amor, na morte e no caos pequenas coisas iniciam uma cadeia de eventos que fogem tanto do controle que mais cedo ou mais tarde um detalhe absurdo surge, trazendo essa trilha de volta para ponderarmos. Pollux se sacudiu para que a camisa saísse do rosto e se ergueu, se apoiando em um cotovelo.

— Então está dizendo que não estaríamos aqui, todos juntos, se não fossem as meias? Não, não, foi o destino! — exclamei.

— Foram meus pés! E todo o resto de mim.

— Por favor, parem bem aí — falou Hetta, bocejando.

Um falso bocejo. Ela estava tentando manter a paz.

Levantei com um salto e corri para a cozinha, com uma ideia que me fez enfiar a mão lá no fundo da prateleira da geladeira. Minha mão se fechou em torno de um tubo de massa de cookie de gotas de chocolate que comprei na Target. Ainda estava bom. *Às vezes você faz a coisa certa, garota*, falei para mim mesma. Liguei o forno, fatiei a massa em rodelas e as coloquei numa folha de papel manteiga. Coloquei os cookies no forno e voltei para a sala de estar a fim de esperar o timer apitar. Ele tocou, me acordando depois de dez minutos.

— O que é isso? — perguntou Hetta.

— Cookies.

Ela veio tropeçando em minha direção e desta vez não teve abraço no ar. Ela passou os braços ao meu redor. Esqueci do distanciamento. Não sabia o que fazer. Isso era novo. Meus braços flutuaram num momento de indecisão, depois se abaixaram para abraçá-la.

FINALMENTE, NÓS dormimos de madrugada e acordamos em uma inocente tarde de primavera. Pollux estava dormindo ao meu lado e, apesar de tudo, fiquei feliz.

— Que horas são? — perguntou Pollux.

— Meio-dia.

Ainda estávamos deitados, cansados das noites tensas e da estranheza de acordar no meio do dia.

Eu não tinha que trabalhar, então ficamos em casa, entrando e saindo, desorientados. Hetta conversava com Asema, que acompanhava Gruen na caminhada na I-94 e depois pela I-35, que estava fechada.

— Estou recebendo uns posts pavorosos — disse Hetta.

Depois ela saltou do sofá, gritando incoerentemente. Jarvis chorou, assustado. Eu corri até ela. Hetta apontou para a tela do notebook, que mostrava um caminhão acelerando na 35 North e avançando contra a multidão de manifestantes que se espalhava, desorientada. Me virei, balançando a cabeça, como se tentasse negar o que tinha visto. Corri para o quintal e me larguei sentada na escada, coloquei a cabeça nas mãos e fechei firmemente os olhos. Pollux ficou com Hetta e Jarvis. Eles assistiram ao desenrolar da cena e, depois de um tempo, me chamaram de volta. De forma inacreditável, ninguém morreu, nem ficou ferido. Até mesmo o motorista, que foi arrancado do caminhão, estava bem. Ele foi espancado, mas depois defendido pelos manifestantes, quando perceberam que o homem falava inglês muito mal. Ele estava abalado, mas basicamente estava bem. As barreiras tinham acabado de ser colocadas enquanto ele subia a rampa de acesso, e o homem ficou completamente confuso.

Hetta batia fervorosamente os polegares no celular.

— Eles estão bem. Gruen era o que estava mais próximo, mas eles conseguiram se afastar e o caminhão parou. Vão continuar a caminhada.

As terríveis imagens, porém milagrosas, foram reproduzidas sem parar de diferentes ângulos à medida que as estações de notícias conseguiam novos vídeos dos que estavam por lá. Em um deles, um rapaz ágil de camiseta dourada e máscara preta saltou em cima do capô do motor e agarrou o limpador de para-brisas, tentando parar o caminhão. Ele era tão leve e tão acrobático que pousou como um gafanhoto.

— Olha! — exclamou Hetta. — É o Laurent. Tenho certeza, é ele. Passamos o vídeo várias e várias vezes, até que por fim eu também achei que era ele. O homem saltitante, com pernas longas parecidas com as de um inseto, podia muito bem ser Laurent.

— Qual é a desse cara?

— Ele ia se encontrar com Gruen e Asema — comentou Hetta, inexpressiva graças à exaustão. — Ele vai lutar contra isso. Laurent é assim, nunca desiste. Provavelmente, vai ficar ali a noite toda.

32 de Maio

As CIDADES estavam fervendo com agitações. Pequenas cidades, sedes de municípios e outras cidades pelo mundo estavam fervendo com agitações. Toda manhã agora Pollux saía com uma vassoura, uma pá e um balde para varrer cacos de vidro. Parecia uma penitência. Também parecia uma generosidade. Depois de limpar, ele ia fumar seu cachimbo em uma cerimônia que ele jurava que seguia as normas de segurança pública. Estávamos lotados de serviço na livraria. Todos que não estavam na rua queriam ler sobre o porquê de os outros estarem nas ruas. Pedidos de livros sobre polícia, racismo, história das raças e encarceramento chegavam sem parar. Penstemon estava abatida. Os pedidos se acumulavam em cima da mesa.

— Isso é uma coisa boa?

— Uma coisa boa? Quero dizer, estamos levando informação para as pessoas, não?

— Essa é a nossa missão — disse Penstemon.

— Minha nossa, eu atendo o telefone. Continue empacotando.

O dia todo havia a polícia, a remoção médica e os helicópteros de segurança particular acima de nossas cabeças, bagunçando nossos pensamentos. De vez em quando, uma caminhonete passava voando e eu vislumbrava a bandeira de Gadsden. As vias ao redor continuavam fechadas, assim as pessoas podiam caminhar em torno dos lagos a uma distância segura, e essas caminhonetes se perdiam no emaranhado de ruas, zumbindo como vespas. Por toda a cidade, nas tábuas que protegiam as janelas, mais arte ganhava vida e agora um grupo de artistas minoritários planejava armazenar tudo. Hetta e Jarvis vieram se juntar a mim no trabalho. Eu estava feliz porque a luz do dia entrava pelas janelas. Feliz por não termos fechado nada com tábuas. De qualquer forma, como iríamos conseguir madeira compensada nessa cidade?

Enquanto eu trabalhava, ouvia Jarvis e Hetta. Nunca tinha ouvido uma risada tão musical, como sinos, mas também podia sentir como meu coração estava rachado como um para-brisas, a minúscula rachadura viajando lentamente pelo vidro. Eu deveria fazer alguma coisa. *Devia consertá-lo*, pensei. A fenda se aprofundava cada vez mais. Tudo parecia estar rachando: janelas, para-brisas, corações, pulmões, crânios. Podemos ser a cidade da esperança de progressistas azuis num mar vermelho, mas somos também a cidade de bairros historicamente isolados e de ódios antigos, difíceis de acabar, ou que deixam um resíduo que é invisível aos ricos e aos que são bem de vida, mas são uma presença sufocante para os doentes e os explorados. Dali, nada de bom sairia, ou pelo menos foi o que pensei.

OS CÍRCULOS

34 de Maio

OUTRA MANHÃ quente e iluminada. Asema enviou mensagens para todos dizendo que as avós estavam pedindo para que nós usássemos nosso tabaco e cantássemos músicas de cura. As dançarinas de *jingle* se reuniriam no memorial de George Floyd.

— Ressuscita seu vestido.

— Como sabe que tenho um?

— O pai me falou que tinha mandado fazer um para você.

— Estou lutando contra o peso — menti. — Não cabe em mim. Que tal você usar e eu vou junto com você?

— Vai me deixar usar seu vestido?

— Claro que vou. É supertradicional, como os de antigamente. Não é cheio de lantejoulas e glitter como os que as garotas usam hoje.

— Eu não sei dançar, mas podia usá-lo.

— Asema é dançarina.

— Claro que é. — Hetta suspirou.

O vestido estava no fundo do meu armário, em uma prateleira no alto. Eu o guardava numa caixa de papelão para que pudesse respirar. Tinha bergamota selvagem e erva-doce dentro de uma fronha embaixo dele. Pollux havia cuidado de tudo. Eu tinha praticamente o mesmo peso de quando Pollux me dera o vestido. Se fizesse um buraco ou dois a mais no cinto, serviria na cintura de Hetta. Eu ainda não tinha dançado com ele. Os vestidos da nossa dança *jingle* têm vida própria, e é preciso ser um certo tipo de pessoa para vesti-lo com sinceridade. Eu não era o tipo de pessoa certa. Acho até que é por isso que Flora continuava aparecendo para mim. Talvez eu nunca fosse o tipo de pessoa que pudesse usar um vestido de *jingle* e carregar um leque com penas de águia.

Ergui o vestido da caixa, o sacudi e ele tilintou amistosamente. Tinha uma saia com fileiras de sininhos na parte inferior e na metade da parte de cima do vestido, que podia ser levantada, assim não seria preciso se sentar nos cones de metal. Talvez, se eu usasse o vestido, ele me mudasse. Mas, se Hetta o usasse, talvez isso mudasse a nós duas.

A Assombração de Pollux

POLLUX ESTAVA separando caixas de doação no Pow-Wow Grounds, montando para as famílias sacolas de comida que não fossem apenas pacotes de macarrão e potes de manteiga de amendoim. Ainda havia uma grande quantidade de extintores de incêndio. À noite, a patrulha os levava na caminhonete. Tinha tanto macarrão. Tanta manteiga de amendoim. Enquanto embalava, Pollux imaginava a manteiga com vinagre e molho quente, decorados com pedaços de cebola e amassados com um pouco de alho e talvez um pouco de soja. Podia ficar bom com macarrão. Espaguete, se não tivesse lámen. Tinha uma tonelada de espaguete e ele considerou incluir uma receita escrita à mão. Enquanto separava, montava mais receitas em sua cabeça até que a repetição o cansou. Ele saiu do prédio, se sentou na sombra contra a parede externa, tirou a máscara e respirou. Pollux ainda buscava equilíbrio depois da noite em que Hetta o interrogara. Ele não sentiu que Tookie o estava apoiando também. Além disso, ela estava certa a respeito de pequenas coisas se tornarem grandes. Ele pensou em roupas.

Um uniforme. Era só tecido, mas era poderoso. Ele tinha sido avisado, mas não prestara atenção. A primeira vez que passou pela porta de casa estufando o peito, usando o uniforme da polícia, que não era azul, e sim preto, sua avó lhe disse uma coisa. A avó dele era uma mulher muito atraente quando jovem. O tempo a tinha deixado contraditória, mas não muito. Ela era angular apesar de redonda. Os olhos eram perspicazes, mas se tornavam ternos quando olhavam para Pollux. O nariz era pontudo, mas as bochechas macias como seda. Ela usava blusas brilhantes e ásperas de poliéster, mas sua pele era macia como camurça. Ela abraçava Pollux ou lhe fazia um carinho, e dizia:

— Vai ficar tudo bem, meu filho. Espere e verá.

Mas, quando ele entrou em casa vestindo o uniforme, ela disse:

— Cuidado.

— Com o quê? — perguntou Pollux.

— Com o dia em que esse uniforme começar a vesti-lo.

Pollux riu e lhe deu um abraço. Ele não conseguia enxergar o que poderia acontecer. Não no começo. Mas as palavras da avó ficaram em sua mente, como se ela quisesse que ficassem. Aos poucos, talvez depois de um ano ou dois em que ele começou a trabalhar como policial da aldeia, sentiu as palavras penetrarem em sua pele. Uma vez, ele ouviu um dos sobreviventes da escola residencial católica canadense dizer que as freiras e os padres da escola *"deixaram algo ruim pulsando dentro de nós"*. O que entrou em Pollux foi algo ruim. Às vezes, isso oscilava. A maneira como ele ouvia a própria voz dar uma ordem com raiva. O simples cansaço que dava lugar ao cansaço cínico. A impaciência com coisas estúpidas que as pessoas faziam que congelava seu coração. A raiva que levava a uma violenta recusa em sentir. Até mesmo em se relacionar com o seu povo. E as coisas que ele viu: mulheres espancadas enfiadas em armários, crianças mortas de frio debaixo da varanda, o pai sangrando no chão, os idosos deixados de lado por causa dos seus remédios contra o câncer, os acidentes de carro e os acidentes de propósito. As coisas que as pessoas faziam umas com as outras e consigo mesmas o deprimiam. Ainda assim, ele acreditava que seu uniforme jamais tivesse guardado desprezo. Era mais exaustão, não era? Pollux não era santo.

Ele terminou de separar as caixas e dirigiu tristemente pelas ruas fechadas.

Essa coisa ruim. Pollux era assombrado por imagens e mais imagens. Pessoas se ajoelhando, espancadas. Pessoas cantando, espancadas. Mães, espancadas. Pais, espancados. Jovens, espancados. Idosos, derrubados ou espancados. Se alguém se aproximasse da polícia, era espancado. Se corresse, era cercado, depois espancado. Pollux conhecia pessoas boas, viu vidas serem salvas pelos colegas policiais. Então quem estava espancando as pessoas? Os uniformes ou quem os estavam usando? Como podiam os protestos contra a violência policial mostrarem o quão violenta a polícia realmente era?

Em casa, uma pontada de desolação o atingiu quando Pollux viu que Hetta estava usando o vestido de *jingle* que ele dera para Tookie como uma lembrança de amor. Ele segurou o leque que finalmente tinha terminado. O cabo que esculpira era coberto com couro defumado de cervo. Franjas elegantes saíam da ponta do cabo. Cada pena foi amarrada na base e reforçada com linha de bordar vermelha, bem apertada. O leque era elegante, majestoso e cada pena estava perfeitamente esticada.

— Você segura primeiro — disse ele para Tookie. — Pode deixar Hetta usar o vestido, mas o leque é pra você.

Ela o pegou com cuidado e o segurou de maneira estranha. Ele pensou que talvez houvesse um gentil *"obrigada"* preso na garganta dela.

Pollux pegou Jarvis no colo quando elas o soltaram, e observou as duas irem para o carro. Tookie não sabia, mas, às vezes, quando caminhava, ela gingava. Tentou não olhar para o jeito que o quadril dela subia e descia. Ela mexia com seu coração. Ah, ainda estava tudo ali. Ele olhou para Jarvis.

— Você ainda vai sentir isso, homenzinho — disse Pollux.

O Círculo

Estávamos juntas na van, eu dirigindo usando minha calça jeans e minha camiseta pretas favoritas. Hetta estava sentada com delicadeza no banco do passageiro, a saia do vestido de *jingle* erguida atrás dela e a frente enrolada na cintura para que os sinos não pinicassem sua bunda. Por baixo do vestido, ela usava uma camiseta de alça cavada atrás e um shortinho curto. O vestido tilintava baixinho quando eu parava no semáforo.

— Minha nossa, como é lindo — dizia ela, enquanto acariciava a pedraria bordada.

O vestido abria na frente. Ele era cor de ferrugem, bronze e marfim. Duas colunas de flores escarlates em forma de coração se encontravam no zíper. Havia tulipas lilases e folhas verdes. Pollux tinha me dado uma obra de arte.

O interior do carro estava frio e nossos óculos escuros embaçavam. Dirigir um carro ainda era um sonho estranho. Parecia que estávamos voando, mas estávamos apenas a 40km por hora. Cruzamos a I-35, depois demos a volta e entramos numa rua que contornava o parque. Ficamos sentadas no carro aproveitando o máximo possível do ar frio antes de sairmos. Abrimos as portas e o calor nos atingiu. Tinha prometido usar uma máscara de proteção contra o vírus, uma das especiais de Pollux. Respirar com ela me deixou meio tonta. Eu estava hiperventilando, mas até que gostei da sensação. Eu carregava uma bolsa de lona com duas garrafas de água. Jarvis não usava mais as fraldas de recém-nascido e tinha sobrado umas orgânicas de 0 a 3 meses na sacola. Minha carteira estava na calça, que cozinhava minhas pernas.

Hetta estava alta, distinta e graciosa, mesmo com máscara. O cabelo estava amarrado em tranças com detalhes em vermelho e usava maquiagem pesada nos olhos. Ela calçava mocassins de dança de couro cru. O vestido de *jingle* a transformou em um visível ser sagrado. Caminhar ao seu lado com as garrafas de água e a sacola de fraldas me fez sentir como a assistente de uma jovem rainha. Ao passar na rua, as pessoas a chamavam, me chamavam, como se nos conhecessem. Havia mesas repletas de pacotes de alimentos e artigos diversos para doação quando nos aproximamos da praça. Coloquei as fraldas ali. Havia bandeiras — Black Lives Mater, Pan-africanas, do AIM, de arco-íris. No centro da praça, montes de buquês de flores embrulhados em plástico foram colocados num altar circular. Mais buquês estavam encostados na parede onde um retrato foi pintado. Hetta saltou por cima dos buquês do círculo e se juntou às outras dançarinas. Ela me olhou, nervosa, depois sorriu e acenou. Asema me deu um tapinha no braço. Seu cabelo estava trançado com fitas prateadas, e o vestido era de um brilhante cetim azul com flores laranja e folhas verde-limão. Era luxuoso, com tranças prateadas incrustadas nos braços e na garganta. Parecia sufocante.

À medida que as pessoas iam para o círculo, eu relaxei e fiquei à margem da multidão. Tinha um banco de madeira maciça no estacionamento de um posto de gasolina. Subi em cima do banco e fiquei ali, em pé, encontrando uma leve brisa e respirando pelo canto da máscara. De onde eu estava, podia ver Hetta e Asema juntas. Elas eram personagens de uma história na qual as mulheres ojíbua dançavam pela cura. Quando elas erguiam os leques de pena de águia, sua graça esperançosa me invadia. Minha visão estava nublada do suor que pingava de minhas sobrancelhas. Me perguntei se isso era uma coisa comum que as mães sentiam quando olhavam suas filhas de longe, achando-as perigosas em sua beleza magnética, que não fazia distinção entre as tranqueiras que atraíam. E na verdade, quando começaram a dançar e o tambor estava na terceira batida de uma música melosa, uma delas apareceu. Lá estava ele. A tranqueira em pessoa. Laurent.

Ele estava encostado em um poste de luz, magrelo como um palito, os olhos estreitos e ansiosos, o cabelo arrepiado com um brilho chocante. No momento em que o vi, pensei num plano. Desci do banco e abri caminho até ele. Cheguei bem perto e bati em seu ombro. Ele descruzou os braços e me olhou, surpreso. Não me reconheceu, mas seguiu o gesto que fiz, indicando a praça.

— Sou a Tookie, da livraria. Onde Asema trabalha. Poderia me dar seu endereço? Tenho uma coisa pra enviar pra você.

—Ah, tá, não tinha te reconhecido. Desculpe, não tenho endereço.

A Sentença 223

— Posso enviar pra casa de um amigo? Um parente? Talvez seus pais?

Ele me deu um endereço em Bloomington e os nomes deles. Pedi seus telefones, mas ele disse que teria que pedir autorização primeiro para dá-los. Laurent estava ficando um pouco desconfiado.

— Tudo bem — falei. — Gostei do seu livro, o que você me deu. Me trouxe algumas lembranças. Só queria retribuir o favor.

Na verdade, minha intenção era contratar um advogado e enviar uns documentos para Laurent, fazê-lo saber que, mesmo sendo um preguiçoso que fazia garranchos, tinha que pagar a pensão alimentícia para o filho. Como muitos autores, ele se sentiu mais à vontade quando mencionei seu livro. Abriu um sorriso modesto e gesticulou como se estivesse acostumado ao elogio. Talvez meu rosto tenha se alterado. Minha voz falhou. Não pude deixar de pensar em Pollux fingindo ler as instruções, o passo a passo do... Ah, Pollux. Eu queria rir, mas estava muito calor. Me encostei em uma cerca.

— Você está bem?

Laurent segurou meu cotovelo e me levou para um jardim com uma árvore. Pediu para um grupo de pessoas sentadas em cadeiras por ali se podia me levar até a sombra. Eles foram muito gentis e abriram espaço para nós, depois trouxeram até uma cadeira e um copo com água. Bebi o copo com água. Soltei a sacola pesada com as garrafas de água no chão.

— Obrigada, Laurent — falei, formalmente. — Volte pra lá, vá ver a dança. Por favor, diga a elas onde estou.

Eu ainda não estava bem. Talvez fosse insolação. Elas ficariam preocupadas quando não me encontrassem, e não queria mesmo ficar ali com Laurent. Ele se afastou, segurando os braços como se eu pudesse cair da cadeira. Sua falsa preocupação me irritou.

— Cai fora. Não vou desmaiar. Se manda.

— Vou ficar só por um minuto — disse ele, de forma agradável. — Enquanto estamos aqui, gostaria de defender minha causa.

— Sua causa? Que causa seria essa?

É verdade, ele tinha acabado de me ajudar, mas eu não devia nada a ele. Eu não tinha sido conquistada. Hetta estava errada, minha boa vontade não saía barato.

— Minha primeira edição se esgotou. Preciso encontrar uma editora de verdade, e pensei se você talvez pudesse me ajudar já que trabalha numa livraria e tudo o mais.

Eu o observei mais detidamente. Talvez, afinal, ele fosse só estúpido.

— Vou te dizer uma coisa. Não sou só a mulher da livraria, sou a mãe de Hetta.

Ele franziu o cenho e balançou a cabeça.

— Ela me disse que não tinha mãe.

— Bom, agora ela tem.

Laurent me lançou um olhar tímido, os olhos baixos. Achei que isso foi feito com um charme calculado.

— Isso muda as coisas — disse ele. — Agora tenho uma causa completamente diferente pra defender.

— E qual seria?

— Gostaria que pedisse a Hetta pra parar de me afugentar, por favor.

— E por que eu faria isso?

— Por causa do garotinho, é claro, por Jarvis. Ele precisa de um pai. Talvez não agora, mas sei que ele precisará de um pai verdadeiro um dia.

Laurent continuou falando, agora abertamente, quem sabe até triste de forma convincente. Seu desânimo sincero estava me sufocando.

— No início eu entrei em pânico, talvez ela tenha te falado. Sabe, nunca, *nunca* imaginei que ela ia mesmo ter o bebê! Eu a conheci, me apaixonei por ela no set de um filme que fui contratado pra editar. Mas então, sabe, o papel dela no *Vaqueira da Meia-noite*...

— *Vaqueira da Meia-noite*?

— Me destruiu. O mustangue selvagem. Nem me pergunte. Uma noite, enquanto trabalhava na edição, eu surtei de repente e deletei toda a cena e toda cópia de cenas em que ela aparecia. Deletei duas vezes tudo o que tinha deletado. Eles já tinham pagado a ela em dinheiro. Fiz parecer um erro. Saí da cidade. Me escondi em Cali, acabei trabalhando como dublê, depois combatendo incêndios. Voltei a morar aqui com uns amigos, esperando que Hetta voltasse também. E ela voltou. Voltou!

Laurent me agarrou, os dedos me segurando como garras, e eu me afastei. Que olhos mais doces ele tinha, escuros como a sombra de uma trilha arborizada, irradiando boa vontade e inocência. Ele me ignorou quando falei para ele calar a boca.

— Então descobri que ela teve o bebê, o qual eu tinha noventa e seis por cento de certeza que era meu. Vou fazer um teste, mas daria assistência a ele não importa de quem ele seja.

A SENTENÇA 225

Ele parou de falar por um instante, respirando fundo. Eu estava paralisada demais por seu discurso cativante e sua atitude terna para me levantar e ir embora. Eu daria tudo para que meu próprio pai me quisesse assim.

Quando Laurent falou de novo, sua voz estava trêmula.

— Minha alma abandonou meu corpo quando encontrei Hetta. Sou uma pessoa totalmente vazia agora. Mas tudo bem, significa que posso aceitar meu filho. Sei que minha alma está a salvo com Hetta. Estou trabalhando na Wells Fargo.

Ficamos um instante em silêncio. O tambor persistia. Resolvi falar.

— Você contou tudo isso pra Hetta? Quero dizer, sobre o filme?

— Ainda não.

— Então, fale pra ela. Talvez ela não esteja te evitando. Talvez esteja mal por causa do filme. Talvez ache que você possa, sei lá, usá-lo pra chantagem ou coisa assim. Você não faria isso, faria?

Ele pareceu sinceramente espantado.

— Como poderia? Tudo o que ela fez foi totalmente apagado. Eu me certifiquei disso.

— Muito bem, Laurent. Uma última coisa. O que é um *rugaroo*?

Seu rosto mudou, e quando eu digo isso quero dizer *visivelmente*. Num piscar de olhos, por uma fração de segundo, ele virou outra coisa. Não um animal, não uma pessoa, mas eu digo isso com certo pavor: alguma outra merda. Depois Laurent voltou a ser ele mesmo.

— Por favor, siga seu caminho — falei, encobrindo o tremor em minha voz. — Vou levar isso em consideração.

BEBI BASTANTE água, depois coloquei a máscara de volta e entrei na aglomeração. Ondas de emoção emanavam da multidão. Me vi entre uma mulher negra vestida de turquesa e uma mulher de Red Lake usando calça jeans e camiseta como eu, as duas quase perderam seus filhos em espancamentos da polícia na margem do rio. As mulheres agarraram minhas mãos. Das palmas de suas mãos para as minhas irradiava uma tristeza além da conta e lutei, brevemente, para me soltar. Mas elas me seguraram e logo eu estava dentro do círculo. Uma idosa anunciou que o vestido de *jingle* era feito para curar as pessoas, e quem precisasse de cura podia vir para frente. Pessoas se aproximaram de várias direções, todas de mãos dadas. Foi um inferno. Minha cabeça zunia e eu temia cair de joelhos. O sofrimento se abriu ao meu redor. Outra mulher gritava por seu filho, e ainda outra por sua filha. Percebi que as mulheres cujos filhos tinham sido espancados — apenas espancados e tinham sobrevivido — estavam chorando de gratidão. Como era possível? Havia a música chacoalhante dos sinos, o tambor, o sol escaldante. Tudo continuava e continuava. Parei atrás de Hetta enquanto ela dançava. O que fluiu em mim não foi algo fácil de sentir, e eu resisti, mas então uma onda de energia me atingiu e se espalhou, e me tornei plena, poderosa, profunda, musical, inteira, universal: era o tambor. Meu quadril doeu do lado em que balancei mais forte. Continuei dançando. Vi borrões e luzes, quase desmaiei, mas eu ainda dançava, e dançando continuei.

NA CAMINHADA DE volta, pensei de novo nas palavras que uma criança criada com amor dissera para a mãe que amava além da conta. *Não quero que atirem em você*. Como as crianças no refeitório da escola na qual Philando Castile trabalhava, a menina o amava e ela amava sua mãe. Diante de seus olhos, ele foi assassinado e a mãe dela, não o assassino, era quem estava algemada e sentada no banco de trás do carro da polícia. Pensei em Zachary Bearheels, possivelmente esquizofrênico, que levou sete choques e foi arrastado pelo rabo de cavalo. O rosto de Jamar Clark. E... ah, não, lá vem ela. A imagem do garoto com rosto de ursinho, Jason Pero, de 14 anos, um ojíbua de Bad River, que teve um surto e ligou para a polícia denunciando a si mesmo. O policial Brock Mrdjenoich o matou a tiros. Paul Castaway... Indígenas após indígenas, negros após negros, pardos após pardos, e outras pessoas: brancos, homens, mulheres, baleados por estar sem medicamentos ou correndo porque são negros, ou por ter a luz traseira do carro quebrada, ou por bater em um para-brisas por engano. Atravessar fora da faixa, uma caixa de cigarrilhas. Pensei em Charles Lone Eagle e John Boney, atirados no porta-malas de uma viatura e jogados no atendimento de emergência de Minneapolis pelos policiais Schumer e Lardy, os quais, como punição, mal levaram um tapinha nas mãos. Raramente se ouve notícias das mortes de indígenas por policiais, embora os números sejam altos como os dos negros, porque muitas vezes elas acontecem em reservas remotas e a polícia não usa câmeras. Por isso, eu estava grata, embora isso estilhaçasse a verdade, pelas testemunhas com câmeras.

MEDIDAS DE PRECAUÇÃO

A Professora

Era a hora dourada em um dia de alívio do calor escaldante. De vez em quando, uma brisa fresca balançava as pequenas maçãs-verdes. A Guarda Nacional tinha ido embora, e as pessoas deslocadas pela covid e pelos protestos estavam acampadas ou procurando abrigo. No caminho, passamos por dezenas de barracas aglomeradas. Ainda assim, a cidade estava repleta de verde. Estávamos sentados em lados opostos no pequeno quintal de Asema. Pollux e eu estávamos nas velhas cadeiras azuis de metal. Asema estava na espreguiçadeira de alumínio com trançado de plástico vermelho. Quando o sol se virou para o oeste, as folhas de uma acácia-bastarda dançaram e brilharam. Em um jardim inacabado, florações de abóboras amarelas brilhavam embaixo de guarda-chuvas de folhas. Mamangavas com bumbuns pesados e libélulas em forma de setas zuniam, entrando e saindo das flores escarlates da monarda. Um curioso filhote de beija-flor parou no ar na frente do meu rosto.

Prendi a respiração. Eu havia ganhado uma despedida. O beija-flor foi embora e fechei meus olhos para manter na mente sua iridescência.

— Adeus, pequeno deus.

Asema nos serviu água gelada aromatizada com talos de hortelã e rodelas de limão. Ela estava sendo cuidadosa — usando papel-toalha para segurar a alça do jarro. Asema nos assegurou que os copos na bandeja tinham sido lavados com água quente. Estendemos as mãos e pegamos os copos pela base e os inclinamos na boca.

— Um beija-flor se lembra de toda flor em que já se alimentou — disse Asema.

— Eu me lembro de cada cerveja que já tomei com você — comentou Pollux para mim.

Não respondi. Estávamos tentando voltar ao nosso amor fácil e transparente, mas toda vez que chegávamos perto eu remexia a lama. Estava cansada de tornar as coisas piores.

— Está uma delícia — disse Pollux.

Ele dobrou a perna e descansou o tornozelo no joelho. Isso significava que estava se sentindo constrangido. Mas a historiadora da livraria tinha nos convidado por uma razão. Asema estava tentando voltar às tarefas da vida normal e a trabalhar em sua dissertação. Queria conversar comigo sobre o livro, o que eu tinha enterrado. O livro que eu tinha dito a ela que matara Flora e quase me matara também. Eu não queria ter vindo. O calor tinha melhorado e o dia estava tão abençoado, tão lindo, que eu não queria nem tocar nesse assunto. Mas ela nos subornou com um tacho de milho-verde recém-colhido.

— Então — disse ela, depois que deixamos de lado nossos pratos descartáveis cheios de espigas roídas. — Sobre o livro.

— Ah, por favor. O livro amaldiçoado. Vamos deixar isso pra lá. Pra que voltar a esse assunto?

— Porque acho que posso ter algumas respostas pra você.

— Asema, *mii go maanoo*, pelo amor de deus, deixa isso pra lá.

— Tookie, é só um livro.

— Ele matou a Flora e quase me desintegrou.

Eu podia sentir Pollux inquieto, revirando os olhos. Podia sentir ele franzindo o cenho de longe.

— Quer dizer, Flora-iban — corrigi.

— Onde está o livro agora? Vou dar uma lida e ver se morro — disse Asema.

— Não tenho mais o livro! Eu o enterrei!

— Ah, tá. Enterrou.

Asema estendeu as mãos e se inclinou para frente na precária cadeira.

— Você me falou que tinha enterrado um cachorro. Eu sabia que não tinha. Você nem gosta tanto de cachorro a ponto de cavar um buraco.

— Gosto de cachorros. Talvez não o bastante pra cavar um buraco, mas o suficiente pra... Eu tolero cachorros, mesmo que eles me odeiem. E queimei o livro.

Sob as folhas oscilantes, seu rosto se tornou determinado e tranquilo. Ô-ou. O dia estava arruinado. Asema assumiu um ar de falsa autoridade, uniu os dedos embaixo do queixo e sorriu.

— Você não o queimou — afirmou ela. — É mentira.

— Mais ou menos.

Asema me ignorou.

— Além disso, tenho uma confissão a fazer.

Pollux me olhou de relance.

— Está absolvida — falei. — Vamos em frente.

— Fiquei pensando naquele dia em que nos sentamos na árvore que caiu, no que você falou. Fui até a sua casa quando você saiu — contou Asema. — Fui ao lugar onde me falou que tinha enterrado o cachorro. Tirei a grama, depois a terra. Levou algum tempo, mas consegui achar o livro.

Até me engasguei com a raiva, mas não fiz nada além de chutar o pé de uma mesa velha.

— Que droga. Você agiu pelas minhas costas.

— Eu sei e sinto muito — disse Asema. — Não consegui deixar o assunto de lado. Mas descobri uma coisa.

A hora dourada tinha me deixado mole demais para grandes reações emocionais, mas Pollux tocou em meu braço e me trouxe de volta. Tentei me recuperar.

— Eu não a perdoo. Ou melhor, perdoo, mas ainda estou brava.

— Tudo bem, me desculpe. Era isso que eu temia.

— Mas não o bastante pra respeitar minha decisão de dar um fim no livro?

— Estava preocupada com você, Tookie.

Agora eu estava chateada demais para conversar, então comecei a falar de forma agitada. Contei como Kateri tinha dado o livro só para mim e como eu era a única com autorização para destruí-lo. Falei para Asema como o livro quase tinha me matado depois que matara Flora.

— Eu respeito sua decisão — disse Asema, enfim. — Mas você não estava se livrando do livro. Você só o enterrou. Além disso, e o mais importante, o livro era meu.

— Seu? Era meu!

— Tookie, o livro pertenceu a mim primeiro. Flora o roubou. Mais importante ainda, ele pertence à história.

Ela falou isso com uma voz piedosa, o que me irritou.

— Sou toda ouvidos, professora Asema.

— Me escute, Tookie! Fui procurar documentações em fontes primárias — explicou Asema. — Fui até Winnipeg, vi uma placa de um leilão numa fazenda e parei. Havia uma caixa de velhos registros contábeis. Fui a única que deu um lance por ela. Quando cheguei em casa, comecei a verificar os livros contábeis e os diários. Normalmente eles contêm registros, contas, anotações sobre mercadorias ou dívidas. Mas quase nunca escreviam no livro todo. A princípio, um dos diários parecia vazio, mas depois de umas páginas comecei a ver um texto. À medida que eu lia o diário, percebi que ele

A Sentença   231

deve ter sido escrito logo depois da chamada Rebelião de Riel, sabe? O início da guerra indígena pelos direitos à terra no Canadá. *Asema vai mesmo se tornar uma excelente professora,* pensei, segurando uma bufada de ressentimento. Ela estava ficando agitada. Começou a andar no cimento rachado e na grama batida. Só o que faltava era um cachimbo e um casaco de tweed com remendos nos cotovelos.

— Neste continente, o policiamento do povo indígena pelos brancos remonta à criação de forças militares de ocupação, empenhadas em guerras de extermínio tanto nos Estados Unidos quanto no Canadá. — Ela estreitou os olhos. — Eram os policiais, a cavalaria, a Real Polícia Montada do Canadá. Depois os agentes indígenas ou os militares escolheram membros tribais pra policiar a comunidade deles. Assim que o Gabinete de Assuntos Indígenas foi formado, tinham a própria polícia.

Perto de mim, Pollux se inclinou na cadeira e cruzou os braços. Eu podia sentir ele se desligando, mas Asema estava toda ligada.

— Agora, por causa de questões jurisdicionais nas reservas, é uma mistura: polícia federal, tribal, local e estadual. Ou como aqui em Minneapolis, onde há o departamento de polícia e uma história de atitudes herdadas da Guerra de Dakota.

— Muito bem, Asema!

Me levantei para ir embora, batendo palmas lentas e irônicas. Asema fez um gesto de silêncio e continuou a explicação.

— Depois da derrota em Batoche, os povos Cree, Ojíbua e Michif se espalharam, e muitas pessoas cruzaram a fronteira Canadá-Estados Unidos para viver perto das montanhas Sweet Grass, em Montana, ou nas montanhas Turtle, ou em Pembina, perto do rio Red. O manuscrito foi escrito por uma jovem, provavelmente Ojicree e francesa, que ficou doente e foi resgatada por uma família branca de fazendeiros, que depois a mantiveram como serva. À medida que eu continuava a ler, percebi que a jovem foi mantida ali contra sua vontade, basicamente como escrava.

Asema pegou uma colher de madeira e começou a bater com ela na mão enquanto caminhava de um lado para o outro. Ai, meu deus!

— Eu ganho alguma coisa por ouvir tudo isso? — resmunguei.

Olhei para Pollux. Agora ele estava prestando atenção.

— A nossa jovem sofria inúmeras brutalidades quando tentava fugir. Era difícil de ler, estava repleto de detalhes do que foi feito com

232 LOUISE ERDRICH

essa mulher. Alguns eram tão angustiantes que eu só conseguia ler algumas linhas antes de largar o livro.

Ela parou de falar e colocou uma das mãos nos olhos, num gesto infantil que nunca a tinha visto fazer. Asema parecia estar lutando, então jogou a colher no chão.

— O que você fez? — perguntou Pollux, comovido diante da amiga da filha.

— Depois de ler por um tempo, eu ficava encarando fixamente o nada, incapaz de erguer as mãos ou de me mover, incapaz de assumir o controle, incapaz de decidir se me levantava e fazia uma xícara de chá, ou se saía para caminhar, ou talvez se ia até a geladeira e fazia um sanduíche. Eu tinha consciência de que possuía escolhas e isso também me deixava confusa. Ajudou a me lembrar de que eu devia queimar sálvia e fazer uma oferenda toda vez que pegasse o livro.

Asema se recompôs, bateu em seu peito — como se reiniciasse o coração — e continuou falando.

— Essa mulher foi chamada de Maaname, que é o nome de um clã tirado de uma criatura meio mulher, meio peixe, uma personagem em nossas crenças. O nome *zhaaganaash*[1] dela era Genevieve Moulin. Por fim, Maaname se libertou e foi morar em um pequeno assentamento, às margens do rio Red. Na última vez em que estive lá, havia em Pembina poucas casas, grandes árvores verdes, um bar cheio de pessoas suspeitas, um hotel caindo aos pedaços e uma sociedade histórica com uma torre alta, que contém todos os tipos de relíquias maravilhosas daquela época. Eu parei ali no mesmo dia em que comprei os diários antigos. Mas quando Maaname morava em Pembina, há quase um século e meio, era um lugar tumultuado e ela era jovem.

"Uma mulher que parecia ser amável a abrigou, a alimentou, depois a drogou e a forçou a entrar pra prostituição. Essa mulher, que dirigia o prostíbulo, se tornou a nêmesis de Maaname. Ela era uma verdadeira sádica. Quebrou os ossos da jovem, entalhou um sinal em seu peito, queimou as solas de seus pés pra que ela não pudesse fugir, e a aterrorizou tanto que, por fim, um cliente do bordel ficou com pena dela. Uma terceira vez, Maaname foi raptada, mas agora por um homem com uma ou duas características redentoras. Ele a casou com seu filho e os dois se mudaram pra Rolette, na Dakota do Norte, onde trabalhariam nas terras do pai por vinte anos, e depois a

---

[1] Em ojíbua, *zhaaganaash* significa "cidadão inglês". [N. da R.]

herdariam. Maaname, que passou a ser conhecida como Genevieve, tinha aprendido a ler e a escrever durante seu cativeiro e este foi o relato que deixou. Mas, escutem, se o que está dizendo for verdade e algo no livro matou Flora, eu sei o que foi. Estava na última página em que ela colocou os olhos, a que foi marcada."

— Você leu a página? O que ela fez com você?

— Nada. Flora roubou esse manuscrito, o testemunho de uma mulher, porque esperava que ele validasse a identidade que assumiu. Não posso perdoá-la por isso. Ela basicamente removeu uma parte vital da história. E, como forma de punição, o livro a matou.

— Quais palavras? Qual foi a sentença? — perguntou Pollux.

— Uma sentença que contém um nome.

— Um nome pode ser muito poderoso — falou Pollux, lentamente. Talvez ele sentisse por nomes o mesmo que eu sentia por fantasmas.

— Acho, como vão poder ver, que o que causou a morte de Flora foi o nome dela — declarou Asema. — Acho que o que a destruiu foi saber onde seu nome teve origem e com quem.

— O nome de Flora — sussurrei.

Manchas amarelas se formaram diante dos meus olhos, meu cérebro ficou vazio. Depois, me levantei e vaguei para um lugar em minha cabeça que já tinha visto antes. Tudo no lugar me repelia com uma força inflexível, que ficava cada vez mais forte, até que fui atirada para dentro do meu próprio corpo, de onde não havia escapatória.

Eu caí e desmaiei. Para uma fuga encenada, era perfeito. Só que eu estava mesmo inconsciente. Momentos depois, abri meus olhos. Asema estava tentando jogar água por entre meus lábios e Pollux me abanava com sua camisa.

A Reunião

FOI UMA época desgastante, extremamente quente, propícia ao crime, lucrativa. Um cometa passou por cima de nós. O acúmulo de caixas e de livros no chão aumentou. A mesa de veleiro estava tomada por sacolas de encomendas para serem retiradas. Estávamos vendendo muitas cópias de alguns poucos títulos. Apenas Penstemon conseguiu testemunhar a passagem do cometa, que só retornaria dali a 6.800 anos. Agora, nossa equipe estava sentada em cadeiras de jardins, em um gramado na calçada protegido por uma parede de tuias e abrindo latas de água com gás aromatizada.

— O que eu odeio é que, quando as pessoas falam sobre a vacina, dizem que a cavalaria está chegando — disse Asema. — Eles não entendem que estão falando sobre genocídio?

— Todos aqui vão concordar cem por cento com você — comentou Gruen.

— Vamos cercar as carroças — disse Jackie, conforme afastávamos as cadeiras.

— Vamos cercar as carroças *e* fazer um *pow-wow* — falei.

Estávamos preenchendo pedidos de escolas de todo o país. Tentamos ao máximo analisar nossos títulos e decidir quais livros nativos eram bons para serem usados, e conversamos com professores e bibliotecários durante o processo.

— Temos dinheiro o suficiente pra armazenar os títulos mais populares? — perguntou Penstemon.

— Espere, primeiro podemos brindar com latas de água com gás pelos nossos clientes? — perguntou Asema.

Ela pegou uma lata fechada do cooler na grama, a abriu e todos brindaram pelo número de pedidos locais e online que estávamos recebendo. Todos estavam animados. Embora as pessoas não pudessem consultar e descobrir coisas novas, nós ainda estávamos vendendo livros e tínhamos resolvido contratar gente nova. Nosso volume de pedidos talvez tivesse compensado nossos custos extras em horas de trabalho e materiais, mas ainda estávamos pagando o aluguel da loja. Não sabíamos se sobreviveríamos como uma livraria de pedidos pelo correio. As vendas escolares tinham chegado para nos resgatar, mas nos levariam adiante?

— Mesmo assim, é muito bom ter pessoas que se importam conosco — falou Jackie, admirada.

— É um milagre — concordou Gruen. — Nosso espaço manda muito bem na amizade.

Asema e Penstemon lhe deram um abraço no ar do outro lado do círculo.

Na ocasião, o país de Gruen tinha contido o vírus. Nosso país tinha feito o vírus se espalhar, e agora os norte-americanos estavam impedidos de cruzar as fronteiras do mundo inteiro. E Gruen estava preso nos Estados Unidos com um bando de párias, numa cidade marcada com fogo e cinzas, num país liderado por um velho

A SENTENÇA 235

imundo e vigarista. Gruen havia sido encurralado e preso na ponte de Minneapolis. Mas estava feliz, mesmo nessa república vacilante.

— Sinta o amor! — exclamou ele, esvaziando sua lata de Coconut Fizz.

— Sinto como se estivéssemos numa encruzilhada — disse Jackie. Eu não queria falar sobre encruzilhadas. Já estava sobrecarregada. Me levantei e fingi que precisava buscar algo dentro da loja, mas, quando entrei, vi a cachorra de Roland, Gary, sentada nos degraus. Ela sorriu para mim. Parei e olhei para Gary, esperando que Roland tivesse trazido a cachorra para buscar mais livros. Mas Gary parecia estar sozinha na rua. Ela estava alerta e calma, sentada ali como se estivesse esperando me ver.

— Olá, Gary. Onde está Roland?

O meu reconhecimento parece ter sido o bastante para Gary. Ela se levantou e começou a se afastar. Eu a segui conforme ela corria e virava a esquina. Quando cheguei lá, alguns segundos depois, Gary tinha desaparecido.

Isso me perturbou pelo resto do dia. Uma convicção se instalou: Gary viera me entregar uma mensagem. Por fim, liguei para Roland, mas ele não atendeu. Imediatamente imaginei Roland caído em sua casa, indefeso, e resolvi ir até lá para ter certeza de que estava bem. A cidade estava quente e pegajosa, o ar úmido. Outro tiroteio policial contra um homem negro em Kenosha acontecera, e tinha levado as pessoas de volta para as ruas. O estopim desta vez foi uma festa de aniversário. No caminho para a casa de Roland, vi poucas pessoas. Era como se a parte da cidade pela qual dirigi estivesse sob algum feitiço. Talvez o feitiço fosse o ar-condicionado. Embora a calma úmida e densa me deixasse inquieta. Eu sentia que ia explodir de ansiedade enquanto dirigia pelo vazio do silêncio. Cheguei na rua de Roland e estacionei em frente à sua casa.

Bem, pensei, *ela ainda está aí e parece tranquila.* Saí para o cobertor de ar quente e úmido, e subi os degraus. Antes que chegasse ao último, uma mulher abriu a porta e me cumprimentou, surpresa.

— Sou Tookie, da livraria. O Sr. Waring está?

A mulher agarrou a própria blusa.

— Sou a filha dele. Acabo de chegar do hospital. Roland está internado. Não é covid — acrescentou ela quando viu meu rosto. — Ele teve um problema cardíaco.

— Ele vai ficar bem?

— Precisou colocar um stent. Os médicos o mantiveram em observação. Ele está bem.

Minha energia se exauriu e me abaixei para sentar nos degraus. Ela se aproximou e se sentou perto de mim. Pelo canto dos olhos, pude vê-la limpar o rosto, mas a moça ficou em silêncio. Então falei para ela que dirigira até ali porque a cachorra de Roland tinha ido até a livraria.

— Talvez esteja procurando por Gary.

Houve um estranho silêncio.

— Não — respondeu a moça depois de um tempo. — Algumas horas depois que levamos papai pro hospital, Gary morreu bem aqui. Isso já faz uns dias, ela foi enterrada no quintal dos fundos. Você deve ter visto outro cachorro.

— Era a Gary. Vi o corte em sua orelha.

Houve outro silêncio estranho. Depois, erguemos nossos corpos pesados e suados, nos despedimos e fomos cada uma para um lado. No meio do caminho para casa, encostei o carro. A avó de Pollux dissera uma vez para ele que os cães ficam tão apegados às pessoas que, às vezes, quando a morte chega, o cachorro entra na frente e recebe o golpe. Ou seja, o cachorro iria embora com a morte, tomando o lugar do seu dono. Eu tinha certeza absoluta de que Gary tinha feito isso por Roland, e depois foi até a loja me avisar.

⁂

No resto do mundo, as coisas não se acalmaram — elas continuavam incertas. Por meio de pura repetição, nosso mais alto funcionário eleito estava colocando falsas ranhuras nos cérebros das pessoas que elas interpretavam como verdadeiras. Manifestantes de Portland foram retirados da rua por policiais anônimos e jogados em vans para interrogatório. Descobriram que os gatos vivem em um estado de esquizofrenia crônica. Quando chegou o outono e a eleição, havia a sensação de que estávamos descendo uma ladeira íngreme em direção a um destino desconhecido — talvez ficássemos aliviados ou talvez as coisas piorassem. O número de mortos atingiu o pico e continuava a subir. Nosso país rastejava sob um manto de tristeza. Havia um zumbido contínuo de pânico. Tudo parecia sintético. Tudo estava constantemente se reorganizando. Aqui, em alguns parques da cidade, havia acampamentos de moradores de rua. Outros eram ilegais, organizados por traficantes sexuais. E ainda havia uns que foram tentativas valentes e comoventes de utopias autofiscalizadas. Pollux preparou sua salada especial de batatas com bacon e picles quente. Descobri que meu cabelo estava mais fino em um dos lados da cabeça. Pollux culpou o lado direito mais aquecido do meu cérebro. Hetta decidiu mais uma vez ficar e morar conosco, *sem medidas de precaução*. Nós usávamos essa frase ironicamente, porque o pessoal do governo a estava usando toda hora para encobrir seu medo ou sua incompetência. Jarvis começou a morder um anel de borracha por causa dos dentes. Hetta permitiu que Laurent o visitasse.

Eles estavam sentados no jardim, em uma faixa de grama sob a janela aberta da cozinha. Eu os ouvi conversando e fui, na ponta dos pés, entreouvir o que estavam falando.

— Ele é mesmo meu? — perguntou Laurent.

— Tá falando sério? Qual o nome do seu avô?

— Ah!

— Por qual outra razão eu daria o nome do bebê de Jarvis? Além disso, olha o cabelo dele.

Laurent começou a se desculpar de todas as maneiras possíveis. Nunca tinha ouvido um homem se desculpar com tanta veemência. Ele continuou e insistiu, e eu só podia presumir que Hetta estava engolindo a conversa, ou pelo menos aceitando o que ele dizia. Laurent também declarou seu amor por Hetta e entregou a ela o que ele disse ser uma pilha de cartas de amor. Aparentemente estavam escritas na língua que ele descobriu. Houve um som de papéis farfalhando.

— Como é que vou ler isso?

— Dê uma olhada nas cartas e cruze os olhos. O significado vai sobressair.

— Leva-as de volta.

— Estou só brincando. Se quiser, eu as traduzo pra você. A propósito, deletei completamente sua parte no *Vaqueira da Meia-noite*. Acabou. Olhei em todos os arquivos, me livrei das cenas em que você estava. Sabe, com certeza agora já devem ter descoberto. Mas eles não sabem onde você está, e eu encobri minha fuga. — Houve uma pausa dissimulada. — Sou bom nisso.

Não consegui saber como Hetta tinha reagido, mas depois de um tempo alguém fungou, houve um choro baixinho, um murmúrio reconfortante que mudou para um som mais baixo ainda. Escutar Hetta chorar e os dois fazendo as pazes me deixou (até a mim) com vergonha. Então sai de mansinho.

Meu Coração, Minha Árvore

Flora se escondeu, me enganou. Certa manhã, voltei para o trabalho. Não era para eu ficar sozinha, mas Jackie tinha resolvido trabalhar em casa. Ela me enviou uma mensagem no caminho para a livraria, e me questionei se devia trabalhar sem ela. Estávamos muito atrasados e só iria piorar se eu desse o fora, então me convenci de que ficaria tudo bem. Além disso, a livraria era fresca e a rua já estava um inferno. Se ao menos eu tivesse tomado medidas de precaução! Me senti desconfortável quando entrei na loja, mas não havia sussurros nem ruídos de Flora há pelo menos um mês. Ela também parara de esconder livros de mim, embora, de vez em quando, ainda jogasse alguns das prateleiras. Antes, eu já tinha me acostumado com o farfalhar e o deslizar dela. Tinha resolvido aceitar suas idas e vindas como barulho de fundo. A atividade na livraria parecia pacificar ou neutralizar o ressentimento de Flora. Eu sempre tocava músicas cada vez mais fortes para repelir fantasmas. Não sentia o peso de sua atenção. Não estava preocupada. Não tinha dicas, nem sugestões. Quando a primeira grande entrega chegou, trabalhei tranquilamente, colocando os livros no sistema e arrumando-os em pilhas. A tarefa requeria bastante concentração, mas a música me ajudava a continuar. Não tive pistas de Flora até caminhar por entre as prateleiras para guardar os livros que tinha recebido. No meio da livraria, bem perto da mesa de veleiro, ela me empurrou.

Os livros que caíram dos meus braços amorteceram a queda. Me segurei antes de bater o rosto no chão e lentamente tentei me erguer. Mas então, mas então... algo desceu sobre minhas costas, me forçando a ficar deitada. Eu cedi à sensação sem lutar. Não era tão terrível. Um calor se espalhou sob a pressão constante e meu coração desacelerou. Eu era um pássaro num cobertor, um bebê embrulhadinho. Quando empurrei a sensação pesada, ela se foi e fiquei de joelhos no chão. Depois que a pressão desapareceu, parecia que nada tinha acontecido. Deitei de bruços no chão e me estiquei, entorpecida e desatenta. Imperturbável. *Tchau para a perturbação*, pensei.

Depois ela tentou entrar dentro de mim.

Senti a ponta fina da barbatana de tubarão de sua mão entrar em minhas costas. Não percebi esse choque como dor até que seus dedos se flexionaram atrás das minhas omoplatas, pegando-as por dentro. Depois, ah, Deus. Ela estava se enfiando dentro do meu corpo.

Estava puxando meus ombros para o lado. Tentou pressionar minha espinha. Lutei contra sua mão como um peixe no anzol. Nós lutamos e eu perdi. Ela estava sentada em mim e era pesada, forte. Usava uma das mãos como cunha. Serpenteando a outra mão pela lateral, aumentou a abertura em minhas costas, pressionando, torcendo, me rasgando para abrir um buraco cada vez mais fundo, até que as duas mãos encontraram meu coração e tentaram torcê-lo como se fosse um trapo.

Meu coração, minha bela fogueira.

Meu coração, minha árvore.

Fechei os olhos e, na escuridão, minha árvore caiu, se inclinando para frente. Meus galhos me pegaram e me abaixaram, até que eu estivesse flutuando sobre o piso. Ali, como se estivesse em uma mesa diante dela, Flora afastou o resto do meu corpo cuidadosamente, me abrindo como a um zíper em um traje de mergulho. Ela me jogou no chão e tentou enfiar seus pés na sola dos meus pés, os braços nas pontas dos meus dedos. Tentou se erguer dentro do meu torso e enfiar sua cabeça em meu pescoço, para que pudesse ver através dos meus olhos. Mas não deixei meu corpo mole como um trapo. Eu não era uma roupa de mergulho vazia. Sou bem sólida. Não tinha espaço algum, não importava o quanto ela se apertasse ou empurrasse. Havia muito de mim, do jeito que sempre houve. Eu sou, e sempre serei, muito Tookie.

QUANDO NÃO cheguei em casa e nem atendi o telefone, Pollux usou minha chave extra e me encontrou no chão. Eu estava roncando, então ele soube na hora que não estava morta. Talvez bêbada. Talvez o estresse pandêmico e tudo o mais que estava acontecendo tenham quebrado minha decisão.

— Que decisão? — perguntei mais tarde, conforme caminhávamos para casa.

Não tinha ninguém nas ruas. Estava uma noite sufocante. As folhas pendiam sombrias no ar sem vida.

— Sua decisão de... bem, não uma resolução, apenas a regra de não beber no trabalho.

— Eu nunca bebi no trabalho, meu amor.

— Claro que não, nem sei por que disse isso, só estava...

Pollux parou de resmungar e deu um suspiro. Sei que ele ficou meio preso no fato de eu tê-lo chamado de *"meu amor"*. Na verdade, quis ser irônica, mas as palavras saíram trêmulas e verdadeiras. Ele jogou a cabeça para trás. O suor caía da testa dele, nossos dedos unidos de forma descuidada. Era como dar as mãos debaixo d'água. Eu sentia o suor escorregar pelas costas, direto do pescoço, correndo pelas minhas pernas. Não conseguia controlar. Nunca tinha suado desse jeito antes e me sentia envergonhada.

— Estou derretendo. É horrível.

— Sou eu — disse Pollux. — Estou suando mais.

Meu cabelo estava emplastrado, o rosto coberto de gotas de água. A água descia pela minha testa e o sal ardia em meus olhos.

— Olhe as minhas costas — pedi, me virando para ele e batendo no meu ombro. — Vê se tem sangue. Levanta minha blusa.

— Aqui na rua?

— Não ligo se tem gente olhando.

Sabia que tinha sido rasgada ao meio, e que deveria ter sangue saindo de mim, mas só sentia algumas gotas. Pollux ergueu minha blusa.

— Só está suada — disse ele. — Tem umas marcas estranhas, umas dobras e uns amassados. Você dormiu em cima de um rolo de corda?

— Eu estava deitada de bruços — falei, minha voz aguda. — Pollux, usei o *-iban* no final do nome. Joguei tabaco no fogo. Fiz tudo o que você me falou. Lutei com a Flora, a abençoei, toquei música. Mas essa tarde ela tentou outra coisa.

Pollux estava em silêncio enquanto chapinhávamos no calor. Ele estava esperando eu continuar, mas fiquei com medo de parecer mais doida do que já tinha parecido antes. Tive medo de que esta fosse a gota d'água e Pollux me internasse ou, pior, deixasse de acreditar em mim.

— Você não me internaria, não é?

— Depende — respondeu ele, fazendo uma piada sem graça.

— Tô falando sério.

— Não, não, nunca! — exclamou Pollux, ansioso, e tentou passar o braço úmido em torno dos meus ombros úmidos. Sua mão escorregou. — O que aconteceu? Vai, pode contar pro velho Pollux.

— O bom e velho Pollux. — Minha voz estava triste ou com um fraco sarcasmo, ou os dois.

Paramos na calçada no meio da ponte, onde normalmente tinha uma leve brisa. As árvores abaixo de nós haviam sido arrancadas da terra. Fiquei parada na frente dele e tentei encontrar as palavras, tentei fazer os sons saírem da minha boca, tentei contar para ele. Mas um emaranhado de espinhos encheu meus pulmões. Eu não conseguia respirar fundo. Sibilei, e ele colocou os braços na minha cintura.

— Tookie?

Eu tentei. Prendi a respiração, bati as mãos na cabeça, rosnei, ri. Mas foi inútil. Estava tão assustada quanto Pollux quando isso começou. Seus braços se retesaram ao ouvir o primeiro soluço que escapou de mim. Depois outro. Lágrimas molharam minhas mãos. Conseguia sentir o nariz inchando, os olhos afundando. Minha pele ficou febril. Pollux me segurou. Pelo menos ele sabia exatamente o que fazer: nada. Fui me tornando cada vez mais nova, até que uma baita criança chorona se jogou nos braços dele, depois o esmurrou — muito. Ele não brigou comigo. Não me jogou da ponte. Pensei que alguém passaria e nos veria brigando, mas a rua superquente estava vazia. Pollux puxou minha cabeça para seu coração e acariciou meu cabelo.

— Tookie.

Ele continuou repetindo meu nome como um mantra, e me deixou convulsionar até que a loucura passasse e eu me acalmasse. Pollux pegou um lenço do bolso e o passou em meu rosto. O lenço já estava úmido. Peguei a mão dele, como a doce criatura que não sou, e deixei que me levasse para casa.

TOOKIE, AH, *Tookie*, pensou Pollux. Minha ameaça encantadora.

TOOKIE ESTIVERA indo tão bem. Pollux esperava que ela não espumasse, fervesse, lançasse lava derretida no escuro. Ele nunca entendeu direito o que tinha feito, além do óbvio, mas muito era culpa dele. Tookie permanecera relativamente calma por um bom tempo. Ele havia começado a sentir a tensão, a vitalidade, a agitação, o cerrar e o descerrar dos punhos, embora ela estivesse aguentando. Essa era a dificuldade em viver com Tookie. Era mais fácil conviver com ela depois que desmoronava do que temer quando isso aconteceria. A primeira vez que havia desmoronado, muito tempo atrás, Pollux tinha falhado com ela. Nos anos em que esteve na prisão, ele temera entrar em contato com Tookie. Sentia vergonha de si mesmo. Depois veio o dia fatídico e uma vida de amor surpreendente. Na maior parte do tempo. Na última vez que Tookie desmoronou, Hetta não falou com ela por um ano. Mas quem sabe? Talvez Tookie tenha feito um trabalho interior do qual nunca contou. Talvez as preces de Pollux tenham ficado mais fortes. Porque esse era o período mais longo, que os dois podiam se lembrar, no qual ela ficou bem. Além disso, em vez de cair num frenesi de raiva, pela primeira vez, pelo menos que Pollux podia se lembrar, ela havia chorado em seu ombro.

RUGAROO

Travesseiros e Lençóis

NA ÉPOCA DA pandemia, eu não podia voltar a andar de ônibus e passear pela cidade tomando sopa. Também não podia voltar ao trabalho, de jeito nenhum. Penstemon contara para Jackie que, assim como eu, ouviu Flora, então, quando falei para Jackie o que tinha acontecido, ela contratou uma estudante que assistia às suas aulas em casa e dividiu minhas horas com o resto dos funcionários, sem comentar nada. Ela era uma equilibrista sensível. Assim, eu estava de licença. Havia duas formas de acalmar meus nervos: ficar na cama para sempre; ou não. Meu corpo adora a inércia. Meu cérebro ama o entorpecimento. Por isso, na verdade, não havia escolha. Havia uma repreensiva voz interna que tentava me dizer que, depois de ficar trancada e isolada em minha vida, era extremamente errado me confinar de maneira voluntária num monte de lençóis e travesseiros. Mas era um ninho seguro de abraços emaranhados! Eu me enrolava e me desenrolava. Deixava os travesseiros afofados, depois amassados. Depois desabava. Até Pollux me deu espaço, depois que falei para ele que precisava lutar com meu demônio. Que homem sensato ficaria entre uma mulher e seu demônio?

Ou talvez ele não fosse um demônio. Talvez só fosse alguém que me ensinasse como sou.

O verdadeiro nome de Budgie era Benedict Godfrey. Era um nome elegante, digno de um aristocrata britânico, um nome que merecia um *Sir* ou um *Lord* antes dele. Ele era chamado pelas iniciais BG e, com o tempo, BG se tornou Budgie. Mesmo se estivesse vestido de fraque em vez das costumeiras camisetas largas e pretas de bandas de metal, BG ainda seria uma pessoa insípida, desprezível, como já disse, com a pele esburacada e um sorriso sem lábios. Ele tinha cicatrizes por ser sempre espancado e também um temperamento ruim. A única coisa positiva que já ouvi ele falar, de algum lugar das profundezas de sua satisfação de não estar em lugar nenhum, foi um prolongado *"yeaaaahhhh"*. Budgie usava camisas de manga comprida embaixo das blusas por causa das marcas e dos hematomas, ou porque sempre estava com frio. Sua bunda era tão magra e os quadris tão estreitos que a calça jeans se enfiava nos lugares errados. Certo verão, eu e um pessoal fomos acampar em um lago envenenado por um tipo de alga comedora de cérebro. Fizemos uma fogueira para ficarmos chapados ao redor dela, e eu passei a observar o céu da minha cadeira de acampamento. Então aconteceu. Um dedilhar pungente embelezava uma música absurdamente sensível. Não havia palavras, porque se houvessem elas retirariam o significado. Era o som das estrelas. Somente os lobos escutam as estrelas. Até então, não sabia se eu me tornara um lobo ou se estava violando alguma regra sagrada. Comecei a me dividir em moléculas de ar escuro, mas não tive medo. Eu montava teias de aranha e os raios do luar. Estava infinitamente calma. Girei milhões de quilômetros para cima e milhões de quilômetros para baixo e, depois que a música acabou, uma lata chacoalhou e ouvi o guitarrista: *yeaahhhhhhhhhhhh*.

Odiei Benedict Godfrey por acabar com a minha vibe. Mas foi por amor que o joguei dentro de uma caminhonete fria, e fui traída. Hoje vejo que nós dois fomos traídos, porque Danae e Mara haviam usado seu corpo como um meio de transporte. Acho que a questão é: quanto devemos aos mortos? Acho que essa pergunta era o meu demônio.

Mas havia mentido sobre o que estava fazendo. Eu não podia lutar. Tinha perdido minha vontade de lutar. Tinha decidido me tornar um verme.

Sem pensar. Sem movimentos estranhos. Sem conversar, sobre nada. Eu fazia uma jornada épica até a cozinha duas vezes ao dia. Trazia de volta uma bandeja com qualquer coisa. Não segurava, nem podia segurar, Jarvis. Era ruim nesse nível. Até o dia em que Hetta invadiu o quarto.

— Levanta — ordenou ela. — Sei o que aconteceu, o pai me falou. Acha que é a única a lidar com fantasmas e toda essa merda?

— Não — resmunguei do meu ninho. — Todos que têm um fantasma querem me falar dele. Mas o meu tentou entrar dentro de mim.

— Eu, eu, eu. Sempre essa merda de eu!

Não ia nem levar isso em conta. Virei de costas, me encolhi de forma aconchegante e fechei os olhos. Hetta deu a volta na cama e chacoalhou meu ombro. Eu a empurrei para trás. Fiz isso gentilmente, mas garanti que ela entendesse que não queria me mexer. Então ela fez algo dissimulado, algo diabólico, algo que sabia que eu não podia aguentar. Hetta se ajoelhou ao lado da cama e começou a chorar. Por ter sido tomada pelas lágrimas naquela ponte, eu estava vulnerável. Senti a pressão subir em mim como vapor.

Depois de um bom tempo, no qual ela não parou, percebi que não estava fingindo. Me virei para ela e acariciei seu ombro. Perguntei o que tinha de errado. Os soluços foram enfraquecendo. Ela engoliu em seco, bufou, deu uma fungada e começou a chorar de novo. Continuei acariciando seu ombro.

— Tookie, não sei mais o que é real — disse ela, finalmente, numa voz fraquinha.

— Muuuito bem... — comecei, mas parei de falar. Tentei de novo: — Explica?

— Laurent esteve aqui. Ele começou a me falar, sei lá, de um *lixo insano*.

— Sobre o quê?

— Uma doença hereditária, algo que é herdado na família, uma coisa que ele diz que eu devia saber.

Sentei como se tivesse levado um choque.

— Uma coisa que pode afetar o Jarvis?

— Sim!

E começou a chorar de novo. Implorei para que tentasse se acalmar, para que eu pudesse entender o que estava acontecendo. Saí de debaixo das cobertas e, em minha tontura, vi brilhos e luzes, pois só estava ficando na horizontal. Tentei de novo. Consegui me arrastar e me sentar ao lado dela, com o cabelo amassado por causa da cama e as calças de trauma da Target largas, rasgadas e baratas. O dever chamava.

— Muito bem. Devagar. Vamos voltar um pouco, use mais as palavras. Respiiiira, respira, devagar, certo.

— Ele disse que é um *rugaroo*. Disse que é de família. Que o livro que ele te deu, suas memórias ou coisa assim, fala sobre isso.

— O que foi escrito numa língua morta?

— A língua dos ancestrais dele. Laurent sonhou nessa língua a vida toda. Por cerca de um ano, de vez em quando, ao acordar desses sonhos, ele escrevia algumas sentenças nessa língua, esse roteiro. Disse que o livro que te deu foi ditado a ele por uma parte de si mesmo que canaliza a história da família.

Peguei a mão de Hetta e a segurei.

— Não se preocupe. Tenho certeza que isso é ilusão de Laurent, embora...

— Embora o quê?

Me lembrei de como o rosto dele mudou de leve na última vez que conversamos de fato. Depois, no Lyle's, como ele tentou empurrar o

Empire of Wild como se fosse a Bíblia Sagrada. O livro incluía um *rugaroo* repugnantemente atraente. Será que tinha alguma coisa a ver?

— Vamos deixar ele vir aqui e ler o livro pra gente. Vamos descobrir do que ele está falando.

Jarvis resmungou no andar de baixo, um lamento baixinho. Hetta desceu as escadas correndo. Continuei sentada ao lado da cama. De repente, sem pensar, eu estava de pé, indo até a cômoda e colocando meu jeans preto favorito. Quando me dei conta, já estava vestida, e com uma blusa preta de manga comprida também. Desci a escada, abandonando o entorpecimento, de volta a qualquer que fosse o jogo que o mundo estava jogando comigo, conosco.

A História do *Rugaroo*

MARCAMOS A leitura no jardim. Pollux, eu, Hetta, o bebê no colo de Hetta e Laurent à nossa frente. Com uma expressão terrivelmente séria no rosto, ele retirou o livro — *Empire of Wild* — de uma bolsa de couro parda e o segurou na frente do coração por um instante.

— Enfim — disse ele —, um livro que fala pelo meu povo...

— Sim, a autora é Métis — falei rapidamente —, como você.

— Ela pode ser uma de nós de outras formas também. — A voz dele era tranquila. — Mas não me arrisco a dizer.

Ele o largou e tirou, com cuidado, o seu próprio livro de dentro da sacola frouxa. O abriu e passou o dedo pela página. Lambeu os lábios e ficou olhando fixamente para as páginas, como se a impressão estivesse se mexendo.

— Talvez seja melhor não ler. — Precisava acabar logo com isso.

— Por que você apenas não nos conta com suas próprias palavras sobre o seu legado?

Laurent largou o livro e disse que, nesse caso, ele teria que explicar o contexto.

— Gostariam de saber sobre os Métis?

— Não — falei, mas ele já tinha começado.

Sua voz era calorosa e firme. Era difícil não me sentir tranquila, mas meus sentimentos tinham mudado tão de repente que tentei me afastar deles.

— Por muitas gerações...

Eu sacudi a mão. Ele acelerou.

— Fizemos nossa caminhada ao longo dos rios, vendendo peles, ficando cegos de bêbados e casando com lindas indígenas, até chegarmos em Manitoba. Quando chegamos nas planícies, meus amigos — seus olhos brilharam —, éramos outra geração! Trocamos nossas canoas de casca de árvore por cavalos e caçamos búfalos. Quando os búfalos minguaram e foram quase reduzidos a ossos jogados nas planícies, nos voltamos pra agricultura, fizemos assentamentos ou compramos terras onde pudéssemos. Porque somos adaptáveis. Esse é o nosso talento. Além disso, somos pessoas muito religiosas, que amam festas selvagens. Dançávamos, tocávamos violino, conversávamos com os santos e com a Virgem Maria, acreditávamos no demônio, em Deus e no *Rugaroo*.

Ergui a mão.

— Vamos pular pra parte da família. Quando começou?

— Com meu tataravô Gregoire — respondeu Laurent. — O pai dele era um homem que usava um elegante terno preto, que veio pra uma celebração de casamento, que, naquela época, podia durar uma semana. Toda noite, esse homem aparecia na porta com seu violino. E como ele tocava! E também dançava. Os homens métis eram conhecidos por chutes altos. Esse homem podia flutuar no ar e acertar o teto com a sola de sua bota. Ele era muito charmoso. Prestava atenção em toda mulher, falando sedutoramente com as avós, que quase morriam de rir. Jogava jogos de ossos com as crianças, bebia e brincava com todos os homens. E, é claro, ele se juntou aos violinistas. Tocava músicas selvagens que mexiam com as emoções, fazia todo mundo chorar, gritar de alegria e dançar como doidos.

Não consegui evitar. Deus me ajude. Estava ouvindo Laurent avidamente. E perto de mim: Hetta. Eu podia sentir a tensão da sua concentração ansiosa.

— É aí que minha tataravó entra. Ela era a mulher mais doce, gentil, tranquila e querida de todas. Berenice era conhecida por seu olhar suave e misericordioso, parecido com o de uma pomba. Toda noite, esse estranho vinha pro casamento. À meia-noite, ele largava o violino e sempre tirava Berenice pra dançar. Conforme aquela semana avançava e eles dançavam todas as noites, as velhas senhoras perceberam que um pouco de cabelo tinha brotado no pescoço dele. Pelo enfeitava as botas. Parecia, talvez, que a testa estava mais baixa e o nariz maior. Os dentes estavam um pouco mais brancos e afiados. É de se pensar que haveria indignação, que ele seria perseguido ou capturado, mas o homem era tão sociável que ninguém queria insultá-lo. Foi só na última noite de festa, exatamente à meia-noite, que eles tiveram certeza.

— Tiveram certeza de quê?

Arrisquei uma olhada. Embora Hetta estivesse ninando Jarvis, seus lábios estavam levemente separados e os olhos fixos em Laurent, arrebatada de interesse. Ele se inclinou para frente e usou as mãos, como um contador de histórias.

— Quando a celebração do casamento estava terminando, com os sons maníacos dos violinos e a dança enlouquecida de toda a festa de casamento, o belo estranho colocou o violino numa caixa com correias. Pendurou a caixa em torno do pescoço, jogou a cabeça pra trás e começou a uivar. Agora era possível ver que seus dentes bem longos e afiados, na verdade, eram presas. Bem diante dos olhos dos dançarinos, seu cabelo ficou espesso e branco. As costas rasgaram o terno. Ele tinha lançado um feitiço tão profundo, que mesmo quando carregou Berenice pra fora ninguém o impediu. Disseram que ela se agarrou toda feliz ao *Rugaroo* e riu, insistindo que todos tinham que deixar ele passar.

— Não acredito que aqueles caçadores de búfalos não foram atrás deles — disse Pollux.

Ele pelo menos não estava impressionado.

— Sim, é claro. Uns poucos membros da família tentaram seguir a trilha, mas não dava pra rastreá-la tão distante no mato. Eles ficaram longe por um verão inteiro. Sua família lamentou e deu Berenice como morta, mas depois criticou o *Rugaroo* e insistiu que ela ainda estava viva. Por fim, no início de uma madrugada, o *Rugaroo* deixou Berenice na porta dos pais. Ela chorou e ficou deprimida por semanas, insistia que o *Rugaroo* não a tinha machucado, mas, finalmente, descobriu que estava grávida.

Laurent parou e olhou para nós com os olhos arregalados.

Hetta o olhou de volta com um sorrisinho pateta mistificado no rosto, e eu pensei: *essa não.*

Pollux ainda tentava tolerar tudo isso. Seu rosto estava calmo, mas os pés grandes nos tênis cinza de corrida estavam se sacudindo. Ele estava puxando o cabelo. Peguei sua mão antes que arrancasse o rabo de cavalo.

— O que aconteceu depois? — perguntou ele numa voz estrangulada.

— Encontraram um marido corajoso pra Berenice. A criança nasceu com a bênção de um padre que ignorava a história. Quando o bebê foi batizado, a água chiou em sua testa. Mas a forte bondade de Berenice e a santidade do padre expurgaram o estigma, e o menino, Gregoire, cresceu como uma boa pessoa: trabalhador, fiel e piedoso. Parecia que o poder da alma gentil de Berenice tinha expurgado qualquer resquício do *Rugaroo*. Gregoire dançava, mas nunca tocou violino. Casou com uma mulher tranquila e ficou em casa com ela pelo resto de sua vida.

Laurent deu a Pollux um aceno respeitoso quando disse isso. Depois fez uma pausa significativa, como se dissesse: *sua proteção à Hetta é nobre e eu a compartilho! Não sou como o primeiro Rugaroo. Sou como Gregoire!*

— Gregoire deixou pra trás um conhecimento medicinal, ensinado pra mãe dele durante o verão em que foi sequestrada — continuou Laurent. — Só quando Gregoire morreu, derrubado por um cavalo aos 56 anos, é que o problema se manifestou. Um carpinteiro construiu um caixão, como as pessoas faziam naquela época. As pessoas trouxeram comida pro velório, e sua família e seus amigos ficaram em vigília pelo seu corpo na casa. Por volta da meia-noite da primeira noite, os olhos de Gregoire se abriram e ele deu um gemido intenso. Isso emocionou sua esposa, que agarrou seu braço e tentou colocá-lo sentado... mas ele não estava vivo, e era óbvio que seu corpo fora possuído à força.

"Uma senhora idosa Michif pegou uma frigideira de ferro fundido e atingiu a cabeça do cadáver. Depois derramou um frasco de água benta, que ela carregava o tempo todo perto do coração. O corpo suspirou, fechou os olhos e voltou a ficar morto. Porém, durante as primeiras horas da manhã, o corpo desapareceu completamente. O problema da família foi então revelado. Dali em diante, isso continuou acontecendo. Essa recusa em ficar morto foi passada adiante. Havia oito filhos. Essa tendência se manifestou em vários deles. Na verdade, um tio saiu do túmulo e fugiu. Ele não conseguiu sair do cemitério, mas ainda assim...

— Isso é horrível! — gritou Hetta, agitada.

— Depois de muitas gerações, é aí que eu entro — disse Laurent.

— Eu nasci num caixão.

Agora eu estava irritada. O feitiço foi quebrado. Nasceu num maldito caixão? Mas Hetta estava olhando para Laurent com uma curiosidade travessa. Ela não tinha se desanimado nem um pouco.

A Sentença 251

Seus olhos estavam incandescentes. Era como se ela tivesse tido uma revelação.

— E aí o que aconteceu? — Ela suspirou.

— Minha mãe era meio que atriz, e ganhou um papel numa produção de teatro da comunidade como esposa de um vampiro. Ela estava no palco, pronta pra se erguer do caixão, quando entrou em trabalho de parto. Aconteceu tão rápido que não houve tempo de tirá-la de lá. Alguém fechou as cortinas, mas o nascimento foi uma sensação. Eles mudaram o título da peça para o *Nascimento do Vampiro*. Meus pais e eu, como bebê vampiro, atuamos nela por um tempo, depois fomos para outras aventuras. Eles sempre amaram a indústria da recepção, e o bar de esportes deles é muito popular.

Laurent parou, como se quisesse ver se ainda estávamos acompanhando. Hetta estava praticamente desmaiando de alegria agora.

— Isso é tão gótico e profundo — disse ela. — Você é perigoso na lua cheia?

— Tenho desejos — respondeu Laurent.

Hetta ficou ruborizada.

Laurent continuou contando a Hetta que esse gene *rugaroo* veio para cá através do Velho Mundo, e foi apresentado para a cultura Métis ou Michif por meio do lobisomem francês, o *loup-garou*. Ele disse que as pessoas da aldeia que se casaram com franceses o fizeram não apenas para melhorar a aparência dos viajantes, mas para fazer a indigenização de híbridos e criptídeos.

— Por isso o *rugaroo* se tornou alguém como eu — acrescentou Laurent. — Sou leal, um pouco corajoso, honesto, gentil na maioria das vezes. Nunca tive tendências violentas, mas sede por justiça. Sou excitável e tenho uma tonelada de estamina física. E, além de trabalhar na Wells Fargo, estou estudando plantas medicinais. Toco violino e também defendo nossos parentes, os lobos. A única coisa diferente em mim, na verdade, é que decidi que minha verdadeira vocação é escrever nessa língua antiga, e não sei se ficarei morto quando morrer.

— Ah, Laurent! — exclamou Hetta, emocionada de felicidade. Felicidade mesmo, eu acho. — Se tivesse me contado isso desde o início!

— Pensei que você ia me rejeitar.

— De jeito nenhum — disse Hetta. — Essa é a coisa mais legal que já ouvi. Nosso bebê é...

— Um selvagem imortal. Era assim que nos chamavam no passado. — Laurent abaixou a cabeça.

— Não sei se você é bom pra ser pai — disse Pollux.

— Talvez tenha entendido errado. — Laurent olhou para cima e sustentou o olhar de Pollux. — Estou completamente apaixonado por Hetta, mas ela está completamente apaixonada por outra pessoa. Então meu papel agora é dar assistência a elas e ao meu filho.

Bati na minha cabeça.

— Estou ouvindo coisas?

— Ele é muito evoluído — disse Hetta, com um sorriso enorme.

— O pai e a mãe sabem o que sinto por Asema. Mas tudo bem. Já acabou. Ela nunca sucumbiu ao meu charme.

— Acho isso inacreditável — murmurou Laurent.

— Talvez eu deva ficar com o pai do meu bebê, pelo menos por enquanto — disse Hetta.

— Pelo menos por enquanto — murmurei e agarrei a camisa de Pollux, e então saímos de cena.

O que quer que tenha acontecido depois, a gente estava sobrando.

Hetta e Laurent saíram por algumas horas. Eu assumi o papel de babá. Jarvis descobrira meu rosto. Estudou cada um dos meus traços. Quando formavam um conjunto que o deixava satisfeito, seus olhos brilhavam, ele abria um grande sorriso, os braços se agitavam, e ele balançava os pezinhos gordos. Eu ficava sem graça ao ser uma fonte de alegria humana. Mal pude aguentar quando ele parou em meus braços e agarrou meu dedo com o pequeno e forte punho. Eu o segurei.

— Você é o quê? — perguntei.

Ele não ia me contar.

— Por acaso um bebezinho *rugaroo*?

Jarvis olhou para mim com um olho aberto e o outro fechado, parecia que estava tentando piscar.

— O que está acontecendo?

Era Pollux, mastigando uma maçã com um pouco de pimenta. Era assim que ele comia maçãs. Segurava o frasco em uma das mãos, então podia colocar com a outra um pouco de pimenta em cada mordida.

— Estava só pensando se Laurent passou seu jeito raposento de ser para o filho.

— Um bebê. Ele é puro. Deixe ele fora disso!

— Sabe alguma coisa sobre *rugaroos*?
— Sim, minha avó me contou, mas ela tinha mais medo de *wiindigoos*.
— Então tem mesmo pessoas que se recusam a ficar mortas?
— Acho que sim, e mortos-vivos.
— Isso existe?
— É mais comum do que você imagina, mas não tanto agora com a medicina.
— Você já teve alguma experiência com um morto-vivo?

Fiz a pergunta com muita cautela, tentando não demonstrar que havia algo além do interesse na ciência comum. Pollux colocou pimenta em um grande pedaço de maçã. Jarvis espirrou. Olhei para Pollux com reprovação, e ele afastou a mão com a pimenta do bebê.

— Uma experiência pessoal, não. O morto-vivo mais assustador de que já ouvi falar era uma linda garotinha.

Eu disse que não queria saber.

— Ela saiu da terra, o rabo de cavalo primeiro.
— Pollux, estou avisando.
— É só ciência — disse ele, dando de ombros.

SORTE E AMOR

A Hora do Pão Frito

À MEDIDA que a estação mudava, havia uma sensação, como se escorregássemos por uma ladeira. Passávamos pelos dias como se fossem uma paisagem de características repetidas. O ar esfriou e eu voltei a trabalhar, porque estávamos ocupados preenchendo pedidos de pânico — parecia que todos temiam outro lockdown e precisavam de livros. Tivemos que montar turnos no pequeno espaço de trabalho. A livraria vivia um enxame de intensa atividade das sete ou oito horas da manhã até as nove da noite. Nunca tínhamos feito isso antes. Trabalhar em escalas o dia todo, por horas, com outras pessoas tinha me salvado de Flora.

PARA POLLUX e eu, durante esse período, o único refúgio completo contra nossa precaução, e meio que um ritual de companheirismo, era centrado no pão frito. Por volta de onze horas da manhã, uma vez por semana, íamos para o Pow-Wow Grounds. Às vezes, sentávamos em nossas cadeiras dobráveis no estacionamento. Se não tivéssemos que esperar muito tempo, estacionávamos na rua e ficávamos no carro. As pessoas se aproximavam, arrastavam os pés, se sentavam em mesas do lado de fora ou se encostavam na parede. Dava para ouvir as risadas ricocheteando entre os grupos de conversa, com pessoas de todas as idades.

Havia uma agitação de expectativa ao meio-dia. Então, alguém veria a van cinza, dirigida por Bob Rice, e as pessoas ririam e observariam enquanto ele dirigia. Um idoso gritaria: *"Já era hora!"* ou *"Por que demorou tanto?"*. Mais risadas. Bob pararia e descarregaria o pão frito. Uma fila se formaria. O momento sagrado tinha chegado.

Saíamos do carro, comprávamos nosso pão frito e mais alguns extras para quem estivesse trabalhando na livraria. Às vezes, com todos os ingredientes, comprávamos tacos nativos. A gente podia comer ali mesmo. Talvez até no carro. O pão frito era dourado e leve, como se tivesse colocado um pedaço redondo de nuvem na gordura fresca e quente. Mesmo assim, ele era denso o bastante para segurar os recheios do taco para quem comprasse assim.

Claro, não é saudável, mas Asema diz que é comida de vó: *"Ruim para as artérias, mas boa para o coração."* Ela comeria todo dia, em vez de seu outro vício — os Cheetos vermelhos apimentados que fazem seus dedos parecerem cheios de sangue.

Feitos à mão. Feitos com amor. Ainda assim, o pão frito não fazia com que eu e Pollux ficássemos mais unidos. Tínhamos aquele momento, mas ele se desvanecia.

QUANDO FICOU realmente frio, peguei a doença do pavor não resolvido. Eu estava esgotada, debilitada e meu cérebro estava estacionado em novembro de 2019, quando Flora morreu e não foi embora. Nossa casa ficou abarrotada de caixas de papelão, sacos de compras e suprimentos aleatórios. Mais uma vez estávamos comprando coisas que poderiam faltar: macarrão, verduras e legumes congelados, fraldas, nozes salgadas, ketchup. Os livros que levei para casa lotaram as prateleiras e ficaram empilhados perto das paredes. Parei de usar qualquer outra coisa que não fossem as três calças pretas que eu revezava durante a semana, e um sortimento de camisetas cinza e pretas que usava debaixo de uma jaqueta jeans preta. Pior, eu tinha arrebentado os cadarços das minhas botas preferidas e estava usando Crocs. Não sou de usar esses sapatos — eles me lembram da penitenciária —, mas não tive coragem de comprar os cadarços certos ou algum outro sapato para mudar minha situação.

POLLUX E EU achávamos que tínhamos usado toda a nossa sorte durante os protestos, por isso éramos extremamente cuidadosos com nossos rituais de isolamento. Ainda assim, às vezes ocorria um momento em que um de nós achava que tinha sido exposto, ou que pegara o vírus. Um cumprimento surpresa, um corredor ofegante perto do seu ombro, um encontro com um velho amigo com a máscara no queixo. Cerimônias. Pollux nunca tinha trabalhado com política, *"mas olha o que aconteceu"*, disse. Ele saiu com uma equipe para registrar eleitores nativos em White Earth. Um dia, estava cansado e se esqueceu de colocar a máscara no carro. No outro, esqueceu o telefone e pegou emprestado o de um estranho. Depois teve um funeral. Uma mulher que fazia funerais tradicionais morreu. Pollux assumiu o cargo. Estávamos perdendo nossos idosos, nossos piadistas, nossos amados, os que mantinham a tradição. Estávamos todos entrando em colapso. De qualquer forma, ele ficou exposto.

Certa manhã, ele disse: *"Fique longe de mim."*

A Sentença 257

— O que houve?

— Não estou me sentindo bem.

Sua tosse era leve, a febre baixa. Parecia que, se fosse covid, era leve, então o deixamos isolado no quarto. Ele falava através da porta, dizia que só se sentia um pouco doente. Sua voz estava amuada, mas forte. Eu trazia comida até a porta e a pegava com luvas, mas os pratos iam diretamente para a máquina de lavar louça. Torradas, caldo, macarrão, suco e uma vez ele comeu uma empada de frango caseira. Ele sempre devolvia as garrafas de suco e de Gatorade da bandeja vazias. Pollux estava muito cansado para dirigir sozinho e ir fazer o teste, e se recusou a entrar no carro para que eu o levasse. Conversávamos pela porta sobre o que ele precisava e ele ia dormir. Então, numa manhã, depois de uns cinco dias de isolamento no quarto, Pollux me ligou. Me falou que a cabeça estava girando. Disse que havia uma colcha com estrelas douradas pendurada na parede do nosso quarto. (Não tinha.) Me falou que a noite toda ele a viu ondular para dentro e para fora, como se estivesse respirando. O armário estava entreaberto e tinha um ferro na prateleira com um rosto que ficava piscando para ele. Entre uma frase e outra ele precisava recuperar o fôlego. Invadi o quarto.

Seus olhos estavam fundos, o olhar confuso, o rosto acinzentado e suado. Ele ficava revirando os olhos para o teto e franzindo o cenho, como se estivesse vendo algo ali.

— Sabe o que são as nuvens mammatus? — perguntou ele. — São indícios de que vai haver um tornado.

— Você vai pro hospital.

— Manda a Hetta me levar — pediu, ofegante.

— Você vai comigo. O Jarvis só tem a Hetta.

Não disse para Pollux: "*E porque você é a única coisa que eu tenho.*" Podia ter dito, mas não disse. Porque eu era muito rancorosa e teimosa, e não deixava nada passar. A respiração de Pollux estava irregular e superficial. "*Me pegue agora, Pé-grande Gentil*", disse ele, acenando, enquanto eu caminhava atrás dele até o carro. A risada se tornou tosse. Coloquei meu braço em suas costas, segurei seu cotovelo e o ajudei a entrar. De repente, ficou frio, então o embrulhei num cobertor de lã. Com as janelas abertas e ambos usando máscaras, dirigi até a emergência mais próxima, a vinte intermináveis minutos de distância. Dirigi rápido, mas com muito cuidado. Eu estava entorpecida, vigilante. Pollux estava lutando por ar quando chegamos. Uma enfermeira usando equipamentos de proteção, sapatos com propés e

258 LOUISE ERDRICH

um avental amarelo esvoaçante veio nos receber. "*Você fica bem de amarelo*", gemeu Pollux para ela. "*Devia usar mais vezes.*" Ela o pôs na cadeira de rodas. "*Aqui, valentão*", e imediatamente colocou o oxímetro em seu dedo. Ficou nos oitenta por cento.

A enfermeira o empurrou pelo corredor da covid, onde um médico da emergência iria dar oxigênio a ele e interná-lo. Rápido assim. Muito rápido. Havia muito o que sentir. Pollux não me deixou tocar nele. Não olhou para mim. Vi a enfermeira levá-lo embora. Quando ela parou para bater num botão achatado na parede ao lado da porta, tropecei para frente, estendi a mão e chamei por ele. A porta se abriu com um clique e um rápido suspiro. Pollux se virou enquanto a enfermeira o conduzia e fez nosso sinal lateral de paz. *Você é gostosa, mas deixa pra depois. A porta está fechada. Vá embora.* Eu não conseguia me mexer. Fiquei ali, conforme pessoas com escudos, máscaras, aventais e toucas passavam por mim. As portas eram de um marrom queimado. Olhava fixamente para o vão entre elas. Uma linha misteriosa. Depois, voltei para a sala que tinham me indicado.

Tudo estava vazio. Eu marchava para frente e para trás, sentava na cadeira, cruzava os braços.

— O que eu faço agora? — perguntei para a enfermeira que veio fazer o teste em mim.

Era um teste de saliva e eu não tinha saliva alguma. Levou uma eternidade para encher o frasco e, nesse meio-tempo, perdi e achei meu sapato.

— Espera o resultado do primeiro teste lá fora. Vamos ligar pra você. Depois vá pra casa e se isole. Se cuide direitinho — disse a enfermeira. — Estamos com outro surto. — A voz dela era monótona e cansada, mas gentil.

— Posso vê-lo?

A enfermeira tinha redondos olhos castanhos, sobrancelhas espessas e o cabelo preso numa rede. Não dava para ver muito do rosto dela e eu não queria ficar encarando a foto do crachá. A enfermeira prometeu que, quando Pollux estivesse instalado, a equipe de enfermeiros entraria em contato. Pollux se comunicaria, ou a equipe se comunicaria, por telefone ou FaceTime. Ela anotou minhas informações meticulosamente. Eles tomariam conta dele. Fariam tudo o que fosse possível. Eu só assentia. Fui até o carro, que estava no estacionamento temporário na frente da entrada de emergência. Pus meu celular no carregador e, lentamente, dei voltas pelo hospital para carregá-lo. Depois entrei na garagem do estacionamento comum, dirigi em espiral até o andar de cima e encontrei um lugar mais escondido. Sempre tem um saco de dormir na van. Empurrei o assento para trás e o deixei o mais reto possível. Depois abri o zíper do saco de dormir, o enrolei no meu corpo e deitei com os olhos fechados. Depois de uma hora, meu telefone tocou e era Pollux.

— Eles já me acomodaram aqui — disse ele. — Vou ficar bem. Esse O_2 aqui é bom.

— Você está no oxigênio?

— Medidas de precaução.

Conseguia ouvir ele inspirando profundamente.

— Não brinca.

— Não dorme no estacionamento.

— Como sabe que estou no estacionamento?

— Não somos casados há cinco anos?

— Na verdade, estou no último andar da garagem do estacionamento.

— Vai pra casa. Precisa se manter forte e não ficar doente.

— Eu testei negativo — falei, embora ninguém tivesse me ligado ainda.

— Obrigado — sussurrou ele.

Ouvi ele segurar um arquejo, uma tosse. A voz dele ficou por um fio.

— Droga. Vou ficar bem. Te amo. Preciso ir.

Pollux desligou antes que eu pudesse dizer que o amava também. Esperei no zumbindo da ausência dele, então disquei de volta. Sem resposta. Mandei para ele cinco corações vermelhos. Eu nunca usava emojis, os considerava além da minha dignidade. Talvez isso significasse alguma coisa. Como era patético. Fiquei ali, olhando através do para-brisa para um muro de tijolos vermelhos.

✳

SEGUI POLLUX ao hospital da covid em St. Paul, num distrito estilo industrial que incluía outros hospitais. À noite, era difícil dizer se as pessoas moravam na área, ou se só havia doentes e os que podiam estar doentes. Os estacionamentos eram iluminados como as entradas do hospital, os balcões das pizzarias e os restaurantes tailandeses. Mas ninguém caminhava nas ruas. Fora daqueles quarteirões iluminados havia uma profunda escuridão, que raramente eu via nas cidades. Podia ter qualquer coisa do lado de fora. Encontrei um lugar para estacionar. Acho que eu era uma delas.

Sabia que não podia vê-lo em pessoa, ou ficar com ele, ou segurar sua mão, ou acariciar sua testa enrugada. Mas, estacionada perto do hospital, eu estava mais perto de Pollux do que em casa e podia imaginar que estava fazendo alguma coisa. Olhei para as janelas do hospital, iluminadas por uma luz fria. Por horas vi cabeças de pessoas surgirem, desviarem e sumirem. Sabia o andar em que ele estava, mas não tinha ideia para que lado estava voltado seu quarto. Eu tinha procurado por muitas histórias sobre outras famílias, relacionamentos e casos que tiveram coronavírus. Sabia o que significava amar alguém e não poder se comunicar com essa pessoa. Logo pediram para eu deixar meu lugar. Abasteci o carro, comprei um saco de Fritos e uma garrafa de água. Escolhi uma saída diferente do estacionamento 24hs, e depois voltei. Não iria embora até descobrir mais. Puxei o saco de dormir e fechei os olhos. Mas não dormi. Só tentei respirar fundo. Meu telefone tocou.

— Aqui é a Sra. Pollux.

A mulher que falava tinha uma voz clara e jovem. Parecia uma adolescente precoce.

— Sou a Dra. Shannon. Estou ligando pra dar informações. Seu marido ainda está na suplementação de oxigênio, e vamos seguir com cuidado. É muito cedo ainda pra saber se está melhorando, mas ele é um homem forte e está com boa saúde. Me mandou dizer pra você não dormir no estacionamento.

— É, um merda forte — falei. — Vou ficar aqui.

— Não teremos novidades por um tempo.

— Estarei aqui.

— Não é seguro, Sra. Pollux.

— É mais seguro pra mim não ficar longe dele.

A médica não respondeu por um tempo e, quando o fez, sua voz estava embargada.

— Sinto muito. Eu sei. Tive um parente próximo internado aqui.

— Seu parente sobreviveu?

— Não.

— Que droga, doutora. Fique de olho em Pollux e continue me ligando. Ele é minha estrela da sorte. É meu...

Desliguei, me deixei cair e tentei viver.

Perguntas de Tookie para Tookie

ACORDEI BEM cedo pela manhã, olhando para o para-brisa embaçado graças à minha respiração. Ansiosa por me esticar, como numa longa viagem de ônibus. Presa em meu corpo dolorido, entorpecida, os pés congelados.

O que você é?

Um assado suculento que reside na percepção do tempo.

Consegue deixar de ficar brava com Pollux?

Ele me algemou no Lucky. Fui julgada e sentenciada. Ele não me visitou. Não se importou com o fato de eu ser transferida ou de ter desmoronado. Não estava lá quando surtei, quando tive sonhos repugnantes, quando não queria sair da minha cela. Ele estava vivendo a boa e velha vida de Pollux quando me tornei uma planta.

Pollux foi responsável por seu estado vegetativo?

Não exatamente. Quer dizer, ele disse que rezou por mim. Mas estava vivendo a própria vida sem mim!

Ele pode ter aproveitado a vida sem você. Mas, assim como se vestir com as frutas, foi algo tão terrível?

Sim.

Você pensou nele? Escreveu para ele?

Às vezes, para a primeira pergunta. Não, para a segunda. Estava tentando sobreviver ao dia a dia sob o peso da minha sentença. Acho que eu já era assombrada antes de Flora.

Assombrada pelo quê?

Medo e pavor.

Do quê?

Do que aconteceu.

Pode continuar?

De ser presa. De ser esquecida pelas pessoas normais. De ser submetida, controlada, observada, de ser quem come os restos de uma nação próspera. De caminhar em cima de linhas adesivas, de me lembrar das batatas assadas do Lucky Dog e do céu noturno com igual desejo melancólico.

Por que, depois de tudo isso, se preocupar com um fantasma?

Por quê, não é mesmo? Consegui provar que sou mais do que isso! Eu devia aceitá-la. Assim como fui capaz de aceitar purê de rutabaga.

E Pollux? Você vai aceitar que, ao fazer seu trabalho, ele também falhou com você? Pode perdoá-lo por isso?

Arco-íris

As noites ficaram frias. Minha respiração começou a congelar no para-brisa. Cedo pela manhã, alguém bateu no vidro da van. Liguei o carro, mas não consegui abaixar o vidro da janela. Eu tinha estacionado na garagem aberta, no topo. A chuva havia caído, depois congelado. A janela ficou selada pelo gelo transparente. Tentei abrir a porta, mas estava emperrada. A pessoa do lado de fora disse para continuar tentando. Me joguei contra a porta. O pânico borbulhou dentro de mim, mas minhas cercas de segurança aguentaram e consegui sair. Do lado de fora, a pessoa que batera no vidro era uma jovem gentil com máscara de arco-íris. Ela tinha acabado de estacionar e me viu no banco do motorista, o carro coberto por uma concha transparente. Queria saber se eu estava bem. Depois que lhe garanti que estava, voltei para dentro do carro e liguei o motor. Precisava aquecê-lo antes de limpar o para-brisa e ir para casa. Fiquei sentada ali, esfregando as mãos, batendo os dedos dos pés congelados, esperando. O jeito que a Máscara de Arco-íris havia batido. O jeito que olhou pelo para-brisa coberto pelo gelo transparente. Máscara de Arco-íris. Ela sumiu como se fosse uma visitante de outra dimensão. Isso e a forma como saí de dentro do carro — era como se eu tivesse atravessado o gelo para um mundo diferente.

Dessa perspectiva, retornei ao meu autoquestionamento. Me ocorreu que Pollux deve ter cuidado de mim do seu próprio jeito. Naqueles anos em que estive na prisão, ele ficou cuidando de mim da mesma maneira que eu estava cuidando dele agora: inutilmente e do lado de fora. Ele sempre disse que rezara por mim. Talvez dormir em diversos estacionamentos perto de Pollux fosse uma forma de oração. Sei que ele também se esforçou para que eu fosse absolvida. E, depois que sai da prisão, tenho certeza que Pollux tentou ficar de olho em mim. Talvez aquele encontro no estacionamento do Midwest Mountaineering não tenha sido o destino. Ele foi até lá de propósito. Talvez tenham sido os pés.

Fui ao Conselho de Saúde Indígena em Minneapolis. O centro de testagem estava montado na área do estacionamento, embaixo do edifício. Encostei o carro e esperei enquanto o pessoal da enfermagem, de avental, touca, luvas, máscaras e protetores faciais, se aproximava das janelas dos carros com cotonetes. Eles eram graciosos. Parecia que estavam polinizando flores, embora eu não me sentisse uma flor polinizada quando saí do estacionamento. Era apenas uma mulher com o nariz testado, suja e cansada, cujo relacionamento tinha sido complicado pela realidade e que daria tudo para se sentar ao lado do marido no hospital e segurar sua mão.

Em outubro, o céu recua para um pano de fundo. A claridade se reúne na terra. As árvores estão incendiárias. Coroas de dourado e carmim. Caminhar é como flutuar em um sonho. Pollux amava a mudança das folhas. Tínhamos nossas rotas especiais, onde bordos margeiam as ruas. Geralmente há uma série de tempestades frias e com ventanias, e as folhas começam a cair. Fico um pouco triste quando as formas das árvores se revelam. Este ano, quando as folhas desapareceram, eu levei para o lado pessoal. Pollux ainda estava lutando. Os médicos falavam que ele estava resistindo, mas sei que isso significa que ele não estava melhorando. Parecia que ele e a covid estavam num impasse. De um dia para o outro, eu aguentava, mas podia sentir seus dedos escorregando dos meus. De repente, Pollux escorregou. Me ligaram do hospital. Eu ouvi. Disse que compreendia. Minha mão estava tremendo tanto que larguei o telefone. Hetta estendeu a mão para mim.

— Ele fez uma declaração que estipula não receber ventilação mecânica — falei para ela. — Ele nunca me contou isso, só levou os papéis com ele. Ele ainda está no oxigênio, mas está pior.

Demos as mãos e choramos deploravelmente, soluçando em fendas e abismos de medo. Depois de um tempo, decidimos ser corajosas e combinamos um horário para ver Pollux. Uma hora depois, nosso enfermeiro favorito, Patrick, segurava um iPad. A imagem espectral de Pollux, cinza como cimento, surgiu na nossa frente. Tentei transformar meu amor em uma chama que se projetasse na tela. Percebi que Hetta também estava tentando, chamando-o de *"papai"*. Tínhamos jurado não chorar. Jarvis mostrou seu dente novo. Dissemos tudo o que podíamos nos lembrar e tentamos fazer piadas idiotas. Seus olhos estavam grandes e indefesos. Podíamos ver que Pollux lutava para respirar. Patrick encerrou a visita e nos disse que estava na hora de deitá-lo. Hetta se inclinou contra mim no sofá e eu a abracei. Eu, tentando confortá-la. Meu carinho era estranho, minha voz estava áspera e tensa. Mas Hetta não se afastou. Pollux numa tela parecia um fantasma. Todos pareciam. Parecíamos estar sob os efeitos especiais de fantasmas de filmes B da década de 1960. Mas eu queria, de forma desesperada e angustiada, que Pollux ficasse forte em seu

264 LOUISE ERDRICH

carinho reconfortante. Queria suas mãos largas, o curvar de seus ombros quando ria, o olhar incrédulo, a cabeça quadrada e o corpo grande e forte em meus braços.

INCONTÁVEIS SENTIMENTOS me ligavam a Pollux. Havia coisas sobre ele que Pollux nunca mostrou para outras pessoas — ternura, mas também algumas que ele sabia que eu compreenderia. Nos tempos em que ele lutava boxe, me ensinou como golpear um homem a ponto dele se erguer dos pés. Nos dias em que lutava nas ruas, onde morder o dedo de um homem para que ele te soltasse e ficasse com o braço temporariamente paralisado. Sobre o primeiro casamento, como ele se culpou quando a esposa morreu de overdose, nas mesmas circunstâncias sinistras de overdose da minha mãe. Sua culpa era igual a minha. Quando jovem, ele era feliz, mas também esfomeado. Ele amava o tio, que lhe ensinou as cerimônias que faz agora. Como, às vezes, só de olhar para ele, as pessoas achavam que Pollux estava ansioso para lutar e tentavam pular em cima dele. Como tinha se tornado gentil e tentado manter tudo equilibrado, não com regras ou força, mas com música.

Lily Florabella

PASSEI NA livraria, porque não aguentava mais andar em círculos. Estava tentando afastar da mente o fato de que era inútil para Pollux. Estava desesperada o bastante para tentar esclarecer as coisas com Asema.

— Preciso falar com você de novo — falei para ela. — Prometo que não vou desmaiar desta vez.

Asema deu um suspiro cauteloso. Penstemon estava trabalhando nos fundos da livraria. Eu podia ouvir a máquina de fita adesiva fazendo o ruído de arrastar e cortar. Ela alisava a fita com os dedos e arrumava o pacote na pilha.

— É sobre Flora-*iban*.

Estávamos espalhadas pela livraria e percebi que não me lembrava da última vez, fora da nossa casa, em que tinha conversado com duas pessoas ao mesmo tempo.

— Imagino que ela ainda esteja por aqui.

— Pior.

A tentativa de Flora de entrar em meu corpo parecia ter acontecido um século atrás, mas também ontem mesmo. Tal era a distorção do tempo nessa época.

— Muito bem — disse Asema. — Nós íamos te ligar de qualquer forma, porque decifrei mais coisa do manuscrito que Flora roubou de mim. Acho que descobri alguns detalhes. Eu já os repassei com a Pen. Concordamos em nos encontrar no parque perto da livraria, onde podíamos continuar a conversar, então fui embora. Primeiro, corri até em casa e peguei minha correspondência. Coloquei uma camisa de flanela preta que pertencia a Pollux. Era minha camisa de segurança e, sim, tinha começado a usar as roupas dele como uma forma de tê-lo comigo. Menos as calças apertadas, porque ele tinha a bunda magrela como as dos homens Anishinaabes. Por isso eram apenas suas camisas e casacos que eu usava. Fui para o parque, me sentei num banco e verifiquei a correspondência, esperando por Pen e Asema.

— O que você tem aí? — Asema estava parada ao lado do banco.

— Montes de cupons. Contas. Mais coisas da eleição.

Fui até o lixo para jogar tudo fora, menos a conta de água — dos banhos intermináveis de Hetta.

— Ah, não, esse não — disse Asema.

Ela chegou por trás de mim e pegou o kit da eleição.

Estava quente o bastante para tirarmos nossos casacos e sentarmos em cima deles na grama sob o sol fraco.

— Então, me conta.

Asema lançou um olhar conspiratório para Pen, que semicerrou os olhos e parecia estar se divertindo. As duas estavam usando tranças entrelaçadas acima da cabeça como o look *mädchen*, charmoso e incongruente.

— Tá bom, Tookie. Conhecíamos nossa cliente pelo nome de Flora LaFrance. Mas Flora era só parte do segundo nome dela. Ela manteve o LaFrance do primeiro e breve casamento com Sarje LaFrance, que era proprietário da franquia Subway perto do Spice Cake Lake.

— Quando passo por lá na interestadual sempre fico com fome — falei.

Eu estava nervosa e apertei a camisa pesada de Pollux ao meu redor. Asema me ignorou e continuou falando. Descruzei os braços e olhei bem concentrada para ela.

— Flora era a mais nova de seis filhos de uma família rica. Era adotada, por isso cresceu com vários questionamentos. Ela sabia o último nome da mãe biológica. Só isso. A família adotiva era rica há muitas gerações, pelo menos pros padrões do Meio-oeste, e fizeram sua fortuna com madeira, árvores primitivas e florestas que cobriam o norte de Minnesota e pertenciam aos Ojíbuas. Em outras palavras, ela foi adotada pelos descendentes dos barões da madeira, que nos enganaram e nos mataram. Mas continuando. Flora cresceu em uma casa feita de pinho e carvalhos nativos de cortes tangenciais. Foi pra escola católica e frequentou a St. Catherine depois que o dinheiro acabou completamente. Depois que se casou e se divorciou do proprietário da franquia Subway, ela decidiu que precisava trabalhar com o povo indígena, até que ficou super entusiasmada e quis se tornar um deles.

"Um amigo que sabia o nome da mãe biológica de Flora lhe deu aquela foto antiga, que tinha uma mulher com o nome de Flora escrito atrás. Que sinal, hein? A mulher na fotografia parecia um pouco com Flora se a gente espremesse bem o olho, e era de uma etnia indeterminada. A mulher devia ter uns 40 anos, usava um vestido preto abotoado até o pescoço e um xale de trançado frouxo cuidadosamente arrumado. Era o tipo de triângulo tricotado usado por mulheres de todos os tipos na época, indígenas e brancas. Essa fotografia era um grande consolo pra Flora.

— Eu sei. Ela me mostrou. Várias vezes, acho.

— Você viu o nome dela escrito atrás da foto?

— Não.

— Nem eu, mas, de qualquer forma, não teria reconhecido o nome da família. Ela fez cópias e colocou num antigo porta-retratos pra ela e pra Kateri. A imagem era seu marco e, a partir dela, Flora criou uma identidade. No início, é claro, ela era Dakota. Depois as coisas ficaram confusas e ela deixou algumas pessoas irritadas, então mudou pra Ojíbua ou Anishinaabe. Aí, quando conseguiu esclarecer suas trapalhadas, falou pra todos que era descendente da mulher da fotografia, que provavelmente era mestiça e de alguma forma sobreviveu aos anos angustiantes da Guerra de Dakota e suas consequências. Depois, é claro, se tornou meio Métis. Por fim, Flora parou de chutar e deixou sua identidade indefinida.

— Certo.

— Já te contei que Flora roubou o livro sobre a mulher que...

Ergui a mão para impedir que Asema dissesse o nome, mas foi tarde demais.

— O nome da mulher, o nome da mulher *branca*, era...

A SENTENÇA 267

Coloquei as mãos nos ouvidos, mas Asema não percebeu. Pen, no entanto, sim, e inclinou a cabeça circulada por tranças, franzindo fortemente o cenho para mim.

— Quando Flora leu esse nome, compreendeu que não era descendente de uma mulher Métis, mas de uma mulher branca. Talvez, no início, ela esperasse que a mulher na fotografia fosse Maaname ou Genevieve Moulin. Acho que esperava que essa mulher fosse sua ancestral. Mas o retrato era da mulher branca que prendeu e escravizou Genevieve. Essa mulher era conhecida por manter as mulheres em cativeiro. Dirigia o que era chamado de "casa comercial de afeto". Ela alugava os corpos das mulheres, e era de conhecimento de todos que acobertara, ou talvez cometera, vários assassinatos. Era conhecida como a Açougueira Notívaga. Foi a mulher que deixou sua marca no corpo de Genevieve e cruelmente impôs sua transformação. Seu nome estava escrito no livro, junto com as descrições do que ela tinha feito. Flora leu o nome. Era o mesmo escrito atrás da fotografia. Naquele instante, a identidade de Flora virou de cabeça pra baixo. Tudo o que ela tinha inventado sobre si mesma se provou ser o oposto. E não se esqueça que Flora era uma católica devota. Descobrir que havia se espelhado numa mulher com desejos cruéis, que torturava garotas indefesas, foi insuportável.

Ergui minha mão novamente. O que Asema estava dizendo me encheu de uma agitação tão extrema que eu queria saltar da minha pele. Talvez o desconforto excessivo que senti fosse uma reação normal. Mas precisava mudar o rumo da história, assim ela não diria o nome. Entrei no outro assunto.

— Esperem, vocês duas! Aconteceu uma coisa que não contei pra vocês. Foi umas semanas atrás, na última vez que vim trabalhar. Eu estava sozinha. Nesse dia...

Não conseguia formular as palavras, mal conseguia formular os pensamentos. Tentei de novo.

— Flora tentou... tentou...

Eu me virei. Estava emperrada. Meu coração palpitava e batia forte contra a gaiola de costelas.

— O que ela tentou fazer? — perguntou Penstemon.

Num rompante, consegui falar.

— Ela tentou abrir meu corpo e se espremer dentro de mim.

Asema cruzou os braços numa concentração gélida. Penstemon se ergueu lentamente e olhou para mim, alarmada. Ela estava vestida de preto, desde o cachecol até as meias. Tudo preto, preto espectral. Num dado momento, ela se sentou de novo.

268 LOUISE ERDRICH

— Faz sentido — murmurou.

— Como isso faz sentido?

Penstemon jogou para trás o cachecol de viúva.

— Você está de luto? Por que não usa a droga de uma cor? — perguntei.

— Ah, isso. — Ela olhou para a própria roupa — É o que eu sempre uso, Tookie. E por falar nisso... olhe pra você mesma!

— Você é muito jovem pra ser tão sombria — falei; mas era verdade, eu também estava toda de preto.

— Uma *wannabe*, uma aspirante — disse Penstemon. — Ela queria *ser*. Flora queria existir dentro de um corpo nativo. Mas de um certo tipo de corpo indígena, grande e forte. Ela queria tanto ser reconhecida como indígena, que passou a vida tentando construir uma identidade. Mas Flora sabia, de alguma forma, que nada disso era real. Por isso, seu desespero.

— Eu entendo. Mas o que não consigo entender é: quando Flora não conseguiu me chutar pra fora do meu próprio corpo, por que não tentou o seu ou o de Asema?

— Há uma razão — respondeu Pen. — Eu acho... não me leve a mal. Acho que talvez você seja mais porosa.

Olhei para meus braços. Fortes das flexões estilo fuzileiro naval. Virei minhas mãos. Pareciam bem firmes. Mas em minha vida houve tantas vezes em que estive prestes a me dissolver. Tão perto que havia procurado e copiado uma palavra.

> **deliquescer.** 1. Derreter, ou desaparecer, como que por derretimento. 2. *Química.* Dissolver e tornar-se líquido ao absorver a umidade presente na atmosfera. 3. *Botânica.* a. Ramificar-se em inúmeras subdivisões que não possuem um eixo principal. b. Tornar-se fluído ou macio ao amadurecer, como certos fungos.

Tinha procurado a palavra, porque ela se aplicava ao que acontecia comigo às vezes, quando eu me dissolvia *"como certos fungos"*. Falei para Penstemon sobre a palavra e admiti que fazia sentido o que ela dissera. Pen respirou fundo, me deu um sorriso aliviado e continuou falando.

— Flora sabia que alguém ligaria os pontos, que alguém, talvez Kateri, descobriria que ela tinha unido elementos da vida de outras pessoas pra inventar a sua. O fato é: a maioria de nós, indígenas, tem mesmo, conscientemente, que reunir nossas identidades. Suportamos séculos sendo apagados e sentenciados a viver numa cultura opressora. Então, mesmo alguém criado a rigor em sua própria tradição é atraído pras perspectivas brancas.

— Com certeza — disse Asema. — As realidades brancas são poderosas. E a maioria de nós tem que escolher entre nossa família e as tradições tribais pra nos encontrarmos. Flora sabia que lutávamos, sabia que, às vezes, hesitávamos, sabia que buscávamos nosso próprio senso de pertencimento. Ela sabia que alguns de nós têm que fazer a escolha todos os dias de prosseguir, de falar nossa língua, de dançar, de pagar nossas dívidas aos espíritos.

O que Asema disse me atingiu com tanta força. Ela tinha descrito o trabalho da vida de Pollux. Ele de fato tomava essa decisão todos os dias quando acordava, queimava cedro e erva-doce, fazia oferendas e saía para manter o universo funcionando.

— Com licença — pedi. — Tenho que enviar uma mensagem urgente.

Caminhei até uma árvore e fingi olhar para o telefone. Fechei os olhos, concentrei meus pensamentos o mais forte possível e os enviei para Pollux. *Apenas viva, apenas viva, e eu vou estar ao seu lado. Você é necessário aqui para manter as coisas funcionando, e vou te ajudar.*

Voltei para os bancos, e ouvi Penstemon dizer:

— Acredito muito que viver sem autenticidade é viver num tipo de inferno.

— Mas ela parecia bem feliz — comentou Asema.

— Como ela poderia ser?

Eu tinha testemunhado a tensão de Flora, seu zelo em corrigir os erros das outras pessoas. Me lembro de como certa vez ela tinha me falado que eu não podia dizer "índia" ou "aborígene", mas devia sempre dizer "indígena". Falei para ela que eu me chamaria do jeito que quisesse e que saísse da minha frente. Agora, vejo o pedantismo de Flora como uma forma de desespero. Era verdade que ela vivia constantemente alerta. Sempre oferecendo suas provas mais recentes. Sempre com medo de que rissem dela. Flora nos estudou. Na verdade, passou pela minha cabeça que ela pode ter tentado ir para o céu Ojíbua e sido rejeitada. Só isso já seria devastador.

— Ela tentou pra cacete — falei. — E por tudo isso, mesmo assim, eu só gostava dela quando agia como branca, acho. Quando estava lendo Proust, por exemplo.

— Você leu *No Caminho de Swann* — disse Penstemon. — Você me contou. Como isso pode ser coisa de branco?

— Você tá certa.

— Lembram quando ela fez trabalhos com miçangas? — perguntou Asema, um pouco triste.

— Ela trouxe um trabalho que fez pra Jackie, mas os brincos cediam, estavam muito frouxos — disse Penstemon. — Mas quer saber? Flora melhorou. Ficou perfeita. Mas então se esqueceu de colocar a miçanga errada, a miçanga do espírito. Só o Criador é perfeito, certo? Talvez ela tenha insultado os espíritos.

— Ela fez um medalhão pra mim — acrescentou Asema. — E fez um monte de coisas boas, sabe, se dedicou a ajudar os jovens. Adotou Kateri, não legalmente. A menina era adolescente, afinal. Kateri a escolheu.

— E a amou — falei.

— Certo. Não podemos contar pra Kateri sobre isso.

— Claro que não.

Olhamos para o lago. O brilho do sol estava fragmentado.

— A vista parece um poema — falei, por alguma razão.

— Você devia escrevê-lo, Tookie. É todo seu.

— Ah, pelo amor de Deus, Pen. Não seja condescendente comigo. Eu preferia me livrar do fantasma de Flora. Não consigo trabalhar sozinha, sabe? Não consigo nem entrar na livraria sozinha.

— Pensei numa coisa.

— No quê?

— Uma vez você disse algo sobre a sentença mais bonita na linguagem humana — disse Pen. — Como sabe, sou boa com rituais. Talvez Flora precise de um. O que você estava se referindo, na verdade, era ao significado da sentença, em qualquer língua, certo?

— Suponho que sim.

— Então eu sei o que ela quer ouvir.

A SENTENÇA MAIS BONITA

*Quem além de um NDN[1] saberia que, em certos dias,
a verdade é um fantasma que grita na voz de ninguém
em especial, e em outros é uma nostalgia secreta,
servida nas xícaras de café dos vivos?*
— BILLY-RAY BELCOURT,
NDN COPING MECHANISMS: NOTES FROM THE FIELD

---

[1] Uma autodenominação indígena. Não existe um consenso sobre o significado do termo NDN. Algumas fontes dizem que é a abreviação de *"Indian"* (índio em inglês), e outras dizem que significa *"Non-Dead Native"* (Nativos não mortos), uma resposta à fala de um general na Guerra Civil, que disse: "O único índio bom é o índio morto." [N. da R.]

Ego Te Absolvo

FUI À LIVRARIA na manhã seguinte. Penstemon estava guardando livros nas prateleiras e tirando outros para atender mais pedidos. Ela disse que estava pensando em tatuar seu corpo em protesto às normas fracionárias da linhagem sanguínea. Linhas vermelhas dividiriam seus oitavos de Ho-chunk, Hidatsa, Lakota e Ojíbua. Uma linha azul seria para a parte norueguesa.

— Aonde vai colocar essa linha azul?

— Ao redor do coração. Eu amo muito a minha mãe.

— Fiquei emocionada. Mas essa ideia é ainda pior do que a das autoras favoritas no Mount Rushmore.

Comecei a imprimir nosso pacote de etiquetas. Pen me perguntou se eu já tinha visto o símbolo do trevo de quatro folhas na porta do confessionário.

— Não vi. Claro que esqueci.

— Bom, eu vi e é legal. Na heráldica, o trevo de quatro folhas é uma flor estilizada com quatro pétalas. Na simbologia cristã, as pétalas representam os quatro evangelistas. Mas o trevo de quatro folhas também é um símbolo indígena, Maia, Olmeca. Ele representa os quatro pontos cardeais, a abertura do cosmos. E escuta só: é considerado uma passagem entre o mundo celestial e o submundo.

O rosto de Penstemon reluziu com a revelação. Ela e seus rituais, sua paixão por simbolismos.

— Talvez pudéssemos tirar a porta do confessionário, queimá-la e ver se a destruição do portal faz ela desaparecer — falei.

— Se nosso plano não funcionar, vamos tentar. Talvez não queimá-la, Tookie. Mas pode ser que o portal só funcione numa direção. Talvez Flora o tenha atravessado por engano e esteja presa na livraria. Quem sabe não possamos convencê-la a usar a porta da frente?

— Convencê-la.

Pen deu de ombros.

— É, por que não funcionaria? Eu consigo até convencer Flex Wheeler a pegar as próprias meias.

— Está saindo com Flex Wheeler? Engraçado, o nome me lembra...

A Sentença 273

— O fisiculturista. O verdadeiro nome do meu atual namorado é Kenneth. Ele é Ho-chunk, e só o chamo de Flex porque ele faz levantamento de peso.

— Você gosta dele?

— Talvez. Até agora só fazemos longas caminhadas e chamadas pelo Zoom, mas sempre tem um par de meias jogadas, penduradas numa cadeira ou coisa parecida.

— Considero isso um bom sinal. Um homem de meias. Sorte.

Recuperei o fôlego com a dor de pensar em Pollux.

Por volta de onze horas da manhã, sua hora habitual, Flora começou a se arrastar na seção de Ficção. Penstemon olhou para mim, fez garras com as mãos como no clipe de *Thriller* e paramos de conversar. Mandei mensagem para Kateri e Asema: *"Ela está aqui."* Pouco tempo depois, Asema chegou. Depois Kateri entrou e ficou parada, carrancuda, os punhos enfiados nos bolsos do casaco. Seu cabelo crescia em ondas despenteadas. Estava centrada e calma. Nós nos espalhamos pelos corredores de livros. Flora estava bagunçando a seção de Gastronomia — eu tinha certeza de que fantasmas sentiam falta do gosto da comida. Eu até ficaria triste, se Flora não tivesse tentado, de certa forma, me devorar. Olhei para Asema, esperando que ela ouvisse o alto barulho de Flora se arrastando, mas seu rosto estava inexpressivo. Kateri balançou a cabeça, negando. Elas não conseguiam ouvir os passos de Flora, o tilintar dos braceletes, o farfalhar do xale ou das calças de seda raspando enquanto ela caminhava. Penstemon apontou o caminho de Flora. Asema se inclinou para frente, mas não soube dizer se Flora estava perto de Biografias e Política. Kateri não ouviu Flora mexendo na prateleira de História Nativa ou parando na mesa de veleiro. Flora pareceu vacilar diante do confessionário. Eu tinha deixado a porta aberta.

Flora entrou no confessionário. Assenti para Asema, me aproximei e retirei do bolso o pedaço de papel que Penstemon tinha me dado. Ela achava que Flora precisava ser perdoada, e tinha escrito palavras de absolvição. *"Indulgentiam, absolutionem, et remissionem peccatorum tuorum tribuat tibi omnipotens, et misericors Dominus. Amen."* Li as palavras em latim lentamente, e devia ser algo doloroso de ouvir, até que cheguei no fim crucial. Então, em tom firme, falei: *"Ego te absolvo"*. Tudo ficou suspenso, em silêncio, com um pesado sentido de consideração. Depois, juntas, falamos uma das sentenças mais adoráveis da nossa língua.

Vá em paz.

Nada. Ela ainda estava lá. Triste, arrasada, apodrecendo, sozinha. Apertei minha cabeça entre as mãos para impedir que meus pensamentos explosivos me arrebatassem. Tinha alguma coisa. Tinha que haver uma chave. Eu tentaria de tudo.

— Espere um pouco — falei. — Eu sei qual é a sentença favorita dela. Escutem!

Eu tinha falado sobre Proust um dia antes e, na verdade, uma vez memorizei uma sentença que sabia que Flora tinha amado tanto quanto eu.

"Uma pequena batida na vidraça, como se algo a tivesse atingido, seguida de uma leve e abundante queda, como se grãos de areia caíssem de uma janela acima, gradualmente se ampliando, se intensificando, adquirindo um ritmo regular, tornando-se fluída, sonora, musical, imensurável, universal: era a chuva."

Nada. Mas eu podia senti-la prestando atenção do jeito que sentimos quando um público fica atento.

— Era a chuva — falei, numa voz mais alta.

Definitivamente, ela estava esperando minhas palavras. Os pensamentos giravam no meu cérebro, tocando o passado aqui e ali. Me deparei com um lugar que parecia macio e doloroso. Fiquei ali e descobri algumas palavras que tinham ficado presas em mim. Palavras que pensei agora, em desespero, que Flora podia precisar porque, talvez, ela estivesse me assombrando por senso de direito. Talvez ela precisasse da mesma coisa à qual a mulher dos ossos ficava se referindo. Ela precisava que eu fosse *tão agradecida*. Cerrei os dentes e tentei me concentrar para além do meu ressentimento. Não foi fácil, mas coloquei para fora.

— Tudo bem, Flora. Eu desisto. Você salvou minha mãe. Você fez muito.

Espere, acabei de me tocar. *Talvez eu devesse tudo a Flora*. Ela manteve minha mãe sóbria, sem drogas, talvez até bem hidratada, enquanto estava grávida de mim. É possível que eu deva a Flora os pontos do teste de QI, no qual aparentemente (Jackie me contou depois) pensaram que eu tinha colado. Talvez eu deva a Flora meu amor pelos livros, minhas palavras, minha sobrevivência. Mas eu tinha que agradecê-la? E um obrigada forçado, valia? Mesmo que o agradecimento fosse coagido, eu poderia coagir Flora de volta? Ou enganá-la?

— *Miigwech aapiji*, Flora. — Dei à minha voz o toque especial que expressa que algo é verdadeiro, embora com gratidão, ou que vende algo quebrado. — Obrigada por salvar minha vida.

A Sentença 275

Ouve uma pausa atenta, um pequeno suspiro, um delicado chacoalhar de contas de madeira. Os olhos de Asema se arregalaram. Ela também ouviu Flora deixando o confessionário. Tinha deixado nossa porta da frente, a porta azul, aberta. O piso rangeu perto da saída. O ar mudou. Seus passos pausaram. Depois houve um murmúrio apressado, um leve sopro, conforme ela saía para o mundo.

— Devo fechar a porta? — perguntou Kateri.

Quando ela deu um passo à frente, o vento aumentou e bateu a porta violentamente. O barulho reverberou, chacoalhando as janelas e os livros nas janelas. A batida da porta quase acabou comigo. Kateri riu, surpresa.

— Feliz jornada — disse ela.

— O que foi isso?

Ainda rindo, uma das mãos sobre o coração, Kateri soltou mais esta:

— Eu costumava andar pela casa batendo as portas com a mamãe, por diversão. Ela sempre disse que é assim que se coloca os fantasmas pra fora. Acho que isso significa que ela está feliz.

O Retorno de Tookie

Depois que Flora partiu, abri a porta do confessionário e tirei o sistema portátil de som, que estava guardado onde o padre repousava os pés. Coloquei na lateral uma placa que dizia: *Não entre. Nosso seguro não cobre maldições.* Sentei no banco com a almofada de couro marrom, eternamente marcada pela bunda do padre.

Não me lembrava de ler o nome completo de Flora no livro enquanto lia a simples sentença que a matou: *"Seu nome era Lily Florabella Truax."* Mas Penstemon e Asema estavam certas. Eu era permeável. Mesmo recordando o nome agora, eu começava a flutuar, a me dissolver como se minhas células estivessem sendo agarradas por uma sala com ar faminto. Quando voltei a mim, eu soube. Me mantive cuidadosamente numa nuvem de ignorância, mas agora compreendi. Lily Florabella.

Minha mãe me jogou no chão quando eu tinha 8 anos, porque tentei impedir que ela saísse. Ela me jogou no chão como uma lutadora profissional de luta livre. Me fez ficar sem ar. Me deixou caída ali. Passou por cima de mim e começou sua busca diária pelo esquecimento. Nunca a perdoei por isso, mas é o único momento em que me lembro de ter havido violência de verdade. Era o seu vazio, o fato de estar perdida no espaço quando eu estava ali com ela. Mas, além do seu movimento súbito e chocante de luta livre, não há outro momento que posso apontar que tenha doído mais do que esse. Havia tanta solidão. Eu tinha pegado uma borracha rosa da minha infância e apagado a dor.

Comparada às outras vidas, as das pessoas que conheci na prisão e as de outras com as quais cresci, minha vida não foi tão difícil. Eu faço um estardalhaço por ter lutado com cães por comida, vasculhado e roubado comida, mas graças aos nossos vizinhos e parentes, *havia* comida. Ninguém se ressentia pelo que eu pegava e, quase sempre, me davam mais. E, embora minha mãe não me amasse, ela também não me odiava. Ainda assim, eu cresci odiando-a.

Não dá para superar as coisas que você faz para as outras pessoas tão facilmente quanto o que fazem para você.

À medida que as drogas a enfraqueceram e ela se tornou cada vez mais confusa, me tornei forte e cruel. Às vezes, usava a força do meu corpo inteiro para gritar com ela, porque sabia como deixá-la mal. Eu a fazia chorar, a ponto de soluçar, com brincadeiras duras e dolorosas que me envergonhavam. Eu não parava. Talvez só precisasse ter algum efeito nela, mesmo se a magoasse. Meu coração estava vazio. Eu podia mexer em sua essência. Escavar seu âmago. Não tinha como punir meu pai, cujos crimes eram inúmeros. Cada hora que ele ficou ausente em minha vida foi uma ofensa. Em vez de culpá-lo, destruí minha mãe.

Na verdade, eu a estapeei bem forte, a empurrei contra o piso de linóleo áspero, falei que ela era uma merda, depois fui embora no dia da sua overdose.

Quando voltei, horas depois, abri a porta e fiquei parada ali. Havia um assobio baixo vindo de algum lugar. Fiquei gelada. Sabia que não era bom. Não tínhamos chaleira e não tinha vento naquele dia. O assobio só parou quando descobri minha mãe dentro do armário. Ela tinha se arrastado para minha pilha de cobertores e abandonado esta terra no único espaço que era meu. Me lembro de encontrá-la ali, tão morta, só que mais fácil de alcançar do que quando estava viva. Em vez de ficar triste por ela, eu só queria lavar meus cobertores. Devo ser mesmo porosa, porque custa muito não ser consciente. Quando fico presa relembrando como a joguei no chão, parece que a vergonha se fortalece em vez de desaparecer.

Então, um dia, talvez ela vá embora.
Minha mãe me disse que tinha ficado limpa enquanto estava grávida. Já era alguma coisa. Ela podia ter despachado Flora e caído numa bebedeira de nove meses. É verdade.
O nome da minha mãe era Charlotte Beaupre. Quando ela estava entre uma recaída e outra, tinha olhos castanho-claros e o tipo de cabelo castanho-escuro que fica preto depois das seis da tarde. Quando estava usando drogas pesadas, os olhos se afundavam no crânio e era melhor não olhar ali dentro. Nunca conversávamos quando ela estava drogada ou bêbada, mas entre esses momentos ela dizia: *"Feche a geladeira"* ou *"Cereal"*, o que significava que eu tinha que ir ao mercadinho da esquina porque comíamos muito cereal. Ela não ligava para qual eu comprava, mas um dia vi um brilho fraco em seus olhos quando comprei o Count Chocula. Então continuei comprando esse, apesar de ter gosto de vômito e custar muitos cupons. Não há muito mais o que dizer. Ela não usava joias, não tinha nenhum objeto predileto. Se estivesse vendo TV, assistia a qualquer coisa. Como pode a pessoa que te deu a vida e te manteve, mais ou menos, sob certa supervisão miraculosa te deixar com uma impressão tão pequena?

Joguei suas cinzas no rio Mississipi, não porque algum dia ela tenha notado o rio ou dado a menor indicação de que queria isso, mas porque era uma forma de pensar em minha mãe como ela sempre foi: calada e inerte, arrastada por uma corrente forte e oculta.

Meu nome é Lily Florabella Truax Beaupre, em homenagem à mulher que ajudou minha mãe, a mulher que se tornou minha assombração.

FLORA TINHA jogado livros com meu nome. Eu aceito o nome, mas não como aceitei o purê de rutabagas. Eu ainda sou Tookie, ela ainda é a Flora. E agora ela se foi, talvez enganada quando eu diabolicamente a agradeci, ou talvez por causa de Marcel Proust, ou talvez porque as palavras de absolvição em latim tenham funcionado. Houve um som de arrastar. Ouvi quando seu sangue virou areia. Esperei, mas isso foi tudo. Não parecia que ela estava voltando. Abri a porta e sai da caixa dos pecados. Manchada, maculada, humana, fiquei parada em um raio fraco de luz do outono.

ALMAS E SANTOS

A Parte Obscura do Ano

31 de outubro, Dia das Bruxas, o dia em que os demônios vagam pela Terra.
1º de novembro, Dia de Todos os Santos, o dia em que os santos triunfam.
2 de novembro, Dia de Finados, o dia das almas no purgatório.
3 de novembro, dia das eleições, todas e nenhuma das opções anteriores.

Dia das Bruxas

Hetta encontrou um pedaço de tubo de drenagem na garagem.

— Olha isso, Tookie!

Ela estava toda feliz. Eu estava satisfeita com uma distração do nosso medo por Pollux.

— É um velho cano de esgoto — falei.

— Não, é um funil de doces para a pandemia.

Hetta e Asema o usaram para colocar doces nas sacolas de Dia das Bruxas das crianças. Não imaginei que teriam tantas crianças pedindo doces este ano, mas havia astronautas, tigres, uma menina vestindo um porta-retratos e uma tonelada de super-heróis. Mais cedo, três meninas da vizinhança foram na livraria vestidas de irmãs Brontë. Gorros, capas, vestidos longos e esvoaçantes, xales, o traje completo. Quando foram embora, Jackie se virou para mim e disse que elas a deixaram feliz de estar viva.

— Isso não é um pouco de exagero? — perguntei.

— Não — respondeu Jackie.

— Eu ficaria mais animada se tivessem incluído a esposa doida do sótão de Rochester.

— Elas ainda são pequenas. Quando forem adolescentes, todas se vestirão como ela. Então, aproveite.

Fiquei olhando as crianças por um tempo, depois deixei Hetta e Asema com seu funil. Os doces de Dia das Bruxas eram menores e mais intensamente embalados a cada ano. Fui em direção ao hospital, onde planejava comer um KitKat do tamanho de um polegar e acenar para a janela que achava ser a do quarto do meu marido. Às vezes, tarde da noite, uma fina névoa de vapor saía das aberturas das janelas e dos tijolos do hospital. Tinha a forma de espíritos se libertando dos corpos. O mundo estava cheio de fantasmas. Éramos um país assombrado em um mundo assombrado.

Fui para o banco de trás e puxei meu saco de dormir. Era azul, fofo, amado e estava um pouco azedo. Mas eu também estava. Embora tirasse folga quando pudesse, eu ainda estava me tornando uma bola azeda com braços e pernas. Acordava de manhã com os braços dormentes, as pernas rígidas e uma dor de cabeça horrível. Meu cuidado pessoal era mínimo. E daí? Eu estava sobrevivendo, mesmo à base de doce, café e caixas de barra de cereal. Era tanta coisa que eu acolhia as dores e o sofrimento. Eram sinais de que estava viva, enfaticamente viva. Sim, eu estava fria, suja e destroçada. Mas também possuía um presente raro, bizarro, embora comum. Antes desse ano, queria entregá-lo para Pollux. Mas a verdade é que eu queria essa caixa fechada cheia de tesouros. Eu queria essa vida para mim mesma.

Dia de Todos os Santos

ERA DE novo aquela época do ano em que o véu entre os mundos está mais fino. No entanto, esse ano o véu tinha sido rasgado em pedaços. Já era. Depois que Pen mencionou o trevo de quatro folhas, ela não parou mais de falar. Me contou que na visão medieval havia fissuras, buracos, rupturas no espaço e no tempo pelo qual demônios e homens malignos podiam irromper. O ódio ferve através das fissuras. Nesta época, mesmo uma pessoa com certo magnetismo pode pegar a energia e causar um turbilhão em torno de cada sentença que profere. Uma pessoa pode criar um enorme furacão de irrealidade que parece ser realidade.

— É o que está acontecendo — disse ela. — Olhe em volta.

Eu não precisava. Sentia que podia ver tudo — ódio, valentia, crueldade, misericórdia. Estava em tudo que é notícia, nos hospitais e na minha vida. Observar e esperar por notícias de Pollux tinha me virado do avesso.

Vi famílias agasalhadas nas janelas, segurando placas de amor. Vi velhos corações de papel, enrolados, e novos corações de papel, ainda vívidos. Eu vestia o medo como um gorro. O medo era minha calça de pijama, meu tênis preto. Sempre carregava comigo a camisa xadrez marrom-escuro de Pollux e seu jeans velho favorito. Todos os dias recebia notícias dele. Pollux está conseguindo manter a própria respiração de novo. Um dia melhora, o outro dia, piora. Tentei não mudar meus pensamentos a cada voz nova ao telefone. Nunca vi Pollux sentir medo por si mesmo, mas nunca o vi tão indefeso. Por um tempo em minha vida, vivi com a certeza de que viveria com amor, e agora estou dormindo num estacionamento. Por um tempo na vida dele, Pollux viveu com amor, e agora estava abandonado num leito de hospital do outro lado da parede.

Dia de Finados

NA MANHÃ do Dia de Finados fui trabalhar cedo, antes de Jackie. Respirei fundo antes de abrir a porta azul da livraria. Expirei o ar quando pisei dentro dela. A livraria estava em silêncio, mas ele não era sinistro. A paz reinava. Uma clara luz azul. O odor de erva-doce e de livros. Ontem, parecia que Pollux estaria melhor. Hoje, nenhuma notícia. A porta para o confessionário estava aberta. Eu comecei a gostar do pequeno poleiro, então me sentei.

Neste Dia de Finados, milhões de ausências nesse mundo estavam deixando o lugar intermediário, o limbo, se é que ele existe. Pensei nas pessoas espremidas nas mangas estreitas de terra. Fiquei sentada ali, esperando. Certamente não por Flora. Com certeza não tinha ficado na dependência de um fantasma. Não, estava esperando que ela *não* estivesse ali no aniversário de sua primeira visita. Que seu passo arrastado naqueles sapatos velhos *não* aparecesse. Estava esperando que meu coração voltasse a bater no ritmo normal. Que minha respiração serenasse. Que meu estômago se assentasse. Sentei ali, em paz por um bom tempo, sem deuses, sem música, sem fantasmas, sem colegas de trabalho, sem Pollux.

OU TALVEZ houvesse um deus. O meu é o deus do isolamento, o deus da voz baixa, o deus do pequeno espírito, da minhoca, do rato amistoso, do beija-flor, da mosca-varejeira e de todas as coisas iridescentes.

282 LOUISE ERDRICH

Naquele silêncio, talvez um dos meus pequenos deuses tenha me falado que eu deveria voltar ao estacionamento do hospital.

OLHEI PARA o telefone. Não havia mensagem. Olhei para o e-mail no computador da livraria. Nada. Liguei para os números que tinham me dado e não havia qualquer notícia. Fiquei deprimida, fechei a livraria e fui para o carro. Deixei o carro estacionado na rua e corri para a recepção do hospital, erguendo a máscara. A atendente olhou nos meus olhos e pegou o telefone.

— Oi, por favor, Pollux... por favor, um médico. Por favor, uma enfermeira.

Conseguia ouvir os sons do purgatório. O arrastar de uma cadeira, uma agitação estática, depois uma voz.

— Olá, Sra. Pollux, estávamos tentando falar com a senhora.

Meus joelhos dobraram. Fui ao chão com o telefone.

— Seu marido saiu do oxigênio, está respirando sozinho. Achamos que está pronto pra ir pra casa.

— O que você disse?

— Quer falar com ele?

Gaguejei um sim e depois ouvi Pollux ao telefone.

— Pare de dormir... no... estacionamento.

— Pollux.

— Venha me buscar.

DEPOIS DE colocar a máscara e o protetor facial, tive que assinar uma grande papelada. Uma enfermeira me orientou como tomar conta de Pollux em casa. Outra enfermeira me falou para não mimá-lo. Deixar que caminhasse e tudo o mais, para fortalecer os pulmões. As duas me avisaram para ter cuidado e medir os níveis de oxigênio constantemente. Pollux desceu em um elevador numa verdadeira bolha, e depois uma enfermeira toda coberta o empurrou na cadeira de rodas até a entrada. Dava para ver que ele tinha emagrecido pelas dobras do roupão que estava usando por cima das roupas. Abri a porta lateral da van e o ajudei a se sentar no banco de trás. Ele tinha um tanque de oxigênio de emergência e uma caixa de inaladores. Falei para a enfermeira que iria colocar o cinto nele e, quando me inclinei para pegá-lo, Pollux falou com a voz rouca:

— A encrenca voltou.

— A vida tá bem chata sem você — falei, minha voz embargada.

A Sentença 283

Deslizei a porta para fechá-la e dei a volta pela frente. Três enfermeiras acenaram para nós. Dei a volta na via circular do hospital e parei para ajustar o retrovisor, para poder ver Pollux. Ele estava olhando direto para mim.

Quando encostei o carro, vi que Hetta e Laurent esperavam na porta. Com Pollux no meio de nós, o tiramos da van.

— Estou fraco como um gatinho — disse ele.

— Seu pelo tá todo desengonçado — disse Hetta, empurrando o rabo de cavalo para trás das orelhas dele.

Ele conseguiu caminhar lentamente até os degraus, com nós duas segurando seus cotovelos. Laurent caminhava atrás. Ele tinha um saco de chá de erva-do-pântano na mão.

— Você está aí atrás caso eu caia de repente? — perguntou Pollux.

— Acho que sim — respondeu Laurent.

— Ótimo.

Pollux descansava a cada degrau da escada da frente. Coloquei meu braço ao seu redor. Juntos, titubeamos para dentro de casa. Hetta retirara as almofadas pretas e transformara o sofá numa cama. Ele se jogou, sem fôlego, depois se recuperou e se colocou mais ereto para respirar com mais facilidade. O tanque de oxigênio estava ao seu lado, mas ele o dispensou.

— Estar em casa já é o remédio. — Sua voz tremia.

Ele bebeu um pouco do chá de erva-do-pântano, depois dormiu por nove horas. Pollux respirava tranquilamente enquanto dormia, então não o acordei. Arrumei uma cadeira confortável perto do sofá e me sentei ali, segurando sua mão, passando os dedos nas cicatrizes de suas articulações.

⁂

Ossos

No dia da eleição, fazia um calor perfeito. Era a primeira vez que eu votaria. Hetta e Asema me deixaram envergonhada por não ter ido antes, mas, na verdade, Pollux ameaçou ir sozinho se eu não votasse. Então eu fui. Toleraria o processo, seja ele qual fosse. Sempre dizia que votar era para pessoas que não tinham estado onde eu estive ou que não tinham feito o que eu fizera. Mas talvez, na verdade, eu fosse só preguiçosa. Asema e eu caminhamos até a escola local e senti as forças abandonarem minhas pernas novamente. Pollux! Não caí, mas me senti fraca e pronta para me render. Sair do hospital foi apenas um passo. Ninguém conseguia me dizer o que vinha depois. Em certo momento, me sentei num banco no parque e olhei para meus pés nos tênis roxo neon enfeitados de preto. Contemplei os pés da maneira que fixamos nosso olhar em algo familiar quando a vida está mudando. Mexi os dedos para cima e para baixo. Meus pés me acalmaram ao me obedecerem. *Ele está respirando por conta própria.* Essa sim era uma sentença bonita. Noite passada, dormi nas almofadas extras do sofá, no chão ao lado dele. Quando acordei e me inclinei sobre Pollux, ele ainda estava ali.

— Que droga. — Eu estava olhando dentro dos bolsos, fingindo que estar chateada. — Meu título, esqueci o título. — Dei um sorriso de falso arrependimento para Asema e me levantei para ir embora. — Ah, bem, até depois. Fica pra próxima.

Asema agarrou meu braço.

— Você me deu seu título de eleitor, lembra? Não vai escapar dessa.

Continuei caminhando, ainda encarando meus sapatos. Chegamos na fila e ficamos esperando. Asema me falou que precisava conversar comigo sobre suas últimas descobertas, mas antes que ela continuasse a mulher na nossa frente se virou e falou:

— Vocês são da livraria!

Nós nos viramos. Não consegui reconhecê-la de início, mas Asema disse:

— Você é a senhora dos ossos.

Ela usava uma roupa cor de ferrugem desta vez, mas era mesmo a mulher que havia nos cercado no outono anterior e falado sobre o projeto de ciências da tia-avó — restos mortais humanos unidos por um arame, os quais ela armazenou embaixo da cama.

— Acabei de deixar uma caixa na livraria — disse a mulher.

Seus olhos estavam brilhantes, resplandecentes. Ela usava um chapéu-balde xadrez e laranja. Assentimos e lhe demos as costas, mas senti um frio nos ombros. Me virei de volta.

— São ossos? — perguntei.

A senhora dos ossos assentiu, os olhos brilhando.

— Espero que fiquem gratas — disse ela com uma piscadela tímida.

A SENTENÇA 285

ASEMA ENTROU na livraria na ponta dos pés, como se fosse um ladrão de túmulos. Uma caixa de papelão, que antes pertencia a uma luminária de sol, estava no escritório. Asema balançou a caixa e os ossos se mexeram.

— Tô doida pra ver o que tem dentro — falei.

— Lamento — disse Asema. Ela abriu a caixa e espiou o conteúdo. — É, são ossos.

Ela ficou parada ali, piscando, as mãos na nuca.

— Estamos gratas? — perguntei.

— Só se ela devolver a terra também.

Saí do escritório e, quando voltei, peguei Asema usando um garfo para segurar um pedaço de pano azul. Antes que pudesse impedi-la, ela o incendiou com um isqueiro. A fita azul queimou e sumiu. Não havia nada a dizer. Depois, Asema queimou sálvia e passou a fumaça pelos ossos. Trançou erva-doce entre os ossos, abriu um pacote de oshá e colocou pedaços dentro da caixa antes de fechá-la. Ela me perguntou se eu achava que Pollux saberia o que fazer nesta situação.

— Sabe, se ele estiver se sentindo bem, talvez possa pedir pra um dos amigos — sugeriu.

— Ele acabou de sair do hospital. E você quer que eu peça pra ele mexer com restos humanos.

— Mas, quando ele ficar bem, vai ficar triste se fizermos a coisa errada.

E eu sabia que Asema estava certa.

Pen tinha feito bolo de chocolate para Pollux. Era do tamanho de um chapéu *pillbox*, molhadinho e denso. Eu o levei para casa desejando, como um urso, parar e comê-lo com minhas garras. Ele estava dormindo de novo, o rosto comprimido e indefeso. Mas quando Pollux acordou, por volta de meio-dia, parecia um pouco melhor. Sua voz já atingia algumas notas antigas. Fiz torradas para ele, depois ovos mexidos, depois torradas e ovos mexidos juntos. Decidi que ele estava muito melhor, então falei sobre a mulher branca que deixara uma caixa de ossos na livraria.

— Ossos de gente?

— Provavelmente de uma mamoa.

— Conheço um cara que pode cuidar disso — disse Pollux. — Ele faz enterros e repatriações. Se me der meu telefone, posso ligar pra ele.

Pollux estava se sentando no sofá e lhe dei o telefone. Ele falou por um instante.

— Ele disse que os ossos não devem passar a noite na livraria. Falou que é meio urgente e que ele mesmo viria buscá-los, mas é idoso e não gosta de dirigir.

⁂

ASEMA SE dispôs a levar os ossos para fora da cidade e pediu para Hetta ir junto com ela. Elas partiram na escuridão do fim do outono, com a caixa de ossos no banco de trás da van. Acenei para elas com Jarvis nos braços, depois voltei para Pollux. Fizemos uma arena com almofadas para Jarvis, e Pollux o observou engatinhar e se erguer na lateral do sofá. Fiz uma tigela de sopa de tomate e grelhei um sanduíche de queijo para Pollux.

— Sem *jalapeños*?

— Ainda não.

— Queria que você usasse uma roupa de enfermeira.

— Pijamas cirúrgicos? Claro.

— Estava pensando naqueles antigos.

— Isso ainda não pode também.

Ele comeu metade e pediu mais chá de erva-do-pântano, e também música. Nunca tinha me ocorrido acompanhar os resultados das eleições, e Pollux disse que ia demorar um pouco de qualquer forma. Jarvis e eu dançamos, Pollux assentiu do sofá, relembramos nosso restaurante favorito de café da manhã, ligamos para uma enfermeira de verdade, levamos Pollux até o banheiro e ajeitei os travesseiros dele. Pollux cantou a frase de uma música antes que sua voz enfraquecesse. Ele comeu uma pequena fatia de bolo.

A noite esfriou e Jarvis estava absorto em um brinquedo estranhamente sensível, que cantava, arrulhava, ronronava, gorgolejava ou conversava quando fosse tocado. Queria acender uma fogueira, mas nem me lembrava de já ter feito isso antes. Eu era, principalmente, uma indígena da cidade, depois meu hobby de ficar muito chapada de várias formas me dominou, e então, é claro, fiquei cercada por concreto por mais de uma década, até que finalmente encontrei um Potawatomi. Resolvi pedir uma aula para Pollux.

Ele estava bem apoiado para ver a lareira e me dizer o que pegar da caixa de gravetos e da pequena pilha de lenha partida. Tinha mais na varanda de trás.

— Tire a casca da bétula desse pedaço — disse ele. Pollux me orientou a colocar uma camada de galhos soltos na grade junto com

A Sentença 287

tiras de casca de bétula, depois cobrir com alguns pedaços finos de gravetos. — Coloca uns pedaços grossos atrás. Veja se a chaminé está aberta.

Pollux mandou amassar uns jornais. Amassei algumas seções.

— Assim não — explicou ele. — Pegue uma página de cada vez e amasse como uma bola, não muito apertada. Assim tá bom. Agora coloca embaixo da grade. Enfia um pedaço de casca de bétula nos jornais e acende um fósforo nela.

O fogo pegou e percorreu toda a tora maior. Pollux me falou quais pedaços de madeira colocar e onde.

— As chamas seguem o ar. O ar é o alimento do fogo e o fogo está sempre com fome.

— Como você. — Eu estava de costas.

— Sim — concordou ele.

Eu podia senti-lo sorrir.

Segui suas instruções até que uma bela cama de carvão se acumulou embaixo da grade. Eu me sentei de volta.

— Agora veja — disse ele. — Seu fogo vai começar a sair.

E saiu. Me virei para Pollux.

— O que eu faço?

— Deixe a lenha queimar o bastante pra criar espaço entre as toras. Precisa renovar o fogo. Cada pedaço de madeira precisa de uma companheira para continuar queimando. Agora coloque elas juntas. Não muito. As toras também precisam de ar. Coloque-as perto, mas não uma em cima da outra. Só uma leve conexão o tempo todo. Agora você vai ver uma fileira de chamas iguais.

As chamas surgiram. Um quadro perfeito.

— Minha nossa. Eu realmente te amo — sussurrei, me sentando nos calcanhares.

Caímos numa assonância sonhadora. Eu flutuava nas almofadas do sofá no chão, agarrada a um bebê quentinho que estava chegando ao seu primeiro aniversário. A respiração de Pollux tornou-se uniforme e profunda. Ele estava dormindo. Fitei o rosto do meu marido, as novas maçãs do rosto de um homem magro, sua beleza surpreendente, e resolvi viver para o amor de novo e aproveitar a chance de outra vida.

Jarvis acordou. Nós olhamos um para o outro na tranquilidade da luz. Ele estava quase dando os primeiros passinhos. Caminhar é a façanha de uma queda controlada. Como a vida, eu acho. Mas, por enquanto, ele ainda é um bebê. *Omaa akiing*, aqui na Terra. Jarvis suspirou em um tédio delicioso. Os cílios estremeceram quando se fecharam. Ele sorriu com algum segredo particular. Ah, meu viajante gorduchinho. Você entrou neste mundo na encruzilhada. Juntos, nós passamos por este ano, que por vezes parecia o início do fim. Um pequeno tornado. Quero esquecer este ano, mas também tenho medo de não me lembrar dele. Quero que esse agora seja o momento em que salvamos nosso lugar, o *seu* lugar, na Terra.

Fantasmas trazem elegias e epitáfios, mas também sinais e milagres. O que vem a seguir? Eu quero saber, então dou um jeito de arrastar meu dicionário para perto de mim. Preciso de uma palavra, de uma sentença.

A porta está aberta. Vá!

Lista Totalmente Tendenciosa dos Livros Favoritos de Tookie

Lista de Livros para Controlar Fantasmas

The Uninvited Guests, de Sadie Jones
Ceremonies of the Damned, de Adrian C. Louis
Moon of the Crusted Snow, de Waubgeshig Rice
Fathers of Lies, de Brian Evenson
The Underground Railroad: Os Caminhos para a Liberdade, de Colson Whitehead
Asleep, de Banana Yoshimoto
The Hatak Witches, de Devon A. Mihesuah
Amada, de Toni Morrison
The Through, de A. Rafael Johnson
Lincoln no Limbo: Um Romance, de George Saunders
Savage Conversations, de LeAnne Howe
The Regeneration Trilogy, de Pat Barker
Fantasma Sai de Cena, de Philip Roth
Songs for Discharming, de Denise Sweet
Hiroshima Bugi: Atomu 57, de Gerald Vizenor

Romances Curtos e Perfeitos

Uma Solidão Ruidosa, de Bohumil Hrabal
Sonhos de Trem, de Denis Johnson
Sula, de Toni Morrison
A Linha de Sombra, de Joseph Conrad
The All of It, de Jeannette Haien
Winter in the Blood, de James Welch
Swimmer in the Secret Sea, de William Kotzwinkle
A Flor Azul, de Penelope Fitzgerald
Primeiro Amor, de Ivan Turgenev

290   LOUISE ERDRICH

Vasto Mar de Sargaços, de Jean Rhys
Mrs. Dalloway, de Virginia Woolf
À Espera dos Bárbaros, de J. M. Coetzee
Fire on the Mountain, de Anita Desai

A Mesa de Veleiro (mesa por Quint Hankle)

The Voyage of the Narwhal, de Andrea Barrett
Todos os Contos, de Clarice Lispector
Boy Kings of Texas, de Domingo Martinez
The Marrow Thieves, de Cherie Dimaline
Breve História de Sete Assassinatos, de Marlon James
Lá Não Existe Lá, de Tommy Orange
Citizen: An American Lyric, de Claudia Rankine
Underland, de Robert Macfarlane
The Undocumented Americans, de Karla Cornejo Villavicencio
Diácono King Kong, de James McBride
A Casa Holandesa, de Ann Patchett
Herança e Testamento, de Vigdis Hjorth
Cada Um Morre Por Si, de Hans Fallada
A Porta, de Magda Szabó
Complô Contra a América, de Philip Roth
Destinos e Fúrias, de Lauren Groff
The Overstory, de Richard Power
Night Train, de Lise Erdrich
O Corpo Dela e Outras Farras, de Carmen Maria Machado
The Penguin Book of the Modern American Short Story, editado por John Freeman
Entre o Mundo e Eu, de Ta-Nehisi Coates
Pássaros da América, de Lorrie Moore
Mongrels, de Stephen Graham Jones
The Office of Historical Corrections, de Danielle Evans
Dez de Dezembro, de George Saunders
Murder on the Red River, de Marcie R. Rendon
Leave the World Behind, de Rumaan Alam
Ceremony, de Leslie Marmon Silko
On Earth We're Briefly Gorgeous, de Ocean Vuong
A Guerra Não Tem Rosto de Mulher, de Svetlana Alexievich
Standard Deviation, de Katherine Heiny
All My Puny Sorrows, de Miriam Toews
A Morte do Coração, de Elizabeth Bowen
Mean Spirit, de Linda Hogan
NW, de Zadie Smith
Mortais, de Atul Gawande
Americanah, de Chimamanda Ngozi Adichie
A Filha do Guardião do Fogo, de Angeline Boulley

Erasure, de Percival Everett
Sharks in the Time of Saviors, de Kawai Strong Washburn
Heaven, de Mieko Kawakami

Livros de Amor Proibido

Mar de Papoulas, de Amitav Ghosh
O Paciente Inglês, de Michael Ondaatje
Euforia, de Lily King
O Vermelho e o Negro, de Stendhal
Luster, de Raven Leilani
Asymmetry, de Lisa Halliday
Todos os Belos Cavalos, de Cormac McCarthy
Middlesex, de Jeffrey Eugenides
The Vixen, de Francine Prose
Lendas do Outono, de Jim Harrison
The Winter Soldier, de Daniel Mason

Vidas Indígenas

Holding Our World Together, de Brenda J. Child
American Indian Stories, de Zitkála-Šá
A History of My Brief Body, de Billy-Ray Belcourt
A Queda do Céu, de Davi Kopenawa e Bruce Albert
Apple: Skin to the Core, de Eric Gansworth
Heart Berries, de Terese Marie Mailhot
The Blue Sky, de Galsan Tschinag
Crazy Brave, de Joy Harjo
Standoff, de Jacqueline Keeler
Braiding Sweetgrass, de Robin Wall Kimmerer
You Don't Have to Say You Love Me, de Sherman Alexie
Spirit Car, de Diane Wilson
Two Old Women, de Velma Wallis
Pipestone: My Life in an Indian Boarding School, de Adam Fortunate Eagle
Split Tooth, de Tanya Tagaq
Walking the Rez Road, de Jim Northrup
Mamaskatch, de Darrel J. McLeod

Poesia Indígena

Conflict Resolution for Holy Beings, de Joy Harjo
Ghost River (Wakpá Wanági), de Trevino L. Brings Plenty
The Book of Medicines, de Linda Hogan
The Smoke That Settled, de Jay Thomas Bad Heart Bull
The Crooked Beak of Love, de Duane Niatum

Whereas, de Layli Long Soldier
Little Big Bully, de Heid E. Erdrich
A Half-Life of Cardio-Pulmonary Function, de Eric Gansworth
NDN Coping Mechanisms, de Billy-Ray Belcourt
The Invisible Musician, de Ray A. Young Bear
When the Light of the World Was Subdued, Our Songs Came Through, editado por Joy Harjo
New Poets of Native Nations, editado por Heid E. Erdrich
The Failure of Certain Charms, de Gordon Henry Jr.

História e Não Ficção Indígena

Everything You Know About Indians Is Wrong, de Paul Chaat Smith
Decolonizing Methodologies, de Linda Tuhiwai Smith
Through Dakota Eyes: Narrative Accounts of the Minnesota Indian War of 1862, editado por Gary Clayton Anderson e Alan R. Woodworth
Being Dakota, de Amos E. Oneroad e Alanson B. Skinner
Boarding School Blues, editado por Clifford E. Trafzer, Jean A. Keller e Lorene Sisquoc
Masters of Empire, de Michael A. McDonnell
Like a Hurricane: The Indian Movement from Alcatraz to Wounded Knee, de Paul Chaat Smith e Robert Allen Warrior
Boarding School Seasons, de Brenda J. Child
They Called It Prairie Light, de K. Tsianina Lomawaima
To Be a Water Protector, de Winona LaDuke

Livros Sublimes

The Known World, de Edward P. Jones
O Gigante Enterrado, de Kazuo Ishiguro
A Thousand Trails Home, de Seth Kantner
House Made of Dawn, de N. Scott Momaday
Noite Fiel e Virtuosa, de Louise Glück
A Mão Esquerda da Escuridão, de Ursula K. Le Guin
My Sentence Was a Thousand Years of Joy, de Robert Bly
O Mundo Sem Nós, de Alan Weisman
Unfortunately, It Was Paradise, de Mahmoud Darwish
Ficções, de Jorge Luis Borges
Trilogia Xenogênese, de Octavia E. Butler
Map: Collected and Last Poems, de Wisława Szymborska
In the Lateness of the World, de Carolyn Forché
Angels, de Denis Johnson
Postcolonial Love Poem, de Natalie Diaz
Hope Against Hope, de Nadezhda Mandelstam
Exhalation, de Ted Chiang

Strange Empire, de Joseph Kinsey Howard
Secrets, de Nuruddin Farah

Leituras da Pandemia de Tookie

Deep Survival, de Laurence Gonzales
A Cidade Perdida do Deus Macaco, de Douglas Preston
The House of Broken Angels, de Luis Alberto Urrea
The Heartsong of Charging Elk, de James Welch
Selected Stories of Anton Chekhov, tradução de Richard Pevear e Larissa
Volokhonsky (em inglês)
The Sound of a Wild Snail Eating, de Elisabeth Tova Bailey
Let's Take the Long Way Home, de Gail Caldwell
Série Mestre dos Mares, de Patrick O'Brian
A Trilogia Ibis, de Amitav Ghosh
The Golden Wolf Saga, de Linnea Hartsuyker
Os Filhos do Tempo, de Adrian Tchaikovsky
Coyote Warrior, de Paul VanDevelder

Encarcerada

Felon, de Reginald Dwayne Betts
Against the Loveless World, de Susan Abulhawa
Waiting for an Echo, de Christine Montross, M.D.
The Mars Room, de Rachel Kushner
The New Jim Crow, de Michelle Alexander
This Is Where, de Louise K. Waakaa'igan
I Will Never See the World Again, de Ahmet Altan
Sorrow Mountain, de Ani Pachen e Adelaide Donnelley
American Prison, de Shane Bauer
Solitary, de Albert Woodfox
Estarão as Prisões Obsoletas?, de Angela Y. Davis
Mil Anos de Alegrias e Tristezas, de Ai Weiwei
Prison Writings: My Life Is My Sun Dance, de Leonard Peltier

> *Os livros contêm tudo o que vale a pena saber,*
> *exceto o que realmente importa.*
> — TOOKIE

※

Se tiver interesse nos livros dessa lista, por favor, procure-os em uma
livraria independente. *Miigwech!*

Agradecimentos

QUANTO AO DICIONÁRIO...

Em 1971, entrei em um concurso patrocinado pela National Football League. O autor da redação vencedora sobre o tópico *"Por que Eu Quero Ir para a Faculdade"* receberia uma bolsa de estudos de milhares de dólares. E cem participantes receberiam um dicionário. Eu fui uma dessas participantes. Meu dicionário, *The American Heritage Dictionary of the English Language*, de 1969, veio com uma carta carimbada em dourado do presidente da NFL, J. Robert Carey, me agradecendo pelo interesse no futebol profissional. Como se viu depois, meu real interesse era pela escrita profissional. Embora não soubesse na época o quão importante as palavras se tornariam para mim, eu carreguei o (pesado) dicionário revestido em tecido para a faculdade; para um trabalho de verão na cafeteria Blacksmith House, em Boston; e de volta para Dakota do Norte, onde fui poeta na Penitenciária Estadual de Dakota do Norte e em escolas por todo o estado. O dicionário voltou comigo para a costa leste, onde trabalhei no Conselho Indígena de Boston. Ficou comigo por todo o meu casamento, estava lá quando trouxe minhas filhas recém-nascidas para casa, tornou-se um conforto para mim em tempos difíceis, e reunia recortes de jornais, flores prensadas, fotografias de William Faulkner, Octavia Butler e Jean Rhys, marcadores de livros de livrarias que desapareceram e outras lembranças dentro de suas páginas. Foi o dicionário que consultei para este livro.

Então, em primeiro lugar, quero agradecer a esse dicionário. Depois, quero agradecer a Terry Karten, por tomar decisões ousadas para colaborar com o livro e por acreditar que eu poderia escrevê-lo. E mais que tudo, Terry, obrigada por compartilhar comigo seus pensamentos críticos. Trent Duffy, eu já esgotei os superlativos. Obrigada por literalmente ler entre as linhas e por usar sua formidável

A SENTENÇA 295

habilidade para aperfeiçoar este livro. Jane Beirn, agradeço muito sua orientação infalível e a amizade de tantos anos.

Andrew Wylie, obrigada por apoiar minha necessidade insuportável de escrever. Jin Auh, por sua inteligência tranquila, sua amizade e seu bom humor confiável em circunstâncias difíceis. Estou muito feliz por você ter vindo para a assustadora leitura de tarô no porão da livraria.

Para minhas primeiras leitoras, Pallas Erdrich, Greta Haugland, Heid Erdrich, Angie Erdrich, M.D., e Nadine Teisberg, estou em dívida com vocês. Vocês me ajudaram a ver o potencial deste livro. Ampliaram minha compreensão. Obrigada, Persia Erdrich, por verificar o *ojibwemowin*, a língua ojíbua; Kiizh Kinew Erdrich, por dar perspectiva aos meus jovens personagens e à dança *jingle*; e Aza Erdrich Abe, por criar uma capa imponente, marcante e original.

O assassinato de George Floyd ampliou a consciência de uma cidade de certa forma que, espero, signifique um reconhecimento contínuo. Este livro é apenas a tentativa de um personagem fictício de descobrir o que estava acontecendo na época. Quero agradecer aos muitos jornalistas que foram presos ou feridos ao fazerem seu trabalho, cobrindo os protestos aqui e, agora no norte de Minnesota, na Linha 3. Obrigada também às muitas pessoas que conversaram comigo sobre as ocorrências neste livro, incluindo Heid Erdrich, Al Gross, Bob Rice, Judy Azure, Frank Paro, Brenda Child e em especial Pallas Erdrich, que monitorou tudo o que aconteceu e me deu perspectivas sobre clientes e vendas de livros (todas as minhas filhas e muitas das suas primas trabalharam na livraria). Além disso, Pallas, obrigada por ouvir infinitas variações de enredo e por solucionar problemas durante um ano difícil.

Obrigada a todos e a todas que já trabalharam na Birchbark Books ou que já passaram por nossa porta azul. Um obrigada enorme à nossa equipe atual e àqueles que nos ajudaram a atravessar 2020, incluindo Kate Day, Carolyn Anderson, Prudence Johnson, Christian Pederson Behrends, Anthony Ceballo, Nadine Teisberg, Halee Kirkwood, Will Fraser, Eliza Erdrich, Kate Porter, Evelyn Vocu, Tom Dolan, Jack Theis e Alicia Waukau. Gostaria de agradecer especialmente a Nathan Pederson, cujo trabalho como comprador deu à livraria uma visão distinta; cujo trabalho como técnico de internet deu à livraria um alcance extraordinário. E que aparece (de maneira fictícia) uma única vez neste livro como Nick.

Quero agradecer ao Women's Prison Book Project Collective aqui em Minneapolis.

Em *A Sentença*, os livros são uma questão de vital importância, e os leitores atravessam reinos desconhecidos para manter alguma conexão com o mundo escrito. Assim é com a livraria. Desde o início, as pessoas se dedicaram incansavelmente ao projeto e, nos últimos vinte anos, um amante de livros atrás do outro trabalhou de forma apaixonada para manter a livraria funcionando ou a apoiou como cliente. Não há agradecimentos o bastante para o que isso significa.

Para espanto de todos, a Birchbark Books está indo bem agora. Se for comprar um livro, inclusive este, por favor, visite a livraria independente mais próxima de você e apoie essa visão singular.

De sua livreira,
Louise

Sobre a Autora

Louise Erdrich, membro da etnia Chippewa, da aldeia de Turtle Mountain, é autora de muitos romances e também de livros de poesia, de obras infantis e de memórias sobre maternidade precoce. Erdrich mora em Minnesota com suas filhas, e é dona da Birchbark Books, uma livraria pequena e independente. Seu livro mais recente, *O Vigilante Noturno*, venceu o Prêmio Pulitzer. Um fantasma vive em sua casa antiga e cheia de ruídos.

Este livro foi impresso nas oficinas gráficas da Editora Vozes Ltda.,
Rua Frei Luís, 100 – Petrópolis, RJ.